# 閱讀楊逵

黎活仁
林金龍
楊宗翰
主編

本書是台中科技大學語文學院與應中系舉辦的

「2013 楊逵、路寒袖國際研討會（2013.3.8）」

論文的精選

出版前據原件做了詳細的覆核

# 序一　楊逵，台灣的良心

林金龍

台灣的抗日志士，以羅福星、莫那魯道、丘逢甲、連橫、林獻堂和蔣渭水等英雄為代表，時窮節乃見，一一垂丹青。隨著學術界對堙沒不聞的楊逵生平事蹟的重建，其人行事之可歌可泣，令人肅然起敬。

楊逵——台灣史上的豐碑，是豎立在每一位台灣人的心中。楊逵的社會活動，初期是從領導農民抵抗殖民地的掠奪、從事抗日開始。楊逵一度營建「首陽農場」，效伯夷叔齊，躬耕以明志；在有限的資源下，繼續他的文學事業。

二二八事件，幾乎被判死刑，之後，又因為「和平宣言」，入獄 12 年，去世後出土的《綠島家書》，可知家屬因為這場災難，一直承受了極大的苦痛。

到現在為止，研究楊逵的學位論文，達三十多篇，從生平、思想、文學（小說、戲劇、通俗文學、翻譯、文學理論〔左翼思想、文學大眾化〕、編輯、出版）、與同時代作家的關係〔如魯迅、蕭軍、賴和、鍾理和、吳濁流、張我軍、楊守愚、劉捷等〕，另外，還有從結構主義作一比較研究。標題沒有以楊逵為對象，但內文部分關有專章討論的，則數量難以估計。這說明楊逵熱正方興未艾。以上提及的學位論文，有幾種已出版，依次是：黃惠禎《楊逵及其作品研究》（台北：麥田出版有限公司，1994）、〈左翼批判精神的鍛接：四〇年代楊逵文學與思想的歷史研究〉，博士論文，政治大學，2004）、吳素芬《楊逵及其小說作品研究》（台南：台南縣政府，2005）、歷史研究》（台北：秀威資訊科技股份有限公司，2009）和柯虹岑《楊逵小說中的社會圖像》（高雄：春暉出版社，2012）等。

至於見於報刊的單篇論稿，則數量更為驚人，黃惠禎編選的《楊逵》（台南：國立台灣文學館，2011）著錄的面向更廣，討論也愈仍深入。

關於楊逵研究，河原功首著先鞭，1978 年在日本的《台灣近現代史現究》創刊號，發表了〈楊逵的文學活動〉，包括年表、著作目錄和參考文獻，1998 年，彭小妍擔任主編，由國立文化資產保存研究中心籌備處出版 15 卷的《楊逵全集》，是為里程碑。

黃惠禎從碩士到博士，至走上教壇，一直潛心於楊逵生平的勾稽，實楊逵的功臣。兩篇學位論文，以翔實資料為基礎，可為導讀，均已出版，參考稱便。

關於楊逵的研討會，曾先後在南寧和台中舉行過。2004 年 2 月 2 日，中國作家協會於南寧舉辦「楊逵作品研討會」，與會 66 人。台灣方面 16 人，由清華大學呂正惠教授率領，包括楊逵的長媳蕭素梅、次子楊建、著名作家陳映真、社會科學研究會會長曾健民、報告文學作家藍博洲、詩人施善繼、東海大學教授洪銘水、聯經出版公司總編輯林載爵、美籍華人作家劉誕麗等。大陸方面則有中國作協副主席陳建功、中國作協名譽副主席鄧友梅、以及來自各地的專家學者趙遐秋、楊匡漢、古繼堂、曾慶瑞、白舒榮、范寶慈、李興葉、向前、黎湘萍、趙稀方、安然、劉登翰、朱實、林木、張禹、古遠清、胡有清、朱雙一、樊洛平、莊若江、劉紅林、盧斯飛、陸卓寧、施修蓉、蔣小波、石一寧、胡軍、沈慶利、劉顏、周玉寧、徐春平、曹劍、吳笛等。（雨萌〈楊逵作品研討會在南寧召開〉，《世界華文文學論壇》2004 年 1 期）。

2004 年，也就是南寧召開「楊逵作品研討會」的同年，在 6 月 19-20 日，國家台灣文學館和靜宜大學台灣文學系聯合主辦了「楊逵文學國際學術研討會」，出席的學者有：日本的塚本照和、河原功，韓國的金良守、金尚浩，以及台灣的李永熾、陳芳明、向陽、彭瑞金等多人。6 月 21 日上午，靜宜大學台文系師生、楊逵的家人以及楊逵生前的文友重訪已荒蕪的「東海花園」，憶念這位巨人（鄭進興〈楊逵百年紀念　靜宜大學登場〉，《新台灣新聞周刊》431 期，2004 年 6 月）以上兩次研討會，部分論文見於各地學報，可惜沒有結集。

台中科技大學語文學院與應用中文系這次與國家台灣文學館、香港大學、復旦大學、廈門大學等十多個單位聯合舉辦的「2013 楊逵、路寒袖國係學術研討會」（2013 年 3 月 8 日），出席學者包括日韓星馬和兩岸四地學者，約 50 人，發表有關楊逵研究約 40 篇，據大會的規畫，部分應邀在 2012 年 12 月底交稿，結集為《閱讀楊逵》初篇，以饗讀者，會後再作修訂者，都為續篇。

籌備會議之先，在台灣和香港兩地，對楊逵的研究資料作了系統的蒐集，掃瞄為 PDF，提供給各位與會作者參考，與會內地學者，很多是研究左翼文學或魯迅的中生代著名學者，而據黃惠禎對楊逵研究回顧的總結，無產階級文學部分，涉及跨國文化研究，尚待開拓。

1961 年楊逵出獄後，借貸五萬元買下現台中榮總對面、火葬場旁邊的大肚山經營「東海花園」。孫女們則幫忙到東海大學去賣花，生活清苦。七十和八十年代，「東海花園」成為文學青年朝聖之地，有些人往了一兩天，就抵受不住，也有因此成為忘年交，成功大學中文系教授林瑞明，即後來的首位國立台灣文學館長，因為做園藝志工，成就了《楊逵畫像》（台北：筆架山出版社，1978）一書，耗子常常是奉客佳餚，這在廣東農家，尤其是在災年，則是尋常事，深圳的餐館也有田鼠火鍋，口感尚好，至於發展為美食，似尚需時日。楊逵的孫女婿，作家路寒袖（楊菁的先生），後來官至高雄文化局局長，也曾作客東海花園。當年慕名而來，向前輩請教，談文論藝，偶然也一起務農，最後與其中一位賣花姑娘蒂結良緣。

據楊翠的面書（2012 年 4 月 9 日 8:36）東海花園可能被改為墓地，而作為家族後人：「期望能夠被保留下來，規劃建造『楊逵文學公園』。『楊逵文學公園』的意義，不僅是在保存文學家的故居，建造一個具有深沉歷史意義的文化地標，同時，它的週邊有東海大學、逢甲大學，鄰近的台中縣還有靜宜大學、弘光大學，可以聯結成一個緊密的文化教育空間，具有積極的建設性意義。」

台中科技大學語文學院與應用中文系這次「2013 楊逵、路寒袖國係學術研討會」（2013 年 3 月 8 日），也希望聯合與會學者之力，協助楊氏家族達成心願。

# 序二　古墓派文學

黎活仁

台灣重光之後，楊逵曾積極譯介五四以來作家作品，其中就有沈從文的小說〈龍朱〉。〈龍朱〉寫小數民族以對唱求偶，卿卿我我，跟他的無產階級文學趣味未必一致。有一年遊罷張家界，經過鳳凰沈氏故居，則河水未如想像的壯濶，兩岸亦無復古樸風貌。〈邊城〉才是沈氏的代表作，內容寫遺孤翠翠，由老祖父撫養，至亭亭玉立，引來狂蜂浪蝶，有兄弟二人同時示愛，議決以對唱求偶方式分高下，又是卿卿我我一番，可是長兄未如預期得到暗許，心神恍惚，不慎遇溺，所謂手足情深，善解風情的弟弟，早得佳人垂青，經此突變，也不來提親，祖父不久老成凋謝，翠翠無所依傍，去來江口守空船。

不久之前，在台灣《文訊》月刊（2011.10）讀到一篇題為〈古墓老人與花園女孩〉的追懷楊逵美文，作者說讀到〈邊城〉時感到震驚，原來也有一個孫女，也名叫翠，一直守在老祖父的身邊，原來她的身世，已刻鏤於〈邊城〉，至於結局，不是她期待的，有必要改寫！當年多麼希望舉翅不回顧，飛出像《湖濱散記》所描述的，像牧歌一樣的東海花園，終於考上台北的大學，獲得自己的天空，讓老祖父寂寞地過度餘年，如是四年，也就在驪歌高唱之際，驚聞噩耗，才若有所失。孫女翠後來發奮力學，桃李滿門，有聲於時。

花園女孩的阿公是在十二年牢獄之後，在古墓的寒冰床熱身，最後重出江湖，為增選立委站台。楊逵的確曾經撰文，把革命的歲月比作冰河期，但醉心批判現實的這位阿公曾明顯表示不喜歡武俠小說，花園女孩在回憶中植入《神鵰俠女》的橋段，即小龍女和楊過練功情節，則阿公九泉之下，必感錯愕。阿公好辯，即福本主義的「理論鬥爭」，想必有一番唇槍舌戰。

花園女孩對古墓老人的分明怨恨，是因為她被長期禁閉在缺水缺電的深山窮谷，而古墓老人，發願要在石頭上種滿鮮花，勞心勞力勞形，而可以與天在共久長，非所聞也。這個囚禁女性的空間，騷人墨客如當時旅居香江的徐復觀教授，卻形容如綠野堂白蓮社，當事者實則苦不堪言。

某年往加州聖地牙哥參加學術會議，古墓派傳人也在應邀之列，一手按著濶邊草帽，凌波微步，御風而行。風移影動，珊珊可愛。老外愛吃熱狗，高卡路里的香腸不到一半，就隨手揚棄，引來漫天飛鳥，時來啄食。現在才略有所悟，有花園女孩在，自然就有大鵰。

古墓派祖師王重陽，就是在西安附近起兵抗金，故古墓派有反殖民的傳統。我就在王重陽舉義的西安，在百人「延安文藝與二十世紀中國文學」國際學術研討會上招募了十數位大陸和日韓星馬學者。參加延安文學會議乃得自朴宰雨教授的推薦，出發之前，台中科大文學院院長林金龍教授議決合辦一個楊逵和路寒袖研討會。會議當天晚上（2012.5.16），與素昧平生的李林榮教授在校園散步，談文論學，科學也猖狂，拜 QQ 的「空間內爆」所賜，此後過從亦多。

林榮教授為我力薦黃科安教授和古大勇教授兩位，事緣黃古兩教授手上有港台魯迅研究計畫，熱衷譯介〈阿 Q 正傳〉的楊逵，應在規劃範圍之內。楊逵如李逵，喜赤膊上陣，即義無反顧的反抗精神，也就是所謂魯迅風。2102 年 7 月 5 日遊泉州，得以拜會兩位，科安教授撥冗為我講論港台見聞，雖為庶務所苦，至不窺園，卻能知天下事，以至過去未來，亦有龍虎之狀，大勇老師亦仁厚君子，雄才偉略，豈山中之人哉！

山東師大賈振勇教授早於澳門大學金庸研討會面識，之後承鼎力扶持，至為感激！延安文學會議在西安結束之後，有訪魯藝之行（2012.5.17），長路漫浩浩，得以趁機向呂周聚教授請教，呂教授亦山東師大知名學者，博覽群書，洞察世情，侃侃無倦！歸途過黃河壺口（2012.5.18），司機誤闖八陣圖，進退維谷，車行凡十數小時，得到與瀨戶宏教授和白池雲教授兩位教授大話西遊，蒼然暮色，自遠而至，至無所見，乃出自攜私房咖啡，攝心入定，以為持久之計，不可一日無此君，不能自拔。瀨戶教授長於戲曲，承惠允加盟，至感榮寵！

離西安前，李繼凱教授與高弟數位為我餞行，劉寧博士和博班宋穎慧女士，皆現代文學專業，穎慧女士有志於延安文學，於同屬普羅文學系列的楊逵，必有一番高論，穎慧女士於誤闖八陣圖，進退維谷之際，賜我飲食，以療饑渴，應記一筆。

向陽教授在前述《文訊》同一期撰文憶述花園女孩當年親手把抵萬金的〈綠島家書〉交《自立晚報》出版的經過，這是連續刊登的台灣文壇史又一章節，台灣文壇史上的向陽，也需要一枝健筆，以褒忠直。

稍後承嚴英旭教授邀約，遠赴麗水全南大學參加國際會議（2012.8.9），得悉楊逵早已見知於朝鮮，因請嚴教授便中疏理。嚴教授先世避安祿山之亂，散居新羅，乃不知有張獻忠，無論太平天國。《閱讀楊逵》的出版，得秀威楊宗翰博士、林泰宏先生協調，也希望趁這一機會，向楊博士、林先生致以萬分謝意！

# 目 次

## 作品敘事分析



## 互文閱讀

# 文學史上的楊逵

# 文學史・楊逵形象・述史肌質

賈振勇

## 作者簡介

賈振勇（Zhenyong JIA），1970 年生，男，山東濱州人，文學博士，山東師範大學文學院教授。擔任中國郭沫若研究會理事、中國茅盾研究會理事，山東省郭沫若研究會副會長。近年出版學術專著有《理性與革命：中國左翼文學的文化闡釋》（人民出版社，2009）、《詩與史的共鳴》（上海大學出版社，2009），《郭沫若研究十六講》（山東文藝出版社 2009），在《文學評論》《中國現代文學研究叢刊》、《魯迅研究月刊》等刊物發表論文 100 多篇。

## 内容題要

內地出版的文學史著作對楊逵及其作品的敘述，已經形成穩定模式。如何豐富文學史敘事中的「楊逵形象」，不僅僅是文學史編撰的個案問題。提升述史「肌質」，是文學史編撰的一條創新之路。

關鍵字：文學史、楊逵、肌質

## 一、引言

韋勒克在《文學理論》中曾宣稱：「確立每一部作品在文學傳統中的確切地位是文學史的一項首要任務。」[1]作為一項迷人而又危險的工作，文學史編撰的首要任務毫無疑問是發現、選擇和評價傑出的作家作品。文學史家們在編撰文學的有關歷史時，當然有各自期許和依據的價值標準，但是都毫無疑問地把「好」的作家作品作為述史核心。我們還沒有見過一部以「壞」的作家作品作為述史核心的文學史著作。大概沒有一位文學史家會把自認為「壞」的作家作品列入文學史序列。儘管有時有些入選作家作品並不優秀，也只能說明文學史編撰者的眼光欠佳。期待入史，毫無疑問是很多作家無法拒絕的誘惑。被列入文學史序列的作家，不但證明了自身具有加入文學傳統的資質，而且會獲得一種歷史地位、聲望；尤其通過文學史這種形式的傳播，獲得了不朽的可能。

## 二、楊逵及其作品已有的文學史形象

對於楊逵這樣的作家，入史已經不是問題，問題在於應該如何定位和評價，如何把楊逵及其作品的獨特性、創造性及其在中國文學傳統譜系中的價值準確標示出來。本文擬通過研讀內地出版的文學史著作，在觀測楊逵及其作品已有的文學史定位和評價基礎上，

---

1 〔美〕勒內・韋勒克（René Wellek, 1903-95）、奧斯丁・沃倫（Austin Warren, 1899-1986），《文學理論》（*Theory of Literature*），劉象愚、邢培明、陳聖生、李哲明譯（南京：江蘇教育出版社，2005）311。

探討進一步豐富和細化楊逵及其作品文學史形象的可能。鑒於內地出版的中國現當代文學史著作數量驚人，自 1970 年代末以來迄今的 40 多年間，內地已出版 517 部各類文學史著作（不含單純的當代文學史），僅本世紀以來就有 229 部[2]，因此，很難想像能將內地出版的現代文學史在短期內加以全部研讀。更鑒於大量的文學史著作存在很多驚人的相似性，因此選擇性研讀不失為一條捷徑，儘管這樣做有挂一漏萬之嫌。

## （一）以七種較有代表性的現代文學史作一分析

本文選擇性研讀的文學史著作主要有：錢理群（1939-）、溫儒敏（1946-）、吳福輝（1939-）著《中國現代文學三十年》，北京大學出版社 1998 年修訂版（以下簡稱錢溫吳本）；嚴家炎（1933-）主編《二十世紀中國文學史》中冊，高等教育出版社 2010 年版（以下簡稱嚴本）；朱棟霖（1949-）、丁帆（1952-）、朱曉進（1956-）主編《中國現代文學史（1917-1997）》下冊，高等教育出版社 1999 年版（以下簡稱朱丁朱本）；黃修已（1935-）主編《20 世紀中國文學史》下卷，中山大學出版社 2004 年版（以下簡稱黃本）；吳福輝著《插圖本中國現代文學發展史》，北京大學出版社 2010 年版（以下簡稱吳本）；顧彬（Wolfgang Kubin, 1945-）著《二十世紀中國文學史》（范勁等譯），華東師範大學出版社 2008 年版（以下簡稱顧本）；楊義（1946-）著《中國現代小說史》第二卷，人民文學出版社 1988 年版（以下簡稱楊本）。選擇這七部文學史著作進行研讀的

[2] 洪亮，〈中國現代文學史編纂的歷史與現狀〉，《中國現代文學研究叢刊》7（2012）：28-69。

理由：一，這七部史著都有涉及楊逵及其作品文學史形象的敘事。二，編撰者均是現代文學研究領域的資深學者，在內地現代文學研究領域具有廣泛影響性。三，這七部史著作各具特色，從不同角度代表了內地現代文學史編撰的較高學術水準。四，這七部史著在內地甚至海外均產生了較大反響：錢溫吳本是普通高等教育「九五」教育部重點教材；嚴本是普通高等教育「十五」國家級規劃教材；朱丁朱本和黃本是「面向 21 世紀課程教材」；吳本是近兩年內地出版的獲得學術較高評價的現代文學史著作；顧本的作者儘管是外國人，但其特立獨行的文學史編撰方式一度引發內地學界的爭論，與內地學者的文學史編撰方式形成交集，故而納入研讀範圍；至於楊本，儘管是專門體裁的文學史，但出版年代較早、影響較大，對楊逵及其作品的敘事較詳細，故而也納入研讀範圍。

為了尊重學術事實，更為準確地反映這七部文學史著作中有關楊逵及其作品形象的描述與判斷，本文盡最大可能按照客觀性原則進行概括與總結，儘管這很難達到真正的客觀。至於引用這七部文學史著作的原文，因已經列出出版資訊，故在引用時不再加注，只在正文的相關敘述中標明頁碼，以免重複帶來的不必要的累贅。

## （二）錢理群、溫儒敏、吳福輝本

錢溫吳本是近 30 年來在內地產生廣泛影響的文學史著作，我稱之為近 30 年來現代文學史編撰的「扛鼎之作」。該著最早由上海文藝出版社 1987 年出版，署名錢理群、溫儒敏、吳福輝、王超冰，修訂後改由北京大學出版社 1998 年出版。由於本文目的不是梳理該著版本變遷，故採用修訂版。該著「第二十九章　台灣文學」的

「二　台灣現代文學的代表性作家」，對楊逵及其作品有三大自然段的敘述，約 1,100 字[3]。首先，概括楊逵作品的主題：「更注意從歷史變革的層面諦視無產者的命運和社會變遷」，介紹了〈送報夫〉的主要內容及傳播的簡略情況；其次，以〈泥人形〉、〈鵝媽媽出嫁〉為例，概括楊逵作品藝術特色：「有時採用比較隱晦的象徵手法寫作」。第三，概括總體特徵：「楊逵關注現實，參與社會變革，思想開闊，性格豪爽，又受普羅文學思潮影響，其創作大都由現實直逼時代的思想制高點，雖然有濃重的意識形態意味，但視野廣遠，大氣磅礡，有一種粗獷的力度。他的小說，藝術上不算完整，但很適合他所處的那個渴求反抗與解放的年代。」該著還提及了〈模範村〉、〈萌芽〉和〈春光關不住〉等作品，以及楊逵「多數作品都是用日文創作，後譯為中文」。

## （三）嚴家炎本

嚴本中冊「第二十章　抗戰時期的中國淪陷區文學」的第一節「『日據』時期的台灣文學」，關於楊逵及其作品的專門論述大約有一頁半的篇幅，估計 1,500 字左右[4]。首先，以楊逵簡略的生平經歷為線索，對楊逵主要作品進行介紹、分析和評價。其次，在具體分析了〈送報夫〉後，指出：「這樣一種突破了單純的民族主義的創作視野，顯示出了楊逵社會關懷的深廣和左翼的文學傾向。」最後，

---

3 錢理群、溫儒敏、吳福輝，《中國現代文學三十年》（北京：北京大學出版社，1998）657-58。

4 嚴家炎主編，《二十世紀中國文學史》，中冊（北京：高等教育出版社，2010）364-66。

介紹了〈鵝媽媽〉、〈模範村〉、〈泥娃娃〉等作品的主題和內容，主要評語有：「楊逵小說對日本經濟殖民掠奪性的揭露，不僅為日據時期的台灣文學開闢了一個重要主題，而且對戰後台灣文學有重要影響」，「楊逵小說對殖民性的腐蝕有著高度的警覺」。

## （四）朱棟霖、丁帆、朱曉進本

朱丁朱本下冊「第三十六章　台灣文學」的第一節「台灣文學概述」，有一自然段講述楊逵及其作品，約 300 多字[5]。首先，用一句話概括介紹楊逵生平經歷。其次，引用龍瑛宗和鐘肇政、葉石濤對楊逵及其作品的評價。三，對楊逵及其作品的評價主要是：「其代表作〈送報夫〉、〈模範村〉等作品著力表現了廣大民眾不屈不撓的反抗鬥爭，激勵人們為追求光明未來而努力奮鬥。[6]」

## （五）黃修己本

黃本下卷「第十五章　台灣文學」的「1.台灣文學概述」，有一自然段講述楊逵及其作品，約 500 字左右[7]。首先，簡要介紹楊逵生平經歷，指出楊逵在光復後由日文創作轉向中文創作。其次，列舉楊逵代表作，簡要介紹〈送報夫〉和〈模範村〉的主題，指出

---

[5] 朱棟霖、丁帆、朱曉進主編《中國現代文學史（1917-1997）》，下冊（北京：高等教育出版社，1999）213。

[6] 朱棟霖　213。

[7] 黃修己主編，《20世紀中國文學史》，下卷（廣州：中山大學出版社，2004）230。

〈送報夫〉「透露出初步的社會主義思想」。最後，引用《光復前台灣文學全集 6》對楊逵小說的相關評論。

## （六）吳福輝本

吳本「第四章　風雲驟起」的「第三十八節　港台：分割、自立與新文學的生長」，有大約 400 多字涉及楊逵及其作品[8]。首先，將楊逵視為「遵循鄉土文學的傳統進行創作」的作家，指出戰時台灣出現了「最特殊的迂回文學，一批使用日文的本土作家曲折地寫出或尖銳、或隱晦的反抗殖民地統治、抵制向殖民文學『同化』的作品」。其次，簡要敘述楊逵文學活動的同時，重點指出了〈送報夫〉「這樣帶有社會主義思想的小說」、「將留日知識者的善良空想和當前殘酷現實作比」的〈模範村〉。最後，在綜述光復後的台灣文學時，提到楊逵在 1957 年寫出第一篇中文作品〈春光關不住〉。由於該著是插圖本，故還配發了兩張照片〈楊逵像〉和〈1937-1938 年的楊逵〉。

## （七）顧彬本

顧本「第三章　1949 年之後的中國文學：國家、個人和地域」的「一、從邊緣看中國文學：台灣、香港和澳門」中涉及到楊逵（238-39）：

---

8　吳福輝，《插圖本中國現代文學發展史》（北京：北京大學出版社，2010）446-48。

> 台灣在日據時期居然產生了以反殖民、熱愛故鄉（台灣）和懷念祖國（中國）為主題的社會批判性文學，這在今日看來可能有些不可思議。作家採用了隱晦的寫作手法可能是一種解釋，比如楊逵（1905-1985），他和吳濁流等人沒有像同時代的人一樣被日本思想同化[9]。

奇怪的是顧本為這段話在第 239 頁加了一個注釋①，列舉了馬漢茂（Helmut Martin, 1940-99）的一些說法，比如「楊逵一生主要在日本人和國民黨的監獄中度過」以及「楊逵很可能投降了日本侵略者」；同時也舉出「對楊逵作品的推崇」的研究成果，Angelina C. Yee（余珍珠）〈書寫殖民地本身：楊逵的抵抗和民族身分的文本〉（"Writing the Colonial Self: Yang Kui's Texts of Resistance and National Identity"）。

## （八）楊義本

楊本「第十一章　台灣鄉土小說」對楊逵及其作品的敘述設有專節「第三節　楊逵　壓不扁的玫瑰」。實際上該節只有「一、楊逵小說及其顯示的民族正氣」專門敘述楊逵及其作品，估計 7,300 多字[10]。由於楊本有關楊逵的敘事篇幅較大，其敘述也就從容有餘，本文不能一一引述，只能擇其要者。一如楊本的述史風格，對楊逵生平經歷和作品的敘述亦以褒揚手法落筆。在論及楊逵及其作

---

9 顧彬（Wolfgang Kubin, 1945-），《二十世紀中國文學史》，范勁等譯（上海：華東師範大學出版社，2008）。

10 楊義，《中國現代小說史》，卷2（北京：人民文學出版社，1988）721-32。

品的主題和內容時，稱「楊逵是繼賴和之後，台灣寫實文學的二世祖」,「儘管楊逵自認是賴和衣缽的傳人，但他初試鋒芒，便跨上了非賴和所及的社會歷史制高點，賴和是民間行醫的志士，創作立足於民眾，根基沉實；楊逵是受進步思潮洗禮的飄泊的革命者，創作既立足民眾，又放眼世界與未來，顯示出更開闊的社會視野」；楊逵「善於從宏觀的歷史層面上把握台灣社會現實及其命運」[11],「楊逵以一片忠肝義膽，在作品中架設使台灣同胞和祖國人民息息相通的『心橋』，無須懷疑，在一葦可渡的台灣島上，存在著萬古不滅的中華民族之魂。[12]」在論及楊逵作品藝術特色時，主要評語有：「由於處在殖民地社會環境從事創作，楊逵除了運用明白曉暢、充滿理想的現實主義創作方法，還採用隱晦曲折、富有暗示性的象徵手法進行堅韌的戰鬥」,「楊逵小說的風格是豪放的，思想開闊，慷慨激昂，寓樂於悲，著墨粗獷。他創造的是壯美，是力的文學」[13]。楊本專門詳細分析、解讀和評價的作品有〈送報伕〉、〈模範村〉、〈泥娃娃〉、〈萌芽〉、〈春光關不住〉、〈頑童伐鬼記〉、〈鵝媽媽出嫁〉。

## （九）小結

通過對上述七部文學史著作有關楊逵及其作品的敘事的整理和概括，總體來看有幾個特點：一，將楊逵作為台灣現代文學發軔時期的重要代表作家。二，重點介紹與評述的是〈送報伕〉、〈模範村〉、〈泥娃娃〉、〈鵝媽媽出嫁〉等作品。三、重點突出楊逵的反抗

[11] 楊義　724。
[12] 楊義　726。
[13] 楊義　729。

鬥志、左翼立場和民族主義精神，特別關注楊逵對精神同化尤其是殖民主義同化的警惕。四、著重分析楊逵創作的現實主義風格，注意到了曲折手法的運用和歷史視野的開闊；五，在評價楊逵作品的審美特色方面，注重闡釋其粗獷的、力的美學風格。六、隱含了楊逵鬥士風采與其作品的互文性問題。上述這些特點表明，內地出版的文學史著作對楊逵及其作品的敘事，已經基本形成了一個穩定的敘事結構和模式；對其生平經歷、代表作品的選擇與評價，有著基本的共識；楊逵對台灣現代文學的奠基性貢獻得到充分認可。

對一個人及其創造物的關照與評價，通常存在著一般評價系統和專業評價系統兩個視野，也就是非專業視野和專業視野。一般評價系統所採取的往往是綜合的、模糊的、收斂型評估模式，通過刪繁就簡等手段對一個人及其創造物進行歸納和概括；而專業評價系統往往採取分析的、精確的、發散型評估模式，通過闡幽發微等手段對一個人及其創造物進行認知和闡發。對一個文學家及其創造物的評價而言，兩者最典型的銜接與交匯點，我以為是文學史述史。文學史述史承擔著意識形態宣傳、文學教育、文學知識普及、審美能力培養等等各種社會職能，主要預設對象是大學文學及相關專業學生以及文學愛好者，而這個群體在向社會傳播文學資訊過程中起著相當重要作用，如果再考慮到中小學語文教材關於文學資訊的介紹與講述基本上也是來自文學史述史，那麼顯而易見它就成為社會各階層接受文學資訊的最主要、最權威的管道。因此，文學史述史系統中的研究和評估結果，代表了社會整體系統對文學諸問題的中等層次的認知、理解和接受，趨近於社會整體系統對文學認知、理解與闡發水準的平均值。內地出版的文學史著作對楊逵及其作品的選擇、描述、評價和闡發，體現的是內地社會整體系統對楊逵及其作品形象的認定與評判的平均值，意味著楊逵不但是台灣現代文學的創始作家，也是現代中國文學史序列中不可或缺的作家。顯然，這種認定與評判並不代表內地學術界關於楊逵及其作品研究的最高水準，但是卻可以體現內地文學研究系統對楊逵及其作品的典型和普遍判斷。這種認定與評判，構成了對楊逵及其作品進行深度研究的基本學術起點。

## 三、提升述史「肌質」，豐富「楊逵形象」（上）

經過 60 多年的探索與實踐，內地的文學史編撰已經基本形成一種穩定的述史模式。穩定其實也意味著它難以實現文學史編撰的整體創新和突破。關於如何實現文學史編撰的整體創新，另有專文論述。本文所關注的是，在文學史編撰整體創新難以取得突破的情況下，通過分析「楊逵形象」的文學史敘事，探究如何提升文學史述史的品質問題。

### （一）內地文學史編撰的一般路數

內地文學史編撰的程式，一般是首先考慮文學史觀、價值體系、框架結構、述史線索、文學史諸事實的篩選標準等宏觀問題，這些宏觀問題差不多解決了之後，才進入微觀的文學史編撰的具體敘事過程。在文學史編撰的具體敘事中，也形成了大體一致的敘事模式和結構，比如對入選作家的敘事，一般要包括時代背景、生平經歷、作品的介紹、分析和評判等元素；對入選作品的介紹、分析和評判，一般在結合作家生平經歷和歷史背景的情況下，採取二分法的敘事模式，也就是內容與形式／思想主題與藝術特色的模式，然後再分層次逐一進行概括、總結與評判，比如思想主題一、二、三，藝術特色一、二、三。本文研讀的七部文學史著作（顧本除外，基本上就是以這種模式和結構對楊逵及其作品進行敘事的；儘管詳略和取捨各有不同，但文學史敘事的基本套路大致相似。目前，內地學者有關文學史編撰問題的討論熱點依然集中於文學史觀、價值體系、框架結構、述史線索、篩選標準等問題，遺憾的是很少能見到有關微觀層面的文學史具體敘事問題的研究。

文學史是一種講述文學歷史的敘事體裁，基本職能是對歷史上的文學現象進行梳理、篩選和品評，目的是傳播文學知識、提升審美能力、陶冶藝術情操、延續文學傳統、凝聚民族精神、強化文化認同乃至意識形態教化等等。內地文學史著作雖然數量驚人，但是價值體系、框架結構等多大同小異，學術水準也參差不齊，述史品位的高下立然可判。究其緣由，文學史編撰中「肌質」的充盈、豐沛與否，是一個重要因素。高深莫測、晦澀難懂、駁雜繁複，未必是文學史著作高品質的體現；文學歷史的精彩和卓越，未必要通過眼花繚亂的理論和術語來表達；通俗易懂、雅俗共賞的語句，未必不能「直指人心，見性成佛」。文學史著作固然要兼備考據、義理、辭章和經濟四個品質，但是以歷史學述史模式為依託的編撰手法卻是其基本形態。通過述史，將文學史事實及其意義說准、說清、說透是其最基本的規則。要實現這項基本職能，建構富有張力和彈性的「肌質」，就是文學史編撰不可或缺的一項重要技術。

## （二）文學史編撰的「肌質」問題

這裡提到的「肌質」這個術語，來源於「新批評」大家蘭色姆的「結構—肌質（structure / texture）」理論。這個理論強調：詩歌作為一個意義的綜合體，具有邏輯結構和肌質兩個不同的特徵；具有鮮明個性且以想像不到的方式展現活力的是細節，細節的獨立性就是詩的肌質，它在某種程度上「依賴」於詩的邏輯起點，但並不完全由邏輯結構所決定；善於處理「結構—肌質」的關係，是詩人最珍貴最罕見的天賦[14]。本文無意詳述這個理論，只是將其術語和思路借用到文學史編撰中，意圖有益於文學史編撰難題的解決。所以，如果將文學史觀、價值體系、框架結構、述史體系、文學事實篩選等宏觀命題，視為文學史編撰的「邏輯結構」；那麼具體的微觀層面的敘事問題，就可以視為文學史編撰的「肌質」。內地出版的文學史著作，複製現象普遍，個性之作、創新之作不多見。除了文學史編撰宏觀層面的「邏輯結構」存在瓶頸外，文學史編撰微觀層面的「肌質」問題，是一個絕對不能忽視的薄弱環節。細節往往決定成敗，再高屋建瓴的文學史觀、再有整合力的價值體系、再有凝聚力的框架結構、再有豐富內容的述史體系、再有水準和品位的篩選標準，如果不借助於微觀層面的具體文學史敘事亦即文學史的「肌質」來展現，其學術效力想必事倍功半。而出色的文學史「肌

14 〔美〕約翰・克羅・蘭色姆（John Crowe Ransom, 1888-1974），《新批評》（*The New Criticism*），王臘寶、張哲譯 （南京：江蘇教育出版社，2006）182-87。

質」，往往能將平淡無奇的文學史「邏輯結構」，潤飾和提升到一個更高的層次。

顧彬談及評價 20 世紀中國文學史的依據時，提出了「語言駕馭力、形式塑造力和個體精神的穿透力」三個標準[15]。事實上，這何嘗不可以成為文學史編撰者進行文學史敘事的標準呢？文學史著作是具有相對獨立性的的存在，何嘗不可以使自身具有較高的意味和品位？文學史編撰不僅僅是一種專題歷史的研究工作，也是一種創造「有意味的形式」的寫作，還具有可以啟迪人心、發人深省的哲學探究色彩。海頓・懷特所謂歷史敘事具有詩性和修辭性特徵，對文學史編撰同樣有效。因此，當文學史觀、價值體系、框架結構、述史線索、文學史諸事實的篩選標準等問題難以突破的時候，述史「肌質」的提升，就是文學史編撰的一條創新之路。

## （三）以楊逵為例之一

以楊逵為例。以歷史背景、時代精神、生平經歷、作品解讀作為框架和線索，編織作家作品形象，是文學史編撰的學術慣例。但是如何融會貫通這些元素，將作家作品的獨特性和創造性展現出來，卻非輕而易舉。如果僅僅是點到為止，很可能就會隔靴搔癢、似是而非、浮於表像。比如，很多文學史著作都提及楊逵的政治行為，可是楊逵的政治行為發生在一個什麼樣的政治生態環境中？這種政治生態環境對楊逵及其作品產生了什麼重要影響？他的政治行為和作品之間的深度關聯是什麼呢？儘管日劇時代的台灣在法

---

15 〔德〕顧彬（Wolfgang Kubin, 1945-）〈前言〉，《二十世紀中國文學史》 2。

律和政治範疇上並不從屬於中華民國，那時的楊逵是也一個以日文進行創作的作家，但是顧彬以台灣和大陸的發展「基本脫節」、「穿著純粹的日語外衣」為理由，判定日據時代台灣文學「應該算作日本文學史，而不是中國文學史的一部分」[16]，這種說法絕對難以成立。如果按照這個邏輯，那麼思想的信奉是否可以作為劃分的標準呢？思想信奉可是比單純的語言文字運用更具根本性，那麼我們是否可以據此判定信奉孔子（前551-前479，一說生於前552）的伏爾泰（Voltaire, 1694-1778）的思想屬於中國思想史呢？最簡單的例子，比如英語在全世界普及性最高，用英文寫作的作家比比皆是，但是你能說屬於英國文學史嗎？顯然，表像的世界並不意味著意志的世界。兩岸同根同源同脈是基本事實，不會因為法律、政治乃至語言運用的暫時變異而改變其民族本性和文化根性。泰納（Hippolyte Taine, 1828-93）曾言：

> 人類情感與觀念中有一種系統；這個系統有某些總體特徵，有屬於同一種族、年代或國家的人們共同擁有的理智和心靈的某些標誌，這一切是這個系統的原動力[17]。

楊逵在日本殖民侵略的苦難遭遇中以日文寫作，是日寇實施文化滅絕的極端歷史狀態下的被迫之舉；目的不是屈從殖民統治，而

---

[16] 顧彬　235。

[17] 〔法〕H. A. 泰納（Hippolyte Taine, 1828-93.）：《英國文學史》（*History of English Literature*），〔英〕拉曼・塞爾登（Raman Selden）編：《文學批評理論——從柏拉圖到現在》（*The Ttheory of Criticism: From Plato to the Present*），劉象愚、陳永國等譯（北京：北京大學出版社，2003）429。

是表達不屈不撓的抵抗精神；這恰恰是他那代作家出污泥而不染的風骨和神采所在，也是中華文化原動力在日據台灣時期威武不屈的見證與象徵。楊逵主要不是因為憧憬文學而從事文學創作，恰恰相反，文學作品是他高揚而堅定的政治反抗意志的果實；他將一個區域、一個時代和一個民族、一種文化共同擁有的情感感應和精神訴求，彙集在自己的政治反抗和文學創造中，是他那個時代、那個區域的那代人，在艱難跋涉中追求理想存在模式的精神路標。

顯然，內地出版的很多文學史著作並未將這個問題說透。主要原因應該在於，對一個世紀以來台灣所遭遇的獨特政治和文化災難，存在著經驗層面的隔膜。先是日寇殖民統治，後繼兩岸對立分治，政治、軍事的對峙固然無法割斷民族認同和文化傳承，但是台灣的歷史和文化在這樣的特殊遭遇中，必然要生成自己獨特的生存形態和運作方式，必然在延續民族精神和繼承文化傳統方面形成特殊的區域特徵和時代特徵。猶如中華文化「獨尊儒術」之前的齊魯文化、吳越文化等區域文化的存在，台灣文化當然也具有獨特的精神氣質、習俗慣例、典章文物等具體形態和特徵（這本身就說明中華文化富有包容性）。指出台灣社會政治、經濟、文化的區域性和獨特性，目的在於：當強調台灣作家對中華文化生生不息、百折不撓的認同感和向心力的時候，應該能充分認識到台灣文化的區域性特徵和獨特形態，會使該區域作家的文學創作具有獨特個性和別樣風采。這種文學創作的區域色彩和獨特風貌，是衡量和評價該區域作家作品不可或缺的一個重要尺度。

楊逵及其作品顯然是體現這種同一性和差異性的典型作家作品。對這種同一性和差異性的辨別、分析和判斷，並不是籠統地冠以台灣文學、殖民歷史、兩岸分治等類似術語所能說準、說清、說透的，學者們需要進行細緻而審慎的探究，況且每個具體作家還都有自己個性獨具的人生脈絡、生命體驗、價值訴求和表達方式。以文學史的有限篇幅，準確、清晰、透徹地講述這種同一性和差異性，需要深厚的學術功力和恰切的表述技巧。

## （四）以楊逵為例之二

再比如楊逵的左翼政治立場和民族主義精神之間錯綜複雜的關係。很多學者可能會因為這兩種思潮論域的差異而糾結於概念和理論。文學史編撰的穩妥之舉，一般也是分而述之、不加深辨。然而概念和理論只有依託於具體事實才有意義，正如伊格爾頓（Terry Eagleton, 1943-），所說：

> 「文本的真實」與歷史的真實是相關的，但不是對歷史真實的想像性置換，而是某些以歷史本身為最終源頭和指涉的表意實踐的產物[18]。

對楊逵而言，他的生平經歷、生存狀態和這兩種思潮之間，存在著著天然的主體間性；或者說楊逵及其作品、兩種思潮，不但和歷史事實本身相關，在某種意義上就從屬於歷史事實本身，是歷史事實狀態的個體化表意實踐。所有這一切，尤其是他作品的起源和精神旨歸，最終彙聚在一起使他成為所處歷史時代的一面明鏡。在

[18] 〔英〕特里·伊格爾頓（Terry Eagleton, 1943-），《批評與意識形態》（*Criticism and Ideology: A Study in Marxist Literary Theory*），塞爾登　474-75。

那個時代，楊逵所秉持的這兩種精神與價值取向，和內地左翼作家所展現的基本一致，都是同一主體的精神訴求的不同面相；爭取民主自由和民族解放不但並行不悖，而且還是相互支撐、相互依託；猶如那個時代內地左翼作家將反抗專制獨裁和救亡圖存深度結合在一起，楊逵及其作品不但展示了這兩種精神向度以及兩者之間的複雜性，更充分表達了兩者在起源和目標上的同構性和互文性。更為重要的是，楊逵及其作品和內地作家精神訴求的遙相呼應，體現的是中華民族在一個特殊歷史狀態下的共同精神主題和價值訴求。這或許就是一個民族、一種文化雖然遭遇劫波，依然能夠將其普遍的向心力和凝聚力，以具體的個體特殊方式加以呈現的結果。

顯然，豐富文學史中的「楊逵形象」，僅僅判定其政治反抗的正義性，分析其左翼立場、民族主義的合理性，闡明歷史背景、時代精神、生平經歷與其文學創作的關聯，還不足以充分說明楊逵及其作品的文學史地位和藝術價值。因為無論動機和意願如何，文學史所要面對的畢竟只能是文學產品。問題的關鍵是楊逵如何在文學創作中，將上述元素內化為作品的有機內涵，最終留下「攖人心」[19]的傑出文學作品。這就要牽扯到文學史編撰的審美標準和審美評價問題。

## 四、提升述史「肌質」，豐富「楊逵形象」（下）

文學史編撰中審美標準的確立和審美評價的運作，取決於文學史編撰者對審美價值和美學範型問題的理解與運用。「審美」本身

[19] 魯迅，〈摩羅詩力說〉，《魯迅全集》，卷1（北京：人民文學出版社，1981）68。

是一個複雜而籠統的概念，統轄著審美主體、審美對象、審美意識、審美態度、審美經驗、審美體驗、審美趣味、審美觀念、審美價值、審美理想等彼此依存又相互交叉的諸多子概念。過去 30 多年，中國現代文學研究界在實際的學術運作中，往往不深入辨析這些子概念的差異，而是綜合、雜糅運用。以至於審美觀念、審美經驗、審美價值等幾個有限的子概念，在具體學術語境中趨向於代行「審美」的整體職權。這也不是多麼不合學術規範的事，因為一個學者借鑒運用其他學科的概念很難做到界限分明，就是本學科學者在實際運用中也很難做到毫釐不差。概念、術語和理論本來就是研究的拐杖，是後發於現象與經驗的歸納、概括和總結。

## （一）文學史寫作引進「審美」概念產生的問題

問題關鍵在於，學者們在綜合運用「審美」這個概念時，賦予了它怎樣的內涵和外延，產生了什麼樣的學術效力。近 30 多年對審美概念綜合雜糅運用的後果，是在文學研究界形成了一股推崇審美性、文學性的學術潮流，審美性和文學性成為評價作家作品的最高尺規；而對審美性和文學性的理解，往往集中於幾個層面，比如超越性、永恆性、人性、品位、審美愉悅等等。十多年前評論這種現象時我稱之為「審美自治論」。儘管近年學術界已經反思文學性、審美性等觀念的弊端，但焦點多集中於不滿這些觀念造成文學及其研究和社會現實的脫節；這個問題無論是在理論領域還是學術實踐層面，並未得到妥善和徹底的解決。尤其是文學史編撰領域對作家作品的選擇和品評，還遺留著濃重的痕跡；較為穩定的「審美意識形態」氛圍，依然持續影響著文學史編撰的篩選和評價。

熟知中外文學史和文學理論者大概都會知道，所謂文學性、審美性、超越性、永恆性和藝術性等，從來就沒有純粹存在過，從來都是以歷史的和相對的特殊形態存在，這些特殊形態的內涵和特徵往往並不一致。顯然，「審美」這個綜合概念的能指和所指，是在歷時性和共時性的氤氳互生中滑動運行，並產生理論效力。伊格爾頓曾感慨：

> 畫家亨利・馬蒂斯（Henri Matisse, 1869-1954）曾經說過，一切藝術都帶有它的歷史時代的印記，而偉大的藝術是帶有這種印記最深刻的藝術。大多數學文學的學生卻受到另外一種教育：最偉大的藝術是超越時間、超越歷史條件的藝術[20]。

何止是受文學教育的學生，如果教育者不把這個命題視為「真理」，又如何向學生傳授這樣一種理念？故意傳授偽知識、偽命題的教育者大概微乎其微吧。實際的狀態是，每個時代的人都依據所處時代的思想狀況和精神趣味，對審美觀念給予符合自身時代想像和理論期待的認定與界說，從而實現特定歷史時期內的有效解說與闡釋。

「審美自治論」的一度流行，既與時代狀況的制約有關，又與誤讀文學審美觀念的內涵與外延密切相關。在文學研究和文學史編撰的篩選和評價機制中，人們經常以是否帶來「審美愉悅」，來評價作家作品的水準與品質，來說明、解釋文學現象的發生、傳播、

---

[20] 〔英〕特里・伊格爾頓，《馬克思主義與文學批評》（*Criticism and ideology: A Study in Marxist Literary Theory*），文寶譯（北京：人民文學出版社，1980）6-7。

接受和影響。可是審美愉悅到底是什麼？顯然，人們在運用中往往傾向於感覺、知覺和情感層面，而對意志、理性、欲望乃至道德等層面置若罔聞。梅內爾認為，「我一直把我們對優秀藝術品所產生的情感或綜合情感稱作『愉悅』，這是因為還找不到更合適的字眼」，顯然這裡所說的「情感」並非一般意義上的理解，而是一種全能代指，因為他接著指出，「從特徵上講，審美愉悅來自於構成人類意識能力的鍛煉和擴大的愉悅。……人類意識可以被理解為經驗、理解、判斷、決定四個層次的運作」[21]。梅內爾的論述，我認為觸及到了對審美觀念如何整體理解和闡釋這一命題。文學研究和文學史編撰中的篩選和評價活動，實際上是評價者的感覺、知覺、情感、意志、理智、欲望乃至潛意識等各種精神能力在面對審美對象時的一種綜合的總體精神反應，融匯著體驗的快感、認知的滿足、理性的判斷、道德的評價、意志的擴展、欲望的轉換等等各種元素的交叉活動，絕非那個通常意義上的單一審美愉悅所能涵蓋的。實際上不僅是中國現代文學研究界，就是恩格斯有關歷史的和美學的論述、韋勒克有關外部研究與內部研究的分類，也存在著單一化和狹隘化理解、運用審美觀念的傾向。充分理解了審美觀念的這種複雜性和整體性，也就不難理解海德格爾（Martin Heidegger, 1889-1976）為什麼要在《藝術作品的起源》（*The Origin of the Work of Art*）中循環往復、曲折晦澀地論證作品、藝術和真理之間的關係，因為藝術、作品和世界有著天然的主體間性關聯。

---

[21] 〔英〕H. A. 梅內爾（Hugo A.Meynell, 1936-），《審美價值的本性》（*The Intelligible Universe: A Cosmological Argument*），楊平譯（北京：商務印書館，2001）26-27。

審美標準的確立和審美評價活動的展開，顯然要依賴評價者所認定的審美價值和美學範型。當我們將曾經被驅逐的大量豐富內涵重新召喚到審美觀念的領地，將審美體驗／經驗理解為一種富有包孕性和相容性的人類精神的獨特存在形式時，文學作品所擁有的審美價值和美學範型的多樣性也就會相應綻放。紹伊爾斷言：

> 審美特質被理解為一種歷史產物，於是，那種宣稱藝術是與一切非藝術因素無關的獨立物的觀點被拋棄了，價值判斷不再遵循過去大多從「古典」文學中推導出來的標準，美學本身也成為一種受歷史條件制約的藝術觀。判斷「美」的標準不再是絕對的，而是相對的，即在歷史進程中不斷變化運動的。藝術作品不再是風格形式上具有不變價值的實體，而必須以歷史的觀點重新被評價。只有在歷史這面鏡子中，一種審美現象才能獲得其價值[22]。

我要說的是，在相當重要的程度上，只有當審美觀念和美學範型恢復了固有的豐富內涵後，歷時性的、有效的審美評價活動才能持續展開，人們才有可能重新選擇、發現和評價審美對象。

---

[22] 〔德〕赫爾穆特・紹伊爾：《文學史寫作問題》，《重新解讀偉大的傳統——文學史論研究》，中國社會科學院外國文學研究所《世界文論》編輯委員會編（北京：社會科學文獻出版社，1993）150-51。

## （二）楊逵小說的「文學性」／「藝術性」

之所以不厭其煩地闡述這個理論問題，就在於因為誤讀文學審美觀念，導致楊逵及其作品的文學評價尤其是文學史形象建構存在著不足與遺憾。這種狀況存在已久：從〈送報夫〉獲日本《文學評論》徵文二等獎時評委們對小說藝術性的保留意見，到胡風翻譯該作時指出的「結構底鬆懈」，再到以後不少學者評價楊逵作品「文學性」、「藝術性」偏低。以致於一些採取同情式研究的學者也委婉表示「楊逵的創作可能存在樸拙和粗糲的敘述。[23]」關於這個問題，正如有的學者所概括的：「關於楊逵作品的評論，的確有一種幾乎是共同的現象，那就是對於楊逵小說的『文學性』或『藝術性』的評價一直不是作家、評論家們關心的問題。……『文學楊逵』的形象好像都是由於其作品所表現的『非文學』意義而得以牢固地建立起來的。[24]」這個現象的實質，並不是評價者們有意進行貶低，而是在很大程度上源於評價者內心深處那個凝固而窄化的審美價值和美學範型。須知，審美觀念和美學範型雖然具有獨立性，但是它後發於文學現象和文學作品，是對文學現象和文學作品的一種經驗主義的歸納、概括和總結；反過來看，文學現象和文學作品又為這種經驗主義提供了事實印證，即「名著作為一個對象，具有批評標準的重要意義」[25]。經過這種循環論證式的共時性累積和歷時性沿

---

[23] 朱立立、劉登翰，〈論楊逵日據時期的文學書寫〉，《中國現代文學研究叢刊》3（2005）：49-65。

[24] 黎湘萍，〈「楊逵問題」：殖民地意識及其起源〉，《華文文學》5（2004）：11-18+74。

[25] 梅內爾，《審美價值的本性》。

革，審美觀念和美學範型及其評價評標準，就會隨著文學現象、文學作品的確立、傳播與影響，逐漸形成自身的穩定結構、意義功能和實踐取向。

事實上，再完美的文學作品，也未必能將審美價值和美學範型的全部內涵等量齊觀、集體展現出來，只能突出其中一個或幾個層面。能進入文學史序列的作家作品，大多數不是因為完美而全面的展現審美價值和美學範型，往往是由於在一個或幾個層面展示出審美的力量而留名歷史，這種力量不僅僅限於布魯姆所謂的「嫻熟的形象語言、原創性、認知能力、知識以及豐富的詞彙」[26]，更不會局限於研究界過去理解的那個審美價值和美學範型的指涉。這種審美力量，事實上就是我們常說的文學作品在一個或幾個層面上的獨特性和創造性。豐富楊逵及其作品的文學史形象，關鍵就在於其審美力量也就是獨特性和創造性的辨析、確定與評價。

## （三）楊逵的獨特性和創造性

文學史編撰的目的不是排座次，而是梳理文學源流，勾勒文學傳統，鑒別、闡發每一個作家的獨特性和創造性。每一部作品的獨特性和創造性，都是其他作品的獨特性和創造性所無法替代的。猶如自然界的爭相鬥豔、絢爛多彩，花朵的嬌豔欲滴無法替代碧草的青綠怡人，參天大樹的高聳入雲也無法替代低矮灌木的匍匐蔓延；

26 〔美〕哈樂德・布魯姆（Harold Bloom, 1930-），《西方正典：偉大作家和不朽作品》（*The Western Canon: The Books and School of the Age*），江寧康譯（南京：譯林出版社，2005）20。

美和藝術的展現，不儘然是「家族相似性」，還是個體多樣性和不可重複性。韋勒克深諳此道：

> 我們要尋找的是莎士比亞（William Shakespeare, 1564-1616）的獨到之處，即莎士比亞之所以成其為莎士比亞的東西；這明顯是個性和價值問題。甚至在研究一個時期、一個文學運動或特定的一個國家文學時，文學研究者感興趣的也只是它們有別於同類其他事物的個性以及它們的特異面貌和性質[27]。

那麼，楊逵及其作品的獨特性和創造性或者審美力量究竟何在呢？泰納曾經抗辯：

> 如果有些作品中的政治和教義都充滿生機，那就是祭壇和主教座上的雄辯的佈道文、回憶錄、徹底的懺悔錄；所有這一切都屬於文學[28]。

用以往的所謂藝術性、文學性來評定楊逵及其作品，顯然是拿其他作家的獨特性和創造性的尺規來衡量，是以他人之長來比較楊逵及其作品之短。諸如語言運用的嫻熟、結構佈局的均衡、敘事能力的卓越、情節設置的巧妙、主題意蘊的含蓄、感情蘊藉的委婉之類，並不是楊逵作品之所長。這些人們慣用的標準，無法準確、透徹地勘探楊逵及其作品的獨特性和獨創性。楊逵作品的審美力量，

---

[27] 韋勒克　6。
[28] 泰納　432。

自有其樸拙、粗礪、壯美的別樣風采和獨特魅力，因為在他的那個年代，「文學是戰鬥的！[29]」

眾所周知，辛亥志士林覺民（1887-1911）的《與妻書》不是文學創作，可是其藝術感染力不知勝過多少文學作品；中國古典時代也不知有多少台閣體、宮廷詩在藝術上華麗一時，如今卻湮滅無聞。十九世紀俄羅斯那些偉大的批評家們，的確是屹立在人類批評史上的高峰，他們對文學的理解與評判確乎鶴立雞群：「衡量作家或者個別作品價值的尺度，我們認為是：他們究竟把某一時代、某一民族的『自然』追求表現到什麼程度。[30]楊」逵及其作品的價值和文學史意義，就在於他憑藉堅忍不拔的抵抗一切暴虐的政治意志、「用文藝作品底形式將自己的生活報告於世界的呼聲」[31]，將他那個時代、那個區域、那個社群的內心追求，表現到了他那個時代所能達到的一個歷史高度。即使僅僅憑藉這個因素，他也會成為他那個時代、那個區域的經典作家，何況其作品的審美力量還有獨特的藝術個性和風貌。

## 五、結論

隨著時光的流逝，人們在記憶深處打撈那個時代、那個區域的精神遺跡時，在楊逵作品中得到的，可能比那些汗牛充棟的歷史資料更為細膩、豐富和鮮活；而且，所有遭受過或正在遭受奴役與剝

---

[29] 魯迅，《葉紫作〈豐收〉序》，《魯迅全集》，卷6，220。

[30] 〔俄〕杜勃羅留波夫（N. A. Dobrolyubov, 1836-61），《杜勃羅留波夫選集》，辛未艾譯，卷2（上海：上海譯文出版社，1983）358。

[31] 楊逵，〈送報伕〉，胡風譯，譯者前言，《世界知識》1935年第2卷第6號。

削的人們，也能在他的作品中找到深深的同感和強烈的共鳴，因為「這是東方的微光，是林中的響箭，是冬末的萌芽，是進軍的第一步，是對於前驅者的愛的大纛，也是對於摧殘者的憎的豐碑。一切所謂圓熟簡練，靜穆幽遠之作，都無須來作比方[32]」。

當我們從以往對審美性、藝術性、文學性的誤讀中解放出來，再重新走入楊逵及其作品的世界，其獨特性和創造性就會破土而出。提升有關楊逵及其作品的述史「肌質」，豐富文學史敘事中的「楊逵形象」，也就有了堅實的支點和明確的方向。在文學史中準確、全面、透徹的敘述「楊逵形象」，就不僅僅是一種理論可能，而是變為一個具體的文學史編撰的技術問題和實踐問題。這將對文學史編撰提出新的要求。通過如何豐富文學史中的楊逵形象這個具體學術個案，我們能夠預測：如何具體而圓熟的提升文學史述史「肌質」，從而實現文學史編撰的突破，將向文學史編撰者們發出挑戰。

---

32 魯迅，《白莽作〈孩兒塔〉序》，《魯迅全集》，卷6，494。

# 「東（南）亞魯迅」：台灣日據時期作家接受魯迅的一個精神基點

## ——以楊逵與賴和為中心

古大勇、黃科安

### 作者簡介

古大勇（Dayong GU），男，1973 年生，安徽無為人，安徽師範大學碩士，中山大學博士，曾任教於淮北師範大學，現任泉州師範學院文學與傳播學院副教授，主要從事中國現當代文學研究和魯迅研究，已發表學術論文六十餘篇，其中核心期刊十多篇，部分論文被大複印資料中心轉載，出版專著三部，即《「解構」語境下的傳承與對話——魯迅與 1990 年代後中國文學和文化思潮》、《多維視閾中的魯迅》和《文本細讀和現象闡釋——中國現當代文學專題研究》，主持一項福建省社科規劃專案《意識形態、多元解讀與經典認同——台港澳暨海外華文文化圈對魯迅的接受研究》，並主持多項市廳級項目，參與兩項國家社科基金專案。黃科安（Kean HUANG），1966 年生，福建安溪人，福建省泉州師範學院教授、教務處長，福建省現代文學研究會理事。福建師範大學碩士、博士，中國社科院博士後出站。1997-98 年在北京大學做訪問學者。主要研究方向。中國現當代散文。曾主持國家社會科學基金、中國博士後科學基金、福建省社會科學規劃等科研專案，獲得福建省社會科學優秀成果獎二等獎，在《文學評論》、《文藝研究》等刊物發表論文一百多篇，出版《20 世紀中國散文名家論》、《現代散文的建構與闡釋》、《知識者的探求與言說：中國現代隨筆研究》、《思想的穿越與限度：中國現代文學專題研究》、《延安文學研究》等學術專著。

## 論文題要

「東亞魯迅」是近年來魯迅研究界出現的、並逐漸為學術界所認同一個新概念，其核心是魯迅所提出的「抗拒為奴」思想精髓。受此概念的啟發，筆者試圖提出一個與「東亞魯迅」具有某種部分同質關係的新概念——「東南亞魯迅」，兩者在「抗拒為奴」的層面形成同質疊合關係。由於特殊的時代和個人原因，包括楊逵和賴和等在內的台灣日據時期作家，其「抗拒為奴」的訴求更多地體現在「國家民族」的層面，更多地出於一種民族救亡的需要，體現了一種與「個」對立的「眾」的性質的「民族的自覺」意識，一定程度上造成了對個人層面的「抗拒為奴」以及「個」的意識的忽略和遮蔽。

關鍵詞：東亞魯迅、抵抗、楊逵、賴和、竹內好

## 一、「抗拒為奴」：「東亞魯迅」、「東南亞魯迅」的思想精髓

什麼是「東亞魯迅」？「東亞魯迅」是近年來魯迅研究界出現的一個新名詞[1]，具有固定的內涵和外延，並逐漸為學術界所認同。在數十年的魯迅跨文化的交流與對話中，魯迅的影響與意義已經超越了中國國內，而逐漸成為東亞的中國、韓國、日本共同關注的物件，並在各個國家都能形成魯迅研究的熱潮，參與研究的人數之多、研究成果的品質之高，直追甚至超越了同時期的其他作家，魯迅已經成為中、韓、日三國公認的最能代表東亞文學的作家，正如伊藤虎丸所說:「魯迅的文學在世界文學中，恐怕比日本近代文學的哪個作家和哪部作品都更代表東方近代文學的普遍性。[2]」中、韓、日三國在接受魯迅的過程中，在汲取魯迅精神與文學資源、思考魯迅的價值和意義時，具有某種大致的趨同性，從而形成了一個一致認同、具有特定內涵和外延的「東亞魯迅」形象。「東亞魯迅」形象何以能形成？首先，中國、韓國、日本共同存在於東亞文化區，比鄰而居，隔海相望，在文化上也表現出同源衍生的特點，歷史上三國之間文化交流頻繁。從文化上來看，三國共同處於儒教文化圈，中國是儒家文化的發源地，「朝鮮王朝把儒家性理學作為立國

---

1 參看張夢陽，《魯迅學：在中國在東亞》，廣州：廣東教育出版社，2007年版；張夢陽，《跨文化對話中形成的「東亞魯迅」》，《魯迅研究月刊》1（2007）：4-17；陳方競，《韓國魯迅研究的啟示和東亞魯迅研究意義》，《中山大學學報》（社會科學版）6（2006）：49-58：陳芳明（1947- ），〈台灣文學與東亞魯迅〉，《文訊》267（2008）：53-61；陳芳明，〈台灣魯迅學：一個東亞的思考〉，《文訊》309（2011）：7-9。

2 伊藤虎丸（ITŌ Toramaru, 1927-2003），《魯迅與日本人》，李冬木譯（石家莊：河北教育出版社，2000）23。

思想，而儒教和神道教的對立統一則正是日本文化的特徵，可以說，其『立人』和『立國』的思想基礎正由儒教所奠定，東亞思想的本質也是在儒教的糾葛中歷史地形成的。[3]」三國共同具有儒家文化的特徵，同時也共同面對西方文化的衝擊困擾以及如何應對的問題。這是魯迅能夠成為三個民族共同關注對象的文化根源。

## （一）韓國的集體記憶

「中、日、韓三國魯迅學界所構成的『東亞魯迅』，是以冷靜、深刻、理性的「抗拒為奴」的抵抗為根基的。這種抵抗既是針對身處的具體社會歷史環境中的奴役現象，又是對自身奴性的抗拒。這是魯迅本身的精髓，是多少年來魯迅學家們從人類整體發展進程出發所作出的普世性的認知」[4]。作為殖民地國家誕生的作家，魯迅「抗拒為奴」的抵抗品格正表達了中、韓、日三國人民和知識分子的內心訴求。毛澤東說過，「魯迅的骨頭是最硬的，他沒有絲毫的奴顏和媚骨，這是殖民地半殖民地人民最可寶貴的性格」。中國人民在漫長的反帝反封建的鬥爭中，最迫切反對的正是這種奴隸性，最迫切需要的正是這種「抗拒為奴」的抵抗品格。韓國和中國一樣，有共同的被殖民的歷史，同處於帝國主義的奴役之中，同時對本國的統治者的專制統治也有大致相同的體驗，所以他們也是從反抗奴隸性的基點來接受魯迅的。他們對魯迅的「抗拒為奴」思想、革命情結、復仇精神等有著更為深切的感受和認同，在這點上，他們甚

3 高遠東，《現代如何「拿來」——魯迅的思想與文學論集》（上海：復旦大學出版社，2009）74。

4 張夢陽，〈跨文化對話中形成的「東亞魯迅」〉 17。

至超越了中國人，正如孫郁說：「韓國學人一些論文對奴隸一詞的敏感，超過了中國知識界的反應，」「韓國人看魯迅，有著中國人不同的視角。他們是帶著被殖民化的記憶，以一種反抗奴隸的自由的心，自覺地呼應了魯迅的傳統，」「那裡的人們還保存著血氣，有著陽剛之力。雖然知道韓國知識界也有自省的衝動，時常抨擊著自己社會的黑暗，但我覺得中國的許多讀書人已喪失了類似的狀態了。[5]」

## （二）竹內好的反殖民經驗

而日本的情況有所不同，同時期的日本，不但沒有被殖民的歷史，而且還曾經侵略過的別的國家，但日本包括竹內好（TAKEUCHI Yoshimi, 1910-77）的魯迅研究學者是借魯迅來批判反思日本文化，竹內好認為中國和日本在近代化過程中具有同構異質的特徵，所謂「同構」，是指中國和日本同樣面臨著「被西方強制近代化」的問題，「異質」表現為中國和日本在「被近代化」的過程中採取了不同的對應策略，分別體現為「回心型文化」與「轉向型文化」，竹內好認為「回心型文化」典型地體現在魯迅的身上，他認為魯迅：

> 拒絕自己成為自己，同時也拒絕成為自己以外的任何東西。這就是魯迅所具有的、而且是魯迅得以成立的、「絕望」的意味。絕望，在行進於無路之路的抵抗中顯現，抵抗，作為

[5] 孫郁，〈《序言》，《韓國魯迅研究論文集》，魯迅博物館編（鄭州：河南文藝出版社，2005）1-3。

絕望的行動而顯現[6]。

「回心型文化」是通過不斷抵抗和對自我的否定而更新，從主體內部發生變化，竹內好以魯迅的「回心型文化」為參照，來反思批評日本無抵抗的、被動地轉向西方模式的、只作表面改變的「轉向型文化」。伊藤虎丸說：

通過竹內好，我從魯迅那裡，也從中國近代史的進程當中學到了只有通過抵抗才有自我變革和發展，才會獲得救贖這一點[7]。

戰後日本魯迅研究的動機之一，就是站在反省日本「疑似近代」的立場上，藉魯迅來認識「真正的近代」。在日本學者那裡，魯迅事實上作為一種先進的成功的文化類型的參照，借魯迅來認識、批判、反思、發展和重建本民族的文化。

除了借魯迅（中國）而反思日本之外，「抗拒為奴」也是日本魯迅研究一個核心問題，在竹內好的《魯迅》中，大篇幅地引用魯迅的關於「奴隸」的言說，竹內好從魯迅的「暴君治下的臣民，大抵比暴君更暴」、「做主子時以一切別人為奴才，則有了主子，一定以奴才自命」的「主奴循環論」中得出一個認識，即「奴隸與奴隸主是相同的」。為什麼相同？因為他們都「不悟自己為奴」，沒有「人」

---

6. 竹內好（TAKEUCHI Yoshimi, 1910-77），《近代的超克》，李冬木等譯（北京：三聯書店，2005）206。

7 伊藤虎丸，《魯迅與終末論——近代現實主義的成立》，李冬木等譯（北京：三聯書店，2008）289。

的意識的覺醒，所以奴隸的「解放」，也不過像阿 Q 造反成功一樣，只是主奴秩序的顛倒，正如魯迅所說，「奴才做了主人，是決不肯廢去『老爺』的稱呼的，他的擺架子，恐怕比他的主人還十足、還可笑」[8]。魯迅認為「革命」的目的不是為了主奴關係的顛倒，而在於「人」的主體精神的確立。竹內好的這一認識，影響了戰後的初踏足文壇的大江健三郎（OOE Kenzagurō, 1935-）說讀了〈奴隸的文學〉這篇文章，如五雷轟頂，思考竹內魯迅的念[9]。

可以看出，殖民語境中的馬來西亞作家對魯迅的接受的側重點並不在於其文學和藝術層面，而在於其政治和思想的層面，尤其是看重魯迅戰士和民族英雄的形象、反帝反殖反封建的精神以及「抗拒為奴」的思想精髓，他們要借魯迅資源獲得精神力量，反抗乃至推倒英國殖民統治，達到民族解放的目的。以新加坡和馬來西亞為中心的東南亞國家逐漸形成一個以「抗拒為奴」為中心內涵「東南亞魯迅」形象，這個形象內涵在「抗拒為奴」的層面和「東亞魯迅」形成同質疊合關係。

## （三）噍吧哖事件：楊逵走上反殖民的契機

台灣，曾在明末清初被荷蘭人統治 38 年，又在晚清和民國時期被日本佔據 50 年，1949 年以後，又與大陸長期分離，迄今未完

---

8 魯迅，《二心集・上海文藝之一瞥》、《魯迅全集》，卷4（北京：人民文學出版社，1981）302。

9 李冬木，《「竹內魯迅」三題》，《讀書》4（2006）：123-24。「竹內魯迅」用以為專題的博士論文：靳叢林，〈竹內好的魯迅研究〉，博士論文，吉林大學，2009。也有專題研究：劉偉，〈「竹內魯迅」與戰後日本魯迅研究〉，《吉林大學社會科學學報》50.6（2010）：71-77。

全統一。自從 1895 年清政府與日本簽訂了喪權辱國的「馬關條約」之後，一直到 1945 年日本投降，台灣一直處於日本殖民統治之下，這段時期通常稱為日據時期或日治時期。楊逵及其同時代作家正成長和生活於這個時期。日本在台灣進行了殘酷的殖民統治，如楊逵曾數次回憶他生命中一段難忘的經歷，即 1915 年台灣發生的被日軍血腥鎮壓的武裝抗日起義，史稱「西來庵事件」（又叫噍吧哖事件、余清芳事件）。這次起義的主要領導人是余清芳（1879-1915）、羅俊（1854-1915）、江定（1866-1916）等人，他們不滿日本人的殖民統治，以西來庵為中心，以農民為主要爭取物件，積極組織武裝力量，準備武裝起義。1915 年 7 月至 8 月，起義軍與日軍在噍吧哖等地交戰，由於寡不敵眾，起義失敗，余清芳被捕，據史書記載：「日人血洗甲仙埔、噍吧哖等地，台胞被害者數千，被捕二千、被判死刑的多達八百六十六人。「西來庵事件」是 1907 年至 1915 年之間台灣民眾抗日鬥爭中參加人數最多、規模最大、範圍最廣、犧牲最為慘烈的一次起義。楊逵以個人的親歷確認了台灣人民這段慘痛的「集體記憶」[10]。

因為台灣這段被日本殖民統治的歷史，台灣就並不僅僅是中國一個普通的省，（事實上，我們出於愛國的原因，把殖民時期的台

[10] 楊逵在訪談（於《楊逵文集》卷14，彭小妍主編，台南：國立文化資料保存中心籌備處，2011，以下引《楊逵文集》各卷，均屬這一版本。）中曾多次提及「噍吧哖事件」，〈台灣新文學的精神所在——談我一些經驗和看法〉 32；〈沉思、振作、微笑〉 42；〈殖民地人民的抗日經驗〉 47-48；〈我的回憶〉 52；〈壓不扁的玫瑰花——楊逵訪談錄〉 219-20；〈起一個台灣作家的七十七年〉 245-46；〈台灣老社會運動家的回憶與展望——楊逵關於日本、台灣、中國大陸的談話記錄〉 272-73；〈訪問楊逵先生——東海花園的主人〉 292；蘇乃加，〈日據時期台灣武裝抗日事件之研究——以西來庵事件為探討主題〉，碩士論文，中國文化大學，2001。

灣視為中國的一個的省，但是按照《馬關條約》的規定，日本人包括其它一些國家早已把台灣視為日本的領土。）其實它更象一個獨立於中國大陸以外的其它地域，它的被殖民和抗殖民的歷史、它對奴隸的體驗和「抗拒為奴」的訴求就像韓國、馬來西亞和新加坡等國家一樣，因此，筆者更傾向於在東亞、東南亞的視閾中來定義台灣的位置，把它視為和韓國、馬來西亞與新加坡一樣的獨立個體，也正是在更廣闊的東亞、東南亞的視閾中來展現這段歷史，把它作為一個相對獨立的族群，或者把它作為半殖民化中國的一個縮影象徵，我們才能更深刻地體驗台灣人民被殖民的恥辱歷史以及由此帶來時代「傷痛」，才能更真切地理解台灣人民反抗殖民統治、反抗奴隸命運的內心渴望和民族訴求。東亞、東南亞視閾中的台灣也就是在反抗殖民統治的層面接受魯迅的，因此，包括楊逵在內的台灣日據時期的作家接受魯迅的一個精神基點就是魯迅「抗拒為奴」的思想，質言之，魯迅「抗拒為奴」思想給予楊逵等作家反抗日本殖民統治的力量和精神資源。

## 二、楊逵與賴和對魯迅的接受

楊逵對魯迅的接受大致通過以下幾個途徑：首先，通過賴和「橋樑」而初步接觸魯迅。

### （一）關於台灣文學之父，「台灣的魯迅」賴和

1928 年左右，居住在彰化的楊逵，因為距離賴和的醫院較近，所以就經常到賴和家裡，和一群志同道合的文友談書論文，閱讀台

灣出版的有關新文學的報刊。楊逵還記得當年的情形，「先生的客廳裡有一張長方形的桌子，桌上總是擺著好幾種報紙。[11]」楊逵晚年在接受林瑞明（1950-）的訪問時說，當時客廳的桌子上還有中文雜誌。1922 年以後在大陸求學的賴和五弟賴顯穎（1910-）曾回憶說：「當時祖國方面的雜誌如《語絲》、《東方》、《小說月報》等，我都買來看，看完就寄回家給賴和，賴和就擺在客廳，供文友們閱讀。[12]」賴和當時任《台灣民報》漢文欄編輯和《新民報》學藝部客座編輯，賴和崇拜魯迅，亦被人們譽為「台灣的魯迅」，楊逵更把賴和視為魯迅，他說：

> 一想起先生往日的容顏——當然是透過照片——就會浮出現魯迅給我的印象[13]。

台灣新文學開創者的楊雲萍曾回憶說，魯迅的作品「早已被轉載在本省的雜誌上，他的各種批評、感想之類，沒有一篇不為當時的青年所愛讀，現在我還記著我們那時的興奮」[14]。這裡的「本省的雜誌「即是《台灣民報》，憑藉《台灣民報》的平台，他把魯迅的許多作品有意識地介紹到台灣，魯迅的新文學作品如〈狂人日記〉、〈阿 Q 正傳〉、〈故鄉〉、〈犧牲謨〉、〈高老夫子〉、〈狹的籠〉、

---

11 楊逵，《憶賴和先生》，《楊逵全集》，卷10，87；陳芳明，〈魯迅在台灣〉，《台灣新文學與魯迅》，中島利郎（NAJIMA Toshio, 1947-）編（台北：前衛，2000）1-37。

12 黃武忠（1950-2005），〈溫文儒雅的賴顯穎〉，《台灣作家印象記》，黃武忠著（台北：眾文圖書股份有限公司，1984）66。

13 黃武忠　66。

14 楊雲萍，〈記念魯迅〉，《楊雲萍全集——歷史之一部（二）台灣人物評論》，許雪姬主編（台南：國立台灣文學館，2011）68。

〈雜感〉等作品都通過《台灣民報》的轉載而被台灣讀者所熟知。魯迅成為 1925 年至 1930 年間在《台灣民報》出現頻率較高的作者之一。且魯迅文章被轉載到台灣速度還非常快，比如魯迅的〈犧牲謨〉發表於 1925 年 3 月 16 日的《語絲》週刊第十八期，一個半月後就被 1925 年 5 月 1 日的《台灣民報》所轉載。楊逵在該時期和賴和交從過密，共同從事新文學活動，因此，他對賴和編輯的刊物內容應該是不會陌生的，因此，楊逵通過賴和所主編的刊物這個管道來瞭解魯迅是可信的。

## （二）增田涉〈魯迅傳〉的啓示

第二，通過增田涉（MASUDA Wataru, 1903-77）的〈魯迅傳〉而瞭解魯迅的生平和精神。1935 年，台灣文藝聯盟機關刊物《台灣文藝》分 5 期連載由戴頑銕翻譯、增田涉著的〈魯迅傳〉，而楊逵作為《台灣文藝》的作者和讀者，作為一個具有左翼思想和批判意識的作家，對《台灣文藝》的刊登的內容特別是具有先進思想的內容應該是會充分關注的。

## （三）日本友人入田春彥遺贈的《大魯迅全集》

第三，受日本友人入田春彥（1909-38）遺贈的《大魯迅全集》而全面系統地接受魯迅。1938 年，楊逵的日本友人入田春彥自殺了，意外留下了一套《大魯迅全集》給楊逵，楊逵曾說「這位入田先生的遺物中有改造社刊行的《大魯迅全集》，由於我被授權處理他的書籍，就有機會正式讀了魯迅。[15]」《大魯迅全集》系增田涉、井上紅梅（INOUE Kobai, 1881-1949）、松枝茂夫（MATSUETA Shigeo, 1905-95）、鹿地亙（KAJI Wataru, 1903-82）、山上正義（YAMAGAMI Masayoshi, 1881-1938）、佐藤春夫（SATO Haruo, 1892-1964）、日高清磨嵯、小田嶽夫（ODA Takeo, 1900-79）等人合作翻譯，茅盾、許廣平、胡風、內山完造等為顧問，基本收錄了當時已經出版的魯迅作品。此書分為七卷本，各卷為三十二開精裝，東京改造社 1937 年出版。《大魯迅全集》比之於後來國內出版的《魯迅全集》早了近一年，也是當時最具規模、真正意義上的「魯迅全集」。楊逵通過這部《大魯迅全集》的閱讀，系統接收了魯迅的文學思想和精神資源。楊逵生前保存的入田春彥手稿中有一段話：「魯迅晚年在蔣介石政權的嚴密追捕下，以他的話來形容就是：與其說是過著執筆書寫的日子，倒不如說是過著忙於拔腿逃命的日子來得恰當。[16]」

## （四）光復初期的魯迅熱

第四，受到戰後初期傳播魯迅思想熱潮的影響。1945 年日本投降後，台灣光復，由於台灣省行政公署長官兼台灣警備總司令陳儀（1883-1950）的邀請，以及《台灣文化》雜誌同仁的努力，許

[15] 楊逵主講，〈一個台灣作家的七十七年〉，戴國煇（1931-2001）、內村剛介（UCHIMURA Gōsuke, 1920-2009）訪問，葉石濤（1925-2008）譯，《楊逵全集》，卷14，260。張季琳，〈楊逵和入田春彥——台灣作家和總督府日本警察〉，《中國文哲研究集刊》22（2003）：1-33。

[16] 黃惠禎，《左翼批判精神的鍛接：四〇年代楊逵文學與思想的歷史研究》（台北：秀威資訊科技股份有限公司，2009）308。

壽裳（1883-1948）、台靜農（1903-90）、李霽野（1904-97）、黎烈文（1904-72）、李何林（李竹年，1904-88）、黃榮燦（1916-52）、袁珂（袁聖時，1916-2001）等一批具有左翼色彩的大陸作家來台，對於台灣傳播魯迅精神的火種發揮了重要作用，其中許壽裳發揮的作用最大。許壽裳在台期間，共完成了《亡友魯迅印象記》的大部分章節，《魯迅的思想與生活》及其遺著《我所認識的魯迅》一半內容亦在台灣完成，這些書籍的有關章節內容先後發表在《台灣文化》、《民族週刊》、《僑聲報》、《和平日報》等台灣的報刊上，許壽裳還協助《台灣文化》編輯部策劃製作《魯迅逝世 10 周年》特輯，集中地介紹魯迅，於 1946 年 11 月出版[17]。撰寫者除楊雲萍（〈紀念魯迅〉）是台灣本土作家外，其他的皆為來台的大陸作家，包括許壽裳（〈魯迅的精神〉）、黃榮燦（〈他是中國的第一位新思想家〉）、雷石榆（1911-96，〈在台灣首次紀念魯迅先生感言〉）、田漢（1898-1968，〈漫憶魯迅先生〉）、陳煙橋（《魯迅先生與中國新興木刻藝術》）、高歌（譯文〈斯萊特萊記魯迅〉）、謝似顏（〈魯迅舊詩錄〉）等人。除《台灣文化》之外，《中華日報》和《和平日報》也相續製作紀念專號，除木刻作品外，共刊出 19 位文藝界人士的 33 篇相關紀念文章，其中就包括楊逵的〈魯迅先生〉。這一專輯一方面是為了紀念魯迅，另一方面是借紀念之名表達對現實的不滿與批判。正如楊雲萍在〈紀念魯迅〉一文中所說：

---

17 李京珮，〈台靜農與魯迅的文學因緣及其意義〉，《明道通識論叢》3（2007）：28-50；黃英哲（1956-），〈許壽裳與戰後初期台灣的魯迅文學介紹〉，《國文天地》7.5（1991）：74-78；北岡正子（KITAOKA Masako, 1936-）、黃英哲，〈關於「許壽裳日記」(自1940年8月1日至1948年2月18日)〉，《近代中國史研究通訊》18（1994）：140-61。

> 台灣的光復，我們相信地下的魯迅先生，一定是在欣慰。只是假使他知道昨今的本省的現狀，不知要作如何感想？我們恐怕他的『欣慰』，將變為哀痛，將變為悲憤了[18]。

在許壽裳等大陸來台作家以及《台灣文化》的共同努力下，台灣先後出版了一批中日對譯並有詳細注解的魯迅作品，如〈阿 Q 正傳〉、〈狂人日記〉、〈故鄉〉、〈藥〉、〈孔乙己〉、〈頭髮的故事〉等，掀起了台灣接受魯迅的一個高潮[19]。但隨著「二二八」事件的發生，台灣對魯迅的傳播即告中斷。

### （五）楊逵於魯迅的譯介

第五，楊逵在自己的著述、訪談、主編的刊物中對魯迅的評價。1936 年魯迅不幸逝世，楊逵在自己創辦的《台灣新文學》雜誌上，刊登了由他策劃王詩琅（1908-84）執筆的置於卷頭的〈悼魯迅〉，以及黃得時（1909-99），的〈大文豪魯迅逝世——回顧其生涯與作品〉等悼念性的文章。1947 年，台北市東華書局出版了楊逵編著的〈阿 Q 正傳〉中日文對照本，列為該書局的「中國文藝叢書」第 1 輯。楊逵撰寫了題為〈魯迅先生〉的卷頭語，楊逵認為：

---

[18] 楊雲萍，〈紀念魯迅〉 68。

[19] 黃英哲，〈戰後魯迅思想在台灣的傳播〉，《台灣新文學與魯迅》，中島利郎編（台北：前衛，2000）147-77；〈黃榮燦與戰後台灣的魯迅傳播（1945-1952）〉，《台灣文學學報》2（2001）：91-111；中島利郎，〈日治時期的台灣新文學與魯迅——其接受的概觀〉，葉笛譯，中島利郎，《台灣新文學與魯迅》 39-77；中島利郎編.〈台灣的魯迅研究論文目錄〉，中島利郎，《台灣新文學與魯迅》 179-240。

一直到一九三六年十月十九日上午五時二十五分，結束五十六年的生涯為止，他經常作為受害者與被壓迫階級的朋友，重複血淋淋的戰鬥生活，固然忙於用手筆耕，有時更是忙於用腳逃命。說是逃命，也許會令人覺得卑怯，但是，筆與鐵砲戰鬥，作家與軍警戰鬥，最後，大部份還是不得不採取逃命的游擊戰法。……

魯迅未死，我還聽著他的聲音！

魯迅不死，我永遠看到他的至誠與熱情！

以上是為紀念先生逝世十週年，在《和平日報》上發表的拙作會在此再度引用，坦誠傳達我的心境[20]。

楊逵在這篇卷頭語中向台灣讀者簡要地介紹了魯迅的生平以及對魯迅精神的理解，對〈阿 Q 正傳〉也作了高度評價。1946 年 10 月 19 日，他不但在《和平日報》副刊上發表了如上文提到的詩歌〈紀念魯迅〉，同時在《中華日報》日文版發表了另一首異曲同工的詩歌〈紀念魯迅〉，讚揚魯迅「面對惡勢力與反動」「敢罵、敢打、敢哭、敢笑」的精神，以及「立於貧困與齷齪的環境」，「提刀反抗槍劍的追擊」和「從不退縮」的精神。事實上，楊逵直到晚年還始終堅守著魯迅的批判精神，在美國愛荷華城接受訪問時，被問及是否喜歡魯迅的抗議文學、反叛文學，以及是否傾向於這一類的文學時，楊逵回答：「對。我比較接近。如果對社會的不合理毫不關心的，我就沒興趣，馬屁文學更不用說了。對國外作家的看法也是如此，我學生時代最喜歡看的是挖掘社會病態的作品，如英國的

[20] 楊逵，《楊逵全集》，卷3，31-32。

狄更斯，蘇俄及法國十九世紀前後的作品[21]。陳芳明說，「台灣作家尊敬魯迅，視他為世界性文豪，黃得時、楊雲萍、龍瑛宗等人的觀點都是如此，另外則視他為弱勢者的代言人，具有反迫害、反階級鎮壓的意識，楊逵與藍明谷（藍益遠，1919-51）均是如此。[22]」

## （六）賴和與魯迅

賴和受到魯迅的影響，也得到人們的普遍公認。早在 1942 年，台灣作家黃得時就把賴和比為「台灣的魯迅」，得到了當時文藝界的認可。如今這一提法已經成為廣為人知的定評，出現在各種有關文學史的書籍中。林瑞明也說：「賴和在日據時代就贏得『台灣的魯迅』的稱號，說明台灣人對賴和、魯迅都是有所理解的。[23]」賴和在「五四」時期就接觸到魯迅的作品，他雖然生活在台灣，但始終密切地關注著大陸的「五四」新文學運動。他通過在廈門行醫、大陸親朋的郵寄相關作品、《台灣民報》文藝欄（1926 年賴和擔任主編）、以及流播於台灣的各種日文書刊等管道，瞭解「五四」動態，閱讀「五四」新文學作品，對魯迅的作品情有獨鍾。賴和終生崇拜魯迅，1943 年賴和病逝前夕，友人楊雲萍（1906-2000）去醫院看望，病重的賴和仍深情地談到魯迅。楊雲萍回憶當年的情形說：

---

21 李怡（李秉堯，1936-），〈訪台灣老作家楊逵〉，《楊逵全集》，卷14，232。

22 陳芳明，《台灣新文學史》（台北：聯經出版事業股份有限公司，2011）229。

23 林瑞明，〈魯迅與賴和〉，中島利郎，《台灣新文學與魯迅》 91。注釋有此介紹：賴和相當於「台灣的魯迅」之說首見於黃得時〈輓近の台灣文學運動史〉（《台灣文學》2.4：9）。楊傑銘，〈魯迅思想在台傳播與辯證（1923-1949）——一個精神史的側面〉，碩士論文，中興大學，2009；張清文，〈鍾理和文學裡的「魯迅」〉，博士論大，政治大學，2006。

> 話說得起勁，就講到魯迅，便談到《北平箋譜》了。……過了一會，賴和先生突然高聲說：我們所從事的新文學運動，等於白做了！我詫然地注視著賴和先生。他把原來躺臥著的身體，撐起上半身來，用左手壓住苦痛著的心臟。我慌忙地安慰他：不，等過了三、五十年之後，我們還是一定會被後代的人紀念起來的。1937 年，日本殖民者在台灣實行「皇民化」政策，台灣的新文學運動被迫停止，賴和也不能再從事新文學創作，所以他才悲歎「我們所從事的新文學運動，等於白做了。

而這裡賴和把魯迅與台灣新文學運動聯繫在一起談，肯定了魯迅與台灣新文學之間的關係，也意味著自己所從事的新文學運動一定程度上受到魯迅的影響。林瑞明認為：「身處日本殖民統治下的賴和，終其一生未曾見過魯迅，但深受魯迅影響。[24]」事實上，魯迅作為「五四」之後傳入台灣最傑出的新文學作家，也可能影響台灣日據時期的其他作家，如楊雲萍、王詩琅、黃得時、楊守愚、朱點人、鐘理和、龍瑛宗、呂赫若等作家，其中在自己的著述中明確提及受到魯迅影響的作家有張我軍、楊雲萍、王詩琅、鐘理和、黃得時等人。

---

[24] 林瑞明，〈魯迅與賴和〉 91。

## 三、文學創作：「被奴役」的血史和「抗拒為奴」的心史

楊逵的小說就是一部活生生的台灣人民被日本殖民者奴役的歷史和「抗拒為奴」的心史。首先看楊逵小說中展現的台灣人民被日本殖民者奴役的歷史。楊逵的小說，如〈送報夫》、〈模範村〉、〈蕃仔雞〉、〈鵝媽媽出嫁〉、〈難產〉、〈靈讖〉、〈死〉、〈泥娃娃〉等作品，從不同角度生動再現了台灣底層人民被殖民被奴役的苦難經歷：〈無醫村〉中的窮苦農民不幸得了瘟病，無錢治療只能等死；〈模範村〉中的農民辛勤終年，卻不得溫飽，有的只好一死了之。〈難產〉中的大群兒童因營養不良而致使眼球腐爛；〈蕃仔雞〉中的台灣女孩素珠被日本雇主老闆強姦有孕，嫁與明達，婚後的素珠，迫於生存壓力，仍受到老闆的摧殘，後因明達不能償還債務而上吊身亡；〈靈讖〉中的林効夫妻，辛勤勞作，卻不夠溫飽，無法養活孩子，三個孩子陸續死亡；〈模範村〉中的憨金福因為交不起日本殖民者強制要求交納的維修門戶和道路的錢而自殺。〈送報夫〉中，日本殖民者的「××蔗糖公司」強征土地，造成廣大台灣農民流離失所，家破人亡：「跳到村子旁邊的池子裡被淹死的有八個，像阿添叔，是帶了阿添嬸和三個小兒子一道跳下去淹死了」，楊君的母親則是「在×月×日黎明的時候吊死了」，楊君的父親因不願把土地賤賣給日本制糖會社，則被殖民者被定了莫須有的「陰謀首領」的罪名，將之活活毒打一頓，臥床50日後，含恨死亡[25]。

---

[25] 楊逵，《楊逵全集》，卷4，84。徐俊益，〈楊逵普羅小說研究——以日據時期為範疇（1927-1945）〉，碩士論文，靜宜大學，2004；張朝慶，〈楊逵及其小說、戲劇、綠島家書之研究〉，碩士論文，台南大學，2009；張簡昭慧，

賴和的小說同樣也書寫了一幅慘烈的台灣人民的「被奴役」的歷史，展現台灣人民在日本殖民者統治下政治、經濟、文化等多方面所受到的壓迫。〈一杆「秤仔」〉中，「勤儉、耐苦、平和、順從的農民」秦得參，失去了耕地後借錢借秤去做賣菜的生意，以勉強維持生計，然而遭到一位日本巡警的惡意勒索刁難，秤桿被巡警「打斷擲棄」，年關之際，還以「違反度量衡規則」之罪被判監禁三日。〈豐收〉寫的是台灣版「豐收成災」的故事。勤勞安分的蔗農添福，辛勤勞作，獲得甘蔗的大豐收，期望以賣掉甘蔗的錢給兒子娶媳婦。但遭到殖民者的日本制糖會社盤剝與欺詐，將添福 50 萬斤甘蔗克扣成 30 餘萬斤，致使添福賣蔗所得的錢款在還掉肥料和種苗等的開支後，已經兩手空空了，為兒子娶媳婦的美夢也破滅了。小說形象地表現了日本殖民者對台灣人民進行殘酷的經濟掠奪的無恥行徑。〈惹事〉中，一隻雞母和一群雞仔飛揚跋扈、肆無忌憚地糟蹋別人家的菜園，但人們敢怒不敢言，不敢攆趕它們，因為它們是查大人所養的雞，「所以特別受到人家的敬畏」，一隻雞仔不小心被扣進寡婦家弄翻的籃子裡，於是引來一場大禍：由於寡婦曾拒絕過查大人的調戲，於是他「決定尚有幾處被盜，還未查出犯人，一切可以推在她身上」，寡婦由此被誣為偷雞賊而遭到斥罵，並被巡查押進衙門[26]。

---

〈台灣殖民文學的社會背景研究——以吳濁流文學、楊逵文學為研究中心〉，碩士論文，中國文化大學，1987。

[26] 謝美娟，〈日治時期小說裡的農工書寫——以賴和、楊逵和楊守愚為中心〉，中興大學，碩士論文，2008；陳建忠，〈啟蒙知識份子的歷史道路——從「知識份子」的形象塑造論魯迅與賴和的思想特質〉，《日據時期台灣作家論：現代性、本土性、殖民性》，陳建忠編（台北：五南圖書出版股份有限公司，2004）17-62；陳建忠，《書寫台灣•台灣書寫：賴和的文學與思想研究》，高雄：春暉出版社，2004；陳建忠，〈賴和及其文學研究評述——一個接受

陳芳明說：「在楊逵的作品中，從來找不到任何的『敗北感』。那種持續不懈的抵抗，等於大大發揮賴和曾經具備的戰鬥意志。[27]」

另外，楊逵小說的結尾有一個共同特徵：「在小說結尾的安排上，楊逵自有其特殊的安排與風格，他往往能從黑暗的最底層為主角找到光明的希望。小說家會透過結尾事件的選擇，表現他的主題。本論文研究範圍內的二十五篇小說中，除〈田園小景〉在文末注明未完待續，是〈模範村〉的前半段，沒有結局之外，其中有八篇屬於黑暗的結局，其中十五篇有光明的結局。[28]」另外，楊逵的小說還塑造了一些覺醒的知識分子形象，如〈送報伕〉中的「楊君」，〈模範村〉中的「阮新民」，〈鵝媽媽出嫁〉中的「林文欽」和「花農」，〈春光關不住〉中的「數學老師」，〈萌芽〉裡「獄中的丈夫」等。這些知識分子多具有崇高的理想，憂國憂民的情懷，嫉惡如仇的品格，同情下層民眾的人道主義思想，他們是小說中的靈魂人物。「在台灣文學史上我們很少能看到像楊逵這樣，將知識分子置於如此重要的地位，我們能夠推測，在楊逵看來，知識分子的覺醒就是社會光明的希望，知識分子的力量就是社會改革的動力，知識

---

史的視角〉，《賴和》，陳建忠編（台南，台灣文學館，2011）69-92；施淑，〈賴和小說的思想性質〉，陳建忠，《賴和》 217-22；張恆豪，〈蒼茫深邃的「時代之眼」——比較賴和〈歸家〉與魯迅《故鄉》〉，陳建忠，《賴和》293-305；陳旻志，〈賴和小說與台灣國民性的論証〉，《白沙人文社會學報》3（2004）：231-40；陳韻如，〈在諷刺中呈顯現實——論賴和短篇小說中的「反諷」〉，《東吳中文研究集刊》7（2000）：171-88；陳明柔，〈前進！向著那不知到著處的道上——由賴和小說中的人物悲歌談起〉，《問學集》2（1991）：71-79；徐月芳，〈賴和小說發出時代「吶喊」〉，《台北海洋技術學院學報》2.2（2009）：45-76。

[27] 陳芳明，〈賴和與台灣左翼文學系譜〉，《左翼台灣：殖民地文學運動史論〉，陳芳明著，2版（台北：麥田出版，2007）：67。

[28] 吳素芬，《楊逵及其小說作品研究》（台南：台南縣政府，2005）59。

分子堅定的信念、威武不屈的抗議精神，正是使社會合理化、公平化的精神支柱，征諸台灣歷史，儘管台灣知識分子的抗議行動，最後仍將被日本帝國主義的員警力量所壓制，但在台灣的文化啟蒙運動上，社會、政治的改革上，確有其光榮的成績，楊逵替那個時代的知識分子做了最好的見證。[29]」

賴和的小說也生動表現了殖民統治下的台灣人民「抗拒為奴」的內心渴望和民族訴求。〈一杆「秤仔」〉中的農民秦得參不堪日本巡警的欺辱壓榨，在除夕之夜，他不能入睡，發出歎息：「人不象個人，畜生，誰願意做。這是什麼世間？」無路可走的秦得參，最後選擇了以死相拼，勇敢刺死可惡的巡警，表現出一個被壓迫者的反抗精神。〈豐作〉中的蔗農們由於日本殖民者的惡意盤剝，豐收成災，湧向日本制糖會社事務室，大膽與日本殖民者交涉采蔗規則。〈南國哀歌〉歌頌「霧社事件」中抗暴起義、英勇奮戰的同胞們；〈覺悟下的犧牲〉感佩在彰化二林地區揭竿起義的蔗農們；〈低氣壓的山頂——八卦山〉紀念在彰化保衛戰中為抵抗日軍犧牲的烈士們。他的舊體詩也不乏體現反抗精神的詩句，如「世間未許權存在，勇士當為義鬥爭」、頭顱換得自由身，始是人間一個人」、「滿腔碧血吾無吝，付與人間換自由」等，這些表現抗爭意識的作品，意在鼓舞或喚起日本帝國鐵蹄踐踏下、處於水深火熱中的台灣人民，為了獨立和自由，勇敢地與日本殖民者進行殊死鬥爭。

[29] 林載爵，〈台灣文學的兩種精神——楊逵與鐘理和之比較〉，《鐘理和論述（1960-2000）》，應鳳凰編（高雄：春暉出版社，2004）169-87；楊馥菱、徐國能、陳正芳，〈楊逵的文學理念及作品〉，《台灣小說》，楊馥菱、徐國能、陳正芳，台北：空中大學，2003，68-78。

## 四、「抗拒為奴」的自身踐履

楊逵作為一個日本殖民統治下的台灣人，他本人的一些行為和社會活動也表現出了自覺的「抗拒為奴」意識。首先，楊逵將日本殖民者統治下的台灣人民被奴役的苦難生活用作品展現出來，本身就是一種無聲的反抗和鬥爭，潛在地表達了「抗拒為奴」的立場。其次，楊逵在日本軍發動「七七事變」之際，開闢墾殖首陽農場，這並非一個單純的個人行為，而是寄寓著鮮明的政治立場和情感態度。1982 年楊逵在輔仁大學演講時說：「七七事變後，整個台灣的文化活動幾乎被『皇民化』運動淹沒了，於是我只有放棄一切，全力墾殖（按：「植」之誤）首陽農場（取自首陽山典故，自勉寧可餓死也不為敵偽說話），一直堅持八年。[30]」他還在〈沉思、振作、微笑〉一文中說：

> 七七事變後，台灣的文化活動已被「皇民化」了。我只好放棄一切，全力墾植首陽農園（取自伯夷、叔齊的典故，自勉寧可餓死，也不為侵略者說話），並在報上發表〈首陽園雜記〉，公開表示我的反日態度，絕不改變。這期間，我用鋤頭和筆，整整堅持了八年，直到日本投降，得償「民族自決」的宿願[31]。

---

[30] 楊逵，〈日本殖民統治下的孩子〉，《楊逵全集》，卷14，28。

[31] 楊逵口述，〈沉思、振作、微笑〉，方梓（林麗貞，1957-）記錄，《楊逵全集》，卷14，43。

楊逵生前多次接受訪問，對於這個問題，都表達了大致相同的觀點[32]。楊逵在日本統治者發動「七七事變」之後，毅然墾殖首陽農場，並在〈首陽園雜記〉中，引東方朔〈嗟伯夷〉之詩句「窮隱處兮，窟穴自藏。興其雖佞而得志，不若從孤竹於首陽」，以伯夷、叔齊恥食周粟，隱居首陽山，不與世俗同流合污自比，鮮明地表達了對日本殖民者的「抵抗」意識。第三，對日本殖民者污蔑台灣文學是「糞便現實主義」觀點的駁斥。1943 年，日本殖民者文人西川滿在該年 5 月 1 日的《文藝台灣》上，發表了〈文藝時評〉一文，辱罵台灣文學是「糞便現實主義」，以日本文學為座標，全盤否定台灣文學：「向來構成台灣文學主流的『狗屎現實主義』，全都是明治以降傳入日本的歐美文學的手法，這種文學，是一點也引不起喜愛櫻花的我們日本人的共鳴的。這『狗屎現實主義』，如果有一點膚淺的人道主義，那也還好，然而，它低俗不堪的問題，再加上毫無批判性的描寫，可以說絲毫沒有日本的傳統。[33]」並公然提倡「皇民文學」[34]，針對西川滿對台灣文學的污蔑，楊逵在 1943 年 7 月 31 日的《台灣文學》雜誌上發表了〈擁護糞便現實主義〉一文，全文分為三個部分：糞便的功用，浪漫主義，現實主義。作者在有理有據的基礎上，駁斥了西川滿的謬論，揭露了西川滿踐踏和污蔑

---

[32] 楊逵，〈訪台灣老作家楊逵〉 228；〈一個台灣作家的七十七年〉 259。

[33] 西川滿，〈文藝時評〉，《日治時期台灣文藝評論集（雜誌篇）》，邱香凝譯，冊4（台北：國家台灣文學館籌備處，2006），162。阮斐娜（Faye Yuan Kleeman），〈西川滿與《台灣文藝》〉（"Nishikawa Mitsuru and Bungei Taiwan"），《帝國的太陽下：日本的台灣及南方殖民地文學》（*Under an Imperial Sun: Japanese Colonial Literature of Taiwan and the South*）吳佩珍譯（台北：麥田出版，2010）103-24；黃惠禎，〈楊逵與糞現實主義文學論爭〉，《台灣文學學報》5（2004）：187-224。

[34] 西川滿 163。。

台灣文學的本來面目和險惡用心，正義凜然地擁護台灣的「糞便現實主義」，抵抗被日本殖民者的奴化，有力地維護了台灣文學的尊嚴和價值。第四，在日本殖民統治期間，楊逵數次參加進步革命活動，被捕入獄十餘次。楊逵與其夫人葉陶參加領導台灣各地的農民運動，發動農民群眾，為維護爭取農民的利益而向日本殖民者進行不懈的鬥爭，反對日本人的殖民掠奪行徑，楊逵也連續被日本員警逮捕入獄，竟然達到十多次，這在台灣也是一個紀錄[35]。第五，對社會主義思想的信仰。楊逵到日本求學，受到日本國內社會主義思潮的影響，從而成為一個社會主義的信仰者，在日本和台灣參加過各類有關社會主義的組織和實際活動，並通過文學來宣揚社會主義。對社會主義的信仰事實上也是對日本殖民統治的一種反抗，是通過另一種方式表達了自身的「抗拒為奴」的訴求。

賴和也自覺進行「抗拒為奴」的自身踐履。首先，借助於各種文化組織，參加到反抗日本殖民者的鬥爭中去。賴和 1921 年加入台灣文化協會，當選為理事，1927 年，台灣文化協會分裂，他參加了「民眾黨」，繼續從事反抗日本殖民者的鬥爭，他因此也和楊逵一樣，數度入獄。1923 年 12 月，台灣殖民主義當局藉口違反「治安警察罪」，逮捕了賴和，入獄兩個月，但他並

不屈服，寫出了「戴盆莫望天，坐使肝腸裂」的詩句，表現對殖民者的痛恨之情。1941 年 12 月，賴和因「思想」問題再次被捕入獄，他還堅持以筆墨為武器，寫了〈獄中日記〉，表達了他的抗爭精神。第二，借助於各種文化載體，在文化戰線上進行反殖民的鬥爭。賴和曾經主持《台灣民報》文藝欄，參加《台灣新民報》文

---

35 黃文成，〈楊逵論〉，《關不住的繆思：台灣監獄文學縱橫論》，台北：秀威資訊科技股份有限公司，2008，129-57。。

藝欄以及《台灣新文學》、《南音》等文藝雜誌的編輯，一方面建設台灣新文學，另一方面，團結一批台灣新文學作家，利用文學創作，來從事反殖民的鬥爭。第三，日本殖民者強制推行日語同化教育，強制灌輸日本語，強制台灣人用日語寫作，剝奪台灣人民的母語，賴和等有識之士深感喪失母語的危機，始終堅持用漢語白話文寫作，寧可先用文言草就，然後改為白話，也決不肯用日文寫作，堅守住民族文化的最後一塊陣地。除了賴和之外，台灣新文學作家如楊雲萍、楊守愚、楊華、朱點人、吳濁流、張深切、呂赫如等人也堅持相同的漢語寫作立場。另外，賴和一生永遠只穿中國服裝，從來不穿日本服裝，從這個細節也可以看出他對日本文化的抗拒。賴和支持台灣民間文學的搜集整理，他認為本土的民間文化是抵抗殖民文化、保存漢民族文化內質的一種方式。

## 五、「抗拒為奴」的兩個層面：「衆」對「個」的遮蔽

魯迅的「抗拒為奴」是以「個的自覺」、「個」的思想為基礎的。魯迅的個人主義早在其日本留學時期就已形成，其核心思想主要體現在〈文化偏至論〉中。從思想淵源上來說，魯迅的個性主義受到尼采、施蒂納和克爾凱郭爾的影響。其次，從個人和群體的關係上來說，魯迅更重視「個」，更重視「每一個」具體的「個體」生命的價值和意義。個人不是或不僅僅是群體的一分子，而被視為自覺的「個人的存在」，按照日本伊藤虎丸的話來說：「個對於全體（如部族、黨派、階級、國家等）不是部分的關係。」也就是說，個人的價值不依賴於群體，具有獨立於群體之外的根本意義，伊藤虎丸認為，「個」的思想代表西方近代文化的「根底」，而魯迅對「個」

的接受和理解是抓住了西方文化的「根底」[36]。「立人」和「立國」是魯迅的兩大目標，兩者之間，人們往往認為前者是手段，後者是目的。但是，魯迅認為「立人」是本，「人」是終極目的與價值，主張「立國」必先「立人」，「立人」是「立國」的邏輯起點與基礎，「立人」和「立國」兩者之間是本末關係。魯迅並非不重視國家民族的獨立、民主與強盛，但他更關注強調的是「立人」所蘊涵的「人的個體生命的精神自由」。魯迅意識到，如果個人得不到解放，如果個人還處於奴隸狀態，國家的強與弱與他何干？在他看來，國家民族的獨立、民主與強盛，是以保障每一個具體個體生命的精神自由為前提，國家不可以淩駕於個人之上，不應該打著國家民族的名義旗號來剝奪個人的自由權利。憑藉對個體精神自由的剝奪來實現所謂國家的獨立、民主與強盛，其實就不是真正意義上的現代國家。第三，魯迅魯迅終其一生都在不懈反抗一切對人的個體精神自由的壓制，來自一切方面、一切形式的奴役現象，特別是精神奴役現象，都在魯迅的反對之列。他的底線就是「不能當奴隸」。魯迅主張人的精神必須從奴性人格中徹底解放出來，「尊個性而張精神」，「張靈明」而「任個人」，追求人的自由、獨立與平等，產生個性的自覺，人的覺醒，最後達到「致人性之全」的終極目的。從上述命題來說，魯迅的「抗拒為奴」首先強調的是「個」與「己」，然後才是「眾」和「類」，前者是後者的基礎，因此，魯迅的「抗拒為奴」體現為兩個層面，其一是「個體」層面的「抗拒為奴」，其二是「國家民族」層面的「抗拒為奴」，前者體現了「個的自覺」，後者體現了「民族的自覺」。楊逵的小說由於特殊的時代和個人原

[36] 伊藤虎丸，《魯迅與日本人》 12。

因，其「抗拒為奴」的訴求更多地體現在「國家民族」的層面，更多地出於一種民族救亡的需要，楊逵（包括絕大部分日據時期台灣作家）實際是以「代言人」的身份，通過小說等文學形式，表達了日本殖民統治下全體台灣人民的「抗拒為奴」的決心和民族訴求，渴望擺脫日本殖民者的奴役和統治，不能成為日本人的奴隸，尋求台灣的獨立、尊嚴和富強，體現了一種作為與「個」對立的「眾」的性質的「民族的覺醒意識」。楊逵的小說創作基本是在這個層面上與魯迅的「抗拒為奴」的思想產生契合的。

「抗拒為奴」的「個的覺醒」的層面在魯迅的那裡還有另一種表現形式，即揭示國民劣根性，它是魯迅「立人」思想的逆向表達方式或否定性存在形式，改造國民劣根性的目的就是為了「立人」，即魯迅所謂的「揭示病苦，以引起療救的注意」，從而達到「致人性之全」的目的。楊逵的小說，也有部分內容揭示了日據時期台灣人民身上所表現出的國民劣根性，〈模範村〉、〈田園小景〉中的農民，面對日本殖民者為建設所謂「模範村」而強制修路的勞役以及繁多的雜稅，雖有抱怨但不敢反對，特別是當日本殖民者為「模範村」建成慶賀時，這些農民即使自己交錢吃飯，但仍感「與有榮也」。〈死〉中的阿達叔因為無力交租，決計一死了之，已在決定撞火車的前一天，仍然平靜地面對寬意的催租。〈靈議〉中的林効夫妻，對於殖民者和地主的稅金、佃租以及勞役，即使買了鋪蓋也不耽誤，即使孩子夭折也只是以哭泣和求讖來解決，心底沒有絲毫的怨恨批判和反抗意識，是一個標準的好「良民」。〈水牛〉中的阿玉父親，為了要償還地主的兩石稻穀錢以及為準備承租，竟然把女兒賣給地主當丫鬟。楊逵小說中的以上這些描寫表現了農民身上所體現出的麻木、怯懦、安於現狀、畏官以及根深蒂固的奴性意識，尚沉睡在封建意識的「鐵屋子」裡，缺乏個性意識的覺醒。但楊逵是把這一主題放在「抗拒為奴」的民族救亡的宏大主題之下，放在對農民的苦難敘事和民族的苦難敘事的主題之下，前者是顯在主題，是楊逵主觀上想要表達的，符合當時讀者的閱讀期待視野，即是當時讀者所需要所期望的主題。而後者是潛在主題，未必是楊逵主觀上想要表達的或作為重點表現對象的，而只是一個多義文本在內涵意蘊上的自然呈現。因此，顯在主題造成對潛在主題的遮蔽，民族層面的「抗拒為奴」主題遮蔽了或壓抑了個人層面的「抗拒為奴」主題。

值得注意的是，楊逵本人的一些行為也表現了一定的「個的自覺」意識。楊逵的小說表達了日本殖民統治下台灣人民「抗拒為奴」的願望，但當 1945 年日本宣佈投降後，這個願望終於實現了，楊逵用自己的行為表達了這樣一個主張：抗拒做日本人的奴隸，也不願做自己人的奴隸，魯迅曾經說過：「用筆和舌，將淪為異族的奴隸之苦告訴大家，自然是不錯的，但要十分小心，不可使大家得著這樣的結論：「那麼，到底還不如我們似的做自己人的奴隸好。[37]」光復後的台灣，從日本帝國主義的殖民地變為中國的一個省，台灣變成了自己人的台灣，但國民黨統治下的台灣仍然政治腐敗，實行專制統治，奴役人民，不給人民民主和自由，台灣人成為魯迅所謂的「自己人的奴隸」。楊逵積極參加到台灣人抗拒做「自己人的奴隸」、爭取民主和自由的時代大潮中去，積極支援聲援台灣「二二八事件」，並起草〈和平宣言〉，轉載於上海《大公報》，觸怒了當時的台灣省主席陳誠，被捕入獄，移囚綠島十二年。〈和平宣言〉

[37] 魯迅，《且介亭雜文末篇・半夏小集》，《魯迅全集》，卷6，595。

的主要內容希望國共兩黨停止內戰，希望台灣實現民主建設，釋放政治犯，「從速還政於民，確切保障人民的言論集會結社出版思想信仰的自由。[38]」這篇〈和平宣言〉的發表是楊逵抗拒做「自己人的奴隸」的宣言，表達了「言論集會結社出版思想信仰的自由」的個體的覺醒意識，是社會政治意識和個人意識覺醒連結的產物。其中的「言論集會結社出版思想信仰的自由」是標準的西方自由主義的理念，雖然與魯迅的「個人主義」的自由觀有差異，但這兩種自由主義本是同根所生，有共同的思想淵源。

從「個的自覺」這個角度來說，賴和的小說表現更為明顯，或者說賴和在創作時，有這個主觀自覺的創作意識，這一點有別於楊逵，楊逵的小說主要表現「救亡」主題，而賴和的小說雖然也側重表現「救亡」主題，但顯然對「啟蒙」主題有所重視。賴和的小說受到魯迅的「改造國民性」的啟蒙主義思想的影響，部分小說揭示台灣下層人民精神上的病態和國民劣根性，旨在「把還在沉迷的民眾叫醒起來[39]」像魯迅一樣，「揭示病苦，以引起療救的注意」。小說〈惹事〉中的熱血青年「我」面對惡意欺凌寡婦的事件，決定伸張正義為她打抱不平，他努力奔走遊說，呼籲群眾抵制甲長會議的召開，群眾表面上都贊成這個主張，並對查大人的惡劣行徑憤憤不平，但是到甲長會議召開的那天，群眾卻因為害怕查大人和官府，都來參加會議了，「我」感到「已被眾人所遺棄，被眾人所不信，被眾人所嘲弄」，小說批判了中國農民根深蒂固的「怕官」的心理，暴露了其對權力的畏懼、骨子裡的奴性、明哲保身、逆來順受與冷

38 楊逵，《和平宣言》，《楊逵全集》，卷14，315。

39 賴雲（賴和），〈希望我們的喇叭手奏激勵民眾的進行曲〉，《賴和全集》，林瑞明主編，卷2（台北：前衛出版社，2000）255。

漠的劣根性，沒有「人」的意識的覺醒。同樣的情況體現在〈豐收〉中，〈豐作〉中的蔗農添福由於日本制糖會社巧取豪奪，盤剝欺詐，豐收成災，其他同樣受損害的蔗農們能大膽向公社交涉鬥爭，但添福卻不敢參加，「他恐怕因這層事，叛逆公社，得獎勵金的資格會取消去」。雖然這場鬥爭與自己的利益切身有關，但添福始終對之採取旁觀的態度，作者對添福的態度是「哀其不幸，怒其不爭」，一方面同情他們的不幸遭遇，另一方面也批判了他們懦弱卑怯的性格和奴隸的生存狀態。〈鬥鬧熱〉通過一場街鎮之間費錢費力的、「無意義的競爭」鬥鬧熱，揭示民眾麻木和愚昧的精神狀態。他在一篇〈隨筆〉中直接對台灣人的國民性進行批判：「我們島人，真有一個被評定的共通性，受到強橫者的淩虐，總不忍摒棄這弱小的生命，正正堂堂，和它對抗，所謂文人者，藉了文字，發表一點牢騷，就已滿足，一般的人士，不能借文字來洩憤，只在暗地裡咒詛，也就舒暢。天大的怨憤，海樣的冤恨，是這樣容易消亡。[40]」這句話其實一針見血地點出了台灣人（中國人）國民性中的「瞞」和「騙」、卑怯、苟且、健忘等劣根性，所謂的「只在暗地裡咒詛，也就舒暢」與阿 Q 受欺負時所採用的「腹誹」方式並無二轍。魯迅曾經也描述過類似的國民性：「我覺得中國人所蘊蓄的怨憤已經夠多了，自然是受強者的蹂躪所致的。但他們卻不很向強者反抗，而反在弱者身上發洩，兵和匪不相爭，無槍的百姓卻並受兵匪之苦，就是最近便的證據。再露骨地說，怕還可以證明這些人的卑怯。卑怯的人，即使有萬丈的憤火，除弱草以外，又能燒掉甚麼呢？[41]」在小說

---

[40] 賴雲（賴和），〈希望我們的喇叭手奏激勵民眾的進行曲〉 260-61。
[41] 魯迅，《墳‧雜憶》，《魯迅全集》，卷1，225。

〈辱?!〉中，賴和批判了類似的劣根性，他描畫了出現在台灣社會中的一種心理現象：

> 在這時代，每個人都感覺著一種說不出來的悲哀，被壓縮似的苦痛，不明了的不平，沒有物件的怨恨，空漠的憎惡；不斷地在希望這悲哀會消釋，會解除，不平會平復，怨恨會報復，憎惡會滅亡。但是每個人都覺得自己沒有這樣力量，只茫然地在期待奇跡的顯現，就是期望超人的出世，來替他們做那所願望而做不出的事情。這在每個人也都曉得是事所必無，可是也禁不絕心裡不這樣想[42]。

賴和把這種心理表現稱為「殖民地性格」，其中體現了不敢面對現實、求諸內、耽於空想、軟弱、自欺的心理特徵和精神症候。

賴和的文學呈現出救亡和啟蒙的雙部聲調，雖然在賴和看來，在缺乏現代性的台灣，啟蒙也是一個重要問題，但賴和（包括其他日據時期台灣作家）所面臨的首要問題是殖民地解放的問題，這是他的存在之本，也是他的文學的出發點和重心，所謂「救亡壓倒啟蒙」，「救亡」成為賴和與他的時代的最重大的主題，文學也被悲壯地納入到這一總的時代主題之下，義無反顧地和多災多難的民族一同承受「苦難」，承擔時代的使命。而對於知識分子來說，因為有了「救亡」的時代任務，所以他們不再糾纏於啟蒙所帶來的困惑，知識分子感受到「不再受外國侵略者欺壓侮辱」的旋律是那樣的激動人心，令人神往，「種種啟蒙所特有的思索、困惑、煩惱，……

42. 賴和，〈辱?!〉，《賴和全集》，林瑞明主編，卷3（台北：前衛出版社，2000）129。

都很快地被擱置在一旁，已經沒有閒暇沒有功夫來仔細思考、研究、討論它們了。[43]」因此，民族救亡自然成為知識分子文學創作的主旋律，啟蒙主題則退為副部音調，賴和的文學也不例外[44]。李澤厚認為中國現代文學的總主題便是「啟蒙與救亡」主題的雙重變奏，但五四時期則是啟蒙主題佔據主導地位，直到 1937 年，啟蒙主題因為抗日戰爭的遽然來臨而讓位與救亡主題，退居幕後。但那時魯迅已經去世，所以對於魯迅來說，魯迅沒有像賴和那樣深刻的殖民統治體驗，魯迅一生對封建文化的體驗也許更為深刻，所以反封建和啟蒙主義自然成為他文學創作的基點和核心。

---

[43] 李澤厚，《中國現代思想史論》（天津：天津社會科學出版社，2003）27。

[44] 徐紀陽、劉建華，《殖民「現代性」悖論：賴和文化選擇的兩難境地》，《汕頭大學學報（人文社科版）》6（2009）：46-49。

# 日本思潮的影響

# 依違於山川主義和福本主義之間
## ——楊逵的左翼思想研究

黎活仁

## 作者簡介

黎活仁（Wood Yan LAI），男，1950 年生於香港，廣東番禺人。京都大學修士，香港大學哲學博士。現為香港大學饒宗頤學術館名譽研究員。著有《盧卡契對中國文學的影響》（1996）、《林語堂瘂弦簡媜筆下的男性和女性》（1998）等。

## 論文題要

楊逵很早接觸到盧卡契、柯爾施的新馬克思主義，而新馬克思主義正是福本主義的基礎。楊逵對辯證法不適用於自然的理解，顯示他有很好的哲學能力。盧卡契在主客體辯證法，對列寧有所批評，但對「不斷革命論」卻引為知己，因此受主客體辯證法影響的福本主義，也就被蘇共定為「托派」，布爾什維克化的反托洛斯基，自然使到楊逵和謝雪紅無法合作，只好走上「分離結合」的「分離」方向。

**關鍵詞：楊逵、柯爾施、盧卡契、福本和夫、山川均、謝雪紅**

## 一、引言

1957年5月，楊逵（楊貴，1906-85）在綠島寫了一篇題為〈科學與方法〉的短文，從量子力學談到量子的運動，說明「物質世界的核心中，完全的因果性已經不存在了。然而這一切如何能存在，而無損於我們對於大部分熟悉識的世界認識？大家的物体的因果律，如何能夠從非因果的原子習性中產生？[1]」楊逵其時不忘「秀」了下他的哲學能力，即辯證法不能用於自然[2]——這是盧卡契（Gyorgy Lukacs, 1885-1971）《歷史和階級意識》（*The History of Class Consciousness*）重大貢獻之一，楊逵〈序說——思維的運動和社會變革的過程〉提及這一觀點，但持肯定的態度，即兩者前後矛盾[3]。楊逵在綠島才開始學習中文，〈科學與方法〉大概是得難友修訂，十分通順，〈序說——思維的運動和社會變革的過程〉中日文夾雜，而且不通順，也許是四十年代或更早時起草甚或抄譯作為教材的，故來不及訂正。〈科學與方法〉也許把閒談時的心得寫下

---

1 楊逵，〈科學與方法〉，《楊逵全集》，彭小妍主編，卷13（台南：國立文化資產保存研究中心籌備處，2001）695。

2 胡子丹，〈楊逵綠島十二年〉，《傳記文學》46.5（1985）：72-75。

3 楊逵，〈序說——思維的運動和社會變革的過程〉對恩格斯把辯證法適用於自然持肯定的的態度：「科學的社會主義的創說者決不輕視哲學。其一例我們可見最近發表的恩格司的遺稿〈自然與辯証法〉。同書是恩格司欲以一般的哲學方法——唯物辯証法適用於自然，欲確定自然科學的基礎範圍。他在那裡說近代自然科學的根本害惡是與哲學絕緣的緣故，自然科學各個的認識領域互相的連絡，以單純的經驗的方法是不可能的？自然科學是不可缺理論的思惟——哲學。關於人的思惟的歷史的發展道程——哲學史的智識給樹立理論的自然科學的理論標準？等等最後他這樣說『哲學是於社會及科學的一定發展段階的人的思惟的最高的成果。哲學是展開概念及範疇——無這人的智識是全然不可想』。」，《楊逵全集》，卷13，500。

來，供綠島難友作為談助。福本主義的源頭，是結合列寧（V. I. Lenin, 1870-1924）《怎麼辦？》（*What is to be Done?*）的政黨組織論、盧卡契《歷史與階級意識》的主客體辯證法形成的，楊逵對外「從不否認自己是山川均主義的信徒」[4]，從相信辯證法不適用於自然一點，顯示盧卡契、福本主義影響極為深遠。以下還陸續列舉其他的例證。

## 二、楊逵留學日本時期（1924.9-1927.9）的普羅運動

楊逵於 1924 年第一次東渡扶桑，9 月左右自神戶上岸，坐火車抵達東京[5]，而福本和夫（FUKUMOTO Kazuo, 1894-1983）較他早一個月，即 8 月回到東京[6]，結束兩年半留學德國的生活，同年 12 月，在《馬克思主義》發表他第一篇政治學論文[7]，1926 年 12 月，日共召開大會，福本因為對馬克思主義理論的獨特見解，成為日共重建的核心路線，1927 年 5 月，第三國際的〈日本問題二十七年綱領〉（以下簡稱〈二十七年綱領〉）對福本主義進行批判，楊逵也在同年 9 月回台灣。換言之，楊逵留日的 3 年，福本主義風行一時。

---

4 黃惠禎，《楊逵及其作品研究》（台北：麥田出版有限公司，1994）46。

5 楊逵主講，〈一個台灣作家的七十七年〉，戴國煇（1931-2001）、內村剛介（UCHIMURA Gōsuke, 1920-2009）訪問，葉石濤譯，楊逵，《楊逵全集》，彭小妍主編，卷14（台南：國立文化資產保存研究中心籌備處，2001）249。

6 絲屋壽雄（ITOYA Toshio, 1908-），《日本社會主義運動思想史》，卷2（東京：法政大學出版社，1980）115。

7 絲屋壽雄 116。

目前所見的紀錄，一般都說楊逵傾向山川主義，山川主義是福本旋風席卷日本時遭到批判，楊逵在農民組合的貌合神離的合作者謝雪紅（謝阿女，1901-70）[8]和簡吉（1903-51），卻被認為是福本主義者：「目前可見的史料載明：農組此次爭端？基本是反映兩種不同路線：福田路線（簡吉代表，筆者案：福田應是福本之誤）、山川均（YAMAKAWA Hitoshi, 1880-1958）路線（連溫卿〔1894-1975〕代表）之間的鬥爭。一般認為楊達隸屬連溫卿同一路線」[9]。其實楊逵很多行事，都帶有福本主義的特徵。

## （一）關於無產階級文學（即普羅文學）及其演變

無產階級文學本源自俄國，但只流行了十年左右，就被制止，日本為期約 13 年。在中國大陸，自 20 年代從蘇聯日本輸入之後，到 1992 年才結束。

---

[8] 邱士杰，〈台灣社會主義運動的起源及其資本主義論（1920-1924）〉，碩士論文，台灣大學，2008。林瓊華，〈女革命者謝雪紅的「真理之旅」（1901-1970）〉，《20世紀台灣歷史與人物——第六屆中華民國史專題論文集》，胡健國編（台北：國史館，2002），1137-234；周茂春，〈台灣真女人——一代奇女謝雪紅〉，《歷史月刊》248（2008）：110-14；林佩蓉，〈在殖民崩裂的土地上綻放堅忍的生命：誰的歷史誰的自傳——被書寫的謝雪紅〉，《道雜誌》20（2004）：67-73；陳思仁，〈從《我的半生記》看謝雪紅所處社會與女性地位〉，《歷史月刊》153（2000）：112-15；東年，〈台灣農民組合運動的歷史意義——社會正義與人性存亡最後底線的捍衛〉，《歷史月刊》196（2004）：65-75；張君豪，〈漫漫牛車路——簡吉與台灣農民組合運動〉，《歷史月刊》196（2004）：38-56；宋帮强（1975-），〈台灣共產黨與日本共產黨、中國共產黨、共產國際的關係〉，《日據時期台灣共產黨研究》，北京：中國社會科學出版社，2012，161-206。附有俄羅斯國立社會政治史檔案館新出土材料。

[9] 楊逵口述，〈關於楊逵回憶錄筆記〉，王麗華記錄，楊逵，《楊逵全集》，卷14，85，。

建設無產階級文化，就是要全面否定資本主義文化，蘇聯到1932年就提出以「社會主義現實主義」取代「無產階級現實主義」，1936年又宣布「社會主義建成」，階級鬥爭已熄滅。

在日本則由《播種人》創刊（1921）開始，標誌著左翼文學的勃興，在針對共產主義設立的治安維持法和特別高等警察（簡稱特高，即秘密警察）鎮壓之下，林房雄（HAYASHI Fusao, 1903-75）被捕，隨即宣布放棄無產階級文學立場（1932），中野重治（NAKANO Shigeharu, 1902-79）被捕後「轉向」（1934，即放棄共產主義或社會主義立場），1934年2月納普也解散了，日本的無產階級文學運動已經幾乎停頓。戰後則有民主主義文學，是無產階級文學的延續。

在中國大陸，經過二十年代於蘇俄和日本引進普羅文學思潮之後，毛澤東（1893-1976）於1942年確立「無產階級現實主義」為文藝政策，「無產階級文化大革命」是無產階文學的一次長達十年的大規模實驗，說明普羅文學是一種荒謬的理論。1992年（1.18-2.21），鄧小平（1904-97）發表了「南巡講話」，主張重新利用資本主義，「無產階級文化」在中國的實驗終於結束。

## （二）無產階級文化派和無產階級文化

無產階級文學是其中一種蘇聯馬克思主義，源自無產階級文學派為自工人階級建築一種叫做「無產階級文化」的想法，所謂其中一種蘇聯馬克思主義，是因為列寧和托洛斯基（L. D. Trotsky, 1879-1940）都否定「無產階級文化」。

蘇聯「無產階級文學」的發展可分為4個階段：1）.1905-20，是「無產階級文化協會」（Proletkult）的活躍時期；2）.1920-21，是無產階級文化協會分裂出來的《鍛冶場》（The Smithy）時期；3）.1921-27，是拉普（RAPP, 1925-32）前身的「十月小組」（October group）時期；4）.1928-32，是拉普成立至解散時期。

作為無產階級文化發展過程的論述，以張秋華編的《「拉普」資料匯編》[10]最為重要，內收赫爾曼・葉爾莫拉耶夫（Herman Ermolaev）〈「拉普」——從興起到解散〉[11]一文，這是 *Soviet Literary Theory, 1917-1934* 一書第2至第5章的節譯[12]。鄭異凡編譯《蘇聯「無產階級文化派」論爭資料》（1980[13]）、白嗣宏編選《無產階級文化派資料選編》（1983[14]）和翟厚隆編選《十月革命前後蘇聯文學流派》（1998[15]）的譯介，已算相當豐富。栗原幸夫（KURIHARA Yukio, 1927-）編有《資料プロレタリア文學運動》[16]（《無產階級

---

[10] 張秋華，《「拉普」資料匯編》，上冊（北京：中國社會科學出版社，1981）。（Chinamaxx Digital Library 中文電子書集獻, East Asian Library, U of California at Berkeley）。黄慧鳳，〈参考書目〉，《台灣勞工文學》（台北：國立編譯館，2007），337-38，〈参考書目〉引用了《「拉普」資料匯編》，在台灣是罕見的。

[11] 赫爾曼・葉爾莫拉耶夫（Herman Ermolaev）〈「拉普」——從興起到解散〉，張秋華譯，《「拉普」資料匯編》，張秋華編，上冊（北京：中國社會科學出版社，1981）322-431。這是 *Soviet Literary Theory, 1917-1934* 一書第二至第五章的中譯。

[12] Herman Ermolaev, *Soviet Literary Theory, 1917-1934. The Genesis of Socialist Realism*. Berkeley: U of California P, 1963.

[13] 鄭異凡編譯，《蘇聯「無產階級文化派」論爭資料》（北京：人民出版社，1980）。

[14] 白嗣宏，《無產階級文化派資料選編》（北京：中國社會科學出版社，1983）。

[15] 翟厚隆編選，《十月革命前後蘇聯文學流派》（上海：上海譯文出版社，1998）。

[16] 栗原幸夫（KURIHARA Yukio），《資料プロレタリア文學運動》（《資料無產階級文學運動》），6卷，東京：三一書房，1972-74。

文學運動資料》，1972-74）6 卷，第 6 卷出版後半年後拜會其中一位主編，主編說每一本都有五百人購買，出版社方面嫌市場不大，沒出下去，因為事涉業務機密，故不便提及主編大名。

日本研究普羅文學的論文，提及蘇聯原始文獻，比較集中於拉普，因為有藏原惟人的日譯和發揮，中國也是，很少人提及波格丹諾夫（A. A. Bagdanov, 1873-1928）。有關二十年的蘇俄文論情況，陳望道（陳參一，1890-1977）曾以陳雪帆的筆名透過岡澤秀虎（OKAZAWA Hidetora, 1902-73）的著作加以譯介，1929 年 3 月起至 1930 年 10 月止，在《小說月報》連載[17]，其後結集在 1930 年 10 月出版，書名改為《蘇俄文學理論》[18]。

### 1. 波格丹諾夫的「無產階級文化」的幾種特徵

波格丹諾夫（A. A. Bagdanov, 1873-1928）的「無產階級文化」有幾種特徵：1).建設無產階級文化，就是要否定資本主義文化；2).引進馬赫主義的「思維與存在同一」的認識論，形成組織工人集體心理的「組織論」；3）.以工人為無產階級；4）.認為農民有小資產階級傾向，所以否定農民——俄國民粹主義革命時期，知識分子到鄉下宣傳民主自由思想，遭到農民的懷疑嘲諷，因此俄國馬克思主

[17] 蘆田肇（ASHIDA Hajime, 1942-），《中國左翼文藝理論における翻譯・引用文獻目錄，1928-1933》（《中國左翼文藝理論翻譯引用文獻目錄，1928-1933》，東京：東京大學東洋文化研究所附屬東洋學中心，1978）32-33。

[18] 岡澤秀虎，《蘇俄文學理論》，陳望道譯（上海：開明書店，1930年初版，1940再版）。

義者排斥農民[19]；5）.強調辯証唯物主義；6）.提倡非功利的「審美」。初期的無產階級文化會是獨立於蘇共控制之外的。

列寧在寫了《唯物主義和經驗批判主義》（*Materialism and Empirio-Criticism. Critical Comments on a Reactionary Philosophy*, 1908）據反映論對組織論作了批判[20]。列寧主要方法是反映論，反映論之不對，已有定論。自柏拉圖以來，就相信現實背後有一個本體，本體不可知，馬赫（Ernst Mach, 1838-1916）進一步對作為主體的人心理化，無論物質的東西還是精神的東西都是由顏色、聲音、壓力、空間、時間、運動的感覺構成；物質、運動、規律都不是客觀存在的[21]，把本體也取消了。量子力學也說明了類似的原理，量子每一次的運動，都不規則的，後來李歐塔（Jean-François Lyotard, 1924-98）據以否定黑格爾（Friedrich Hegel, 1770-1831）以辯證法適用於歷史的後設敘述。日本和中國左翼作家都用組織論，因為盧卡契的主客體辯證法，經福本主義介紹之後，影響很大。不過，現在的中國馬列讀本，仍然批判組織論。

---

19 倫納德・夏皮羅（Leonard Schapiro），《一個英國學者筆下的蘇共黨史》（*The Communist Party of the Soviet Union*），徐葵、鄒用九、裘因等譯（北京：東方出版社，1991）17。

20 戴維・麥克萊倫（David McLellan, 1940-），《馬克思以後的馬克思主義》（*Marxism after Marx*），李智譯（北京：中國人民大學出版社，2012）104。

21 樊根耀，〈感覺的分析〉，《二十世紀西方哲學名著導讀》，邱仁宗編（長沙：湖南出版社，1991）680-87。

## 2. 列寧否定建設「無產階級文化」

皮柯維支（Paul Pickowicz）〈馬克思主義文學思想與中國〉（"Marxist Literary Thought of China"）[22]，對列寧為什麼否定波格丹諾夫（A. A. Bagdanov, 1873-1928）的「無產階級文化」也說得很清楚，但中國學者很少提及。

列寧否定建設「無產階級文化」，有些是絕對正確的，他指出蘇聯建國初期，文盲的比率極高，沒有必要為一些不識字的人造一種文化[23]，蘇聯能保留好的資本主義文化也不錯[24]；還有，對封建文化的優良傳統也需要合理的繼承[25]。

中國文革時曾否定文化遺產，把大批古蹟破壞，蘇聯無產階級文化派也否定文化遺產，主張把博物館的美術品燒燬，列寧知道之後，覺得不妥，決定制止。

列寧〈黨的組織和黨的出版物〉一文，過去誤譯為〈黨的組織和黨的文學〉（"Party Organization and Party Literature", 1905[26]），「出版物」一詞過去一直誤譯為「文學」，以致左翼作家認為列寧有「黨

---

[22] 皮柯維支（Paul Pickowicz），〈馬克思主義文學思想與中國〉（"Marxist Literary Thought of China"），尹慧珉譯，《國外中國文學研究論叢》，中國社會科學院文學研究所國外中國學《文學》研究組編（北京：中國文聯出版公司，1985）1-46。張建華，〈紅色領袖列寧　布哈林　斯大林——對「文化革命」和蘇維埃文化的理解與闡釋〉，《俄羅斯學刊》1（2011）：55-56。

[23] 列寧，〈日記摘錄〉（"Pages from a Diary"），《列寧全集》，3版，卷33（北京：人民出版社，1963）417。皮柯維支　31。

[24] 列寧，〈寧肯少些，但要好些〉（"Better Fewer, But Better"），《列寧全集》，卷33，441。

[25] 皮柯維支　32。

[26] 列寧，〈黨的組織和黨的文學〉（"Party Organization and Party Literature"），北京師範大學文藝理論組，《文學理論學習參考資料》，2版（北京：高等教育出版社，1957）135-39; Lenin: "Party Organization and Party Literature", in *On Literature and Art*, 2nd（Moscow: Progress Publishers, 1970）22-27。

的文學」，亦即「文藝應從屬於政治」的想法，並同樣得出「文學應為人民大眾服務」的結論。在中國，最早把〈黨的組織與黨的出版物〉誤譯的是瞿秋白（瞿懋淼，1899-1935）[27]，中共中央在 1982 年才再以糾正[28]。

### 3.托洛斯基對「無產階級文化」的否定

托洛斯基（L. D. Trotsky, 1879-1940）則認為無產階級專政「過渡期」是短暫的，「將資產階級文化和資產階級藝術與無產階級文化和無產階級藝術對立起來，這是完全錯誤的。根本不會有無產階級的文化和無產階級的藝術」[29]；「馬克思主義的方法並不是藝術的方法」[30]，革命總是在前面[31]。革命以「直接的行動扼殺了文學」，不利於創作[32]。列寧去世後，托洛斯基 1926 年反對蘇共中央通過的「一國社會主義」，1927 年被開除出黨，1929 年驅逐出國；托洛斯基反對一國社會主義，即主張把革命推廣至未進行社會主義革命的國家[33]。在楊逵的「未定稿」〈革命與文化〉，我們看到托洛斯基的「不斷革命論」：

---

[27] 劉福慶，〈列寧文藝論著在中翻譯出版情況簡述〉，《馬克思主義文藝理論研究》4（1985）：445-60。

[28] 中共中央編譯局列寧斯大林著作編譯室，〈《黨的組織和黨的出版物》的中譯文為什麼需要修改〉，《紅旗》22（1982）：5-8；長堀祐造（NAGAHORI Yūzō），〈レーニン「黨の組織と黨の文學（出版物）」翻訳問題と毛澤東「文藝講話」について〉（〈列寧《黨的組織和黨的出版物》翻譯問題與毛澤東「文藝講話」〉），《東方學》106（2003）：95-110。

[29] 托洛斯基，《文學與革命》，劉文飛等譯（北京：外國文學出版社，1992）5。

[30] 托洛斯基，《文學與革命》 204。

[31] 托洛斯基，《文學與革命》 221。

[32] 托洛斯基，《文學與革命》 554-55。

[33] 猪木正道（INOKI Masamichi, 1914-2012），《增補共產主義の系譜》（《增訂共產主義及其流派》東京：角川書店，1984）220-26。

> 所以文化真實的擔當者們——社會民主主義者——於俄國革命當初起總加擔「永久革命」。理由是俄國現存組織的根本的變革，不只給俄國人很重大的結果，也會極度去進涉全世界的文化發展[34]。

「不斷革命論」是托洛斯基主義主要特徵之一[35]，盧卡契在《歷史與階級意識・新版序言（1967）》（*The History of Class Consciousness*, 1923）談到「一國社會主義」，他站在斯大林的一邊——後來盧卡契全面認罪，作了自我批判，但當年是很有看法，而這些看法，仍然備受學術界的重視：

> 但是，似乎近在咫尺的世界革命的前景，當時曾使得這種斷言的理論的和抽象的性質顯得特別突出。……只是隨著1929年的蕭條，世界革命才有時作為一種可能性出現。(〈新版序言(1967)〉) [36]

《歷史與階級意識》的內文，他的政治哲學核心方法，即主客體辯法、階級鬥爭，理論與實踐統一，在在支援托洛斯基的「不斷

---

[34] 楊逵，〈革命與文化〉，《楊逵全集》，卷13，490。

[35] 塔馬拉・多伊切（Tamara Deutscher），〈托洛斯基主義〉（"Trotskyism"），湯姆・博托莫爾（Tom Bottomore）主編：《馬克思主義思想辭典》（*A Dictionary of Marxist Thought*），陳叔平、王謹等譯（鄭州：河南人民出版社，1994）594。陳獨秀（陳乾生，1879-1942），〈十月革命與不斷革命論〉，《陳獨秀晚年著作選》，林致良、吳孟明、周履鏘編（香港：天地圖書，2012）72-75。

[36] 盧卡契，《歷史與階級意識——關於馬克思主義辯證法的研究》（*The History of Class Consciousness*）杜章智等譯（北京：商務印書館，1996）23-24。

革命論」，認為只有世界革命，才能保住俄國革命的成果，最完整的論述，見於〈作為馬克思主義者的羅莎・盧森堡〉的一章：

> 他們稱為信仰和力圖用「宗教」名稱加以貶低的東西，正好是對資本主義註定要沒落、無產階級革命——最終——要獲勝的確信。對於這種確信，不可能有「物質的」擔保。對我們來說，它僅僅在方法上——通過辯證的方法——是有保證的。即使這種保證，也只有通過行動，通過革命本身，通過獻身於革命，才能驗定和得到。正象很少能「按自然規律」擔保世界革命肯定勝利一樣，也很少會有抱有學究客觀性的馬克思主義者。
>
> 理論和實踐的統一不僅在理論之中，而且也是為了實踐。正如作為階級的無產階級只有在鬥爭和行動中才能獲得和保持它的階級意識，才能使自己提高到它的一一客觀產生的一一歷史任務的水準上一樣，黨和各個戰士也只有當他們能夠把這種統一運用到他們的實踐中去時，才能真正掌握他們的理論。(《歷史與階級意識・作為馬克思主義者的羅莎・盧森堡》)[37]

楊逵的〈革命與文化〉稿末署執筆日期正是 1929 年（5 月 7 日），呼應盧卡契在《歷史與階級意識・新版序言（1967）》指陳的「1929 年的蕭條」，呼應「作為一種可能性出現」的「世界革命」。蔡石山《滄桑十年：簡吉與台灣農民運動，1924-1934》保留不少

[37] 盧卡契，《歷史與階級意識》 96。

楊逵在「農民組合」(中文即做農「民」會)的資料，說農民組合簡吉等人：

> 甚至連走溫和社會主義的連溫卿、以及主張無政府主義的楊貴(逵)一夥也無法容納共事：稱連溫卿為流離分子是托洛斯基派，無視於台灣的農民問題，因為托派否定中央集權。[38]

更準確的是應該說楊逵公然在「一國社會主義」問題，傾向托洛斯基的「不斷革命論」(The Permanent Revolution)，可能平日的言談，有這種表示。〈葉陶等三人致農組中央委員會聲明書〉的確提及他們被打成托派[39]。又，《歷史與階級意識》提及托洛斯基兩次，一次是引述《恐怖主義與共產主義》(*Terrorism and Communism*)[40]，福本和夫則引述《恐怖主義與共產主義》3 次[41]。

托洛斯基問題是敵我矛盾，在中共也嚴肅處理，視為叛徒[42]，或判死刑，因為香港在五十年代後，仍有當年托派的活動家存在，故有少量譯作流傳，至今蘇聯瓦解，仍依斯大林當年的口徑，沒有

---

[38] 蔡石山，《滄桑十年：簡吉與台灣農民運動，1924-1934》(台北：遠流出版，2012) 189。

[39] 蔡石山　317。

[40] 盧卡契，《歷史與階級意識》　368，406 (《恐怖主義與共產主義》)。

[41] 福本和夫，〈歐洲における無產者階級政黨組織問題の歷史的考察——黨づくり(黨組織論)の方法論的研究——〉(〈歐洲無產者階級政黨組織問題——(黨組織論)方法論的研究——〉)，池田浩士(IKEDA Hiroshi, 1940)，《論爭・歷史と階級意識》(《歷史和階級意識論爭》東京：河出書房新社，1977) 282-83。

[42] 林致良、吳孟明、周履鏘　，《陳獨秀晚年著作選》(香港：天地圖書，2012)。

平反。魯迅（周樟壽，1881-1936）是唯一受托洛斯基影響，而沒有出問題的巨人。日本學者曾對此作了長期研究，可以參考[43]。

## 二、列寧的《怎麼辦？》

福本主義的哲學方法源自《歷史與階級意識》一書，建黨思想則引進列寧《怎麼辦？》（*What is to be Done?*）。戴維·麥克萊倫（David McLellan, 1940-），《馬克思以後的馬克思主義》（*Marxism after Marx*）說《怎麼辦》這本書只能勉強地說是列寧的代表作[44]，因為哲學方法和對革命形勢的判斷，都顯得不正確。

### （一）黨與工會

創建一個黨來革命，是從俄國民粹主義學到的方法，在《怎麼辦？》（*What is to be Done?*, 1902）和〈進一步，退兩步〉（"One Step Forward, Two Steps Back", 1904）等著作，列寧強調要組織一個由職業革命家領導的秘密的黨，黨組織之所以要秘密，是因為要防止被警察逮捕，以同樣的原因，黨組織必須與一般的工會組織分開，黨要把工人提升為革命家，黨的職業革命家不應該把自己降低為工人群眾。

---

43 長堀祐造（NAGAHORI Yūzō），《魯迅とトロッキ——中国における「文学と革命」》（《魯迅與托洛斯基——〈文学與革命〉在中國的影響》東京：平凡社，2011）。

44 麥克萊倫　89。

楊逵〈勞働者階級的陣營〉，就是談政黨組織的論文，在組織與戰術一段，重點談及黨要成為組織內的組織，以免被破壞，黨變成合法性組織，反而會容易被當地政府瓦解，故合法與不合法的黨組織要並存，最後提及俄共重視紀律：

> （組織與戰術）……。組織得順調進行、成個大眾組織。為維持組織？……因為恐怕組織被破壞，時常致到迴避對資本主義國家權力的鬥爭。而這樣說。「工人階級要準備決定的鬥爭。所以要有個強力的組織。所以不可輕輕使用之。」因此組織就變成為組織的組織。……
>
> （合法性與非合法性）再來我們要研究的是合法性與非合法性的問題。對這個問題？第三國際的規約如左。「在全歐及米國的狀勢是強制我們以非合法的組織並行合法的組織的存在。」對資本主義社會鬥爭的各國共產黨總要覺悟合法組織到這個時機就會被支配階級破壞去。共產黨對資本家階級的各種攻擊？若不要敗戰、總要與合法組織並行建設非合法組織來準備合法組織被蹂躪後的政治鬥爭會得繼續。所以要應時勢、有時就合法、有時就要以非合法活動來擔主要任務。然、兩個形態要有統一、而且要負最短期間去奪取政權的任務。越近革命鬥爭？更在工人階級獨裁的時期、當要守真嚴重的規律。露西亞共產黨在露西亞革命中已經驗了其重要性[45]

---

[45] 楊逵，〈勞働者階級的陣營〉，《楊逵全集》，卷13，480。

〈勞働者階級的陣營〉討論了黨必須隱蔽、黨與工會的關係、黨於大眾的關係、黨紀的重要等，楊逵對政黨的組織和運作，已充份明瞭。目前我們看不到楊逵在台灣農民組合的具體記載，無從用理論檢證。

麥克萊倫《馬克思以後的馬克思主義》說列寧的判斷後來證實不正確，十月革命武裝蜂起之時，布爾什維克站在群眾後面不知所措[46]。說明盧森堡（Rosa Luxemburg, 1871-1919）的批評不無道理：列寧過於誇大黨的作用[47]。台灣的二二八事件（1947.2）所呈現的民眾蜂起誘因，也是突發的武裝鎮壓。所謂由革命家組成的黨，後來也不能保持秘密，多了成千尚萬的黨員[48]，像日共和台共，無論怎樣秘密，都無法避過特高的逮捕。

楊逵一直跟謝雪紅的台共保持距離，原因是：1）.兩人性格不合；2）.或者對社會活動的理念不同，這是很可能的，謝雪紅文化水平不高，馬克思主義理論定格於 20 年代中期斯大林（I. F. Stalin, 1879-1953）和布哈林（N. I. Bukharin, 1888-1938）的程度；3）.楊逵對黨的態度有盧森堡的傾向，即黨的領導不宜有過大的評價——如果成立的話，則表示楊逵對黨的作用，與福本和夫有不同的看法，這方面近似於山川主義的鬆散的聯盟[49]；4）.托洛斯基主義者

---

46 麥克萊倫　89。

47 福本和夫，〈歐洲無產者階級政黨組織問題〉　288。

48 麥克萊倫　89。

49 增島宏（Masujima Hiroshi, 1924-2011）、高橋彥博（TAKAHASHI Hikohiro, 1931-）、大野節子（Ōno Setsuko），《無產政党の研究：戰前日本の社会民主主義》（《無產政党研究：戰前日本的社会民主主義》,東京：法政大學出版局，1969）；松沢弘陽（MATSUZAWA Hiroaki, 1930-），〈日本の勞働組合主義〉（〈日本的工會主義〉），《日本社会主義の思想》（《日本社会主義的思想》，東京：筑摩書房，1973）245-85。（內容是對對日本工會農會的分析。）

反對列寧的一黨專政，要求有一定的民主；5）.第三國際的「布爾什維克化」，就是要肅清托洛基主義反黨集團，1925 年 3-4 月間召開的共產國際第五次擴大全會通過了相關決議[50]，謝、楊兩人實在是敵我矛盾。

## （二）理論鬥爭

所謂「沒有革命理論，就不會有革命運動」(《怎麼辦？》[51])，黨的職業革命家應該透過理論鬥爭，提高自己的水平，以免落於工人自發的革命形勢之後，並利用各種各樣的小組織、協會、團體與人民大眾接觸，但不可把黨組織與這些人民大眾的小團體混為一談。列寧因此也否定要職業革命家「到大眾去」的做法。

前引麥克萊倫《馬克思以後的馬克思主義》說列寧的以理論指揮大眾的判斷後來證實不正確，十月革命武裝蜂起之時，布爾什維克落在群眾後面不知如何是好[52]。

楊逵〈勞働者階級的陣營〉，就是談政黨組織的論文，於〈共產黨的戰術〉一段，有「無有正確的理論，沒有正確的實踐。[53]」的一句，還說明不要停留在經濟鬥爭，要勇敢參加政治鬥爭[54]。楊

---

50 蘇品端，〈共產國際的布爾什維克化方針初探〉，《政治研究》1（1986）: 30。陳芳明，《謝雪紅評傳》（台北：麥田出版、城邦文化事業股份有限公司，2009）對謝、楊不和，側重個人恩怨，201-05。

51 列寧，《怎麼辦？》，《列寧全集》，卷28，336。

52 麥克萊倫　89。

53 楊逵，〈勞働者階級的陣營〉，《楊逵全集》，卷13，478。

54 楊逵，〈勞働者階級的陣營〉，《楊逵全集》，卷13，479。

逵一生對文藝發表了很多看法，贊成什麼，反對什麼，對什麼人表示不同意，正是理論鬥爭的表現。

## （三）從外部灌入社會意識的方法

列寧在《怎麼辦？》說工人階級只能形成「工聯會意識」，階級覺悟的「社會意識」卻可以在知識分子之間「自然生長」起來，這些「自然生長」出來的「社會意識」應從外邊灌進無產階級運動，又說發想源自考茨基（Karl Johann Kautsky, 1854-1938）。依據馬克思（Karl Marx, 1818-1883）的說法，階級意識「只能為工人階級所接受，而不會被資產階級和小資產階級所採納。[55]」卡爾・柯爾施（Karl Korsch, 1886-1961）《馬克思主義和哲學》（*Marxism and Philosophy*）批評列寧的理論，不是以主客體的辯證法建構，而是把辯證法「外部化」[56]。「所謂主體一客體的辯證法，主要研究主體和客體、思維和存在、理論和實踐等如何同一。辯證法只能存在於主體和客體的相互關係之中，存在於社會歷史領域。[57]」

盧卡契《歷史的階級意識》從馬克思的「商品拜物教」（commodity fetishism）領悟出人製造出商品即「物」，「而物卻變得對人獨立並支配他的生活」[58]，推論不是「決定論」所說的反映，

---

[55] 依林・費爾格（Iring Fetscher），〈階級意識〉（“Class consciousness”），博托莫爾 96。

[56] 卡爾・柯爾施（Karl Korsch, 1886-1961）《馬克思主義和哲學》（*Marxism and Philosophy*）王南湜、榮新海譯（重慶：重慶出版社，1989）69-70。

[57] 奚廣慶、王謹、梁樹發，《西方馬克思主義辭典》（北京：中國經濟出版社，1992）116。

[58] 加約・彼得諾維（Gajo Petrović），〈物化〉（“reification”），博托莫爾 499。

而是人既是主體又是客體。無產階級的「階級意識本身只能隨著工業革命出現」[59]。故依盧卡契和柯爾施的說法，列寧把辯證法外部化，哲學方法上變得不倫不類。

1926年9月，青野季吉（AONO Suekichi, 1890-1961）得佐佐木孝丸（SASAKI Takamaru, 1898-1986）等的幫助，翻譯了列寧《怎麼辦？》，同年12月於東京、白楊社出版[60]，當時有島武郎（ARISHIMA Takeo, 1878-1923）於1922年1月發表的〈宣言一篇〉，認為無產階級的文化即將到來，但不認為無產階級以外出身的作者，可以寫出無產階級心聲[61]。青野發表了〈自然成長與目的意識〉一文，據《怎麼辦？》所說的社會意識可以在知識分子中成長的說法，解決無產階級的作者問題。青野季吉是山川主義者，但〈自然成長與目的意識〉卻與福本主義的階級意識論有交點。

楊逵的小說，多以知識分子擔任啟蒙的角色，也屬共識，用列寧的語言，即以「自然成長」的知識分子——〈送報伕〉就是一例，向大眾從外部灌入「無產階級意識」，黃惠禎《楊逵及其作品研究》指出：

> 從小說人物的安排來看，知識份子主導著情節的發展。在經歷一番社會現實的歷練之後，這些知識份子終於覺醒，而產

[59] 麥克萊倫　167。

[60] 紅野敏郎（KŌNO Toshirō, 1922-2010）編，〈青野季吉年譜〉，《青野季吉日記》（東京：河出書房，1964）292。（內收入1939.8.11-1945.4.2的日記，青野季吉以寫作〈自然成長與目的意識〉一文知名於普羅文學運動）。

[61] 安川定男（YASUKAWA Sadao, 1919-2007），〈宣言一つ論争〉（〈宣言一篇論爭〉），《日本近代文學大事典》，小田切進（ODAGIRI Susumu, 1924-92）主編，3版，卷4（東京：講談社，1978）254-55；瀨沼茂樹（SENUMA Shigeki, 1904-88），〈宣言一つ〉（〈宣言一篇〉），小田切進，卷1，60。

生行動的決心，肩負群眾的苦難向前邁進，帶領群眾爭取權益，最後指向一個沒有傾軋的新樂園。這不但是楊逵在創作時極力描繪的光明遠景，也是他努力畢生追求的目標[62]。

## 三、盧卡契與福本和夫

盧卡契對福本和夫的影響，池田浩士（IKEDA Hiroshi, 1940-）《論爭・歷史と階級意識》（《歷史和階級意識論爭》，1977[63]）可以說是集大成。福本和夫（FUKUMOTO Kazuo, 1894-1983）畢業於東京大學政治系（1920），1922 年到美、英、德、法等國留學，1924 年秋天回國。福本德國後，曾經前往拜訪柯爾施，得柯爾思的指導。匈牙利的盧卡契、德國的柯爾思、意大利的葛蘭西（Antonio Gramsci, 1891-1937）是西方馬克思主義的奠基人。在「第一次馬克思主義研究周」（一說是在 1922 年夏，一說是在 1923 年 5 月下旬）召開之時，福本在柯爾思的引領下參加，並認識了盧卡契，1923 年春天，福本再度有機會與盧卡契會晤，盧卡契即以《歷史與階級意識》（*The History of Class Consciousness*, 1923，1923 年 1 至 5 月間刊行）相贈[64]。

---

62 黃惠禎　146。

63 池田浩士（IKEDA Hiroshi, 1940-），《論爭・歷史と階級意識》（《歷史和階級意識論爭》，東京：河出書房新社，1977）。

64 池田浩士，《歷史和階級意識論爭》　32-33。栗木安延（RIKI Yasunobu, 1930-2002），〈福本和夫のドイツ留学と日本マルクス主義〉（〈福本和夫的留學德國與日本馬克思主義〉），《福本和夫の思想　研究論文集成》，小島亮（KOJIMA Ryo, 1956-）編（東京：こぶし書房，2005）254-95。

## （一）柯爾施《馬克思主義和哲學》

盧卡契《歷史與階級意識》的思維方式，與柯爾施《馬克思主義和哲學》是一致的。《馬克思主義和哲學》的寫作動機，「正如他所（柯爾施）指出，當時第二國際的傑出馬克思主義思想家對哲學問題很不注意」[65]，楊逵〈序說——思維的運動和社會變革的過程〉一文發端即出現一個標題——〈(一) 馬克司主義沒有哲學嗎？〉[66]，之後，又見此文（〈序說——思維的運動和社會變革的過程〉）引用「歷史過程的這四個環節」（又名「歷史發展過程的四種不同的運動」[67]），即：資產階級的革命運動、從康德（Immanuel Kant, 1724-1804）到黑格爾的唯心主義哲學、無產階級的革命運動、馬克思主義的唯物主義哲學，柯爾施認為：「為了正確地理解和把握歷史」，必須「把歷史理解為一個統一的、辯證的發展過程」，「因此認為：馬克思主義體系是無產階級革命運動的理論表現」，「歷史過程的這四個環節，實際上體現了理論與實踐的辯證法以及二者的不可分割性。[68]」

楊逵〈序說——思維的運動和社會變革的過程〉其他部分，基本上是恩格斯（Friedrich Engels, 1820-1985）的理論為依據寫作，

---

[65] 帕特里克・古德（Patrick Goode），〈科爾施・卡爾〉（“Korsch, Karl”），博托莫爾 321。

[66] 楊逵，〈序說——思維的運動和社會變革的過程〉，《楊逵全集》，卷13，495。

[67] 楊逵，〈序說——思維的運動和社會變革的過程〉 502。

[68] 奚廣慶 54。

包括恩格斯的自然辯證法，都加以肯定。變得不倫不類，盧卡契和柯爾施都認為辯證法不是什麼都適用的[69]。

## （二）盧卡契《歷史與階級意識》

「所謂主體—客體的辯證法，主要研究主體和客體、思維和存在、理論和實踐等如何同一。辯證法只能存在於主體和客體的相互關係之中，存在於社會歷史領域。[70]」——這是盧卡契《歷史與階級意識》的「物化」論，至今仍得高度評價，他提出「物化」之時，仍不知道馬克思也有勞動異化的想法，兩者方法近似。

### 1. 否定列寧的反映論

盧卡契《歷史與階級意識》「還指責列寧的反映論把思維看成是存在的反映，也不符合辯證法的同一」，「把思維和存在割裂」的「機械論」[71]」。

### 2. 否定恩格斯的自然辯證法

自然辯證法（dialectics of nature）「在西方很少有人贊同」，「在蘇聯、中國和東歐，無疑受到了認真地看待。[72]」盧卡契指責恩格斯把辯證法推廣於自然界，「排除了主體和客體辯證關係的研究，

---

[69] 奚廣慶　56，116。
[70] 奚廣慶　116。
[71] 奚廣慶　116-17。
[72] 羅伯特·M. 楊格（Robert M. Young），〈自然辯證法〉（“dialectics of nature”），博托莫爾　156。

使辯證法失去了革命性」[73]。恩格斯在《反杜林論》(*Anti-Dühring: Herr Eugen Dühring's Revolution in Science*)中，從馬克思主義觀點自然辯證法作了研究：

> 包含一種把歷史唯物主義的某些概念融入自然哲學的企圖——這種企圖實際上是要表明馬克思主義可以闡述自然的各種規律，表明單一的本體論就可以包括自然界和人類。……歸結為辯證的規律。[74]」

量子力學說明量子的運動，沒有因果關係，而且每次運動都不一樣，也就是沒有規律。認定自然界存在客觀規律的決定論(determinism)，盧卡契說康德是受牛頓(Isaac Newton, 1643-1727)的物理學和天文學影響而形成的[75]。

### 3. 否定恩格斯以實踐觀點解釋自然科學

盧卡契又批評恩格斯用實踐觀點理解康德的不可知論，康德的不可知論，是從牛頓的天文學出發，事緣恩格斯認自然科學的實驗和工業，可以擴大對自然的理解，因此不存在不可知論：

> 恩格斯說：「對這些以及其他一切哲學上的怪論的最令人信服的駁斥是實踐，即實驗和工業。既然我們自己能夠製造出某一自然過程，使它按照它的條件產生出來，並使它為我們

---

[73] 奚廣慶 116。
[74] 楊格 156。
[75] 羅依‧巴斯卡爾(Roy Bhaskar),〈決定論〉(“determinism”)，博托莫爾 140；盧卡契，《歷史與階級意識》 206。

的目的服務，從而證明我們對這一過程的理解是正確的，那末康德的不可捉摸的『自在之物』就完結了。[76]」

盧卡契的認為：實驗恰恰是「最純粹的直觀」。在「一種人為抽象的環境，以便排除主體方面和客體方面的一切起妨礙作用的不合理因素。[77]」故不正確。

盧卡契對布哈林《歷史唯物主義理論》(*Historical Materialism*)也從自然科學化的角度作了批評，認為用直觀方式把辯證法矮化，以因果關係作為法則認識馬克思主義；《歷史唯物主義理論》是非歷史的、非辯證的[78]。布哈林是當時第三國際的主持人。

盧卡契挑戰恩格斯、列寧、布哈林對馬克思的解釋，使福本和夫，也遭到批評，在政治上消失。

## （三）福本主義

1924 年 12 月，福本和夫開始向《馬克思主義》(1924-1929)投稿，從列寧的政黨組織理論否定山川主義。福本大量引用未有日譯的馬列原典，引起震撼，同年 12 月日共重建之時，福本和夫負責起草宣言，並出任中央委員和政治部長。福本和夫在兩年零一個

---

[76] 盧卡契，《歷史與階級意識》 204-05。

[77] 盧卡契，《歷史與階級意識》 206。池田浩士，《ルカーチとこの時代》(《盧卡契及其時代》東京：平凡社，1975) 118-19。。

[78] 布哈林 (Nikolaĭ Ivanovich Bukharin, 1888-1938)《歷史唯物主義理論》(北京：人民出版社，1983)。盧卡契，〈ブハーリン《史的唯物論の理論》〉(〈布哈林《歷史唯物主義理論》〉)，池田浩士，《歷史和階級意識論爭》 385-93。

月內，躍進日共領導階層[79]。福本和夫引進主客體辯證法，在日本思想史上是一面里程碑，影響極大[80]。

福本和夫〈歐洲無產者階級政黨組織問題——（黨組織論）方法論的研究——〉一文末尾，初刊時附記中有說明受《歷史與階級意識》〈組織問題的方法論〉的啟示，出版單行本時刪除[81]。福本和夫的罪名，是搞分離，即「分離結合論」出了問題，實際上是遭到盧卡契的牽連。「在斯大林派看來，福本主義的理念，與托派有一定關繫」,「當時日本仍未意識到斯大林與托洛斯基的發展至對立狀況」[82]

### 1. 分離結合論

列寧在《怎麼辦？》提出他的「布爾什維克主義」(Bolshevism）要與「孟什維克派」(Mensheviks）劃清界線[83]，這種想法就是福本主義的分離結合論的基礎，結果造成日本左翼內部的分裂，在福本主義的影響下，「日本無產階級文藝聯盟」(1925.12-1926.11）進行改組，另外成立「日本無產階級藝術聯盟」(1926.11-1928.3)，排斥了無政府主義者和非馬克思主義者。在福本和夫等日共領袖訪蘇期間，「日本無產階級藝術聯盟」又分裂成兩派，青野季吉、林房

---

79 立花隆（TACHIBANA Takashi, 1940-)，《日本共產黨の研究》(《日本共產黨研究》，卷1（東京：講談社，1983）102-08；池田浩士，《歷史和階級意識論爭》 33。

80 日本近代日本思想史研究会，《近代日本思想史》，那庚辰譯（北京：商务印书馆，1992）44-60；西角純志（NISHIKADO Junji, 1956-)，〈日本におけるルカーチの翻訳・受容史概観〉(〈日本於盧卡契的翻介接受史〉)，《專修大学社会科学研究所月報》568（2010）: 23-28。

81 池田浩士，《歷史和階級意識論爭》 296，456。

82 絲屋壽雄 141。

83 福本和夫，〈歐洲無產者階級政黨組織問題〉 286。

雄、藏原惟人（KURAHARA Korehito, 1902-91）等另組成「勞農藝術家聯盟」(1927.6-1932.5)，機關刊物是 1924 年 6 月已創刊的《文藝戰線》，留在聯盟內的成員中野重治（NAKANO Shigeharu, 1902-79)、鹿地亙（KAJI Wataru, 1903-1982）等，則另辦刊物《無產階級藝術》(1927.7-1928.4)。在〈日本 27 年綱領〉發表之時，福本和夫尚未回國，藏原惟人據《真理報》(Pravda) 日譯，交《文藝戰線》(1927.10) 發表。不久之後，山川均寫了批判福本和夫的論文，要求在《文藝戰線》刊登，青野季吉等主張發表，但山田清三郎(YAMADA Seizaburō, 1896-1987)、藏原惟人、林房雄等反對，反對者後來宣佈脫離該組織，另成立「前衛藝術家同盟」(1928.11-1929.3)，另行出版機關刊物《前衛》(1928.1-4) [84]。

## 2. 台共謝雪紅回憶錄中的福本和夫

謝雪紅的《我的半生記》有關於「福本主義」的回憶，內容記述第三國際處理福本主義問題時，她剛在蘇聯學習，與聞其事，當時主其事是片山潛（KATAYAMA Sen, 1859-1933）[85]，片山是她的導師，「聽說福本在起初還頑固不承認錯誤，自己一個人關在房間拒絕見任何人。」「片山同志和第三國際的幾個委員領導了這個會

[84] 飛鳥井雅道（ASUKAI Masamichi, 1934-2000）:《日本プロレタリア文學史論》(《日本無產階級文學史論》，東京：八木書店，1982) 97-111。

[85] 山内昭人（YANOUCHI Akito, 1950-），〈片山潜，在米日本人社會主義團と初期コミンテルン〉(〈片山潜，旅美日本人社會主義組織與初期第三國際〉)，《「初期コミンテルンと東アジア」》(《初期第三國際與東亞》，「初期コミンテルンと東アジア」研究会(《「初期第三國際與東亞」研究會)編，東京：不二出版株式會社，2007，85-133。山内昭人，〈片山潜，在露日本人共産主義者と初期コミンテルン〉(〈片山潜，旅俄日本人社會主義組織與初期第三國際〉)，《初期第三國際與東亞》研究會，135-75。

議；會議約在八月間結束，作出的決議就是後來日共有名的〈二七提綱〉。」「記得高橋貞樹（TAKAHASHI Sadaki, 1905-35）曾到日本班向全体同學報告會議的簡要」[86]。據日文文獻，福本和夫後來沒有如盧卡契那樣認錯。

3. 經濟恐慌

野呂榮太郎（NORO Eitarō, 1900-34）曾經認為福本主義特徵之一，是強調日本資本主義崩潰，讓福本晚年耿耿於懷，他說資本主義崩潰在第二國際是主流看法，日共高層也如此，他剛進去，不方便唱反調，當時布哈林卻認為世界資本主義相對隱定，事實證明布哈林是對的[87]。

1884 年，恩格斯在馬克思《哲學的貧窮》（*The Poverty of Philosophy*）德譯本序開始提及資本主義崩潰之論，1886 年在《資本論》（Capital）英語版，首次提出資本主義以十年為周期的經濟恐慌學說[88]。

---

[86] 謝雪紅口述，《我的半生記》，楊克煌（1908-78）筆錄（台北：楊翠華，1997）219。

[87] 福本和夫，〈私の初期三部作の復刊を求められて復刊自註　〈無產階級の方向転換〉のはじめに〉（抽撰三書重刊。自註〈無產階級的方向転換〉序），《福本和夫初期著作集：復刊自註　無產階級の方向転換》，卷3（東京：こぶし書房，1972）20-21。

[88] F. R. Hansen, *The breakdown of Capitalism A History of the Idea in Western Marxism, 1883 -1983.*（London Routledge & Kegan Paul, 1985）36-37.孫援朝整理，〈美國奥爾曼教授認為當今西方資本主義正在走向崩潰〉，《國外理論動態》（1995）: 5-7；羅騫，〈羅莎・盧森堡對「資本主義適應論」的批判〉，《馬克思主義與現實》（2006）: 88-94；張保和（1977-）、劉水芬（1973-），〈論布哈林世界經濟理論的意義及局限性〉，《湖北社會科學》9（2009）: 12-15；張保和，〈布哈林的資本主義總危機理論探析〉，《井岡山大學學報（社會科學版）》31. 5（2010）: 60-64。

1932是長男出生之時，楊逵給他取名「資崩」。論者認為自1834年來，美國出現35次經濟危機，但只有1873-93和1929-41（即大蕭條）兩次比較嚴峻[89]，對於信仰「不斷革命」的楊逵而言，給在大蕭條時期誕生的孩子取名「資崩」，自有特殊期待，顯示對時局的判斷。由於當時對馬克思的理解，並不容易，故楊逵大概是自福本主義知道到經濟恐慌之論。

### 4. 日共蘇新回憶錄中的福本主義

台共蘇新（1907-81）說台灣文化協會的王敏川（1889-1942）得「上海大學派」支持，走福本主義路線，排擠連溫卿，實行「理論鬥爭」[90]，至於上大派對福本主義有多少理解，倒是值得研究。

### 5. 楊逵親交的福本主義者

楊逵在日本見過日共高層人物不少，據謝雪紅的《我的半生記》，日共的紀律甚嚴，是不大見人的，「沒有工作的關係不許接觸，沒有必要的人不得接見」，[91]如果楊逵不是有特殊身分，即日共黨員之類，不可能面談。楊逵回國前，是住在勞動農民黨牛込支部，鹿地亘常到訪[92]，也見過中野重治，但不記得是第一次還是第二次東

[89] 安瓦爾・沙克（Anwar Shaikh），〈經濟危機〉（economic crisis），博托莫爾167。

[90] 蘇新，〈連溫卿與台灣文化協會〉，《未歸的台共鬥魂——蘇新自傳與文集》，蘇新著（台北：時報出版企業有限公司，1993）105。黃文源，〈蘇新的革命道路——一位台共在東亞共產運動的矛盾與困境〉，碩士論文，成功大學，2010。

[91] 謝雪紅　244。

[92] 楊逵，〈一個台灣作家的七十七年〉　253。

渡之時[93]，據〈中野重治年譜〉，1934 年 5 月，中野重治「轉向」[94]，故鹿地和中野，都在大學階段認識楊逵，1926 年，鹿地還是東京大學一年生，就與同學中野（1924 年 4 月入學）參加會員以東大新人會為主的《馬克思主義藝術研究會》（1926 年 2 月創立），認同福本主義[95]。

鹿地亙，大分縣人，東京大學文學部畢業，1932 年左右參加日共，1934-35 年一度被捕，1936 年到上海認識了魯迅（周樟壽，1881-1936）等左翼作家，後又參與《大魯迅全集》的日譯，1939 在桂林成立「日本人反戰同盟」，1946 年回國，晚年寫作回憶錄中去世[96]。

中野重治，福井縣人，東京大學畢業，以詩、小說和評論知名，因為跟藏原惟人展開「文藝大眾化」論爭而成為左翼有代表性理論家，是楊逵交往過的最重要的作家。以上，都是進一步研究的線索[97]。

---

[93] 楊逵，〈一個台灣作家的七十七年〉　251。

[94] 龜井秀雄（KAMEI Hideo, 1937-），〈中野重治年譜〉，《藝術に關する走り書的覺え書》（《藝術備忘錄》），中野重治著，龜井秀雄解說，2版（東京：白鳳社，1974）353-54。

[95] 飛鳥井雅道　94-95。

[96] 丸山昇（MARUYAMA Noboru, 1931-2006），〈魯迅と鹿地亘〉（〈魯迅與鹿地亘〉），《魯迅・文學。歷史》，丸山昇著（東京：汲古書院，2004）228-45。

[97] 杉野要吉（1956-），〈中野重治の革命詩論と革命詩について——福本主義との関連において〉（〈中野重治的革命詩論與革命詩——及其與福本主義的關係〉），小島亮　325-46。

## 四、結論

如上述的分析，楊逵很早接觸到盧卡契、柯爾施的新馬克思主義，而新馬克思主義正是福本主義的基礎。在綠島的困難時期，楊逵仍能記得辯證法不適用於自然，單是這一點就足以顯示他有很好的哲學能力。盧卡契在主客體辯證法，對列寧有所批評，但對「不斷革命論」卻引為知己，因此受主客體辯證法影響的福本主義，也就被蘇共定為「托派」，布爾什維克化的反托洛斯基，自然使到楊逵和謝雪紅無法合作，只好走上「分離結合」的「分離」的方向。

註：本文的資料蒐集，得到謝惠貞博士和白春燕女士的幫忙，謹在此致以萬分謝意！

# 日治時期下台灣的〈純粹小說論〉論爭

## ——兼論楊逵對橫光利一理論的援引

謝惠貞

### 作者簡介

謝惠貞（Hui zhen XIE），女，台灣大學日本語文學系學士，東京大學人文社會系研究科碩士、博士，研究範圍：日治時期台灣文學研究、台中日韓新感覺派文學、非母語寫作與翻譯學、台灣現代文學與日本文學比較研究、日本作家之台灣表象研究。近年發表的論文或著作有：1.〈性欲と権力の中心への想像：李昂《自傳の小說》における寓話〉（2006）；2.「台湾人作家巫永福における日本新感覚派の受容——横光利一〈頭ならびに腹〉と巫永福〈首と體〉の比較を中心に〉（2009）；3.〈巫永福〈眠い春杏〉と横光利一〈時間〉——新感覚派模写から「意識」の発見へ〉（2010）；4.〈中国新感覚派の誕生——劉吶鴎による横光利一作品の翻訳と模作創造〉；5.〈植民地的メトニミーの反転：横光〈笑はれた子〉と翁鬧〈羅漢脚〉〉（2012）等。

## 論文題要

眾所周知，楊逵於《台灣新文學》創刊前後，曾與劉捷、張深切等人對於文藝大眾化的議題進行激烈的辯論。根據日本學者垂水千惠在〈為了台灣普羅大眾文學的確立——楊逵的一個嘗試〉等文中指出，楊逵對其中的寫實主義的看法有多次思考的轉變。原本支持德永直主張的社會主義現實主義的楊逵，卻在 1935 年 7 月 29 日到 8 月 14 日的《台灣新聞》上發表〈新文學管見〉時轉而批判，並開始提倡貴司山治以「實錄文學（報導文學）」實踐文藝大眾化的提議。有趣的是，此文中楊逵嘗試提出「真實的寫實主義」之前，竟忠實引用了橫光利一〈純粹小說論〉原文 800 餘字。並肯定其中「不畏人類活動的通俗性之精神。純粹小說必須從斷然堅持實證主義的作家精神中產生」的主張，認為可供改革寫實主義之流弊。究竟為何楊逵要援引一般認為和普羅文學相對立陣營的橫光利一的理論？筆者認為追究此一問題，有助於對楊逵上述理論建構做深一層認識，並能揭示其多元的理論吸收。方法上，本文首先會還元當時台灣文壇對日本文藝復興期（1932-37）的討論並提示，因普羅文學家受政府鎮壓被迫轉向的危機，使普羅作家林房雄、武田麟太郎和所謂「純文學」作家橫光利一等一同創辦了統一戰線性質的《文學界》的重要性。再者，分析楊逵以〈甚為愉快〉（《台灣新聞》，1935.5.25）來煽動的一系列〈純粹小說論〉論爭的新出土文章。透過與楊逵〈藝術是大眾的〉（1934.12）等探討寫實主義改革的文章相互辯證，期待能闡明〈純粹小說論〉對楊逵理論建構的影響。

關鍵詞：日本文藝復興期、橫光利一〈純粹小說論〉、「純文學」再定義、《台灣新聞》、「真實的寫實主義」

## 一、引言：楊逵對橫光利一的關注

一向被評為台灣普羅文學家代表的楊逵（本名楊貴，1906-85），在 1934 年 10 月，以〈送報伕〉入選《文學評論》的懸賞徵文，並因此獲得在日本「內地」文壇的知名度。此後楊逵也致力於台灣及日本文壇的情報交流。在受到台灣總督府的社會運動鎮壓之後，「台灣文藝連盟」集結全島規模的有志人士，意欲推動文學運動，遭逢此一盛事，楊逵也便參與了《台灣文藝》的編輯活動。然而，因為是否採用藍紅綠（本名陳春麟，1911-2003）的小說〈邁向紳士之道〉（〈紳士への道〉）而和張星建（1905-49）等人決裂，經歷過所謂的「派系（セクト）」問題[1]的對立，楊逵另行創立了《台灣新文學》，號召對他的文學理念有同感的文士。

此時，除了「派系」問題的越演越烈之外，楊逵提出了包括關於普羅文學運動崩壞後「台灣文壇」建設等議論，也介紹行動主義和吳越同舟的《文學界》的創刊等「內地」文壇展開的「文藝復興」期的各種運動，以及普羅文學中關於寫實主義（日文原文作リアリズム或写実主義，或譯作現實主義）的態度和技法的改良。

在透過從事這些活動的過程中，楊逵並不只吸收普羅文學理論，這個時期他積極並批判性地吸收「內地」的多樣性文學理論，而這恰好與他想從《台灣文藝》獨立出來創辦《台灣新文學》的時期重疊。在這段期間中他主要的具體言論包括如〈行動主義的擁護〉（〈行動主義の擁護〉，《行動》3 卷 3 號，1935.3）、〈行動主義檢討〉

---

[1] 河原功，（KAWAHARA Isao, 1948-），《台湾新文学運動の展開——日本文学との接点》（東京：研文出版，1997）219-22。

(〈行動主義検討〉,《台灣文藝》2 卷 3 號,1935.3)[2]、〈新文學管見〉(〈新文学管見〉,《台灣新聞》,1935.7.29-8.14)等。筆者對於楊逵在 1935 年 5 月 25 日的《台灣新聞》所發表的〈甚為愉快〉(〈甚だ愉快〉)這一篇文章,鼓吹作家加入同年 4 月至 7 月在該報上不斷延燒的〈純粹小說論〉(〈純粋小説論〉)的論戰特別感興趣。也許是因為目前台灣公私立圖書館中所藏的《台灣新聞》並未保存這段時間的部分,於日本的收藏也不完整,導致上述的論戰至今仍未被當作研究的對象。本文以台灣協會(日本東京新宿區)所藏的微捲資料為底本,首次嘗試解明上述的提問。

本文透過楊逵對於日本文藝復興的關心,和台灣文壇的「派系」問題及以文藝大眾化為中心的論戰進行對照,盼能闡明楊逵對橫光利一(YOKOMITSU Riichi, 1898-1948)的〈純粹小說論〉的接受與影響。

## 二、日本文藝復興到台灣

1932 年至 33 年的一年間,不論是在台灣島內或是日本「內地」,台灣新文學的文藝誌之創刊皆非常盛行。前行研究指出,這是由於受到當時「內地」文壇的文藝復興之時代背景所影響[3]。台

---

[2] 關於楊逵對於行動主義的受容,部分楊逵柔軟的思想構成已透過陳建忠,〈行動主義、左翼美學與台灣性:戰後初期楊逵的文學論述〉,收於陳建忠,《被詛咒的文學:戰後初期(1945-1949)台灣文學論集》(台北:五南圖書,2007)103-36,等先行研究來解明。

[3] 參考陳芳明(1947-),〈第六章 史芬克司的殖民地文學——《福爾摩沙》時期的巫永福〉,收於陳芳明,《左翼台灣:殖民地文學運動史論》(台北:麥田出版,1998)121-40;下村作次郎(SHIMOMURA Sakujirō, 1948-),〈台湾藝術研究会の結成——《フオルモサ》の創刊まで〉,《左連研究》5

灣新文學運動的發生和社會運動有著不可分割的關係，關於兩者間的影響關係的研究固然重要，然而考量到台灣作家們，在「內地」正處於文藝復興期（1932 年後半到 1937 年中日戰爭開始）時，重新開始策劃台灣新文學的情況，進行分析時似乎必須更加擴大參照範圍及同一時代的台日文壇動向。

在文藝復興的背景下，1932 年純文學作家廣津和郎（HIROTSU Kazuo, 1861-1928）和大眾文學作家直木三十五（NAOKI Sanjuugo, 1891-1934）之間所展開的「純文學的飢餓」（純文学飢餓）論爭是一指標性論爭。原因在於讀者被大眾文學所奪，純文學作家除了《新潮》一誌之外無任何商業文藝雜誌可供發表，作家們失去發表的舞台[4]，而面臨現實生活上真正的死活問題[5]。因此，以 1932 年的《行動》、1936 年的《文藝》為首，許多商業雜誌的創刊與文藝復興的動向，特別是與純文學的經濟問題有著密切的關係[6]。

此外，1932 年 3 月，日本普羅列塔利亞文化聯盟（KOPF，コップ）面臨大規模的鎮壓、檢舉，可以見到以中野重治（NAKANO Shigeharu, 1902-79）為首，中條百合子（CHŪJŌ Yuriko，婚後更名為宮本百合子 MIYAMOTO Yuriko, 1899-1951）、窪川鶴次郎（KUBOKAWA Tsurujirō, 1903-74）、林房雄（HAYASHI Fusao,

---

（1999）；31-46；趙勳達（1978-）〈「文藝大眾化」的三線糾葛：一九三〇年代台灣左、右翼知識分子與新傳統主義者的文化思維及其角力〉，博士論文，成功大學，2009。

[4] 平浩一（HIRA Kōichi, 1976-），〈戦後批評と「文芸復興」生成期——一九五〇年代における平野謙の文学史観を中心に〉《文藝と批評》98（2008）：129。

[5] 平浩一，〈読者意識の源泉——直木三十五に遡る「文芸復興」期の文学状況〉，《文藝と批評》95（2007）：538。

[6] 平浩一，〈戦後批評と「文芸復興」生成期——一九五〇年代における平野謙の文学史観を中心に〉，130。

1903-75）等多數的普羅文學者成為了鎮壓的標的。雖然程度不一，但不得不加快轉向速度的他們，也對「文藝復興」抱有期待。在否定私小說與心境小說、獲得「社會性」、追求「通俗性」等方面，橫光利一和舊普羅文學者的林房雄等人的理念可說是彼此相當一致。

眾所周知，1935 年前後，日本普羅文學因畏懼轉向文學開倒車導致私小說化（包括心境・身邊小說），而提倡社會主義的寫實主義之外，所謂廣義的「藝術派」也積極尋求新的技巧革新出口，以共同面對大眾文學的如日中天，純文學為了尋復失地，因而產生普羅文學派及所謂的藝術派走向構築統一戰線的現象，這即是文藝復興期的「最大公因數」的議題[7]。

期間，橫光利一的〈純粹小說論〉（《改造》，1935.4）作為這個時期指導的方針，備受矚目[8]。《文學界》利用〈純粹小說論〉的話題性，在刊物的廣告欄中刊載了將發行《純粹小說全集》的廣告，為了確立「純粹小說」此一新的文類而費盡心思，甚至得到左翼批評家青野季吉（AONO Suekichi, 1890-1961）等人的支持[9]。另外，

---

7 中村光夫（NAKAMURA Mitsuo, 1911-88），臼井吉見（USUI Yoshimi, 1905-87），平野謙（HIRANO Ken, 1907-78），《現代日本文学全集別巻　現代日本文学史》（東京：筑摩書房，1967）389。

8 磯貝英夫（ISOGAI Hideo, 1923-），〈第五講　文芸復興期の文学〉，收於成瀬正勝（NARUSE Masakatsu,1906-1973），《昭和文学十四講》（東京：右文書院，1966）445。

9 山本芳明（YAMAMOTO Yoshiaki, 1955-）指出，「作為責任編輯，和《文學界》的同人橫光利一、川端康成（KAWABATA Yasunari, 1899-1972）、林房雄、武田麟太郎（TAKEDA Rintarō, 1904-46）、小林秀雄（KOBAYASHI Hideo, 1902-83）等人有關的全集，明顯地利用了〈純粹小說論〉的話題性，試圖引起如過去經濟運動般的文學。」山本芳明，〈それは「純粋小説論」から始まった——「純文学」大衆化運動の軌跡〉，《学習院大学文学部研究年報》56（2009）：50-66。

《行動》《文藝》等雜誌也共同分享了〈純粹小說論〉或「社會主義的現實主義（社会主義的リアリズム）」等議題[10]。

這個統一戰線運動，波及了台灣新文學。伴隨著東京台灣文化社（東京台湾文化サークル）的重建，創辦了《福爾摩沙》雜誌，台灣文藝聯盟也在《第一線》《先發部隊》等雜誌被禁止發行之後成立，在「取代社會運動的台灣新文學運動的蓬勃生氣」中，「大同團結的氣運也油然而生」[11]。

誠然，說到廣義的大眾文學，在台灣自 1932 年 7 月《台灣新民報》上便有《命運難違》(〈爭へぬ運命〉) 等所謂「大眾／通俗小說」[12]陸續被發表。然而，廣義之台灣新文學的純文學作家（如上述文藝雜誌的會員）與「大眾／通俗文學」的作者之間，雖然互相意識著彼此，然而應該在相當程度上共享《台灣新民報》等發表媒體[13]，而且也不似「內地」文壇那樣，對抗意識強烈到壁壘分明。

---

10 青木京子（AOKI Kyoko, 1950-）〈「文藝」——文芸復興期と外国文学〉，《太宰治スタディーズ》3（2010）：11。

11 河原功，《台湾新文学運動の展開——日本文学との接点》（東京：研文出版、1997）207。譯文為筆者自譯。

12 根據尾崎秀樹（OZAKI Hotsuki, 1928-99）《大眾文学》（東京：紀伊國屋書店，1964.4，46-47）的研究指出，當時在日本，報紙連載小說等寫近代生活的，稱為通俗小說，寫歷史事件的稱為大眾文學，兩者有所區別。不過，這與當時的台灣的文藝背景有所不同，所以在台灣學術界尚未具體地區別並定義大眾小說和通俗小說之差異。例如，2012年2月18日在日本一橋大學舉行的研討會「1930年代台灣的大眾文化」中，多以相對性的概念來使用這些名詞。如，相對於雅文學的使用「通俗文學」概括，相對於純文學的便使用「大眾文學」的概念。而這也是會中認為應進一步釐清的概念與定義。譬如，黃美娥以〈從1930年代台灣漢文通俗小說場域論徐坤泉創作的意義〉，柳書古琴則是〈航線與美人——1930年代台灣大眾小說中製作的海外摩登文化〉。

13 譬如，除了刊載林輝焜的《命運難違》以外，1932年《台灣新民報》也刊載了廣義的純文學作家楊逵的〈送報伕〉。

因此，反而應當是，楊逵或張深切（1904-65）等廣義的純文學陣營中，為了推動「文藝大眾化」，而在「大同團結」的台灣新文學運動氣氛下，形成「吳越同舟」的統一戰線。若然，在如此的狀況下，台灣文壇究竟是如何面對日本的文藝復興的？以下就五篇論及文藝復興的評論，作深入探討。

最早登場的是 1928 年到 31 年留學於日本，以及 1933 到 34 年間以記者身分就職於《台灣新民報》東京分局，並且和《福爾摩沙》雜誌的同好們維持交流關係的劉捷（1911-），在 1933 年 12 月的一篇〈一九三三年的台灣文學界〉（〈一九三三年の台湾文学界〉）中的評論。

> 相對於已經成形的東都文壇，其在法西斯的重壓之下明顯委靡隱遁的心境小說開始流行，寫關於軍事及愛國的東西一枝獨秀，相反地，尚未成形的台灣文壇反而無拘無束地越漸壯大氣勢。接下來會如何呢？要預測接下來的台灣文壇（？）雖然不難，但想要和已經以穩健步伐前進的內地的文藝復興的呼聲同步抑或是和「純文學」的演奏一同精進之前，我們必須先試著檢視一九三三年的軌跡[14]。

劉捷認為台灣文學仍在建設的途中，因而對台灣文壇一詞打了問號，接著更在 1934 年 11 月的〈台灣文學的鳥瞰〉（〈台湾文学の鳥瞰〉）一篇中也提到，報章雜誌的勃興是文藝復興特質，這同樣有助於台灣文學的成長。

---

14 《フォルモサ》（《福爾摩沙》，2號，1933年12月）。本論中引用之日文資料，為求譯語的統一性及論述的精準度，不採用目前已有之多位譯者分擔的翻譯版本，皆由筆者自譯，敬請見諒。

> 據我所見，第一是、受到日本內地文壇文藝復興的刺激，第二是、受到中國新文學運動的影響，第三是、報章雜誌的勃興，第四是、與時代無所共感的失志的知識分子逃避現實的表現等，依照這些條件釀成文學的進步與發展，無論是在任何土地、任何時代的文化也都有著類似的路程。……恰巧去年（筆者註：1933 年）在中央文壇內的文藝復興呼聲高漲，台灣藝術研究會也直接蒙受到其影響吧[15]。

在這段引用文之後，劉捷將台灣文藝聯盟視為「超越黨派及色彩（党派と色彩を超越した）」的團體。日本普羅列塔利亞作家聯盟（NALP，ナルプ）解散後，屏氣藏身的左派的文藝青年便思以《福爾摩沙》雜誌重建文學活動，這和日本的文藝復興中的吳越同舟狀況，可說是異曲同工。譬如，楊行東（本名楊杏庭，另一筆名為楊逸舟，1909-87）和吳坤煌（1909-89）即是一例。1933 年 7 月楊行東在〈對台灣文藝界的期望〉（〈台湾文学界への待望〉，（《福爾摩沙》，1 號，1933.7）中表示，「吾輩不去分別那普羅及布爾，……如果那真的是能逼近吾輩的生活的力量的話，我們會傾聽，並向它致敬」。1933 年 12 月，吳坤煌則是在〈論台灣的鄉土文學〉（〈台湾の郷土文学を論ず〉，《福爾摩沙》2 號，1933.12）中，以「普羅文化若單只是機械性地否定布爾文化，而不能從中攝取有價值的部分並使之發展的話，那麼要成為比布爾文化更高度的文化……也是不可能的吧」，來揭示己身欲吸收布爾喬亞文學的立場。

---

15 《台灣文藝》1號（1934年11月）。

第三篇則是 1935 年 2 月，劉捷以筆名郭天留在《台灣文藝》2 卷 2 號中，以〈對創作方法的雜感〉(〈創作方法に対する断想〉)，呼應巫永福（1913-2008）的〈我們的創作問題〉(〈吾々の創作問題〉)，除了主張「將唯物論、社會主義現實主義作為創作方法」之外，主張「有系統地批判攝取布爾喬亞美學或文學論」，強調要採用的「形式是能被大眾理解的方法——避開未來派、立體派、構成派的形式主義」，並「採納鄉土文學的形式」。

雖然有關形式主義的部分令人聯想到新感覺派，然而，從 1920 年代後半開始，普羅文學陣營和新感覺派，除了共同反對自然主義私小說式的寫實主義外，作為「敵對的理解者」，便時常針對「唯物論」而互相應酬滲透。在理論上，相互辯證滲透之下，到了 1935 年，〈純粹小說論〉可以說放下了形式主義，到達以吸收通俗要素來進行純文學者對寫實主義的改良之新境界[16]。

第四篇相關議論則是楊逵的〈文學雜感〉(〈文学雑感〉，初出年不詳，推測是 1933 年 11 月以後）這篇呼籲形式變革的文章。

> 日本文壇因為出現了許多新的文學雜誌，而被稱作文藝復興。……在此數年來，思考著純文學受到普羅文學及大眾文學的擠壓而聲勢大不如前，我在想其理由在於……，不正是因為這些作品反映出其墮落的結果嗎？如果生活充斥著必須靠情色和賭博來粉飾百無聊賴的話，不管再怎樣累積修練技巧和描寫的功力，最終都難逃沒落一途。這次所謂的文藝復興也一樣，如果沒有辦法突破這點，很清楚地結果仍會是

---

[16] 井上謙（INOUE Ken,1928-），〈「紋章」「家族会議」——「純粋小説論」の展開〉，《国文学：解釈と教材の研究》35.13（1990）：103。

以雷聲大雨點小的方式結束[17]。

從文章的脈絡來推測的話，上述的文字應該是楊逵在 1933 年 10 月的《文學界》《行動》以及同年 11 月的《文藝》（改造社）創刊之後所寫的。

日本無產階級作家聯盟崩壞之後，面臨左翼陣營相繼轉向的中條百合子在〈一九三四年度的布爾喬亞文學動向〉（〈一九三四年度におけるブルジョア文学の動向〉，《文學評論》12 月號，1934.12）裡，有著如下的敘述：「文藝復興的聲音，最初是由林房雄等廣義上來說屬於普羅文學領域的一部分作家們為中心所提出來的」……意外地「也傳遍了整個布爾喬亞文學的領域」。對於文藝復興的態度，楊逵比起中条抱持著更為謹慎嚴格，然而呼籲純文學・布爾喬亞文學陣營作形式上改革的姿態則與中条相仿。例如中条在這篇文章中，寄予橫光的〈紋章〉（〈紋章〉）修正意見一般，她開始注意橫光如何實踐〈純粹小說論〉這點也值得玩味[18]。這同時也證明了轉向文學和文藝復興是互為表裡的關係[19]。

與此相關的文章，還可以參看楊逵的〈藝術是大眾的〉（〈芸術は大眾のものである〉，《台灣文藝》2 卷 2 號，1934.12）。這篇評論引用了大宅壯一（OOYA Sōichi, 1900-70）在《東京日日新聞》所發表的〈文藝復興一週年〉（〈文芸復興一周年〉）主張，純文學

---

[17] 楊逵，〈文学雜感〉，《楊逵全集》，彭小妍主編，卷13（台南：文化保存籌備處，2001）571-72。本文引自《楊逵全集》，楊逵文章均據此一版本。

[18] 參照野村喬（NOMURA Takashi, 1930-2003），〈転向文学始末〉，《国文学：解釈と教材研究》7.10（1962）：44-46。

[19] 野村喬，〈転向文学始末〉，44。

作品之所以失去了魅力，是因為忘卻了藝術是為了大眾而書寫的這個根本目的的緣故[20]。

從這兩篇評論可以了解，楊逵涉足日本的藝術大眾化論，注意到因文藝復興而興起的純文學的形式改革。另外也可舉出，楊逵在創立《台灣新文學》之後，連著兩期連載〈台灣作家的任務〉(〈台灣作家の任務〉，2 卷 1 號、2 卷 2 號，1936.12、1937.1)，受到德永直（TOKUNAGA Sunao, 1899-1958）、和當時其實屬於《文學界》的林房雄、武田麟太郎的垂教，來作為佐證。雖然垂水千惠（TARUMI Chie, 1957-）略過與《文學界》的聯繫，但關於楊逵與上述三人的交流有詳細的分析[21]。

第五篇議論，則是 1935 年 4 月張深切（1904-1965）的〈對台灣文學的一提案（續篇）〉。其中，批判文藝復興目標曖昧：

> 我以為文藝復興是要復興道德文學，否則一切的文學是會碰壁的！最近為了文藝復興的碰壁，而復提倡了一種什麼能動主義和行動主義(能動主義或行動主義現在還未有構築出什麼顯然的理論路線)，真是多此一舉了[22]。

上所提及關於劉捷、楊逵、張深切三人的論述，是從所謂的「文藝大眾化論爭」中所展開，這三位在此之後也持續著論戰，並且繼續深入對文藝復興現象的意見[23]。

---

[20] 楊逵，〈藝術是大眾的〉，《楊逵全集》，卷9，130。

[21] 參照垂水千惠（TARUMI Chie, 1957-），〈台湾新文学における日本プロレタリア文学理論の受容：芸術大衆化から社会主義リアリズムへ〉，《横浜国立大学留学生センター紀要》12（2005）：91-110。

[22] 《台灣文藝》2卷4號。

[23] 然而，趙勳達在有關日本文藝復興的論述中，只以葉渭渠（1929-），《日本文學思潮史》（北京：經濟日報，1997）、及葉渭渠、唐月梅（1931-），《日

## 三、與文藝大衆化論爭的交錯：關於「純文學・藝術派」的定位

即便如此，橫光利一足以代表日本文藝復興的〈純粹小說論〉究竟為何至今仍被認為對台灣新文學沒有造成影響？理由之一，應該在於現代的日治時期台灣文藝大眾化研究對「純文學・藝術派」的定位仍然很模糊，只把它當成反・非普羅文學陣營的總稱來理解的緣故。此外，應該也和橫光利一為了反對自然主義私小說而與普羅文學者分庭抗禮的新感覺派的形式主義者形象過於強烈有關。

若要在 1930 年代台灣，將「純文學・藝術派」這樣的用語並置在同時代的日本文學史的脈絡上，並且對其進行評價的話，首要之需就是在日本文學史的脈絡中確認其定義。

若根據小笠原克（OGASAWARA Masaru, 1931-99）的研究來看，「純文學」一詞是在 1930 年文藝復興期前後，成為「文壇的普通名詞」，當時是和「藝術小說、純藝術、純小說、純文藝、純粹藝術、純粹小說」等名稱互相混用。另外，長谷川泉（HASEGAWA Izumi, 1918-2004）指出「純文學」的雙重意義。第一個定義就是「相對於廣義上大範圍網羅以文字為媒體所表現的作品，指詩歌、

---

本文學史》（北京：經濟日報，2000）等文學史中精簡的概略說明為憑據，過於簡化地斷言此時「個人主義及藝術至上主義」已取代「文藝大眾化」（趙論文　167），只單純地對比了楊逵和劉捷，並斷定劉捷為「右翼」知識分子（趙論文　167），沒有注意到統一戰線的形成，及從中摸索反法西斯主義之路等動向。性急地將文藝復興歸納於狹義的純文藝陣營內的運動，並且誤認其為法西斯主義服務等。雖然在1937年以後，戰爭體制下，橫光利一、林房雄等漸漸傾向國家主義，但觀察這一段時間並不能以後見之明，忽略在那之前的文藝復興時期的合作體制，直接將純文藝陣營的立場等同於戰爭期的態度。而這樣的誤判極有可能曲解了楊逵和劉捷等作家為何積極地論述文藝復興的行為。

戲曲、小說等將重點放在美的形成上的狹義文學」，第二個定義是「相對於通俗文學・大眾文學，不討好讀者而是以藝術的感興為主軸所創作之屬」。此外，「令人聯想到封閉文壇中作家們的私生活的純文學概念，到昭和七年（筆者註：1932 年）左右已經固定，其後，要等到橫光利一提倡〈純粹小說論〉（《改造》1935.4）及小林秀雄（KOBAYASHI Hideo, 1902-83）的〈私小說論〉（《經濟往來》1935.5-8）才再有變動[24]。

總結以上諸家的論述，有以文字表現的言語藝術及作為通俗・大眾文學相反詞意涵的「純文學」，其多重定義可說是極度依附於歷史脈絡情境之中。而橫光所提倡的「純粹小說」則是將在「純文學」中融入通俗小說性質的「中間小說」。面對大眾文學的勃興，普羅文學陣營開始想在自己內部創造出「普羅大眾文學」此一新文類的舉動，以及純文學陣營內「普羅文學是內部的敵人，大眾文學是外部的敵人[25]」等同時代的文藝批評的角度來看的話，普羅陣營也應納入「純文學」第二個廣義定義的範疇。以下為了行文之便，本稿在狹義上將「純文學・藝術派」定義為自然主義或新興藝術

---

[24] 原文誤植為「文字を媒体として表現される文書を広く網羅する広義の文学に対し、詩歌、戯曲、小説の類をいい、狭義の文学すなわち美的形成に重点をおくもの」、「通俗文学・大衆文学に対し、読者に媚びず純粋な芸術的感興を軸としてつくられたもの」、「閉鎖的な文壇における作家の私生活と野合した純文学概念は、昭和七年ころに固定し、その再編の動きが、横光利一の提唱した「純粋小説論」(「改造」1935年4月）や小林秀雄の「私小説論」(「経済往来」1935年5-8月）の道標」。長谷川泉（HASEGAWA Izumi, 1918-2004)、高橋新太郎（TAKAHASHI Shintarō, 1932-2003)，〈文芸用語の基礎知識〉，《国文学：解釈と鑑賞》11月臨時増刊號（1988)：354-55。此外，要特別注意「純文學」一詞定義的曖昧性。

[25] 原文為「プロ文学は内部の敵、大衆文学は外部の敵」。中村光夫等，《現代日本文学全集別巻　現代日本文學史》，331。

派等藝術至上的流派，在廣義上則定義其為「大眾文學」的對立概念[26]。此外，廣義的純文學陣營內部也存在著不同的文學觀，横光的〈純粹小說論〉更是以重新組織廣義的「純文學」為目標。

接著，筆者將焦點放在持續參與台灣文藝大眾化論爭的普羅文學者楊逵對於「純文學・藝術派」的見解上，來解析對楊逵建構「文藝大眾化」文學觀的影響。首先筆者關注的是楊逵在〈文學雜感〉中，對於文藝復興的重要語彙如「大眾文藝」、「大眾文學」等的看法。

> 這幾年大眾文學在數量上有著急劇的發展。……不同於純文學（生活意欲衰退的文士）困守在私小說之中，大眾文藝反而貼近大眾的生活。雖然菊池寬[27]在東京日日等處曾敘述純文學為「有想說的東西而書寫的是純文學，若非如此則歸類為大眾文學」，看最近的現象卻怎麼也不符合那樣的定義[28]。

---

26 原本使用反證法將之定義為「大眾文學」的對立概念這點，更加暴露出依「形式」和「意識形態」來區別流派的不恰當。但此定義透過文學史的教育，廣為流傳。因此，平野謙在那之後除了「普羅文學・現代主義文學・既成文學」的三派鼎立之外，更補充了「人生派・藝術派・社會派」及「大眾文學・私小說・現代主義文學」等多元的圖式。參照平浩一，〈戦後批評と「文芸復興」生成期——一九五〇年代における平野謙の文学史観を中心に〉 131。

27 關於菊池寬，中島利郎（NAKAJIMA Toshirō, 1947-）在《日本統治期台湾文学研究序説》（東京：綠蔭書房，2004，137）中提到，論述台灣的大眾小說之際，以《台灣日日新報》為例，指出「武田麟太郎……菊池寬、吉川英治（YOSHIKAWA Eiji, 1892-1962）」等人為乘著新聞小說浪潮而登場的人物。

28 原文為「近年に於ける大衆文芸の量の発展はすさまじいものである。……純文学が私小説に（生活意慾のおとろえた文士の）立て籠つてゐるのに反して、大衆文芸は割に大衆の生活に迫つてゐるからだ。菊池寛は東京日日かで純文学を「言ひたくて書くのを純文学と言ひ、然らざるを大衆文

文中的菊池寬（KIKUCHI Kan, 1888-1948）在大正時期，以廣義的「純文學」作家之姿，涉足新聞小說，以〈真珠夫人〉（《大阪每日新聞》、《東京日日新聞》，1920.6.9-12.22）一作，一躍成為流行作家。在文藝復興期，横光利一開始仿效恩師菊池寬改變路線，發表了可說是一種爭取讀者策略的〈純粹小說論〉。而在那三個月之前，菊池寬剛創了純文學性質的芥川獎和大眾文學性質的直木獎[29]。實際上楊逵引用和横光立場相近、菊池寬的定義，在那個時候把「純文學」定位成「大眾文學」的對立概念。根據前田愛的說法，昭和初年，中野重治（NAKANO Shigeharu, 1902-79）和藏原惟人（KURAHARA Korehito, 1902-91）、青野季吉、鹿地亘（KAJI Wataru, 1903-82）等人的藝術大眾化論是「在菊池寬的《內容的價值論》之上不斷累積而成的議論」，無論在廣義的純文學文壇內・外都強烈意識到讀者的存在[30]。也就是說，楊逵論及菊池寬這件事本身就說明了他的立場在於，從相異於普羅・寫實主義的文學之中找尋啟發。

---

学」と言つたが、最近の現象に見ては、どうもその定義はちとはまらんやうである。」。楊逵，〈文学雑感〉，571-73。

29 另外，在〈純粋小説論〉的背景中必須要關注菊池寛的存在。特別是論及大眾文學兩者之間的關係極深，井上ひさし（INOUE Hisashi, 1934-2010）、小森陽一（KOMORI Yōichi, 1953-），〈大衆文学（戦前編）〉，《座談会昭和文学史》第3巻（東京：集英社，2003，110）中也指出「菊池は横光の師であり、構光は彼から現実重視の合理主義と文学の大衆化を学んだ。……『純粋小説論』を発表する三か月前に芥川賞・直木賞が制定されたことも見落とせない（菊池為横光之師，横光從他那裡學到重視現實的合理主義及文學的大眾化。……不能錯過他於發表〈純粋小說論〉三個月前制定了芥川獎・直木獎）」。

30 引用處原文為「菊池寛の『内容的価値論』の上に積み重ねられた議論」。前田愛（MAEDA Ai, 1931-87），〈昭和初頭の読者意識——芸術大衆化論の周辺〉，收於前田愛，《近代読者の成立》（東京：岩波書店，2001）285-312。

楊逵寫了〈有關大眾—張猛三氏的無知〉等反論，和劉捷針對「大眾」的定義進行論戰之後，於 1935 年 4 月《台灣文藝》2 卷 4 號發表的〈文學批評的標準〉（〈文学批評の標準〉）中，便開始將大眾納入考量，提出的媒體策略，並開始以社會主義者的角度設想台灣「文壇」的存在，其文藝論並轉而認為，大眾的範圍勢必要向勞動者和農民之外擴大[31]。陳培豐（1954-）分析，像這樣對於讀者市場的考量，促使楊逵嘗試導入大眾雜誌《KING》（《キング》）的販賣策略[32]。如同林房雄以《文學界》來推進文藝大眾化一般，台灣文化人也因爭取讀者的迫切，吸引讀者大眾這點也可說是與日本文壇展開類似的路線。

再者，楊逵在上述的〈文學雜感〉中對於普羅文學語重心長地說道：

> 普羅文學從去年以來就嚴重地逐漸失去存在感。然而，即便也有人將原因只歸咎於其受到鎮壓，但是我認為，普羅作家遭到寫實主義的連累應該也是其中一個理由。寫實主義不等同於自然主義。……然而，描寫對象原本應該只能是為了能使主題生動而被建構出來的，他們卻用純文學的形式……導致最後將主題給扼殺了。我想，普羅文學必須更加擴大從現今的大眾文學中（並非從《西遊記》當中而是從《悲慘世界》）中）找出並採用其手法[33]。

---

[31] 黃惠禎，《左翼批判精神的鍛接——四〇年代楊逵文学與思想的歷史研究》（台北：秀威資訊，2009）65。

[32] 陳培豐，〈植民地大眾的爭奪——〈送報伕〉‧《國王》‧《水滸傳》〉，《台灣文學研究學報》9（2009）：256-58，270。

[33] 原文為「プロ文学も昨年来非常に影をうすめ来てゐる。而して、この原因を弾圧のみに帰する人もあるが、私の考へでは、プロ作家が写実主義

楊逵在指出普羅作家衰退之際，認為其原因與其說是外部因素的鎮壓，不如歸咎於內部原因，也就是普羅作家採用「自然主義」的寫實主義，批判「他們卻用純文學的形式……導致最後將主題給扼殺了。」這裡的「純文學」，指的就是「自然主義」。就如同諸多先行研究所指出的一般，楊逵批判寫實主義的弊病，積極地思索改善方法[34]。

此外，這個提案在某種程度上也依循著日本藝術大眾化討論的脈絡。文藝復興期的普羅文學開始檢視將「大眾設定為組織論的對象，而非藝術的享受者[35]」這一預設立場的錯誤，正與上述的說法互相呼應。

藏原在藝術大眾化論爭中的主張只把大眾視作客體，中野則批判他表示「他的藝術若不使大眾感到有趣的話，就不要模仿他人的趣味而要融入作為藝術泉源的大眾的生活之中[36]」。雖然，像這樣中野的黨（政治）與藝術一體的一元論，也就是藝術產生自大眾的

---

にわざわいされたのもその一因であるやうである。写実主義は自然主義ではない。……而して、対象は主題を活すにのみ構成さるべきであるのに、彼等は純文学の形式を持つて（ママ）……主題を殺してしまつたのであつた。プロ文学の採用すべき手法はより多く今の大衆文学の中（西遊記の中でなく、レ・ミゼラブルの中に）から求めらるべきではないかと思ふ」。楊逵，〈文学雑感〉 573。

[34] 垂水千惠，〈台湾新文学における日本プロレタリア文学理論の受容〉和趙勳達論文等。

[35] 原文為「組織論の対象として大衆を設定することであり、芸術の享受者としての大衆が設定されていない」。林淑美（RIN Shumei, 1949-），〈芸術大衆化論争における大衆〉，《講座昭和文学史　第一巻都市と記号》（東京：有精堂，1988）43。

[36] 原文為「彼の芸術を大衆が面白がらないなら、面白さを人真似するのでなしに芸術の源泉である大衆の生活を染みこむ」。

理想論（又被稱為「諸王之王」藝術論），被藏原指出有「從身為享受者的大眾之角度否定階級文化[37]」之嫌，因而中野自己事後撤回這個主張[38]。但仍然發展至戶坂潤所認知的「因為藝術作品本身開始需求大眾，而造成藝術形式的變化[39]」的階段。雖然說是堅持「唯物辯證法的創作方法」，藏原惟人在〈藝術運動當前的緊急問題〉（〈芸術運動当面の緊急問題〉，《戰旗》，1928.8）中，除了一邊表示為了煽動大眾，不得不利用「浪花節及都都逸或是封建的大眾文學」等等「過去所有藝術的形式及樣式」之外，也同時主張著「吾輩必須將此等封建的布爾喬亞形式漸次地切換到無產階級的形式[40]」。

此外，在從那之後衍生的 1929 年的「藝術的價值論爭」中發表了〈藝術的價值和政治的價值〉（〈芸術的価値と政治的価値〉）的左翼評論家窪川鶴次郎，之後又在〈文藝思潮的一項課題——創作方法中的大眾的問題〉（〈文芸思潮の一課題——創作方法における大衆の問題〉，《文藝》，1937.11）中闡述著，「日本的純文學從開始意識讀者以來，已經有兩年以上了。」並且以「這是因為純文

37 原文為「享受者としての大衆の側面から階級文化を否定する」。

38 中野重治（NAKANO Shigeharu, 1902-79），〈問題の捩じ戻しとそれに就いての意見へ〉，《中野重治全集》，卷9（東京：筑摩書房，1977）156-69。原刊於《戦旗》（1928年8月）。

39 原文為「芸術作品自体が大衆を求めはじめることによつて、芸術形式の変化がもたらされる」。林淑美，〈芸術大衆化論争における大衆〉，43。

40 引用處原文分別為「浪花節や都々逸や或はまた封建的な大衆文学」、「過去のあらゆる芸術的形式と様式とを利用しなければならない」、「我々はこれ等封建的ブルジョア形式を徐々に、プロレタリヤ的形式に替へて行かなければならない」。

學本著對讀者的自覺之上，開始朝著新方向努力的最早期的代表性的主張[41]」來強烈地推崇〈純粹小說論〉。

在此，我們不能忽略橫光利一和舊普羅文學者之間，面對「讀者」時所浮現出的共通問題意識。兩者與大眾文學對抗，立場近似，便成為產生共鳴的基礎。橫光和普羅文學者間問題意識的一致更加促進了合作體制的推動。1936 年 3 月號的《文學界》中《純粹小說全集》的廣告頁上，左側是普羅作家青野季吉以「《純粹小說全集》的計畫，本人大表贊成」為題，右側則是「面對文藝復興的高潮期，毅然地投身其中的純粹小說論，……不僅是大眾文藝陣，就連通俗作家群的陣營及純藝術派的一部分人也感到心驚膽寒。[42]」也就是說，橫光的〈純粹小說論〉在普羅陣營的認知裡，成為和大眾・通俗文學及極端藝術至上的狹義純文學派作家有一線之隔的理論。而和上述的理論產生共鳴的則有 1934 年 6 月 21 日，楊逵所發表的散文〈作家・生活・社會〉(〈作家・生活・社会〉)。

> 何謂非小說？……這是所謂藝術至上主義者的一群，因為某種條件，使其與社會、現實生活產生游離現象的人們。……這些人不知從什麼時候開始翻弄起觀念的遊戲，逃避於自己陶醉之中。……普通人所不能理解的摩登仙人、或是如狂人

---

41 引用處原文為「日本の純文学が、読者を意識しはじめてから、既に二年以上になる。」、「これは純文学が、読者に対する自覚の上に立つて、新たな方向にむかはうとする努力を始めた、最初の時期における代表的な主張であつたのだ」。

42 引用處原文為「『純粋小説全集』の計画は、小生大賛成です」、「文芸復興の高潮期に直面して、果然投じられたる純粋小説論は、……大衆文芸陣はもちろんのこと、通俗作家群の一団と純芸術派の一部の人々の心胆を寒からしめた」。

> 般戲言層出不窮。……大部分屬於世間所說的「身邊小說」「心境小說」「私小說」(當然無法將所有列盡)的類型[43]。

在此，楊逵將「藝術至上主義者」稱為「摩登仙人」，可以推定為指稱描寫摩登的都會生活以及與其近似的風俗小說作家，且在〈文學雜感〉中楊逵將「色情與賭博」作為日常生活的批判，令人想起新興藝術派描寫都會頹廢風俗的小說。另外，楊逵所批判的是專門創作「身邊小說」「心境小說」「私小說」的一部分作家，這又指向了寫自然主義私小說的作家。換言之，楊逵所定義和批判的「純文學」是和筆者所分析的狹義的定義相同，同樣本著日本文壇的歷史脈絡。且楊逵重視從「社會、現實生活」出發，並考慮台灣讀者的興趣，意欲變革寫實主義，轉而積極地吸取大眾文學的要素[44]。

垂水千惠提出，特別是在 1934 年 5 月舉辦第 1 回台灣全島文藝大會之際，台灣文藝聯盟一面延用早先的「文藝大眾化」的用語，一面透過《文學評論》來吸收社會主義的寫實主義[45]。當然，楊逵對社會主義的寫實主義應有多重的吸收管道，不只是垂水論文中所指出的德永直所提倡的內涵。但若針對楊逵主要交流的日本普羅文學作家來看，從這些文章可以知道，在楊逵於 1935 年 7 月 29 日-8 月 14 日《台灣新聞》上連載〈新文學管見〉之前，還對於德永直所詮釋的社會主義的寫實主義抱持著期待。

---

43 楊逵，〈作家・生活・社會〉，《楊逵全集》，卷13，543-544。

44 楊逵，〈芸術は大衆のものである〉，《楊逵全集》，卷9，127-134。原刊《台湾文芸》2卷2號（1935年2月）。

45 垂水千惠，〈台湾新文学における日本プロレタリア文学理論の受容〉103。

## 四、台灣的〈純粹小說論〉論爭

### （一）《台灣新聞》上的〈純粹小說論〉論爭

然而，如同垂水千惠所指出一般，在〈新文學管見〉中，楊逵轉而開始對德永直的社會主義的寫實主義進行批評。關於其理由，垂水指出，受到貴司山治（KISHI Yamaji, 1899-1973）在 1935 年 8 月《文學評論》2 卷 8 號發表〈文學大眾化問題的再三提起（一）反駁德永君的二三見解〉（〈文学大衆化問題の再三提起（一）德永君の二三の見解を駁す〉）和德永直發生論爭，提倡擁有自己的媒體作為文藝大眾化具體政策的影響，而這成為楊逵因而推進《台灣新文學》創刊的緣由之一[46]。當然，與《台灣文藝》編輯群的不和應是主要的原因，因而這或許是作為正當化另創新雜誌的一種對外說明的理由。若然，筆者想要提出下一個問題：楊逵於〈新文學管見〉中，批判之社會主義的寫實主義，並提出〈真實的寫實主義〉之前，他忠實地引用了橫光利一的〈純粹小說論〉800 多字，並贊同橫光的「我們需要不畏懼人類活動的通俗面的精神。純粹小說必須從這堅決的實證主義的作家精神中產生不可」之主張，將此「實證主義」代入自己的〈真實的寫實主義〉，來批判社會主義的寫實主義。那麼吾人該對此動作做如何理解？

---

[46] 垂水千惠著，〈為了台灣普羅大眾文學的確立——楊逵的一個嘗試〉，《後殖民的東亞在地化思考：台灣文學場域》，王俊文譯，柳書琴（1969-）、邱貴芬（1957-）主編（台南：國家台灣文學館籌備處，2006）122-24。

在思考楊逵為何會對〈純粹小說論〉產生這麼大的共鳴這個疑問之前，必須要先爬梳一下台灣的〈純粹小說論〉論爭的始末[47]。

最早的相關文章是，《台灣日日新報》社記者、鶴丸詩光（TSURUMARU Shikō，生卒年不詳[48]）在 1935 年 4 月 17 日第 5 面的〈文藝詩評—諱言的陳列——「鈴木・都山・八十島」等（下）〉（〈文芸詩評　伏字の陳列——「鈴木・都山・八十島」等（下）〉）中提到：

> 原本預想這篇作品中，有舟橋所提倡的能動主義躍然紙上，沒想到拜讀之後大失所望。……像「文學精神的巨大的波長，想要相信浸潤在宇宙射線中的強度」等說法，對我等凡人真好比是雲中捉霧般朦朧，令人不禁啞然。
>
> 舟橋氏啊！真希望你與其高唱能動主義，不如先投注熱情在創作出好的作品來[49]。

---

[47] 在《台湾日日新報》及《台南新報》中也有零星幾篇論及「純粋小説」的文章，但多以轉載日本的發表居多，少與台灣島內狀況直接關連，因此不列入本論文討論範圍。

[48] 呂淳鈺〈日治時期台灣偵探敘事的發生與形成：一個通俗文學新文類的考察〉（碩士論文，政治大學，2004）頁22指出，鶴丸詩光，又作鶴丸資光，是台灣日日新報社記者。曾於1934年9月19日在《台灣日日新報》開始連載通俗小說〈人生明朗曲〉。另著有《台灣樂しや》（台北：明朗台灣社，1943）。

[49] 原文為「船橋（ママ）の提唱してゐる能動主義が躍動してゐるだらうと思つて読んだが正に期待外れだつた。「文学精神の大きな波長が宇宙線に浸潤する強度を信じたかつたのだ」などに至つては私等凡人には雲を掴むやうな朦朧さに唖然とするのである。舟橋氏よ！能動主義よりも先づ立派な創作に情熱を注いで貰ひたいものだ」。

同一報紙版面上，刊載了另一篇也可視為是對鶴丸詩光進行回應的台灣文壇批評〈文藝時評　批判精神的問題（上）〉（〈文芸時評　批判精神の問題（上）〉）。這篇署名中川國雄（NAKAGAWA Kunio，生卒年不詳[50]）的文章批評道，「看著一星期一次《台灣新聞》提供給我們的版面上，為數不多的台灣當地文學的動向，或者是作風，經常感覺到的是，……心思不需要羈絆在遙遠的內地諸事。……就好比和馬克思主義相關的理論，某種程度已經成為現今知識人的常識一般，馬克思主義出了問題並且尚未解決，是在理論之後的事情[51]」。

第三篇相關的文章，是刊載於 1935 年 4 月 24 日在《台灣新聞》上，光明靜夫（MITSUAKI Shizuo，生卒年不詳）〈文藝評論——從靈魂動向與思想流變中產生的文學〉（〈文芸評論——魂の動きと思想の流れから來る文学〉）。

> 從靈魂動向與思想流變而來的文學。這對於以純文學的興隆作為目標的人來說，……這也是從自然主義文學到普羅文學這漫長的寫實主義過程的勝利。……現在正可說是文藝復興的警鐘被亂敲之時，……即使在純文學陣營中也高倡大眾化的今日，……我也認為不得不說這正是興味盎然的問題[52]。

---

50 黃惠禎氏從楊逵的家屬得到的剪貼本中收有中川國雄其他的文章，雖不足以知其生平，但可知楊逵對此人的確有所注意。感謝黃氏的提供。

51 原文為「一週に一度……僅かに台湾に於ける文学の動向だとか、作風だとかを見て常に感じることであるが、……遠く内地の事どもに心を奪はれる必要はないと思ふ。……宛もマルキシズムに関する理論が或る程度まで今日の知識人の常識になつてゐる様なもので、マルキシズムが問題となつて未だに解決されないのは理論以後の事である」。

52 原文為「「……魂の動きと思想の流れから来る文学」といふ事が、如何に純文学の興隆を目指す……これらの自然主義文学からプロレタリヤ文学

實際上，這位光明靜夫，在 1935 年 2 月所刊行的《台灣文藝》2 卷 2 號中發表〈關於純粹文學興盛的幻覺〉(〈台頭する純粋文学のイリユウジヨンに就いて〉)，提倡著「謳歌純粹文學的時代，如今正可說是我國文壇創刊數種純文藝雜誌並持續呼喊純文藝復興的秋天，位於南海的孤島台灣之上也可見到在寫實主義大旗之下《台灣文藝》的創刊，……發展向上[53]」。光明靜夫可說是關心文藝復興脈動且敏感反應的一人。而標題上的「靈魂活動」雖然之後受到四天王龍馬的批判（容後詳述），楊逵卻在〈新文學管見〉的一開頭，有類似的表現，「當別人問起文學為何物，常會聽人回答說「文學即是生命的表現，靈魂的表現」。這大致上是很有道理的答案。特別是相對於將文學等同是娛樂的低俗看法，這非常真摯、而且含有許多足以令人首肯的要素在其中[54]」。

第四篇相關文章則是同日報紙的同一欄所揭載的，署名台中藝術聯盟文藝部員川床千尋（KAWADOKO Chihiro，生卒年不詳）的

---

への長いリアリズムの道程における文学の勝利であつたのである。……今や将に文芸復興の警鐘の乱打されるの(ママ)時、……純文学に於ける大衆化を(ママ)叫ばれる今日に於ても、……正に興味ある問題と云はなければならないと思ふのである」。

53 原文為「純粋文学の謳歌時代、今や将に我が国の文壇は数種の純文芸雑誌を創刊して純文芸の復興を叫びつゝある秋、南海の孤島たる台湾に於て「台湾文芸」の創刊を見たる事はリアリズムの大旆の下、……発展向上」。

54 原文為「文学とは何かと言ふ質問に対して「文学とは生命の表現である。魂の表現である」と言ふ返答をよく聞かされる。これは一応もつともな答案である。特に、文学を娯楽と同一視する卑俗な見解に対しては、これは非常に真摯な、多くの首肯すべき要素を以て居る」。

文章〈提倡與抗議——態度的問題〉(〈問題提唱と抗議——態度の問題〉) 也評論道：

> 此島之文學也在文藝復興的潮流裡順風揚帆，駛出港灣，好似全盛期的漁港般擁擠。……台中藝術聯盟也是為了這層意義而誕生的。許多我們野心很多的同志呀！試著朝向諸君目標迸發野心、創作、發表吧！藝術聯盟為了諸君的成長正傾力盡一點微薄的力量在指導。

文中的台中藝術聯盟，應該指的就是台灣文藝聯盟。其刊物《台灣文藝》這一類「媒體（ヂヤーナリズム）」與「市場」、「能動主義」並列為當時熱烈討論的話題。

第五、三天後，1935 年 4 月 27 日該紙的第 8 面上，楊士禮在〈小說文學（上）〉(〈小説文学（上）〉) 如下般敘述：

> 文學必得是大眾的東西不可，這句話如果是基本方針的話，……因此便需要考慮到大眾的教養問題。如果大眾在文學的程度上，可以享受文學（小說），卻不至於降低文學本身的格調不損害其品味也就罷了，……目前即使假設能見容於表示諒解的媒體，但以純文學的本位來執筆的同時，更需要斟酌考慮到通俗味了。……再者大肆議論的論點是，代表純文藝派的橫光利一氏在四月號的《改造》上，以〈純粹小說論〉聲勢浩大地提出「我至今仍認為，若有非稱為文藝復興不可的事物的話，那就是既是純文學又是通俗小說的東

西，此外，絕對無法文藝復興。[55]」

從上述的幾篇議論可看出，鶴丸詩光認為，在舟橋聖一（FUNAHASHI Seiichi, 1904-76）提倡的能動主義之前，必須先傾力於從事實際的創作活動。中川國雄除了指出馬克思理論和批評中仍存在著尚未解決的問題之外，並呼籲台灣文學者必須要起而創作，其姿態與鶴丸詩光有所相通的。另外，像對兩人共鳴一般，楊士禮也提倡著與其關注左翼右翼的立場，更需要重視讀書市場的需求，即便是一向無視讀者存在的純文學，也得開始考慮通俗味。由此可知，除了川床未論及之外，以上四篇的論調相似，都注意大眾的興趣，並鼓吹創作實踐。

第六篇文章則是，在同年4月29日第8面，楊士禮在〈小說文學（下）〉（〈小説文学（下）〉）中引用横光的〈純粹小說論〉，並提出以下的主張：

純粹小說究竟為何物？……「今日文學的種類，大致上以純文學、藝術文學、純粹小說、大眾文學、以及通俗小說這五個概念形成漩渦混亂著，但是最高級的文學，……那是純粹

---

[55] 原文為「文学は大衆のものでなければならない建前であるなら、……そこで大衆の教養を考へなければならない。大衆が文学的のレベルで、文学（小説）を享受し得る可能、従つて文学始そものは格調をおとすこともなく品位を傷つけないで済むのならいいわけだが、……今の所でかりに理解ある、ヂヤーナリズムに允許せられたとしても、純文学の心算で筆を進むとも、尚そこに通俗味の考慮を払はねばならないのであつた。……又大いに議論の戦はれるところが「もし文芸復興といふべきことがあるものなら、純文学にして通俗小説、このこと以外に、文芸復興は絶対に有り得ない、と今も私は思つてゐる。」と純文芸派を代表する横光利一氏が『改造』四月号の『純粋小説論』で大きく出たのである」。

小說。……」我讀了橫光利一氏的這個純粹小說論一瞬間領悟了。就像是不耐的情緒一瞬間退去一般。……這真是難能可貴的意見，我全面地贊同，我感到一時間的興奮，然而隨著日子過去，果然興奮感所剩不多。……相對於狄更斯的《雙城記》，我總覺得《罪與罰》有著某種重量。……但是那所謂純文學中的通俗小說，並非將純文學低俗化，而是不得不在純文學中加入有著通俗性（例如趣味）的東西，已是理所當然之事[56]。

因為現存資料的侷限，關於楊士禮其人其事不明，尚待有心人士提供。然就河原功（KAWAHARA Isao, 1948-）指出，楊逵曾以賴健兒這個筆名，褒讚自己所作的〈送報伕〉，同時面對總督府「透過宣傳自己來從事抵抗活動[57]」。如果思及楊逵這樣的手法以及對

[56] 原文為「純粋小説と如何なるものか？……「今の文学の種類には、純文学と、芸術文学と、純粋小説と大衆文学と、通俗小説と、およそ五つの概念が巴となつて乱れてゐるが、最も高級な文学は、……純粋小説である。」私は此の横光利一氏の純粋小説論を読んではつと分かつた何かがあつたのである。歯痒かつたのがスーとひいてしまつたやうなものであつた。……これは得難い代物だぞと、全部的の賛同、一時的の興奮を覚えながら日々も過ぎる頃、やはり残り少くなるのであつた。……デツケンズの作品は立派に残つて居り、而も、それは通俗小説であつたと云ふのである。……デツケンズの「二都物語」に対して「罪と罰」は、何だかある重さがあるのである。……しかしその純文学にして通俗小説といふのは、純文学の低俗化ではなく、純文学の中に、通俗がかる（例へば興味を）ものを加味するものでなければならないことは勿論のことである」。

[57] 原文為「自己宣伝を通しての抵抗活動」。河原功，〈十二年間封印されてきた「新聞配達夫」——台湾総督府の妨害に敢然と立ち向かった楊逵〉，《翻弄された台湾文学：検閲と抵抗の系譜》（東京：研文出版，2009）53-54。

〈純粹小說論〉的大量引用，可以合理推測〈純粹小說論〉論爭中，楊逵也極有可能以筆名「參戰」來煽動論爭。

楊士禮這個名字，也可視為由楊逵的姓氏加上與「失禮」的台語發音的同音字所組合而成的筆名。另外，發表這篇文章內容約一個月後，同年 5 月 25 日於《台灣新聞》〈甚為愉快〉（〈甚だ愉快〉）中，楊逵曾刻意為此論爭搖旗吶喊，呼籲作家積極參與討論（詳情容後再述）。但是目前所掌握的相關論爭文章中，楊逵並未對這個論爭的內容提出更多評語，也未發現楊逵以本名參戰，讓人感到不可思議。除此之外，「為純文學加上通俗味」這樣的主張，和楊逵的〈藝術是大眾的〉等論調一致，稍微修正橫光的論述並表示贊同的立場也和楊逵的〈新文學管見〉一致。同時，楊逵和整個論爭、楊士禮和論爭對手伊思井日出夫之間的論爭，也令人有種互捧的印象。

另外關於其所提及的作品，在 1934 年的 12 月《台灣文藝》2 卷 1 號〈台灣文壇一九三四的回顧〉中，楊逵提及「所謂技術，想當然爾是作者所想要的東西……是為了更加有效果地表現所不可或缺的……吾輩所必須學習的，反而是布爾喬亞勃興期的諸多作品[58]」，其具體例子楊逵便是舉狄更斯的作品。雖然作者狄更斯的表記分別有「デイツケンス」（楊逵）、「デツケンズ」（楊士禮）的不同，但同樣都提及其代表作《雙城記》。截至 1935 年為止，《雙城記》（《二都物語》）存在複數的翻譯版本，在《世界文学全集》第 18 卷（東京：新潮社，1928）及《英語英文學講座》第 7-8 卷（英語英文學刊行會，1932-1933）表記為「デイツケンズ」，在《世

58 原文為「技術と言ふものは、作者の言はぬと欲するものを……より効果的に表現する為めに必要なのであって……我々の学ぶべきは、むしろブルジヨア勃興期に於ける諸作品」。

界大眾文学全集》第 42 卷（東京：改造社，1930）中則翻譯為「デイツケンス」。也就是說，楊逵的表記和後者相同，而楊士禮所使用的「デツケンズ」應該是誤植了前者的「デイツケンズ」。無論如何，主張汲取布爾喬亞文學技巧，力圖改革普羅文學這點來說，是共通的。據楊逵孫女楊翠指出，當時的筆記本等資料，因遭白色恐怖而佚失不少，但幾乎已全數提供《楊逵全集》之編撰。幾無未收入資料。因而這有待今後的資料出土來證明。

接著，關於〈純粹小說論〉論爭評論的第七篇，是《台灣新聞》於 1935 年 5 月 1 日上的四天王龍馬（SHITENNOU Ryoma，生卒年不詳）〈評論的粗雜性　光明氏的靈魂的文學究竟為何〉（〈評論の粗雑性　光明氏の魂の文学とは何ぞや〉）。四天王對於光明靜夫下標題的方法提出異議，然後又批判其問題意識過於抽象的缺陷，提出他個人的見解，認為「光明君或許是想說舟橋聖一等人所提倡的能動精神[59]」。四天王龍馬推測光明靜夫的評論是在鼓吹能動主義，並加以擴大解釋。

這裡必須要注意的是，從著者的姓「四天王」來看，原本可以聯想到土佐（今日本高知縣）の幕末四天王，也就是活躍 1853 年以後的江戶幕府末期的坂本龍馬、中岡慎太郎、武市瑞山、吉田寅太郎這四個土佐藩出身的藩士。若連結到台灣還可聯想到當時《台灣文藝》陣營的中堅張深切、吳天賞（1909-47）、劉捷、巫永福等上述四人。根據陳芳明所主編的《張深切全集》[60]，張深切曾敘述當時包括自己在內的上述四人被稱作「四天王」。關於楊逵與此四

[59] 原文為「光明君は或ひは舟橋聖一らの提唱せんとしてゐる能動精神といふものを云はんとしたのであらう」。

[60] 陳芳明主編，《張深切全集》，卷2（台北：文經，1998）625。

人是否完全對立，筆者抱懷疑態度，但細部論述非本文目的，在此不深入探討。然而，在此可以推論的是，在此時間點上，與此陣營正如火如荼地意見對立的楊逵，也有可能抱著諷刺意味地以「四天王」作為自己的筆名。

第八篇出現在該報 1935 年 5 月 4 日上，伊思井日出夫（ISHII Hideo，生卒年不詳）針對上述楊士禮、四天王龍馬等人議論的核心，發表了〈關於純粹小說〉（〈純粋小說に就いて〉），復又追述了楊士禮對〈純粹小說論〉表示同感之事，以及認為不可迎合大眾的讀書水準而是必須在純文學中加入通俗味等論點。雖然不知伊思井日出夫是何許人也，但行文中有「我們首先不得不在此感嘆日語這個語言的困難[61]」一文。就此而言，很可能此人是台灣人並非在台日人。此外，在此不可思議的是，他雖然引了楊士禮的文章，卻說「保留（差しひかへる）」對這部分的意見，僅止於引用而不批判。接著，伊思井便兀自展開自己的橫光論。

> 不與其矛盾而能加深文學的高貴性之通俗性為何？……橫光利一在偶然性及感傷性中尋求那樣的通俗性，這裡必須要注意的是吾輩必須看一看青野季吉的〈文學的通俗性之問題〉。……橫光利一說……因此他說過沒有比具有偶然性的現實（譯註：reality）更難表現的東西了[62]。

---

[61] 原文為「われわれはまづ日本語といふものの難しさをこの場合嘆せざるを得ないのだ」。

[62] 原文為「文学の高貴性と矛盾せずそれをつよめる通俗性とは何か？……橫光利一はその通俗性を偶然性と感傷性とに求めた、こゝに注目すべき言(ママ)をわれゝは青野季吉「文学の通俗性の問題」にみる。……橫光利一は言ふ……かくして彼は偶然のもつリアリテイ程表現するに困難なものはないと言ふのである」。

此外，伊思井更引用橫光的一篇評論文〈備忘〉(〈覚書〉)，譴責為了論爭而論爭的不妥，對照當時楊逵和台灣文藝聯盟的齟齬，也頗有含沙射影之意。文中他又呼籲務必將〈天使〉、〈盛裝〉視為純粹小說的實踐。其中〈天使〉是橫光利一為實踐〈純粹小說論〉首度在殖民地台灣的《台灣日日新報》、朝鮮京城《京城日報》、和地方媒體《名古屋新聞》等地以新聞小說形式連載的小說（除《京城日報》刊登日期為 1935.2.28-7.6，其餘皆為 1935.3.1-7.7）。因此，伊思井等人這一系列的論爭是十分與日本「內地」有共時性的話題[63]。

以上所見，可以說構成了 1935 年 4 月 24 日至 5 月 4 日為止的八篇所構成的一連串論爭。《台灣新聞》文化部長、田中保男（TANAKA Yasuo，生卒年不詳）以筆名惡龍之助（AKU Ryunosuke，戲仿發音相同的芥川龍之介），在 5 月 4 日第 5 面〈炸裂彈〉中如下般地總結了這個論爭：

> 橫光利一的〈純粹小說論〉、舟橋聖一的〈能動精神〉兩者同為文壇帶來極大的反響。如果借用橫光的話來說，那只不過是執行航向文藝復興潮流中的日常性任務的一聲號令而已。……在文學之神〔筆者注：橫光〕的指揮下團團轉的知識分子們……我欣然期待《台灣文藝》的成長。將不愉快的殘渣甩乾淨，像拉馬車的馬一樣地向前進擊吧！……台灣的

[63] 關於《台灣日日新報》上〈天使〉連載之研究，可參見謝惠貞，〈《雅歌》《盛装》《天使》における《純粋小説論》の実践——横光利一文学における外地「台灣」の意味も考えて〉（台灣中央研究院主辦「日本文学における台湾」國際研討會、2011.10.7）1-3。

> 作家乃至文學志願者拿出足夠的自信來。以自己的筆讓評論家閉口不再批評吧！……我願意大大地提供作家修練的舞台[64]。

據河原功的提點，這是約 1,000-1,200 字的田中保男專屬欄位，然而，可以算是第九篇的此文，終究還是無法將論爭畫上休止符。四天後的 5 月 8 日，楊士禮以成為論爭第十篇的文章〈若干之辯〉來進行辯解，說明他相信伊思井的指正是「好意的（好意的）」（原文加有強調附點）。為回應楊士禮的辯解，惡龍之助在同一天的〈炸裂彈〉之中，將「三・一五到五・一五的指導精神分裂混沌期」歸納為〈純粹小說論〉論爭的起因，提出「三五年舞台上登場的是普羅文學？純粹小說？抑或是大眾文藝？」的問題，並將此視為知識分子共通的苦惱來作為結論[65]。此外，除了論述大眾化之外，也激勵作家們與其論爭不如落實在作品的創作上。這也可以看出他意識到張深切、劉捷與作家楊逵之間的論爭。

楊逵也更是積極地呼應惡龍之助，於 5 月 25 日在同報紙發表〈甚為愉快〉，其中提到文壇的「停滯」或「大混戰」等，可以推想其所指為台灣文藝聯盟內的派系鬥爭。另外，雖然《台灣新聞》

---

64 原文為「横光利一の「純粋小説論」、舟橋聖一の「能動精神」ともに文壇に大きな反影（ママ）を与へた。横光の言葉を借りていふならば、文芸復興の潮流にすべり出た日常性的役割を遂行する号令にすぎない。……文学の神様〔横光：筆者注〕のタクトに堂々廻りをするインテリー……「台湾文芸」の成長は微笑ましくも期待する。不愉快な残滓を脱切つて、先づ馬車馬的に進撃することだ。……台湾の作家乃至文学志望者は自らのペンを以て批評家を黙殺するだけの自信を持て！……作家的修練の舞台は大いに提供する」。

65 原文為「三・一五から五・一五に至る指導精神分裂混沌期」、「三五年のステーヂに登場するはプロ文学か、純粋小説か、大衆文芸か」。

6月與7月發行部份並未被保存下來，從《楊逵全集》中可知該報紙6月19日所刊載的〈不必打燈籠—文聯團體的組織問題〉(〈提灯無用—文聯団體の組織問題〉)中提到「六月八日於本報紙炸裂彈中惡龍之助氏表示……關於惡龍之助氏，如果我的這個見解無誤的話，他應當一同和吾輩一起攜手合作[66]」。從這樣的文字來看，可以推測出六月份的報紙上，他再次與參與論爭的其中幾人有所對話。而且可想而知楊逵期待著與田中保男建立合作體制。同時期楊逵取得田中的支持，和張深切、張星建等人的論爭之經過，已有河原功、黃惠禎等的研究[67]。在此不再贅言。

在《台灣新聞》已然佚失的6月至7月這段時光之後，到了1935年11月，楊逵在〈台灣文學運動的現狀〉(〈台湾文学運動の現状〉)、〈台灣文壇的近情〉(〈台湾文壇の近情〉)中，感嘆張深切說好會改善台灣文藝聯盟的問題，卻沒實現諾言。終致楊逵在11月13日於《台灣新聞》上發表了台灣新文學社的〈創立宣言〉(〈創刊の言葉〉)。

在相關資料散逸的現在，雖然無法確定楊逵是否以筆名參加了上述的〈純粹小說論〉論爭，仍然可以從中確認到楊逵與張深切、劉捷等人之間的「文藝大眾化」論爭和〈純粹小說論〉論爭是有交互關係的。

同年5月25日登於該報〈甚為愉快〉的文章中，楊逵對〈純粹小說論〉論爭表現出異常的興趣，並呼籲文學者們參戰：

---

[66] 原文為「六月八日本紙炸裂弾で悪龍之助氏が……氏に対する私のこの見解が間違ひでなければ、氏は同然我々と一緒になつて働くべき」。楊逵，〈不必打燈籠——文聯團體的組織問題〉，《楊逵全集》卷9，236-37。

[67] 河原功，《台湾新文学運動の展開——日本文学との接点》 219-22。黃惠禎，《左翼批判精神的鍛接》 63-71。

四天王龍馬－光明靜夫、伊思井日出夫－楊士禮、中川國雄－鶴丸夢路朗、甚為愉快的組合。……無論如何可以看見這樣熱絡的論爭甚為愉快。……我也曾經主張過像這樣紳士般的討論，但……大家都能放心地加入援軍吧。若認為既有的軍團不有趣的話，不如自己豎起一個軍團的旗幟向前進吧！……就算只是喚起活力，諸君也可說是功不可滅[68]。

上文中鶴丸夢路朗可能是鶴丸詩光的誤植，或是另有其人。即使並非同一人物，筆者所發現的一系列論爭文章，楊逵也還是確實關心過。即使無法確定這個論爭的參戰者們是否有部分即等同楊逵本人，但仍然可以確定，雙方都強烈地意識著〈純粹小說論〉，並且都「一面注意著大眾的興趣，一面鼓吹創作的實踐」。其實這與垂水千惠所言，《台灣新文學》創刊之際，貴司山治是理論背景之一的實錄文學是相通的。

## （二）楊逵的〈新文學管見〉與〈純粹小說論〉

貴司山治於 1934 年發表〈實錄文學的提倡〉（〈実録文学の提唱〉，《讀賣新聞》1934.11.9-11.13），1935 年發表〈「實錄文學」的

---

[68] 原文為「四天王龍馬－光明静夫、伊思井日出夫－楊士禮、中川国雄－鶴丸夢路朗、甚だ愉快な取組だ。……何れにしてもこんな活発な論争を見ることが出来て甚だ愉快である。……私も曾（ママ）てはこう言ふ紳士的な討論を主張したこともあつたが、……誰も安心して援軍に入るがいい。既成軍团では面白くないといふなら、自ら一軍团の旗を押し立てゝ進むもよからうではないか！……活気を呼び起すだけでも諸君の功は不滅であらう」。

主張〉(〈「実録文学」の主張〉,《文藝》,1935.5),針對大眾化問題提出具體的提案。

然而,德永直在〈關於文學最近的感想〉(〈文学に関する最近の感想〉,《文藝》,1935.3)一文中,批評前者,指出「貴司君在〈實錄文學的提倡〉中出現的意見,……要能捉住今日諸多的讀者的心,首先必須將今日諸多讀者所接受的《KING》雜誌,乃至於種種布爾喬亞大眾小說的供給,以提供普羅大眾小說來取代。……我想他是這個意思吧。[69]」德永猛烈批評這種論調是一種卑俗化,而不以為然。

另一方面,關於普羅大眾文學的實踐,雖然貴司在後者的〈「實錄文學」的主張〉中力倡,由作家親自接近大眾,「來將層次較低的讀者提升至正確的文化水準」,並創造「以實錄為基礎之傳奇式的、通俗性的小說形式[70]」,德永對此以「假借大眾化之名將文學卑俗化[71]」持續攻訐。

對於這兩人的論戰,楊逵也在1935年7月29日至8月14日於《台灣新聞》發表的〈新文學管見〉中,列出「關於純粹小說

---

[69] 原文為「貴司君の『実録文学の提唱』の中で現れている意見は、……今日沢山の読者を捕らえるには、まづ今日沢山の読者があてがわれているところのキング的、乃至は種々のブルジョア大衆小説に代わるところのプロレタリア大衆小説を与えねばならぬ。……という意味であったと思う」。

[70] 此兩處引用之原文為「低い読者を正しい文化の水準へ引き上げて」、「実録を基礎とした説話的通俗的小説形式」。

[71] 此兩處引用之原文為「低い読者を正しい文化の水準へ引き上げて」、「実録を基礎とした説話的通俗的小説形式」。德永直,〈小説勉強〉,《文學評論》,1935.5。

篇[72]」這個項目，並引用橫光的理論來作回應。楊逵認為〈純粹小說論〉中以「我們需要不畏懼人類活動的通俗面的精神。純粹小說必須從這堅決的實證主義的作家精神中產生不可[73]」。楊逵以這樣的論點來提倡通俗性，正是一種對於德永的反駁。

> 目前在文壇內所有的運動中，為了反叛私小說心境小說（依照前記注釋的定義而言）而產生的事物中，即使其中多數聲明著反對寫實主義，但必須注意的是他們始終是朝著摸索真實的寫實主義方向的這個現象。橫光利一氏所反對的馬克思主義式的實證主義，其實根本算不上馬克思主義，只不過是一種機械論。……橫光利一氏說，現代所謂的純文學是日記式的隨筆式的這句話（《改造》四月號〈純粹小說論〉），是不論誰都會早已明瞭的事實。此外事實上多數的普羅文學被此粗糙的寫實主義所侷限著，則又是事實[74]。

---

72 原文為「純粋小説篇に就て」。楊逵，〈新文學管見〉，《楊逵全集》卷13，293-96。

73 原文為「何より人間活動の通俗を恐れぬ精神が必要なのだ。純粋小説は、この断乎とした実証主義的な作家精神から生れねばならぬ」。

74 原文為「現文壇に於けるあらゆる流派の運動が、私小説心境小説（前記註釈の意味に於て）への反逆として生れたことは、例へその多くがリアリズム反対を唱へながらも、真実なるリアリズムへの摸索に終始して居ることは注意すべき現象である。横光利一氏が反対してゐるマルクス主義的実証主義は、その実マルクス主義でもなんでもなくて、一つの機械論に過ぎない。……現代の所謂純文学が日記的随筆的だと言ふ横光利一氏の言葉（改造四月「純粋小説論」は、誰でもが見て知つて居る事実である。多くのプロ文学がこの粗雑なるリアリズムに捉はれてゐることも又事実である」。

橫光利一以浪漫主義・行動主義（或被稱為能動主義）[75]來期待寫實主義的變革這樣的姿態，和楊逵在〈新文學管見〉中列了小標題探討「檢討行動主義（行動主義検討）」「評論新浪漫派（新浪漫派批評）[76]，之後又另文探討〈行動主義的擁護〉〈檢討行動主義〉等的姿態，實有相通之處。最後，楊逵在〈新文學管見〉結論中也有如下般的敘述：

> 對於橫光利一氏所說的「既是純文學又是通俗小說」這一詞我表示贊同之意。……從純文學中採納作者追求真理的態度，從通俗小說中則採納能讓大眾所接受且具有說服力的大眾性[77]。

從上述的引用中，可以理解到楊逵反對作為日本普羅列塔利亞作家聯盟指導方針的機械性的馬克思主義，也反對轉向風潮中開倒車去寫私小說式的寫實主義的現象。他認為應該是要無畏通俗性，盡力去爭取讀者大眾。綜而言之，楊逵所打出的「真實的寫實主義（真のリアリズム）」的口號，不僅吸收了日本普羅作家的貴司山治的實錄文學觀，更繼承了〈純粹小說論〉的主題及議論的架構，在〈新文學管見〉的文學觀中再次強調。

---

[75] 關於行（能）動主義的背景，大澤聰（OSAWA Satoshi）在〈固有名消費とメディア論的政治——文芸復興期の座談会〉(《昭和文学研究》58(2009)：5）有詳細的說明。

[76] 楊逵，〈藝術是大眾的〉，《楊逵全集》，卷9，289。

[77] 原文為「純文学にして通俗小説」と云ふ横光利一氏の言葉に私は賛意を表するものである。……純文学からは、作者の真理追求の態度をとり、通俗小説からは大衆の納得の行くやうに説きつける大衆性をとるのである」。

此外楊逵在以林泗文這個筆名發表的文章〈迎接文聯總會的到來——提倡進步作家同心團結〉(〈文聯総会を迎へて進歩的作家の大同団結を提唱〉)中，呼籲「無論自然主義、人道主義、改良主義、左翼或右翼」皆應團結[78]，對於統一戰線寄予期待。這裡需要注意的是，舊普羅作家的青野季吉和森山啟（MORIYAMA Kei, 1904-91）兩者皆對《純粹小說全集》表示贊同，也和藝術派的舟橋聖一、阿部知二（ABE Tomoji, 1903-73）所提倡的行動主義・能動精神應和同調[79]。台灣的〈純粹小說論〉論爭中楊逵和青野、森山有著近似的立場。尤其是提倡社會主義寫實主義的姿態，與森山更是接近。如同垂水所指出的一樣，要是楊逵和「德永直、森山啟、武田麟太郎等所謂擔任 NALP 解散期中，擔負重建日本普羅文學的《文學評論》雜誌的作家們」[80]有所聯繫並繼承他們的運動的話，他所受武田麟太郎等舊普羅文學者的影響，應可上推到武田等人參與創刊的《文學界》（1932.10）之影響。重新思考寫實主義應有的形態之際，楊逵為了摸索出自己的「真實的寫實主義」，並使之有所理論基礎，可以觀察到他陸陸續續吸收淘汰兼容許多「內地」文壇的理論。在本文所探討的文藝復興期，在貴司山治發表日後楊逵作為批判社會主義寫實主義基礎的文章的前後，楊逵同時也被橫光

---

[78] 引文部份原文為「自然主義も、人道主義も、改良主義も、左翼も右翼も」。楊逵以林泗文這個筆名在1935年7月31日的《台灣新聞》所発表。

[79] 田中保隆（TANAKA Yasutaka, 1911-2000），〈昭和前期の文芸思潮〉《昭和の文学》（東京：有精堂，1981）18。

[80] 原文為「徳永直、森山啓、武田麟太郎といったナルプ解散期の日本プロレタリア文学再建を担った『文学評論』誌の作家たち」。垂水千恵，〈台湾新文学における日本プロレタリア文学理論の受容〉　106。

的〈純粹小說論〉和台灣的〈純粹小說論〉論爭所激發，成為影響了楊逵重新思考寫實主義的觸發之一。

## 五、結論：被忽略的觸發

在日本「內地」文壇經過 1920 年代藝術大眾化的討論，又歷經武田麟太郎等舊普羅文學家，加入吳越同舟的《文學界》，開始面對深刻的經濟問題後，於 1936 年開始，全面推舉橫光利一的〈純粹小說論〉，並促成《純粹小說全集》的發行。然而 1935 年前後，文藝大眾化和文藝復興期的〈純粹小說論〉這兩個「內地」文壇的議題卻可以說是在台灣被同步討論，一定程度上與「內地」文壇共享了「在純文學中導入通俗性」和「擴大讀者」的方針。

其中尤其需要注意到非普羅文學家橫光利一〈純粹小說論〉也對楊逵的「文藝大眾化」文學觀有所觸發這點。這不僅可彌補日治期台灣文學研究中對文藝復興期的認識不足。再者可以觀察到原本楊逵在尋求「真實的寫實主義」的理論基礎時，除了從各式管道廣泛吸收之外，在與日本文壇交流方面，曾受到德永直對社會主義的寫實主義之詮釋的影響，其後受到〈純粹小說論〉所提倡的純文學中加入通俗性的主張影響，轉而在〈新文學管見〉中對於德永直所詮釋的社會主義的寫實主義採取批判態度，更進而走向貴司山治的實錄文學路線的一段模索過程。

註：本文為〈日本統治期台湾文化人による新感覚派の受容——横光利一と楊逵・巫永福・翁鬧・劉吶鷗〉（東京大學人文社會系研究科博士論文、2012.9）之部分內容。經翻譯修改，蒙主編同意刊登，特此鳴謝。另，文中直呼諸位前賢名諱，敬請見諒。）

## 附錄

# 《台灣新聞》上的〈純粹小說論〉論爭相關文章

謝惠貞　譯

### （一）1935年4月17日第5版，鶴丸詩光〈文藝詩評　諱言的陳列——「鈴木・都山・八十島」等（下）〉。

中野重治的「鈴木・都山・八十島」

文中大量陳列了「……」。一共二十五頁的文字當中，完全沒有這種諱言之處僅有一頁，因此是十分粗糙的創作。嚴重者，在一頁之中僅留下三十一字，其他都避諱掉的也有。這麼令人不舒服，不僅是讀者無法感受到魅力，甚至有種被迫接受某種精神測試的不快感。

雖然可能被認為批評這些有何用，但是這種只有主題很明確的東西，就只是像長期關在個人牢房因此渴望聽到人聲，被拖到預審法官面前，終於得以感受到滿足那渴望的喜悅一樣，只有一點點看頭而已。

再怎樣好的作品，如果這樣胡亂發射諱字的話，讀者也會忍不住逃出去的吧！

兵本善矩的〈背箭筒的男人〉

《文藝》上似乎這篇作品最傑出。

兵本發表了處女作〈布引（譯註：日本奈良縣地名）〉之後，才只有幾篇作品而已，這篇〈背箭筒的男人〉是至今最有味道而洗練的作品。

*　　　*　　　*

這是描寫江州出身的大阪商人的小說，主角對於工作十分豪闊卻又細心，一方面對血親則是溺愛有加的性格。然而，當主角發現他的妾和她當藝妓時代的熟客往來時，雖曾一度想要殘酷地復仇，最後還是拿出分手費，要她跟對方一刀兩斷。

*　　　*　　　*

出現在這篇作品中的好好先生在現實世界中，恐怕是遍尋不著的吧！不過這篇作品的好處在於敘述中毫無一點漏洞，也在於作者細心的觀察與文句的細密。

片岡鐵兵的〈怨憎會〉

取材自類似《朝日新聞》正受好評的〈新娘學校〉中離婚回娘家的女性心理。將其心理以相當詼諧略帶大眾小說式的筆觸來描寫。

片岡的作品總是有一位純真稚嫩的女性擔綱，這篇〈怨憎會〉的主角也是離婚回娘家的年輕女性登場活躍。主角一開始的理想是，與其嫁給貧窮的知識分子，不如嫁給再怎麼老卻擁有讓她揮霍的財力的老人。這種對象她會很歡喜地追隨嫁過去。隨著說媒的進行，她開始對這露骨的想法有所猶豫，變得想要離開老人的手裡，奔向年輕男子的胸口。這篇小說如實地挖掘了這種十分近代的女孩心理。

筆致俐落，有種猛力吸引讀者的魅力，但讀後並無留下深刻的感動。在此僅記下一點百萬富翁面對近代女孩所抱持的老人的有趣心態。

* * *

「我可不會輸的」，老爺爺在心底用力地說。「我只要盡量讓這女孩快樂就好了。讓她成為我的機器」——原來如此，機器真是個好比喻，他高興了起來。

在不勉強身體的情況下，我要變年輕給妳看。六十七歲還能再一次接觸到年輕氣息，真是至為難得的幸福啊！機器的話，什麼女人都能當才對，不過我還是非這個女人不可。

臉孔美麗真是有著不可思議的力量。正因為是這個女人，所以我才覺得玩弄機器有樂趣。這麼看來，我是迷上這個女人了嗎？——不，不是這樣，老爺爺最終以極強烈的自信來否定這一件事。什麼迷上，我根本是憎恨這個女人。想殺了我，早點將我的財產占為己有，心懷容易看穿的企圖想趁虛而入的這個女人，一定是他的生命財產的敵人。明知道是敵人，又將其納入我方陣營內，這是多麼危險的啊！我可是隨時都可以大喊「你是敵人」來抨擊對手，並揭露那卑劣的企圖而將之驅除出去的。什麼時候要趕出去是由我的自由來決定的。所以我的好時機未到之前，要怎麼狠狠的折磨、怎麼狠狠的利用壓榨都可以。多麼愉快啊！唯一要注意的是，不可在不知不覺之間愛上敵人。絕對不能迷上她。

### 舟橋聖一的〈青年們的手冊〉

最後來談舟橋聖一的〈青年們的手冊〉。

原本預想這篇作品中，有舟橋所提倡的能動主義躍然紙上，沒想到拜讀之後大失所望。卻是期望落空。

像「文學精神的巨大的波長，想要相信浸潤在宇宙射線中的強度」等說法，對我等凡人真好比是雲中捉霧般朦朧，令人不禁啞然。

舟橋氏啊！真希望你與其高唱能動主義，不如先投注熱情在創作出好的作品來。

## （二）1935年4月17日第5版，中川國雄，〈文藝時評　批判精神的問題（上）〉。

即使將文藝時評裡每個月的作品排列出來，試著說說看線性的發展如何又如何，登場人物的焦點又是如何如何，或是印象很深或很淺之類的話，不過是隔靴搔癢，終究只是說個大概。原本針對時評如果有上述情事時，我雖不是會想盡點責任的人，但在寬廣的世界上既有氣勢強盛的人，也有滑頭地對所謂責任付諸馬耳東風，因此安於對方的意志的人。然而，心情這個東西可不是這麼容易處理的東西。越挖掘這個心情，便會發覺自己的東西是以何等的形式來變成讓自己苦惱的敵人。這就是今天的知識階級的命運。光是這個就足以讓知識的世界變得痛苦。我的時評的範圍，雖然刻意不侷限於文壇人士，我認為志在文學的台灣的人們也應該可以再多點霸氣。我住在高雄，雖然沒有機會讀那些由台灣的人們所辦的文學雜誌，看著一星期一次《台灣新聞》提供給我們的版面上，為數不多的台灣當地文學的動向，或者是作風，經常感覺到的是，我認為不需要那樣對既成文人的臀部氣味感到興奮，心思不需要羈絆在遙遠的內地諸事。我是說看看腳下吧！這樣逞強是絕對不能站穩的。時評（評論）也是一樣。評論過於逞強的情況下，總會帶著老套的學究內容，抑或者是方才所說的那樣，情節如何如何、人物如何如何，變得好像流氓一樣。從作品中取出抽象概念，浸在評論的實驗溶液中，嚐試許多作品，即使能說出，得出紅色就這樣、得出藍色就那樣，那也只是所謂評論的常識。就好比和馬克思主義相關的理論，某種程度已經成為現今知識人的常識一般，馬克思主義出了問題並且尚未解決，是在理論之後的事情。評論亦然。即使依據概念、常識等來評論作品，作品還是依然故態，評論依然和作品關係很淺薄。所謂的評論，對作家來說大體來看是無能的東西，像上述這樣無能的評論不寫也罷。我引一例來說，形式理論學中定義過此一詞彙，那是闡明名詞內涵的方法。例如，要定義「人」這個名詞時，列舉和「人」最相近的類或種的差別，定義「人是理性的動物」。理論上這是傑出的定義。不過就算將此定義適用在各種人身上，卻不能道盡人類為何物。現在也是如此，特別是四、五年前左右，多數跋扈的評論都像上例。令人不禁覺得怎麼這樣也能擺出評論家的臉，厚顏無恥地走過來呢？就連長久以來維持著權威的美濃部博士的天皇機關說，最近也引起問題，在陸軍大臣說要撲滅這種說法的現今世道之下，評論觀念的變遷是令人眼花撩亂的文壇變動之一，這些想當然爾的話題，會誕生在流行歌般的時代，我覺得真是難能可貴。對於相信能建立「評論道」的人來說，我的態度是極為危險的。我並非徹頭徹尾否定「評論道」的確立，能不能達成，畢竟是屬於精神層面的問題，並非我所能企及，因此我是打消這個念頭的。我認為，恐怕若是深究某一技能的人，他天衣無縫的評論便能宛如不乾涸的泉水般自然湧出吧！

## （三）1935年4月24日第5版，光明靜夫〈文藝評論　從靈魂動向與思想流變中產生的文學〉。

「性本善」是孟子所言，「性本惡」則是荀子之言。依此而言，人類的本體論又可以說是「從靈魂動態與思想流變而來的文學」。這對於以純文學的興隆作為目標的人來說，扮演著極大的作用，更是自不待言。就真正的文學來說，如同美國的約翰・巴羅（譯註[81]）所言，吾人的興趣常常放在對作者本人——其人的個性、人格、思想、見解之上——這又是一個真理。雖然吾人有時會對題材感興趣，然而真正的文學者以及愛讀者，不管面對怎樣的題材，也會依處理的方式、依投注在處理方式中的其人心底油然而生的「靈魂」，而選擇其興趣的對象。倘若吾人單純只熱中於題材、亦即其中的事實或議論或報告的話，就嚴格意義來說，吾人並不是在品味文學。我認為，文學之所以為文學，不是在於作者向我們訴說的內容，而是如何訴說那個內容，再者是在於如何展現自己的靈魂。

換句話說，就是在於作者能如何運用如何發展其中自己的靈魂或思想或魅力、亦即不能從該作品中分別開來的真實性。

因此我想，今後應該誕生的文學，是必須要從所謂「靈魂」的文學，又或是「思想的文學」之中追究人生真實的文學。

---

81 譯註：約翰・巴羅原文作ジオン・バアロー。可能是John Barrow。然在美國作家辭典中，並無類似人名。

總而言之，可以說這是文學的精進目標，也是作為最近的文學理想中新紀元中，最顯著的一個。

如果在我國文學史上尋求例子的話，是近松和西鶴，不遑贅言，也就是代表我們元祿期的偉大文豪。在對照此兩人時最有趣的就是，兩人都尋求相同題材，然而創造出來的作品韻味卻完全相反。也就是說，將西鶴的「好色五人女」中的男子、茂右衛門的故事與近松的「戀愛的八卦柱曆（恋八卦柱暦）」相比較的話，其韻味是如何地不同，可以清楚地辨識出來。

若然，要探究人性中的思想，絕對不能像字面上那樣簡單、而憨直地全盤接受。

放眼觀察便知，像史特林堡（譯註[82]）是從社會主義轉而個人主義，再進一步變為神秘主義，其作品總是有意識地隨著時代的變動而清楚地操作自己的「靈魂」，來進行思想性的文字建設。

再者，舉最近一個流行作家巴爾札克而言，他的藝術或其方法的評價先另當別論，其作品則透露出以人類「靈魂」作為目標。而其後的人們又透過那些人物造型的來重新認識巴爾札克。在巴爾札克將人類及人性還原成動物或動物性的過程中，甚至可以「發現」他們尋求的東西。

人類及人性的事物進化到人性化的事物，更進一步進化到社會化的事物的過程，可以用佛教所云、大乘佛教的見解中的他力本願

---

82 譯註：史特林堡（Johan August Strindberg, 1849-1912），瑞典的文學家、劇作家。1890年代中期開始，從事煉金術，創作風格也由早先的自然主義、現實主義漸轉向象徵主義與神祕主義。晚年又重拾社會批評的路線。代表作有《夢幻劇》、《茱莉小姐》。

——如此這麼一個實際的姿態與一個地位來掌握、理解。這也是從自然主義文學到普羅文學這漫長的寫實主義過程的勝利。

不過，追隨新的流行都來不及的我國文壇，追溯到上個世紀來窮究純文藝的，不、應該說是藝術的真髓，此間的意圖究竟何在？

不如從區區的一些主義抽離，努力回歸藝術本位，這麼做本身，策動透明清徹的神經，將會有以靈魂的形態流露出的思想產生。將從這思想產生的莫大能量，朝向社會的各種部門發揮吧！再者，這正是鉅細靡遺描寫出人類心理的結晶。

日新！月異！且文化也在進步。現在正可說是文藝復興的警鐘被亂敲之時，說到作家們的活動，也只是徒然地站在「靈魂」活動與思想流變這個人類基準上，導致真正的研究被質疑。說到開始漸漸被所謂知識階級倡導、議論、研究的驗證活動，對冀望寫未來的文藝的小說家來說，也正是有價值的問題。即使在純文學陣營中也高倡大眾化的今日，順著這情勢的動向、輿論的傾向來看，我也認為不得不說這正是興味盎然的問題。（記於台中）

## （四）1935年4月24日第5版，中川國雄，〈文藝時評　批判精神的問題（下）〉。

五、六年前雷馬克的《西線無戰事》流行的時候，我也讀了，覺得是很優秀的作品。當時還是普羅列塔尼亞作家興盛的時候，我記得沒錯的話，有一、二位左翼批評家，認為該作是出於人道主義觀念的作品，而將之拒絕於他們的創作理論之外。就他們這些左翼作家及評論家來看，普羅列塔尼亞文學組成了普羅列塔尼亞文化運動的一環……。不能明確地反映無產階級意識形態的藝術，就非普羅列塔尼亞藝術，他們以這樣的根深蒂固的教條來規範和批評所有作品。換句話說，藝術從屬於政治。然而，這樣的觀念，與其說潛伏在藝術作品本身之中，不如說是作為宣傳或煽動，在批評作品的價值時給予了重要的基準。今天，不僅教條主義的破綻在於此，當時，主義本身之所以會興盛，其原因也在於此。此時雷馬克說，這作品單純只是一種報告，因此《西線無戰事》並沒有受到他們這些左翼評論家的迎合也是很自然的。被以其思想背景是人道主義為由，而受到左翼作家及評論家排斥的這部傑作，又不可思議地受到右翼人士們的敬而遠之，這不是很有意思嗎？恐怕就連日本的軍人，讀了這部作品而皺眉頭的人也所在多有吧！在某國，因為被認為會令軍人喪失士氣，而禁止軍隊閱讀此書。一個月前漢堡美國航運公司（Hamburg American Line）的德國船入港了，因為工作上的需要，我與出來應對的乙等舵手談了一些時事問題。問他對《西線無戰事》的感想時，他說雷馬克是負責運送彈藥和死傷者的。不是第一線的軍隊，所以沒看頭。他這麼簡潔地作結論，我真是無言以對。我無言以對的並非雷馬克不是第一線的軍隊這點，而是針對恐怕大戰當時還流著鼻涕的這個乙等舵手他厚顏無恥的批判精神。不，在這麼一言半語之中是不可能有什麼批判精神的。我對於身為納粹船上船員的他，那輕薄的功利想法，無言以對。然而，數日前我買到《文藝春秋》四月號，讀了「戰死學生群」。這不是創作也不是評論。如同註標所示，是世界大戰中從軍的學生所寫的信。此雜誌從德國各大學的學生中選了大約十五、六人出來刊登。而「戰死學生群」刊頭的說明如下：這是世界大戰中為了祖國奉獻出來的那些年輕的生命，他們寫給幾百萬德國學生故鄉的雙親、兄弟、友人的兩萬封信。從一九一七年到一八年，由菲利普・委特考普

（Philipp Witkop）教授得到教育部及各大學的支援蒐集而來的資料中選出的材料，命名為「戰歿學生的信」，在 1928 年發表（中略）。原書在德國發行後，便立刻引起當地文壇一大轟動，給所謂新即物主義這一派帶來很大的影響（後略）。我讀了有十分沈痛的感動。根據這個，我不僅可以得到雷馬克的《西線無戰事》並非預設大眾為對象而書寫的證據，還得以知道，被迫站在戰場這個致命性的死刑場的人，都因此而會獲得一種共通的精神。面對極限，挺身向前進的人們，在自己心中建立的紀念碑，常常能引起人的惻隱之心。這種紀念碑是普遍客觀的。「人生的美好，我是在賭上生命來此之後才知道的。」戰歿學生如是說出真理。恐怕在這種精神面前，即使再怎麼巧妙幻化的邏輯也比不過吧！評論的精神亦在於此。從他人的作品來區分優缺點，自以為是評論的眼光。或是即使看過他人的作品，也只是讓人覺得好像有些與作品無關的評論的科學方法在其中而已。在看著別人參差各妍的作品時，誰能肯定自己沒有因為那參差各妍的緣故，而得了亂視呢？忘了這點，而只是列些字句說什麼情節如何、人物如何，這之於作品來說都只是畫蛇添足。

評論已然不是靠邏輯的了。即使將清楚明白的事，如何複雜地說明，無論怎麼看都還是清楚名白的事。這種評論不如不寫。要像將戰死的學生面對極限時得到一種精神那樣，評論家如果不棲身在評論精神之中，是無法寫出出色的評論的。棲身在這個評論精神本身便是一大難事。說起來其實沒寫過作品的人來評論，這件事本身便是個錯誤。當然我也是其中一人。因此才這樣輕蔑自己而望著評論的高峰仰首嘆息。拿別人當材料來訴說自己，這是評論家的原則，也是評論唯一的路。這是有精神力量的人自然能走通的路，而不是這樣的人卻是此路不通。那麼，讀者之中有人會問這個精神是什麼吧！這裡請恕我不明講。因為說了的話就落入說明，不說也罷。但總之，什麼事都是除了努力精進，別無他路。在那最後，當你試圖說明自己的話語的真正涵義時，必定自然就會通向客觀的道路。自己的創作啊！即使是評論最後也會歸向這點吧！

本月讀了《新潮》中的五篇、《文藝春秋》中的四篇、《改造》中的五篇，總共十四篇。其中〈火焰的紀錄〉是最值得看的。這可是改造社的懸賞當選小說呢！

### （五）1935年4月24日第5版，川床千尋〈提倡與抗議─態度的問題〉

此島之文學也在文藝復興的潮流裡順風揚帆，駛出港灣，好似全盛期的漁港般擁擠。

然而卻未必能看到出色的作品或有組織的評論，但即便如此，出發期的這個喧騰，也不是不值得祝賀。

不過，勉強說來，抱著作家態度的人，像漁船一樣想靜靜地出港，相反地，卻有送行人們在胡鬧，這是有目共睹的事。

一下子又是讓想往水平線前進的船改變意志，一下子又是對揚帆的方法有意見，一下子又說哪裡的船怎麼了，喧鬧起來，讓船首猶豫要朝哪個方向。這就是這座島上虛耗的出港騷動吧！想要直線前進的漁船，像是處女般純情，所謂文藝家，勉強說來因為過於率直，對於背後的呼聲太過神經敏感，反而徬徨甚或返回港口。呈現這樣的奇怪現象的情況意外地多。

現在，我從作家態度的方面來談，這並不是全盤否定評論家的存在價值。我們必須大大地彼此議論，往應該前進的方向去。然而，身上充滿酒氣的胡鬧者，必得要排除掉。現在在紙上反目或爭吵的事，不是不斷發生嗎？

將文學乃至藝術之屬視為神聖的存在，幾乎只有保持作家態度的人們而已，這種說法並不誇張。

這樣一頭栽進藝術當中的人，各自十分深入自己的觀念或主義。對於忠實抱持信念前進的人說，現在世上的文學的動向如何如何，作家本人應該對於要不要聽也是多所迷惘吧。或多或少就作家來說，對於討論本身會感到不協調，但是對某種文學抱有潛在意識，這也是不可否認的事實。

我深信「作家本身即是天生的評論家」。

相對於評論家的數理學式的解剖分析，作家則是自然而然將清晰的理路內化為自己的東西。對於這個堅定的「自己的東西」，在面對評論家突然呼籲要改造乃至於全面否定時，作家無法馬上回應，其理由也是極為自然的。

談到本島的文學，該問題仍然是必要的事。大體而言，毫無一位擁有確定地位的作家的這座島，來議論這個問題本身就很危險。再者，議論者又多是不成熟者，十分危險。

不過，談論這些，例如即使那只是各說各話，在有效討論的情況下，我希望那只專注在討論技巧就好。

這非關好壞，只要和島上作家們尚未成熟的時期有關連，而且是技巧方面的基礎工作尚為脆弱等等情況發生，我一想到那到底能成長到什麼程度，我便感到好似前途一片黯然。

作品的張力及魅力，不按照這個技巧的力量去磨練，很難生產出出色的作品、作家。島上的文學乃至地方的文學，時常是種基礎工作。與其胡亂評論，不如胡亂地生產有島上特色的文學。組織架構是往後的問題。這件事必然會有作家本身無法看見的某種力量來漸漸組織架構起來的。

百篇理論，不如一篇創作。這才是真正的榮耀所在。我絕對不希望由評論家來牽引作家。

本島的文學對於潮流有著強烈的熱情，唯獨不希望那是空虛的潮流。現在不正是將我們的文學建設得更寬廣宏大的時刻嗎？

台中藝術聯盟也是為了這層意義而誕生的。許多我們野心很多的同志呀！試著朝向諸君的目標迸發野心、創作、發表吧！藝術聯盟為了諸君的成長正傾力盡一點微薄的力量在指導。沒有必要將評論當成問題。

不要忘了，一篇創作勝過兩篇實際體驗，依據這個法則來看，創作本身就已經是一種成長了。（完）——十年四月稿。

## （六）1935年4月27日第8面，楊士禮〈小說文學（上）〉

假設有一個人，對他說要寫小說或在寫小說的友人之一或數人，說了一番大話。

「我和你們不一樣，我不是要寫小說的小，我可是要寫大說的」，生著氣這麼說。我記得這是明治中期的逸事。這是 NOVEL 的譯語，也就是說學這個而寫成的東西，便冠上小說之名。當然這單純是表現形式的問題，迄今不是沒有文學，再者，文學也絕對不是非小說不可。而且，雖然並沒有明顯的界線，但過去的文學大部分是物語類或紀行文。形成小說的前身的，在現在的小說之中，也不能說沒有帶來物語色彩或類似紀行文的影響，而且有也不是不行。或者過去的文學稱作小說也並非不可或不當。這是因為從前大體上，能從事文學的只有特別的人，其餘的大多數人，可以說是從出生後的一輩子都不知道文學為何物，根本不懂文學的反而占大多數。而且那還不是純粹為了創作而做的，而是因為閒來無事紀錄下心事，將事實以物語風格寫下的。然而，即使與所謂現今的小說型態有相當的距離，與其說是稍許開始像起小說這個形式的緣故，不如說是漸漸成形時，多少也開始顯現了一些痕跡。但即使如此也是很後世的事了（譯註[83]）。接著因為資本主義的緣故，姑且不論好壞，今天所見的小說發展到發達的地步，小說文學君臨諸文學的王座，不可撼動。不，這並不限於文學這個範疇，小說早已不論從不從事文學，都成為現代人生活的必需品了。

因此，文學會不會沒落，對於甲論乙駁的狀況，裁判扇是不會輕易對某方舉起的。至於，從文學是不是關在象牙塔裡，還有是不是學術界所壟斷的等等方面來看——在機械文明、活字文化的今天此刻，文學正搭上媒體的潮流，方興未艾。文學必得是大眾的東西不可，這句話如果是基本方針的話，雖然這句話本身並沒有問題，但是因此便需要考慮大眾的教養問題。如果大眾在文學的程度上，可以享受文學（小說），卻不至於降低文學本身的格調不損害其品味也就罷了，毫不需要經過批發商來轉賣。大眾有大眾自己處於低水準的趣味——換言之，是在不認為全部的大眾均等地擁有鑑賞文學的慧眼（雖說如此，對他們來說是常識，也就是他們並沒有去培養這個的閒暇）、具有素質的前提下。一言以蔽之，因為他們即使是對文學有興趣，也傾向於粗糙的好奇心（不一定不好）。因此文學有低俗化的危險。

---

[83] 譯註：原文誤植為「多少なりともその片鱗を見せたのはかない後世のことである。」，劃線部份應為「かなり」。

那麼，探討問題到了這一步來，小說文學自然分出兩條岐路是十分理所當然的。直接朝向「為了文學的文學」的路徑；或是避開這條路，一味地追求大眾所喜歡、歡迎的東西，原原本本寫出大眾所要求的東西；更甚者，為了找尋契合大眾一時心理的題目，苦心慘淡去摸索下一步，然後才思索內容，才寫……。為了文學這麼付出，真是可悲啊！在這之上文學得以成長，因此不忍離開文學，為了節操的守節骨氣，也要繼續寫「為了文學的文學」──如此這般像擲骰子一樣隨機排列組合出現的各種狀況，正是不同於前者的新聞文學（包含通俗雜誌文學），終於得以接受的文藝乃至準文藝雜誌的文學的狀況。再者，我這番話與其說針對其長篇小說，不如說是針對其短篇小說而言來說。或許有人會問，你的理由何在？雖然我沒有什麼理由，我想說的只是這沒有市場價值。應該是文學的正統派的後者，最是不能忍耐，尤其不能不吭聲，但是四處都在要求要看長篇。

要求看長篇的聲音，便是在要求市場。目前即使假設能見容於表示諒解的媒體，但以純文學的本位來執筆的同時，更需要斟酌考慮到通俗味了。本來就沒有具體可以識別通俗和反通俗的分界線。再者大肆議論的論點是，代表純文藝派的橫光利一氏在四月號的《改造》上，以〈純粹小說論〉聲勢浩大地提出「我至今仍認為，若有非稱為文藝復興不可的事物的話，那就是既是純文學又是通俗小說的東西，此外，絕對無法文藝復興。」另外，橫光利一又說，「現今文壇中，若是真的純粹小說能產生的話，那必得是從通俗小說中出現的吧！寫下這段話的眼光卓越的人物是河上徹太郎。其次，正如同幸田露伴所言，為何要區分通俗小說和純文藝、去區分本身便是錯誤的。還有，自稱如果被外國人硬逼說出一位代表日本的作家，會回答是菊池寬的高邁評論家、小林秀雄。」

## （七）1935 年 4 月 29 日第 8 面，楊士禮在〈小說文學（下）〉

再者，如果讀者允許我舉例的話，「針對純文學和通俗文學的不同，至今有許多人想過，但結果意見分為兩種。純文學是摒棄偶然的，還有一種是說所謂的純文學不帶有像通俗小說的那種感傷性。在這兩種以外的論調我還沒見過。若要說到偶然是什麼，這個詞彙的內涵並不是能被簡單說清楚的，但是，在遇到事情的一開始便覺得麻煩時，人們一定會說這不是直覺就知道的事嗎？使用稍微艱澀的語言的人，會把偶然說成是一時性，把偶然的反義詞必然性說成是日常性。談到感傷，這才真是不用直覺去領會所難以瞭解的。如果真有感傷，那麼暫且先把它解釋成，禁不起一般咸認為妥當的理智之批判的東西。現在只能這樣暫且解釋。」接下來再看，純粹小說究竟為何物？比如，他說現在他在讀的杜斯妥也夫思基的《罪與罰》，以及史丹達爾的作品之屬便是這種作品。

我剛剛也讀了《罪與罰》，的確有許多趣味，讀了覺得很有趣。然而，要說什麼有趣的話，我認同是其中偶然性隨處可見的這點。在令人想當然爾會期待的情節之外，在情節的開展中還會遇到偶然性。

——有一些不認識的男人毫無前兆地突然叫起「空氣、空氣」的段落。雖說如此，但並非不自然。此外，這等平凡的詞彙之含意，越是深深地咀嚼，越是有味道出來。

平常不特別感謝的地方，被我們日常生活的意識、至少是被忽略的空氣這種東西，還真是一點也不能缺少。即使和前後左右對照看一遍，也是沒有任何關係或聯繫的，但又超越了偶然，空氣的平凡本身便是日常性吧！

紀德也指出，杜斯妥也夫思基所創造的人物，在意料之外的地方對意料之外的人做意料之外的告白。拉斯柯爾尼科夫對索妮雅坦承自己殺了人，索妮雅要他站在十字路口說「我是殺人犯」，然後俯身親吻大地。這又都不是日常性了。就感傷而論，要我不覺得感傷而讀完《罪與罰》可能嗎！

「今日文學的種類，大致上以純文學、藝術文學、純粹小說、大眾文學、以及通俗小說這五個概念形成漩渦混亂著，但是最高級的文學，不是純文學，也不是藝術文學。那是純粹小說。然而在日本文壇中，那最高級的純粹小說，就像諸家所言的一樣，幾乎沒有出現任何一篇。」我讀了橫光利一氏的這個純粹小說論一瞬間領悟了。就像是不耐的情緒一瞬間退去一般。讀一讀通俗的東西，這當然是暫時的，如果讀得快窒息的話，就讀純文藝的東西。這真是難能可貴的意見，我全面地贊同，我感到一時間的興奮，然而隨著日子過去，果然興奮感所剩不多。這是因為——為何這樣的東西沒有長篇呢，對此我感到莫須有的悲憤——但也並非是因為出於短篇的緣故。

文學上的傑作，要依據能不能留存到後世而決定——狄更斯的作品便很出眾地留下來了，而且那是所謂的通俗小說。我對於將狄更斯稱為通俗抱有疑問，這裡只是為了舉證說明，即使是通俗、應該留下的東西還是會留下來的。在此狄更斯的作品是通俗或是反通俗，對我來說都無所謂，相對於狄更斯的《雙城記》，我總覺得《罪與罰》較有著某種重量。此外，讀日本小說和外國小說來比較的話，——總覺得有所差異。一方面覺得大凡非文學的所有東西，即使是有什麼緣由，首先全部讓他們消失吧，一方面卻又想對令人不滿意的純文學做點改善——這種心情裡，有種模糊存在的想法，但我自己也不能明確地表達，這也不是我的一種癖好，總之這就被稱為純粹小說等等。而且很得宜的是，讓雙方的面子都掛得住。這讓我一直以來存疑的問題，也就是文學是怎樣的東西、文學必得是怎樣的東西等等，全都一掃而空。充滿像是解開了糾纏不清的絲線一樣的心情。但是那所謂純文學中的通俗小說，並非將純文學低俗化，而是不得不在純文學中加入有著通俗性（例如趣味）的東西，已是理所當然之事。（完）

### （八）1935年5月1日第5版，四天王龍馬〈評論的粗雜性光明氏的靈魂的文學究竟為何〉

上週本欄裡光明靜夫君的文藝評論，那標題下的文字「從靈魂動向與思想流變中產生的文學」太過誇張。到底這是想說什麼呢？這些他想說的東西，終究也埋沒在曖昧的字句排列之中了。所有在評論中最重要的結論，也佚失在遙遠的大空那端。這是這篇文章給我的印象。

這裡所說的「靈魂的文學」到底是什麼，現在稍微檢討這點雖然可能很有趣，但這一篇文章很可惜的是，作為文藝評論也太過粗糙了，因此我們從當中無法汲取任何東西，不過僅能從他欲表達的某一聲呼叫，來朦朧地推測而已。這是作為文藝評論的這篇報導文章與其中所排列的文字，過於受到他的頭腦與感情所支配的結果，並且可以看出這是他幾乎沒有推敲就信手寫來的健筆所致。

其實不只是文藝評論，舉凡所有評論報導，皆不可草率應付每一字一句。文字這個東西，有時會飛越人們想說的內容，因此有時至關緊要的內容，也會逃進雲霞之中。

首先我要就他的評論所下的標題、「從靈魂動向與思想流變中產生的文學」這令人摸不著頭腦的字句來試著檢討看看。當然標題這種東西要怎麼下都可以，但是「從靈魂動向中產生的文學」的這種正面出擊的標題，若是膽小的人可能撐不了一時，便一頭霧水了。恐怕就連訴諸新感覺派那些人的「群山咯咯笑起，獨活草生起氣來」(譯註：4[84]) 這種程度的變態感覺，對於他的「靈魂的動向」畢竟只能露出如墜雲霧的表情，怎麼也很難解釋吧！

現在的電影標題流行那種不反映內容的作假標題，而且自然主義鼎盛的作家中，有些作品標題是從文章最後兩三行中挑出來詞附上等等極為荒謬的也所在多有。雖然有點過於正式，但今天的文藝評論的標題，必須付出比報紙報導更多的推敲與思量。

特別是光明君的評論「靈魂的動向」，此處的主體是某種文學，這是不言自明的事。以這樣模糊的題目為前提寫的評論，已經讓讀者直覺地知道內容的空洞，除了好奇之外，無法引起任何感興。

事實上，光明靜夫君的這篇文章，與其說是評論文，不如說是他自身粗糙的抽象概念的一種表現、片段想法、感想而已。

如果他想提倡「從靈魂動向中產生的文學」的話，這些文字能廣泛地包括到哪些範圍、追根究底「靈魂」是什麼、它的動向究竟

[84] 譯註4：原文「山はゲタゲタ笑ひ、ウドンは怒る」，應為「山はゲラゲラ笑ひ、ウドは怒る」的誤植。

指的是什麼、而從靈魂動向中產生的文學的整體是怎麼樣的形態、有怎樣的形式——這些是無論如何要在最開頭寫下的。

光明君或許是想說舟橋聖一等人所提倡的能動精神。但是「能動精神」這四個字我是遍尋不著。

靈魂或思想的流變，這都讓人著實像是盲人在霞霧中失去拐杖那般，全然不得要領。

這種語意不清的評論，刊在本欄中不止是令人悲傷的事，還讓純情的文學青年會誤以為文藝評論就是這樣，而且等到他們終於要吐露自己的思想時，得意地使用只有他知道的荒謬文字，這又使人不禁憂慮起來。

以上稱作光明氏的文藝評論，那評論本身便不成立，因此內容所羅列的東西又如何，就不必再說了。

「靈魂的文學」這種東西到底是什麼這件事，在這篇評論中，終究連具體的一部分都無法掌握，越是勉強要去掌握，越是像迷途於空中的小鳥，不知方向。

## （九）1935 年 5 月 4 日第 5 版，伊思井日出夫〈關於純粹小說〉

我們在讀他人寫的東西時，每當看到有人雖然沒有領悟到什麼卻寫得好像領悟了什麼，或是寫了很大的事，卻令人感到一種稚氣的得意時，我有時內心會暗自竊笑，不小心就變成嘲笑了。要攻擊他們完全易如反掌，但露出骯髒的微笑時，便是以自己更甚的拙劣，來抹煞了他人的拙劣了。有時我突然意識到這點，會突然打起寒顫。橫光利一在〈備忘（覚書）〉中這麼寫著。「我們不在意這些事，不，正因為這樣，所以更應該對『認真地無聊地做著些無聊的事』這種指責逆來順受，致力於寫作不可。」

我最近在中報（譯註：指《台灣新聞》）文藝欄上，讀了兩篇奇怪的文藝評論。其中一篇，四天王龍馬氏已經解說過了，所以筆者在此不再談及。還有另一篇則是，楊士禮氏所寫的〈小說文學〉。

氏欲說明的部份，筆者不難想像，亦即氏與橫光利一所提倡的純粹小說共鳴，借用氏自己的話來說，就是「不耐的情緒一瞬間退去」。

我們首先不得不在此感嘆日語這個語言的困難。以下我引幾部份來看——「假設有一個人，對他說要寫小說或在寫小說的友人之一或數人，說了一番大話。」氏如此從日本古早的文學歷史開始起頭。這裡筆者暫時只能聽氏所想說的內容，已然不需要邏輯推理了。

「因為資本主義的緣故，姑且不論好壞，（中略）小說文學君臨諸文學的王座，不可撼動。」「如果大眾在文學的程度上，可以享受文學（小說），卻不至於降低文學本身的格調不損害其品味也就罷了。這不需要經過批發商來轉賣。大眾有大眾自己處於低水準的趣味——換言之，是在不認為全部的大眾均等地擁有鑑賞文學的慧眼、具有素質的前提下。」

在上述這段話之後，氏引用了《改造》四月號上橫光利一的〈純粹小說論〉，接著如下說道，「我剛剛也讀了《罪與罰》，的確有許多趣味，讀了覺得很有趣。然而，要說什麼有趣的話，我認同其中偶然性隨處可見的這點。」隨後氏又在該小說中，尋找表現了偶然性的部份（後文將稍微言及）。「拉斯柯爾尼科夫對索妮雅坦承自己殺了人，索妮雅要他站在十字路口說『我是殺人犯』，然後俯身親吻大地。」

筆者在感傷那奇妙地扭曲的引用之餘，雖然稍嫌畫蛇添足，還是翻開了《罪與罰》來看看。「站起來！馬上，現在馬上出去，站在十字路口，屈身下去，首先親吻你所玷污的大地。然後向全世界低下頭，面對四方，用眾人聽得到聲量說──『我殺了人！』」

請原諒筆者再花一點時間引用氏的文章。

「今日文學的種類，大致上以純文學、藝術文學、純粹小說、大眾文學、以及通俗小說這五個概念形成漩渦混亂著」

「讀一讀通俗的東西，這當然是暫時的，如果讀得快窒息的話，就讀純文藝的東西。這真是難能可貴的意見，我全面地贊同，我感到一時間的興奮，然而隨著日子過去，果然興奮感所剩不多。」

「文學上的傑作，要依據能不能留存到後世而決定──」

不過，氏這麼下了結論。「所謂純文學中的通俗小說，並非將純文學低俗化，而是不得不在純文學中加入有著通俗性（例如趣味）的東西，已是理所當然之事。」筆者保留不針對上述引用一一批判，接著我必須再次回到橫光利一。

從前橫光貪婪地著手於題材們頑固的物質特性，投入難以捉摸的人類心理的機制，他像鷲一般銳利剛毅的眼神在〈榛名〉〈比叡〉（譯註[85]）之中究竟看到了什麼？武田麟太郎和中山義季等人評論說，不想把這些作品單純看作他疲勞乃至是為了休息的作品。這真是橫光利一同時為了重新認識知識階級的問題，又再一次往懸崖下看了。

〈紋章〉中的久內說，「你也知道，馬克思主義這個實證主義精神最近進入了日本國中，曾經走向這個而又被彈回的人……」。

---

[85] 譯註：皆為橫光利一小說作品。〈比叡〉，《文藝春秋》13卷1號，1935.1。〈榛名〉，《中央公論》50卷1號，1935.1。

在此，他針對至今沒有被思考過的民族問題認為，好好思考的時機終於到了。

關於純粹小說，其偶然性指的又是什麼？不與其矛盾而能加深文學的高貴性之通俗性為何？

橫光利一在偶然性及感傷性中尋求那樣的通俗性，這裡必須要注意的是，吾輩必須看一看青野季吉的〈文學的通俗性之問題〉。

「我認為，文學的通俗性中最根本的第一義的問題是藏身在，該作家的思想內容與其思想的具體化時，作家心理的流動之中。」

橫光利一說，「人類並不只是顯現在人類外部的行為，然而只有內部思考也並非人類。如此一來，作家必然要採取的態度就是，必定要將重心放在其外部和內部中間。」然而，這中間的重心裡，又有自我意識這個中介物的存在。在自我意識這個自我內部裡發出的對抗膚淺的聲音，這個聲音若被對象的世界所封殺的話，那麼即使追求肉體性的、切實性的東西，那個十分抽象的邏輯也只不過僅止於自轉的程度罷了。

偶然這個東西，是從佔了小說構造大部分的日常性密集的地方，突然發生的特殊運動的畸形部份；或者說是這個偶然之所以可能發生，是因為這個偶然的發生，而更加強了至今的日常性。因此他說過沒有比具有偶然性的現實（譯註：reality）更難表現的東西了。正可謂文學的通俗性多數是靠偶然性所支撐住的，因而才得以給其作品中充分的現實性（譯註：reality）。這並非偶然本身的效果，而是賦予了這些偶然某種現實性（譯註：reality）的作品，實現了文學的通俗性吧！

筆者必須停筆了，不過關於橫光利一他在追求真實的作品而摸索前進過程的一環中所提倡的純粹小說，要等到他今後的作品問世

再說。〈天使〉〈盛裝〉之後如何發展，這是給他的一個十分大的難題。(一九三五、五)

## (十) 1935年5月4日第5版，惡龍之助(田中保男)，〈炸裂彈〉

光明靜夫的〈從靈魂動向與思想流變中產生的文學……〉，被四天王龍馬的大刀一砍給降伏了。一方面看伊思井日出夫詰問楊士禮的〈小說文學〉，充分展現了活力四射的自信。

橫光利一的〈純粹小說論〉、舟橋聖一的〈能動精神〉兩者同為文壇帶來極大的迴響。如果借用橫光的話來說，那只不過是執行航向文藝復興潮流中的日常性任務的一聲號令而已。這是連布爾喬亞、民主主義都氣息奄奄的時代啊！在文學之神(筆者注：橫光)的指揮下團團轉的知識分子們——

*　　*　　*

在包容台灣文壇的存在上十分優秀而敏銳的文藝評論家能否率先理解並指導「今天之後——」的台灣文壇？請拋開獨善其身而孤傲的自尊，認識並貢獻台灣文壇整體的進步性。謝絕固執不變而硬化、公式化的「批評尺度……」。

舟橋的〈能動精神〉中也針對現今社會、今日的知識分子有諸多牢騷。多疑的知識分子必然要承受朝向首肯或否定的兩種宿命性的重擔。但問題還是在於「描寫了重點與否」。

*　　*　　*

我欣然期待《台灣文藝》的成長。將不愉快的殘渣甩乾淨，像拉馬車的馬一樣地向前進擊吧！

禁止左顧右盼。你們那華麗的宣言，期待著開花結果的那一天。台灣的作家乃至文學志願者拿出足夠的自信來。以自己的筆讓評論家閉口不再批評吧！徬徨於成長的過程中，只會讓人掉落到地獄去而已。這點川床千尋以台中藝術聯盟之名，明白地一語道破，真令人放心。我願意大大地提供作家修練的舞台。但不接受裝模作樣嚇唬人的文章。

江戶人好比五月鯉魚旗的飄帶，像嘴邊漂亮話，不著邊際。

惡龍之助

## （十一）1935年5月8日第5版，楊士禮〈若干之辯〉

原本我是生來性急，不謹慎的漏洞也就不僅慎地留了下來。本來牽涉到引用的時候，應該謹慎地針對該處去詢問才對（伊思井日出夫氏是這麼告訴我的）。然而我的引用並沒有這麼做，而且重新看一遍可以找到更適切的，我現在也這麼認為。順手引了「空氣」這一段，而且那前後也只就這一事討論。至少直接相關的確實只有這件事。這才是所謂不謹慎的漏洞。伊思井日出夫氏沒有針對這點，似乎射錯了目標。我也覺得這樣過於疏忽，因此試著一起引用了紀德的話。「紀德也指出，杜斯妥也夫思基所創造的人物，在意料之外的地方對意料之外的人做意料之外的告白。」接著同樣引了《罪與罰》（因為他是針對《罪與罰》所言），其中拉斯柯爾尼科夫對索妮雅坦承自己殺了人，此處索妮雅對他所說的話，我沒有原原本本引用，只寫了概略。對此，伊思井日出夫氏為我感傷，覺得這是「奇妙地扭曲的引用」。然而，我為何不引用、又為何說什麼生來性急——這是因為我並不重視這一段。相對於直接引用「空氣」這一段，在此，我單純是拿紀德評杜斯妥也夫思基作品的觀感來說明偶然性，襯托我直接引用的部份，因此我認為這個補強工作的任務僅限於此即可。忽略了我這個意圖，我反而替氏覺得感傷。

此外，氏以「我們首先不得不在此感嘆日語這個語言的困難。以下我引幾部份來看——」為前提，引用了拙文許多處，又說「筆者保留不針對上述引用一一批判」，讓我又無話可說。

不過氏在「日語這個語言的困難」這段之後，其實又從我的拙文拾掇了多處段落，卻說「筆者保留不針對上述引用一一批判」。（真不知道到底是要批評什麼。在此提到日語這個語言的困難，是想盡情打垮我、或是意在批評內容，有這兩種可能。）再者指著我的「小說文學」說是「奇怪的文藝評論」。恕我失禮，可能是我的才疏學淺，到底這三點指摘如此混淆，是想要講哪一點呢？氏也並非沒有論旨不明確之處。不，如果說有人「認真地無聊地做著些無聊的事」，乾脆把我也算一份即可。在此我又多加辯論的話，我覺得那真是「在這之上？（可能應該說之下）沒有較之更為無聊的事了」，所以在此擱筆。

不過最後，順便在此想說一點，即便我說，希望這樣的評論是好意的，也絕對不表示我有絲毫在懷疑伊思井日出夫氏的好意。（六日）

## （十二）1935年5月8日第5版，惡龍之助〈炸裂彈〉

在三・一五到五・一五的指導精神分裂混沌期時，知識階級的態度、特別是關於指導性，今天尚呈現異態百出。知識分子能否不從屬於布爾喬亞、普羅列塔尼亞、法西斯任何一方，而作為獨立的一個階級擁有自己的主張和行動呢？如何能夠組織和指導，這又是怎麼決定的呢？

* * *

作為卑鄙者的代名詞，知識分子的存在，不要以這只是一種沒有貫串性的一盤散沙的組織為藉口，請致力於將重大的決心表現在行動上。在最後防線上尖銳地對峙時，能否拿起槍來奮力起身，才是問題。日本歷史上的知識階級的立場，用巧妙的手腕結合客觀的態勢，而呈現成功或失敗的兩種實例。

* * *

取代了首都大道上吹起的 May Day 歌和工會旗幟的是，白色恐怖橫行成為時代的關心焦點。為了知識階級的文學究竟是什麼、這受到商業媒體的關注——三五年舞台上登場的是普羅文學？純粹小說？抑或是大眾文藝？不論那一方其實一直以來都受了教條主義意見所左右、所任意驅使。從日常生活中的不安以至於政治上的不安這之間的界線，始終是明確地區分著的。我希望知識分子自身的不安與苦惱是都毫無遺漏地得到文學性的描寫。

*　　*　　*

文藝社團的同志之間要互相讚美、又或者是互相貶抑都可以。不過別忘了適可而止。應該要充分體諒開拓文學之路前進者的共同煩惱。台灣作家共通的毛病是「只看眼前的態度……」以及過度的「自戀……」。我細細品味了展現新川柳（譯註[86]）形式的宮內耕朗。而松高袒子的「青春的海濤」很甜美所以我採用了。楊士禮則起身反擊，讓我們看看兩者的理論如何開展吧！

惡龍之助

註：譯自台灣協會（位於日本東京新宿區）所藏《台灣新聞》之微捲資料。

[86] 譯註：川柳是（せんりゅう）是日本詩的一種形式，和俳句一樣，由5、7、5的17個音節組成。但相較於俳句而言，是以口語為主的詼諧短詩，且沒有季語、助動詞（切れ字）的限制。

# 反教條主義的旗手

## ——楊逵對台灣普羅文學的反思

趙勳達

### 作者簡介

趙勳達（Shiun-ta CHAO），男，成功大學台灣文學研究所博士。專長於台灣左翼文藝思想與現代性議題，著有《《台灣新文學》（1935~1937）定位及其抵殖民精神研究》（2006）、《狂飆時刻——日治時代台灣新文學的高峰期（1930-1937）》（2011）等。

### 論文題要

1928 年共產國際號召各國共產黨進行無產階級革命，日本的藏原惟人起而響應並提出「無產階級寫實主義」理論，期待使文學成為革命的一部分。藏原惟人的論述對東亞左翼思想界影響甚鉅，然而激烈的主張卻使得普羅文學的發展走進了教條主義的死胡同，終於遭來日本法斯西政權的翦抑。面對這種困局，楊逵揭起反教條主義的大旗。楊逵認為「文學是對生活的認識」甚於「文學是生活的組織」，明顯異於主張「文學是生活的組織」甚於「文學是對生活的認識」的藏原惟人。最大的差異有三：其一，楊逵反對意識型態至上主義的普羅文學，並指出文學的本質在於人民實際的生活經驗與情感抒發。其二，楊逵反對以階級鬥爭為普羅文學的唯一主題，認為一切社會生活皆是普羅文學的題材，不應專事描寫無產階級的生活樣態與情感經驗。其三，楊逵反對唯物辯證法的創作方法，此等創作方法只是一種機械論式的反映論，為此，楊逵主張以想像、虛構作為創作的根本，才能使文學更為寫實、也更具活力。以上即為楊逵對台灣普羅文學的反思，經由此等對普羅文學的正確探索，也才有日後提出「殖民地文學」的可能。

**關鍵詞：楊逵、藏原惟人、普羅文學（無產階級文學）、教條主義**

## 一、引言

在 2011 年的一場巫永福學術研討會上，筆者曾指出巫永福（1913-2008）的小說〈昏昏欲睡的春杏〉（眠い春杏）使用了超現實主義的技法，為台灣普羅文學（Proletarian Literature，即無產階級文學）的美學經營開創了新頁[1]。對此，會議現場大抵出現了兩類質疑聲音，其一是巫永福既非左翼作家，其作品又何以歸入普羅文學之列？其二是〈昏昏欲睡的春杏〉的題材是個人生活的寫照，而非階級的集體生活的描述，理應不符合普羅文學集體主義的要求？此二者究其根本，都直指一個最核心的問題，那便是對普羅文學的界定有所疑義，事實上，台灣普羅文學的指涉對當今學界而言向來是個模糊不清、模稜兩可的概念，至今依然莫衷一是。

嚴格來說，普羅文學必須伴隨著無產階級革命而展開，普羅文學甚至必須具備黨性，服從黨（共產黨）的領導，這是俄共（布爾什維克）的示唆，也是二〇年代以降日本與中國的普羅文學運動大行其道的理由；與此同時，普羅文學的定義也愈發嚴謹化且教條化，作品中必須含有進步的無產階級意識，已經成為普羅文學的基本要求。然而什麼是富含無產階級意識的作品呢？它不只是無產階級生活的描寫、情感的抒發，更必須為階級鬥爭甚或無產階級革命盡力。這是普羅文學被賦予的「神聖」使命。然而，此等嚴格定義下的普羅文學幾乎不存在於日治時期的台灣文壇，即便是賴和

---

1 趙勳達，〈普羅文學的美學實驗：以巫永福《昏昏欲睡的春杏》與藍紅綠《邁向紳士之道》為中心〉，收於靜宜大學台灣文學系編《巫永福文學創作國際學術研討會論文集》（台北：巫永福文化基金會，2012）324-58。

（1894-1943）、楊守愚（1905-59）、呂赫若（1914-51）、楊逵（1906-85）等人的左翼色彩鮮明的作家之作品也都不具備這種條件，唯一稱得上這種普羅文學的作品，恐怕唯有 1930 年至 1931 年間在《伍人報》等小型刊物上發表的具有革命煽動性的文學作品，才符合資格。唯因三〇年代台灣文學場域對於普羅文學的認知一向是採取廣泛定義，而非狹隘定義，正因如此，一生從未創作過具有革命煽動性之作品的賴和，才有被楊逵盛譽為「普羅文學的元老」[2]的可能。職是之故，三〇年代台灣文壇對於普羅文學的定義，顯然較之日本與中國來得寬鬆。

寬鬆的定義當然有其歷史背景。日本的普羅文學運動因 1932 年的大檢舉而導致前所未有的挫敗，進入了「轉向」時期，然而此時卻是台灣普羅文學運動方興未艾之際，於是台灣的普羅文學運動得以有暇調整方向，避免重蹈覆轍，因而讓普羅文學在保有社會性、階級性的前提之下，亦不偏廢藝術性的要求。順此裡路，本文旨在呈現楊逵對於教條主義式普羅文學的反思與修正，所具有的文學史意義。

## 二、藏原惟人的「無產階級寫實主義」理論

一九二〇年代末期，共產國際興起無產階級革命運動，並輔以文藝運動作為鼓吹的手段。在東亞，首先對共產國際的文藝主張作出回應的，是日本共產黨的文藝理論大師的藏原惟人（KURAHARA Korehito, 1902-91）。

---

2 語見楊逵，〈台灣文壇的明日旗手〉，《楊逵全集》，彭小妍主編，卷9（台南：國立文化資產保存研究中心籌備處，1998）461。本文引《楊逵全集》（1998-2001），均用此版本。

藏原惟人首先於 1928 年提出「無產階級寫實主義」的理論，主張以「無產階級的觀點」、「前衛的眼」來描寫現實，並以階級鬥爭作為主題的一種表現手段。此理論使得普羅文學的政治宣傳功能取代了原有的藝術鑑賞功能。其影響力也擴及中國、台灣各地，成為東亞當時最負盛名的普羅文學論述。其後，藏原惟人又於 1931 年主張「藝術的布爾什維克化」，亦即要求普羅文學的作者與作品都必須具備黨性，以實現日共對普羅文藝的集權控制，並達到宣傳革命的終極目的。

然而，藏原惟人的藝術主張陷於教條主義，終於導致普羅文學走進與政府當局對決的死胡同，1932 年日共遭到大逮捕，而有「轉向」風潮，藏原惟人的文藝理論亦大大受挫。至於藏原惟人的藝術理論如何逐步教條主義化，以下藉由藏原惟人對意識型態、素材主義、創作方法等主張的變化，勾勒出一個線性的發展脈絡。

## （一）「無產階級寫實主義」的內涵與發展

首先來談意識型態與普羅文學的關係。日本的普羅文學約莫誕生於一九二〇年代初期的《播種人》（《種蒔く人》）雜誌，其中，就由平林初之輔（HIRABAYASHI Hatsunosuke, 1892-1931）提出了「無產階級的解放是普羅文藝運動唯一的綱領」這等呼聲，已將文學運動的作用明確定調為階級鬥爭的一環。不過，此時的普羅文學主要是以一般勞動者的自我表現以及知識份子的人道主義關懷的產物，尚未有鮮明的政治思想[3]。等到 1924 年福本和夫（FUKUMOTO

---

[3] 栗原幸夫（KURIHARA Yukio, 1927- ），《プロレタリア文學とその時代》（《無產階級文學及其時代》東京：平凡社，1971）41-54；飛鳥井雅道

Kazuo, 1894-1983）返日，因日本共產黨的重建問題與日共領袖山川均（YAMAKAWA Hitoshi，1880-1958）展開了嚴重的思想鬥爭，最終福本主義獲得了狂熱的支持。福本主張不具備充分的無產階級意識，就不可能進行充分的階級鬥爭；反之，不進行充分的階級鬥爭，就不可能具備充分的階級意識。福本和夫顯然受到了盧卡奇（Georg Lukács, 1885-1971）的影響，尤其在階級意識的提倡方面。此外，在政治運動的組織原則上，福本和夫受到了列寧《怎麼辦》的影響，他所強調的「分離結合論」導致了左翼思想界瀰漫著一種極左的宗派分裂主義，不但導致了左翼知識份子對於盟友的思想鬥爭，也使得日本左翼思想陣營的徹底分裂。

不僅思想界如此，文學界亦然。福本主義進入普羅文學運動的契機，是青野季吉（AONO Suekichi, 1890-1961）於1926年9月發表的〈自然生長與目的意識〉一文。青野季吉指出：普羅文學運動發展至此，必須擺脫過去自然生長的狀態，而有自覺性地邁入第二個的發展階段，亦即在普羅文學作品中注入階級鬥爭的目的意識，使文學成為運動。

> 描寫無產階級的生活、謀求表現無產階級，那只是個人的滿足，不是自覺到無產階級鬥爭目的的完全的階級行為。自覺到無產階級鬥爭目的開始，才能成為為階級服務的藝術。（中略）普羅文學是自然發生、成長的。無法依據別的東西加以

---

（ASUKAI Masamichi, 1934-2000），《日本無產階級文學史論》（《日本プロレタリア文學史論》，八木書店，1982）97-111。針生一郎（HARIU Ichirō, 1925-2010）〈蘇聯文藝理論與日本無產階級文学——有關平林・青野・中野・藏原的研究〉（〈ソヴェト文芸理論と日本プロレタリア文学——平林・青野・中野・藏原をめぐって〉），《文學》47.9（1979）：211-17。

> 壓抑。再者，有了這個自然生長性，運動才接著成立，這是必然的。但是，原本是自然生長，為了達到目的意識的質的變化，就必須有股力量導引自然生長加以提升。這便是運動。這種情況，就是普羅文學運動[4]。

青野季吉主張將目的意識注入普羅文學，卻未言明該注入怎樣的「目的意識」，因此引來當時深受福本主義影響的知識份子的指摘，認為必須明確主張目的意識就是「福本主義」。為此情勢所迫，青野季吉也不得不在緊接著發表的〈再論自然生長與目的意識〉中修正，將模糊曖昧的目的意識定義為「社會主義意識的目的意識」[5]。此舉為後來大肆注入的「福本主義」鋪平了道路[6]。自此，日本普羅文學從對無產階級的人道關懷，開始轉變為馬克思主義思想的產物。此後，諸如林房雄（HAYASHI Fusao, 1903-75）在《文藝戰線》的〈社說〉表明：「社會主義藝術運動，始於作家對社會主義真正的認識、把握無產階級的政治意識之時」、「我們在具備藝術家的身分之前必須先是社會主義者。唯有如此，才能在階級戰線中扮演強力的角色。」都可以看出福本主義的思想脈絡[7]。

普羅文學的理論鬥爭或思想鬥爭，到了 1928 年藏原惟人登高一呼後，可謂定於一尊。1928 年至 1931 年間，是藏原惟人最為活

---

4 青野季吉，〈自然生長と目的意識〉（〈自然生長與目的意識〉），《現代文學論爭史》，平野 謙（HIRANO Ken, 1907-78）編，上卷，11版（東京：未來社，1969）275-76。

5 青野季吉，〈自然生長と目的意識再論〉（〈再論自然生長與目的意識〉），平野謙 279。

6 青野季吉的論述及其變化，請參見王志松，《20世紀日本馬克思主義文藝理論研究》（北京：北京大學出版社，2012）67-71。

7 以上關於福本主義的描述，請參見栗原幸夫 28-54。以及王志松 61-67。

躍的時期，其影響力也臻於巔峰，之所以如此，不外乎藏原惟人的論述掌握了三個契機。第一是 1928 年共產國際（第三國際）第六次大會上提出「資本主義第三期」理論，主張革命時機已經成熟，因而號召全世界無產階級發動階級鬥爭。第二是 1929 年 7 月，共產國際根據「資本主義第三期」理論，指示各國共產黨以「多數者獲得」作為戰術，力求無產階級服從於共產主義的領導之下，此外更需集中力道攻擊社會民主主義者，避免他們爭奪無產階級革命運動的主導權。第三是戰略的轉變。原本在 1927 年為了檢討山川主義與福本主義的激烈衝突，而由共產國際所制定的〈關於日本問題的決議〉（簡稱「二七年綱領」），明定日本革命的性質為「急速轉變為無產階級革命的資產階級民主革命」，也就是認為全面革命的時機尚未成熟，日本革命的性質尚不脫資產階級民主革命的範疇。然而到了 1931 年，由於受到共產國際強力推動無產階級革命的影響，使得日共當時訂定的〈政治綱領草案〉（簡稱「三一年綱領」），聲明日本已經是高度發達的資本主義國家，繼而將日本革命的性質訂為「廣泛包含資產階級民主主義任務的無產階級革命」，亦即正式宣布日本進入了無產階級革命的階段。這三個契機之首，無疑是「資本主義第三期」理論，原因在於它是共產國際發起全面性階級鬥爭的理論根據，也是一切革命契機的始作俑者[8]。

「資本主義第三期」理論是由共產國際領導人布哈林（Nikolai Ivanovich Bukharin, 1888-1938）在第六次代表大會上，代表共產國際起草的〈國際形勢與共產國際的任務〉提綱（簡稱〈共產國際綱領〉）中所提出的。受託起草〈共產國際綱領〉的布哈林將提綱草

---

8 針生一郎，〈ソヴェト芸術論と藏原惟人の役割〉（〈蘇聯藝術論與藏原惟人角色〉），《文學》49.3（1981）：27-28。

案交給俄共駐共產國際代表團審查，原本主張資本主義發展處於安定期的布哈林學說，遭到了以史達林（Joseph Vissarionovich Stalin, 1878-1953）為首的代表團指摘其錯誤，〈共產國際綱領〉最終體現了史達林的觀點，認為資本主義在第三期的發展呈現出即將崩潰的態勢。〈共產國際綱領〉將 1914~1928 年間劃分為三個時期，1914~1923 年是第一期，即資本主義體系發生尖銳危機和無產階級進行直接革命進攻的時期；1924~1927 年是第二期，即資本主義局部穩定和無產階級革命進入低潮的時期；1928 年開始是第三期，即資本主義總危機急劇發展的時期。簡言之，「資本主義第三期」就是新革命高潮即將到來和資本主義制度即將崩潰時期的理論[9]。

以「資本主義第三期」為首的這三個契機，成為藏原惟人宣揚教條主義式普羅文學論述的溫床，促使藏原惟人成為當時最具影響力的普羅文藝理論家[10]。首先在 1928 年 5 月，藏原惟人於納普（全日本無產者藝術聯盟）的機關誌《戰旗》創刊號上，發表了〈邁向無產階級寫實主義之道〉（〈プロレタリア・レアリズムへの道〉）一文，要求以「明確的階級觀念」、「無產階級的前衛之眼」此等「正確」而客觀的世界觀，取代作家一切主觀的觀察與想像。此文一出，使藏原惟人的聲名大噪，影響遍及東亞的左翼知識界，在中國則是

---

9 以上關於「資本主義第三期」的提出與內容，參見：鄭異凡，《布哈林論稿》（北京：中央編譯出版社，1997）360-65；黃宗良、林勛健主編，《共產黨和社會黨百年關係史》（北京：北京大學，2002）81-84；（美）科恩（Stephen F. Cohen, 1938-），《布哈林与布爾什維克革命——政治傳記（1888-1938）》（*Bukharin and the Bolshevik Revolution: A Political Biography, 1888-1938*），徐葵、倪孝銓、徐湘霞、潘世強合譯（北京：人民出版社，1982）434-38。 但是，亦有部分論者未察覺「資本主義第三期」理論乃是史達林觀點的體現，誤認為布哈林學說而加以批判，見張保和、劉水芬，〈論布哈林世界經濟理論的意義及局限性〉，《湖北社會科學》9（2009）：12-15。

10 針生一郎，〈蘇聯藝術論與藏原惟人角色〉 27-36。

將無產階級寫實主義名為「新寫實主義」，用以和過去慣用的、資產階級式的寫實主義作區隔。

藏原惟人的〈邁向無產階級寫實主義之道〉將無產階級的意識型態與普羅文學做了緊密的結合，也將意識型態的重要性與必然性推向了巔峰。然而，這種將作家的世界觀的要求與寫實主義的要求混為一談，導致依賴「觀念」進行文學創作或是以文學創作印證「觀念」的正確性，都使得普羅文學走向了不可自拔的意識型態檢驗的教條主義之中。對於意識型態的莫大推崇，是藏原惟人式教條主義的第一個層面。

其次是在素材主義方面。有感於無產階級意識型態作為普羅文學的核心價值仍不足以達到政治宣傳的目的，因而藏原惟人於1930年4月又發表了另一篇極負盛名的文章，亦即〈納普藝術家的新任務——朝向共產主義藝術的確立〉(〈ナップ芸術家の新しい任務——共產主義芸術への確立〉)，文中提出了三項要求，其一是開宗明義表明文學必須是黨的所有物，亦即文學具備黨性原則，這一點無疑是援引自列寧（V. I. Lenin, 1870-1924）名作〈黨的組織與黨的文學〉[11]（1905）的觀點。其二是納普藝術家必須以確立共產主義藝術為宗旨，讓文學作品充分表現共產主義的意識型態，藉此區隔於社會民主主義的觀念與論述。唯有做到這兩點，才能實現「藝術運動的布爾什維克化」。所謂的「藝術運動的布爾什維克化」，不

11 〈黨的組織與黨的文學〉是列寧的重要文章，在日本是於1929年才由岡澤秀虎譯為日文，當時譯為〈党の組織と党の文学〉，如今在日本則改譯為〈党の組織と党の文献〉，中國方面亦改譯為〈黨的組織與黨的出版物〉。藏原惟人在1927年就已經於文中引用列寧此文，早於岡澤秀虎的譯作，可見是直接援引自列寧原作。見王志松，《20世紀日本馬克思主義文藝理論研究》（北京：北京大學出版社，2012）188。

僅強調文學藝術運動須以俄共的旨意為依歸，更有甚者是神聖化了俄共（布爾什維克）的經驗與地位，企圖以單一價值放諸四海皆準，於是在各國因文化背景與歷史經驗的差異而形成的扞格不入也就不言可喻[12]。

藏原惟人提出的前兩點要求都在鞏固共產主義的意識型態權威，至於第三點要求便是對素材主義的重視。藏原如此寫道：「例如我們在描寫某起罷工時，對我們而言必要的是，不是單單針對罷工的外在事件做出報告。真正必要的是對外在事件的描寫中，客觀且具象地（藝術地）將這起罷工是根據什麼原則而又如何地被指導？它的指導部門與大眾有何關係？它的成功或失敗是因何而致？這場罷工在這個國家的革命運動中佔有如何的地位？等等事情描繪出來。[13]」藏原主張的普羅文學著重於革命理論的實踐、革命群眾的獲得、革命勝利的推展等，再加上取材的侷限化，因此與其說這種普羅文學是在要求作家進行藝術活動，不如說它是在要求作家針對罷工事件做出全面的總括性的論文。取材侷限化的素材主義，並未受到批判，反倒具體表現於 1930 年 6 月由無產階級作家同盟中央委員會所做出的〈關於藝術大眾化的決議〉（〈芸術大衆化に関する決議〉）中，此決議認為文學必須宣傳黨的政策，並確

---

[12] 共產國際推動布爾什維克化在世界各國所造成的扞格不入，請參見蘇品端，〈共產國際的布爾什維克化方針初探〉，《政治研究》1（1986）:24-35。管文虎，〈共產國際的「布爾什維克化」口號對中共的影響〉，《近代史研究》6（1988）:216-29。梅倩，〈共產國際各國黨在「布爾什維克化」實施中脫離實際的原因〉，《湖北大學學報（哲學社會科學版）》5（1990）：106-08。

[13] 藏原惟人，〈「ナップ」藝術家の新しい任務——共產主義藝術の確立へ〉（〈「納普」藝術家的新任務——朝向共產主義藝術的確立〉），《藏原惟人評論集・藝術論》，卷2，6版（東京：新日本出版社，1980）64。

保黨能被大眾所信賴，因而明訂了下列十點內容，作為普羅文學的題材。

1. 讓人理解前衛的活動、喚起人們注目於此的作品。
2. 暴露社會民主主義的一切本質。
3. 將無產階級英雄主義予以現實化
4. 描寫所謂大眾罷工的作品
5. 描寫大工廠內的反對派組織
6. 讓人明白農民鬥爭的事實必須與勞動者的鬥爭相結合
7. 明示農民、漁民等大眾性鬥爭的作品
8. 以馬克思主義來掌握資產階級政治・經濟過程的諸現象（例如恐慌、裁軍會議、產業合理化、金解禁、保安警察擴張、買勳事件、私鐵疑獄等），並與無產階級的鬥爭相結合的作品
9. 以反××主義戰爭為內容
10. 明示殖民地無產階級與國內無產階級之連帶關係的作品、喚起無產階級的國際連帶關係的作品[14]

於是普羅文學至此不僅成為觀念論的產物，還成為題材侷限化的一潭死水。不過，素材主義終究還是遭到了批判，不過批評者不是別人，正是藏原惟人自己。藏原惟人在 1931 年 9 月的〈關於藝術方法的感想〉（〈芸術的方法に就いての感想〉）一文中，先是大力批判〈關於藝術大眾化的決議〉所羅列的題材清單過於「抽象」，

14 〈芸術大衆化に関する決議〉，平野謙 355。

照此描寫的文學作品「也不能稍稍解決問題」。因此重點不只是「寫什麼」的問題，而是「如何寫」的問題，也就是必須將創作方法的問題加以考慮。他根據蘇聯的文藝理論指出，「題材固定化」的根源「與其說是因為作家欠缺清楚的革命觀點，不如說是在看待對象（包含人類）時，欠缺唯物辯證法的看法」，因而提出了「唯物辯證法的創作方法」作為表現的手段。藏原認為唯物辯證法就是一種科學，而且科學的真理和藝術的真理一樣在於求真，不同的是前者是概念性的，後者則是根據「現存的事實直接」再現的產物。質言之，這樣的論述以及要求「無媒介性」的創作手法，只是一種無法呈現出主體、客體之間之能動性的庸俗反映論，不但扼殺了作家的個性，也使得想像力與虛構的重要性完全被「科學」所取代、置換。

不過矛盾的是，雖然藏原惟人對素材主義的批判原是為了鬆綁題材的限定性所致，但是藏原惟人卻始終堅守主題的限定性，亦即將階級鬥爭的內容視為唯一主題一事，未有讓步的跡象。這其間的矛盾將於下文再述，此處略過不表。

從強調意識型態到重視素材主義，最後到標舉唯物辯證法的創作方法，於是觀念（馬克思主義・共產主義）、主題（階級鬥爭）、創作方法（唯物辯證法）的三位一體，使得藏原惟人的「無產階級寫實主義」的普羅文學論於焉完成，同時，日本文學史上最狹隘、最具排他性、亦是最具教條主義的普羅文學論宣告成形。

## （二）藏原惟人的矛盾與錯誤

上述藏原惟人所提出的「無產階級寫實主義」、「藝術運動的布爾什維克化」、「唯物辯證法的創作方法」等，無一不是當時俄國最大的文藝組織「拉普」（俄羅斯無產階級作家聯合會）所提出的口號。藏原惟人的論述不過是拾人牙慧、亦步亦趨的結果，也因此走入極左偏鋒的俄國文藝思想，也藉由藏原惟人的中介，被介紹到東亞地區，繼而形成了莫大的影響。

因此若要討論藏原惟人的理論缺失，實則無異於檢討拉普的錯誤。關於拉普在文藝理論上的錯誤，約有以下四點：其一，他們把藝術方法和哲學方法混為一談，無視藝術反映世界、認識世界的特殊性；其二，他們把藝術方法和作家世界觀等同起來。而他們所說的世界觀，又主要是指作家的理論觀點，實際上是把方法歸入了純思辯範疇，從而得出的邏輯結論是：通向藝術的唯一途徑就是掌握馬克思哲學；其三，他們把所以浪漫主義都宣布為唯心主義，從而排斥包括浪漫主義在內的一切浪漫主義；其四，他們認為「唯物辯證法的創作方法」是只有無產階級作家（即只有「拉普」的作家）才能掌握的藝術方法。從而使藝術方法也塗上了一層宗派主義的色彩[15]。

提到「拉普」在文藝論述上的宗派主義與教條主義，則不能不提「拉普」的前身「十月」與沃隆斯基（Alexander Voronsky, 1884-1937）的論戰。「十月」為一無產階級文學團體，成立於 1922 年底，隨後以《在崗位上》（1923-25）為其機關誌，因此又被稱為「崗位派」，如今的文學史家亦多如是稱之。「十月」雖是文藝團體，但成員悉為共產黨員或共青團員，無疑是個十足的共產黨員組織。至於崗位派的文藝論述，在《在崗位上》的〈宣言〉即表露無遺：「我們將堅持不懈地站在崗位上捍衛無產階級文學的明確而又堅

15 李輝凡，〈「拉普」初探〉，收於中國社會科學院外國文學研究所蘇聯文學研究室編，《蘇聯文學史論文集》（北京：外語教學與研究出版社，1982）57。

定的共產主義思想意識。」於此就已將文學與哲學混為一談。而後崗位派的領導人列列維奇又言：「文學是階級鬥爭的產物。」便完全將文學視為政治的附屬品[16]。

值此論述正盛之時，1920 年代著名的藝術理論家沃隆斯基則提出不同的看法。沃隆斯基認為「藝術是對生活的認識」，必須面向現實並提供客觀真理，但是藝術絕非消極的、照相式的複製。一真正的藝術家能夠看到大量的現象，而只選擇其中真正有認識價值的東西，亦即一個真正的藝術家不去聽也不去看生活中不重要的和表面的現象，他必須將注意力集中於被忽視的現象，並於作品中創造出「精煉的」生活，如此將「比最真實的現實更接近真實」，於是藝術作品是以其想像之清新給人以驚異的啟示。

崗位派與沃隆斯基之間最大的差異，在於前者認為文學是「對生活的組織」，認為文學應負起組織階級情感、心裡、生活經驗以及意識型態的任務，組織生活便使得文學為政治服務，成為煽動、宣傳的手段。而後者則認為文學是「對生活的認識」，傾向支持文學的藝術價值，對沃隆斯基而言，崗位派的藝術觀「整個滲透著狹隘的階級意識和狹隘的功利主義的主觀主義」，只以意圖、目標與階級立場取代了藝術本應有的內容與客觀的認識價值。

「對生活的組織」與「對生活的認識」向來是無產階級文學中兩個相互衝突的課題。自從俄國於 1917 年「十月革命」成功、實現了無產階級專政之後，對於無產階級文化的需求也就大大提升，此時「無產階級文化協會」此一組織也因運而生，以建設無產階級

16 （美）赫爾曼・葉爾莫拉耶夫（Herman Ermolaev）〈「拉普」——從興起到解散〉（相當於*Soviet Literary Theory, 1917-1934*第2-5章），張秋華譯，《「拉普」資料匯編》，張秋華編，上冊（北京：中國社會科學出版社，1981）325-26。

文化為己任堂堂地跨出了第一步。此協會的路線受領導人波格丹諾夫（A. A. Bagdanov, 1873-1928）的影響甚深，從此協會的決議便可看出端倪。

> 藝術通過活生生的形象的手段，不僅在認識領域，而且也在情感和志向的領域組織社會經驗。因此，它乃是階級社會中組織集體力量——階級力量的最強有力的工具[17]。

由此決議可見，波格丹諾夫與無產階級文化派認為「對生活的認識」雖然是文學的根本課題，但「對生活的組織」的職能顯然更甚、更高於前者。這種完全受到思想意識所主宰的藝術思維，而後亦為崗位派所吸收、承繼，並進而演繹文學為階級鬥爭的產物。

沃隆斯基與崗位派的爭執，最後由俄共介入並做成對沃隆斯基不利的決議，而使得崗位派佔盡上風。其後，沃隆斯基參加了托洛茨基（L. D. Trotsky, 1879-1940）反對派，1927 年被放逐，1930 年返回莫斯科，不久被捕，最終死於獄中。被清算的沃隆斯基等人，在當時被俄共視為共產主義的叛徒，他所主張的藝術理論也就同樣被視為異端邪說了[18]。然而，沃隆斯基的文學論述並不孤獨，隨著時間過去，歷史學家們開始檢討「拉普」的功過，而當時與「拉普」在美學主張上始終水火不容的沃隆斯基，其名聲也漸次獲得平反。

---

17 〈無產階級與藝術：在無產階級文化教育組織第一次全俄會議上，根據波格丹諾夫的建議做出的決議（一九一八年九月二十日）〉，《無產階級文化派資料選編》，白嗣宏編選（北京：中國社會科學出版社，1983）1。

18 以上關於「崗位派」與沃隆斯基的論戰始末與論述內容，參見葉爾莫拉耶夫　323-83。

接著將焦點拉回 1928 年的藏原惟人身上。在藏原惟人發表〈邁向無產階級寫實主義之道〉(プロレタリア・レアリズムへの道)的前一個月，他便已慷慨激昂地發表了另一篇文章〈作為生活組織的藝術與無產階級〉(〈生活組織としての芸術と無產階級〉)，此文可說對〈邁向無產階級寫實主義之道〉做了奠基的工作。文中反對沃隆斯基的「藝術對生活的認識」的觀點，大力主張「藝術是將感情和思想加以『社會化』的手段，同時藉此組織生活」，充分強調了藝術的煽動、宣傳的機能，文末便順理成章地提倡「無產階級寫實主義」[19]。於是接著在〈邁向無產階級寫實主義之道〉一文，藏原惟人便以專文倡議「無產階級寫實主義」，要求作家以無產階級「前衛的眼」來觀看世界，並進行「正確的描寫」。就此，已有論者指出：藏原惟人忽視了真實性與正確性這兩個概念的差別。真實是從反映論出發對寫實主義藝術提出的要求，正確則是依據某種抽象的概念對作家世界觀的判斷。因此，要求「正確的描寫」也就與寫實主義的客觀態度大相逕庭了[20]。

不僅如此，藏原惟人的「無產階級寫實主義」論述還有兩個自相矛盾之處。首先是主題的限定性與題材的不限定。前述藏原惟人對素材主義的批判起因於對題材侷限的不滿，因而要求作家對題材不加限定以便包容「現代社會的一切方面」，這原是對的。但別忘了「無產階級寫實主義」有個大前提，那便是階級鬥爭，也就是在這個大前提、大主題之下，內容早已受限，固然無法包容「現代社

---

[19] 參見山下嘉男，〈蔵原惟人の創作方法論：その理論の付着的增殖性〉(〈藏原惟人的創作方法論：理論的探索與深化〉)，《近代文学試論》5(1968)：15。針生一郎，〈蘇聯文藝理論與日本無產階級文学〉 216；針生一郎，〈蘇聯藝術論與藏原惟人角色〉 29。

[20] 艾曉明，《中國左翼文學思想探源》(北京：北京大學出版社，2007)111-12。

會的一切方面」，此乃矛盾之一。其次，藏原倡議「無產階級寫實主義」之時，正是日本普羅文學方興、充斥著初期創作的缺陷之時，藏原惟人要求知識份子拋棄自己的主觀，以無產階級觀點為師，此乃其理論主張中最具價值之處，從中可見「文學是對生活的認識」之概念。然而，要求作家拋棄個人的主觀、繼承客觀寫實的態度，卻又同時要求作家以明確的階級立場觀點，「正確的描寫」，也就使得文學必然淪為觀念的對應物。由此可見藏原惟人受到崗位派藝術觀的主觀主義因素影響，卻欲克服創作活動時的主觀論，糾正創作上的公式化概念化傾向，這種糾正首先在理論上就遇上了困難，也使得有所突破的新見解不由自主地導向原來的舊結論，亦即直指「文學是對生活的組織」之概念[21]。

藏原惟人對崗位派、拉普的論述主張亦步亦趨，使得「無產階級寫實主義」最終淪為階級鬥爭的理論根據。與此相反，在台灣普羅文學的發展中始終標舉反教條主義旗幟的楊逵，論述主旨卻是相當近似於沃隆斯基，特別是「藝術是對生活的認識」的相關論點可謂若合符節，值得一探。

## 三、楊逵對意識型態至上主義的反思

前已述及，藏原惟人的文藝理論乃是「資本主義第三期」的政治正確的時空背景下的產物。基於對革命時機業已成熟的堅定信念，藏原惟人給予了普羅文學宣傳鼓動的政治意義，因而也大大降低了普羅文學的美學價值。

21 艾曉明　112-13。

「資本主義第三期」不只在日本造成極大的迴響，在台灣亦是，甚至連原本被視為孫文主義的信徒的蔣渭水（1891-1931）也受到啟發，轉而採取激烈的革命手段[22]。而在左翼陣營，「資本主義第三期」的影響更為深遠。1928 年由日本共產黨扶植而在上海秘密成立的台灣共產黨（簡稱台共），理所當然地吸收了「資本主義第三期」的革命論述。台共黨人在當時雖然無法在檯面上活動，卻秘密回台滲入了台灣文化協會與台灣農民組合等左翼合法組織的領導階層。而後更透過對「左翼社會民主主義者」的鬥爭，開除了一批左翼知識份子，這些人正是楊逵及連溫卿（1894-1957）等人。而他們被開除的理由之一，便是否定「資本主義第三期」理論[23]。

也就是說，否定了「資本主義第三期」的楊逵，不但不認同革命時機業已成熟的說辭，在思想上也不盲從於共產國際的教條主義。順此邏輯而下，楊逵在普羅文學論述上發展出與藏原惟人不同的路線，在思想探源上也就有跡可循了。

楊逵的處女作雖作於 1927 年，但他在台灣文壇的登場卻是遲至 1932 年的事，那時他將〈送報伕〉前半部刊載於《台灣新民報》上（後半部遭禁），可說為台灣普羅文學的創作帶入了新的紀元。在此之前，在 1930、31 年間所盛行的普羅文學作品受到共產國際的號召，乃是作為無產階級革命而生的政治宣傳品而存在，諸如

---

22 趙勳達，〈蔣渭水的左傾之道（1930-1931）：論共產國際「資本主義第三期」理論對蔣渭水的啟發〉，第二屆蔣渭水學術研討會，台灣研究基金會主辦，2010年10月17日。

23 趙勳達，〈「文藝大眾化」的三線糾葛：一九三〇年代台灣左、右翼知識份子與新傳統主義者的文化思維及其角力〉，博士論文，成功大學，2009，96-97。

1930年6月由台共黨員王萬得（？-1985）創刊的《伍人報》「計畫透過文藝雜誌的刊行，來進行宣傳煽動，以擴大黨的影響力」。同年8月亦由台共黨員楊克培等人創刊的《台灣戰線》也是明白宣示「欲以普羅文藝來謀求勞苦群眾的利益」，使《台灣戰線》「成為台灣解放運動上著先鞭的唯一的文戰機關及指南針」作為創刊宗旨。其後又有為了「把文藝奪回無產階級的手中，使其成為大眾的所有物，以促進文藝革命」[24]而發刊的《台灣戰線》（1930.8），還有為了「提高無力的無產大眾的意識，促進造就大眾的藝術」[25]而發刊的《洪水報》（1930.8）等刊物相繼問世，都為鼓動無產階級意識而努力。這樣的普羅文學，在日本稱此作品為「進軍號主義」文學，於是文學淪為行軍時吹奏的喇叭，淪為鼓舞士氣的工具，茲舉詩作一例作為說明。

> 雁鳥啊、雁鳥啊！　／　你們排飛齊整；／　隊伍堂堂、／高飛在半空中、／俯瞰世界的全景。／／雁鳥啊、雁鳥啊！／強鷹在你們左旁／猛鷲在你們的右邊／虎視眈眈！不奈你何！／隊伍堂堂！不妨你們的前進。／／雁鳥啊、雁鳥啊！／你們這樣的快樂、／這樣的自由、／都是聯合隊伍齊整的好處、／聯合啊！…………聯合。（〈空中群雁〉，《洪水報》創刊號，1930.8.21）

---

[24] 林書揚等編，《台灣社會運動史（1913-1936）王乃信譯，冊1，文化運動（台北：海峽學術出版社，2006）404。

[25] 本社同人，〈說幾句老婆子話（代為創刊詞）〉，《洪水報》創刊號，1930年8月21日，1。

顯而易見，這首詩用雁鳥齊飛的行伍象徵無產階級團結一致的陣列，意在歌誦《共產黨宣言》所揭示的「全世界無產者，聯合起來」的集體主義精神。然而，此間所透露的主觀主義的偏狹觀點，也是無庸置疑。詩中多次出現「隊伍堂堂」、「隊伍齊整」之語雖然壯盛有餘，但是何以隊伍堂堂的弱者就能抵禦虎視眈眈的強敵環伺，卻只是作者個人主觀意識與意願的表達，只是馬克思主義哲學的生硬挪用，而不是真實生活的反映，更全然不具無產階級的情感與經驗。這樣的文學，只能是「標語口號式的」（毛澤東語），無法再具更高的藝術價值。由於目前台灣文學史對於如何指涉此時此刻的普羅文學尚無定名，因此本文且以「標語口號式的普羅文學」名之。

此等「標語口號式」的普羅文學隨即遭到右翼知識份子葉榮鐘（1900-78）的惡評。1932 年葉榮鐘提出了「第三文學論」，同時批判了貴族文學與普羅文學，主張建立兩者之外的「第三文學」，此等論述也被視為是右翼的民族文學路線。葉榮鐘首先質疑「自『普羅文學』的議論發生以來，我們台灣曾否有過真正的『普羅文學』麼？這是很疑問的」、「排些列寧馬克思的空架子，抄些經濟恐慌資本主義第三期的新名詞也是『普羅文學』麼？」這是〈第三文學提唱〉對普羅文學批判最烈的一段話。雖然如此，葉榮鐘所批判的對象並不是作為普羅文學的階級立場的基本精神，而是淪為政治文宣品的普羅文學[26]。一直以來，葉榮鐘都因這等論述而被視為普羅文學的反對者，但事實上葉榮鐘的說法並非無的放矢，甚至與許多非教條主義的左翼知識份子的見解相呼應。

---

[26] 葉榮鐘的論點請參見趙勳達，《狂飆時刻——日治時代台灣新文學的高峰期（1930～1937）》（台南：台灣文學館，2011）122-28。

首先是魯迅（周樟壽，1881-1936），他曾於 1930 年批判中國的「標語口號式」的普羅文學：「誠然，前年以來，中國確曾有許多詩歌小說，填進口號和標語去，自以為就是無產文學。但那是因為內容和形式，都沒有無產氣，不用口號和標語，便無從表現其『新興』的緣故，實際上也並非無產文學。[27]」這樣的論調都在批判「標語口號式」普羅文學非但不具無產階級的情緒，更不具文學的價值。眾所皆知，魯迅是俄國文藝思想的翻譯名家，然而魯迅所看中的是普列漢諾夫（G.V. Plekhanov, 1856-1918）與盧那察爾斯基（A.V. Lunacharsky, 1875-1933）等大家的思想，而非「拉普」等偏激之輩。因此當 1928 年起由太陽社與創造社引進藏原惟人的「無產階級寫實主義」（當時中國稱為「新寫實主義」）之後，魯迅向來堅守普羅文學的文學性立場而加以反對，於是也就遭到了太陽社與創造社的排擠、攻訐。

魯迅代表了非教條化的左翼聲音，這種美學主張終於在 1942 年毛澤東（1893-1976）〈在延安文藝座談會上的講話〉中獲得追認。「標語口號」式的普羅文學之所以盛行，已有中國史家指出主要是因為作家的生活體驗以及藝術表現能力的缺乏所致[28]。而在 1935 年提倡「真實的寫實主義」的楊逵，也是對於這種教條化、公式化的文學形式，則是表現出無法接受的態度。

> 迎向進步之路便是孜孜不倦地追求真理之途。馬克斯已經親切地教導我們這種追求真理的方法。不，說得更完整正確一

[27] 魯迅，〈「硬譯」與「文學的階級性」〉，《二心集》，《魯迅全集》，卷4（北京：人民文學出版社，1981）206。

[28] 王瑤（1914-89），〈《在延安文藝座談會上的講話》在現代文學史上的歷史意義〉，《中國文學：古代與現代》（北京：北京大學，2008）61。

> 點，應該說是這個世界的日常運作在教導我們。如果我們不是只止於表面觀察的話，我們經常可以從報紙、雜誌以及和我們有密切關聯的日常生活中得到新鮮的教材。當然，對於追求真理者而言，馬克斯的著作是非常有價值的教科書。但是這本教科書對於脫離實際社會者來說，大概只有類似《聖經》、佛典般的效用。大森氏描寫過那種飲酒作樂後才回家讀幾頁資本論的人，對那種人而言，馬克思的存在是他們一生都無法理解的吧。如果像宗教一樣，只要信它就好，那就另當別論。有一句話說：「讀《論語》卻不懂《論語》」。這種人大概也是「讀馬克斯卻不懂馬克斯」吧[29]。

對楊逵來說，馬克思主義是教科書，是作家之世界觀養成的寶典，然而馬克思主義卻不能替代作家對於現實社會的體驗與觀察。楊逵所發出的警語，正是針對教條化的普羅文學作家所缺乏的生活體驗而來。另一方面，「標語口號」式的普羅文學肇因於作家藝術表現能力的欠缺，所以不得不以意識型態加以武裝，以填補藝術性的空白。關於這一點，楊逵指出：

> 抬出馬克斯的剩餘價值論，描寫馬克思少年們高談闊論的場面，大眾當然會離去。可是如果描寫的是正在工廠上演的事實，例如再怎麼工作都吃不飽而且常常遭到種種慘劇的勞工；以及乘坐自用轎車到處跑，整天耗在茶室，而且不斷累積數萬、數十萬貫金錢的資本家，勞工就一定不會離去，而

[29] 楊逵，〈新文學管見〉，《楊逵全集》，卷9，320-21。原載《台灣新聞》，1935年7月29日至8月14日，

且能夠漸漸瞭解馬克斯思想。對了解勞工生活的人來說，這絕不是他人所說的單調乏味，也不是取材範圍狹隘[30]。

作家的生活體驗與藝術表現能力是普羅文學成功與否的關鍵。可惜的是，在三〇年代台灣普羅文學方興未艾之際，在生活體驗與藝術表現能力雙重欠缺的情形之下，走向了教條化、公式化的窄路。

楊逵另有一文名為〈文藝批評的基準〉(1935)，不知是無心抑或有意，此文篇名極似藏原惟人的〈馬克思主義文藝批評的基準〉(〈マルクス主義文芸批評の基準〉，1927)，所以值得一觀。〈馬克思主義文藝批評的基準〉規定文藝批評的任務有二，應先分析作品所反映的意識型態，而後評價作品的藝術價值[31]。亦即要求意識型態的檢驗置於藝術價值之上，這個要求表面是針對批評家，事實上將之視為對作家的創作要求，亦不為過。然而在楊逵〈文藝批評的基準〉卻提出了與藏原惟人截然不同的兩個面向，其一是「評定作品的好壞，在於讀者大眾的反響」，此乃重申了〈藝術是大眾的〉就已表明的「真正鑑賞藝術的是大眾」的立場，其二則是寫實主義文學「並不是一成不變按事實來寫」。關於第一個面向，楊逵主張作品並非為了批評家而存在，而是「同情自己立場的社會階層為主」，為了讀者大眾而存在。也就是說，楊逵主張以讀者反應作為檢驗文學藝術成就的標準，就與藏原惟人主張以馬克思主義作為檢驗標準大相逕庭。須知大眾是不懂馬克思主義的。必須指出，楊逵不但在標題迴避了馬克思主義一詞，內文更是通篇未曾提及馬克思

30 楊逵，〈摒棄高級的藝術觀〉，《楊逵全集》，卷9，176。
31 針生一郎，〈蘇聯文藝理論與日本無產階級文学〉 216。

主義與共產主義等字眼，若非是刻意與藏原惟人的論述做區隔，也可視為他捨棄了過去將馬克思主義・共產主義的意識型態掛帥的文學理論，試圖為普羅文學尋找出路的意圖。這條出路是能被普羅大眾所接受的文學作品，而非知識份子閉門造車的象牙塔，更非意識型態至上主義的文學。

除此之外，楊逵提出的另一條出路就更有意思了，「並不是一成不變按事實來寫」的寫實主義文學美學思想顯然是對「唯物辯證法的創作方法」的反動，這一點恰恰似近於沃隆斯基的想法，且留待下文再述。

## 四、楊逵對階級鬥爭主題的反思

藏原惟人主張藝術是對生活的組織，因此鼓勵作家以意識型態「組織」無產階級的情感，並以階級鬥爭作為主題，期待普羅文學成為階級革命的「齒輪與螺絲釘」（列寧語）。於是，「組織生活論」已經將文學視為推動歷史前進的動力，成為階級鬥爭的代名詞。對此，楊逵則呈現出更接近沃隆斯基主張的「藝術是對生活的認識」的概念。楊逵曾言：

> 無論多高深的思想，只要符合科精神，就和大眾的生活密不可分。因此，如果說這種思想用簡單明瞭的方式來表現（亦即用生活來表現）大眾就會離去，這種說法是騙人的[32]。

[32] 楊逵，〈摒棄高級的藝術觀〉，《楊逵全集》，卷9，176。

楊逵認為，真正讓大眾感興趣的絕非馬克思主義哲學，亦非階級鬥爭的意識型態，而是活生生的生活寫照。只有對生活的真實描寫，才得以實現「文藝大眾化」。對此，楊逵在〈台灣文壇近況〉進一步指出：「我認為，是台灣居民困窘的社會生活，造就了台灣新文學的這種趨勢。讀文學的人、創作文學的人，都是從生活中出發。[33]」又指出：「在台灣，有志從事文學工作的大多數青年，與其說是以文學為生活的重心，倒不如說是把文學當成表現生活的手段。[34]」在此，不難發現「表現生活」成為楊逵一再發言的論旨，而「表現生活」亦正是「認識生活」的同義詞。楊逵強調文學應該從現實生活出發，從困窘的生活經驗所給予的體會與暗示，才造就出文學；而非主觀思想先行，套用理論與意識型態，將文學視為階級鬥爭的工具。有了這等認識，楊逵自然就不會將文學主題僅僅侷限於階級鬥爭了。且看楊逵在〈藝術是大眾的〉中的說明：

> 從歷史的使命來看，普羅文學本來就應該以勞動者、農民、小市民作為讀者而寫。當然，應該寫的重點是勞動者、農民的生活，但也不必受限於此，應該從勞動者的立場與世界觀，積極地書寫知識份子、中產階級、資產階級等敵人及其同路人的生活。這種世界觀不是概念式的，而是充分地消化後，具體書寫於作品當中，這才是真正值得留名時代的先驅之作，打動我們心弦，使我們熱血沸騰，為我們提示正確的道路[35]。

[33] 楊逵，〈台灣文壇近況〉，《楊逵全集》，卷9，411。
[34] 楊逵，〈台灣文壇近況〉 413。
[35] 楊逵，〈藝術是大眾的〉，《楊逵全集》，卷9，138。

此處說法之重點有三，其一是重申「認識生活論」的重要性。從「應該寫的重點是勞動者、農民的生活」到「這種世界觀不是概念式的」，都可以發現「認識生活」的主張，藉此排拒的意識型態至上主義。其二，楊逵並不完全否定「組織生活論」的價值，否則何來「為我們提示正確的道路」之說。楊逵反對的是專事階級鬥爭、意識型態至上的「組織生活論」，至於以馬克思主義的哲學觀點來洞察社會的脈動，磨練作家的觀察、感受能力，則並不為楊逵所排斥。所以更精確地說，楊逵認為在實際創作時，「認識生活」必須更甚於「組織生活」，亦即藝術性必須甚於政治性。有了對寫實主義文學的正確認識之後，楊逵開啟了第三個重點，那便是普羅文學主題的擴大。猶記得藏原惟人雖然強調文學必須包含「現代社會的一切方面」，然而囿於階級鬥爭主題的侷限，終究事與願違。此時的楊逵注重的並非革命與鬥爭，而是生活的真實表現，因而使得文學的主題得以收放自如，避免畫地自限。於是，除了無產階級之外，知識份子、中產階級、資產階級的生活百態盡皆成為普羅文學的題材，這樣的普羅文學，即使不能完全表現「現代社會的一切方面」，也勢必更加接近這個理想狀態。

當然，理論終究是理論，要能討論楊逵對階級鬥爭主題的突破，莫過於實例舉證，而最佳的例子便是楊逵對於藍紅綠（本名陳春麟，1911-2004）〈邁向紳士之道〉（〈紳士への道〉）的相關見解。〈邁向紳士之道〉約莫於 1934 年底至 1935 年初投稿至《台灣文藝》，時任《台灣文藝》日文編輯的楊逵主張刊載，但總編輯的張星建（1905-1949）卻持反對意見，致使〈邁向紳士之道〉刊載不成。這次的刊載事件突顯出《台灣文藝》責任分工不明，更重要的是兩種美學思想的衝突，楊逵主張為無產階級發聲的普羅文學，而張星建等人主張的是為全體台灣人而書寫的平民文學，其間最大的差異在於階級性的有無。這些因素與衝突，導致了楊逵出走，另行創辦《台灣新文學》。1936 年，《台灣新文學》刊載了始終不見天日的〈邁向紳士之道〉，此舉雖然引來《台灣文藝》的罵聲，但是〈邁向紳士之道〉的成就卻博得文壇人士一致的好評，自此，《台灣文藝》主事者的審稿眼光遭到極大的質疑，反觀楊逵則是獲得了推崇，此等形勢的逆轉也就導致了《台灣文藝》的江河日下[36]。

〈邁向紳士之道〉的內容描述想要成為紳士的主人公「他」雖握有巨額資產，卻不思滿足，成日幻想著以錢滾錢致富，以躋身紳士之林。然而，有此春秋大夢的他卻不思工作，反倒仰賴妻子從事勞動賺取家用。甚至對於妻子的任勞任怨，他不但不稍稍感激，反而發出了「女人這種動物，尤其是像這個傢伙這樣的女人，把她看做牛就好了」[37]的論調，完全將妻子及其所象徵的家庭關係都視為致富的生產工具／生產關係。小說運用了獨特的諷刺手法突顯了「他」在性格上的缺陷以及行為上的卑劣，不同於當時台灣一般普羅小說慣於訴說無產階級的忿慢、悲情與絕望，〈邁向紳士之道〉則是對資產階級與整個社會脫節的鬧劇，與以嘲諷，並以「一笑置之」發揮出最大的批判力道。因此當〈邁向紳士之道〉以諷刺小說之姿初登台灣文壇，確實為文壇帶來許多驚喜，並獲得「〈邁向紳

[36] 藍紅綠〈邁向紳士之道〉的刊載爭議，請參見趙勳達，《《台灣新文學》（1935-1937）定位及其抵殖民精神研究》（台南：台南市立圖書館，2006）55-70。至於〈邁向紳士之道〉的藝術成就，則請見趙勳達，〈普羅文學的美學實驗：以巫永福〈昏昏欲睡的春杏〉與藍紅綠〈邁向紳士之道〉為中心〉 324-58。

[37] 陳春麟，《前輩作家藍紅綠作品集》（南投：南投縣文化局，2001）135。

士之道〉作為諷刺文學，是台灣迄今絕無僅有的卓越作品」[38]的盛譽。

再由題材而言，〈邁向紳士之道〉選擇反映小資產階級知識份子的個人主義的生存心態及其卑劣性格，而非無產階級的生活經驗，顯然迥異於藏原惟人「無產階級寫實主義」所制定的普羅文學的主題限定。然而，對楊逵而言，這一點全然無損於〈邁向紳士之道〉作為普羅文學的資格，畢竟楊逵所設定的普羅文學不只是專事描寫無產階級，更非專是描寫階級鬥爭，而是能包含「現代社會的一切方面」的文學，自此，〈邁向紳士之道〉可謂替楊逵論述下了最好的注解，也無怪乎楊逵如此看重此作了。

## 五、楊逵對唯物辯證法的創作方法的反思

### （一）對唯物辯證法的反思

藏原惟人主張的「唯物辯證法的創作方法」，強調對外在世界絕對客觀描寫的寫實主義，卻排除了作家作為中介的作用，使得此等機械論式的反映論，只是一種庸俗化的馬克思主義文藝理論。沿襲自崗位派‧拉普的這套思維，在 1924 年間便為沃隆斯基所批評，沃隆斯基主張作品不能如照相機般複製，而是必須去蕪存菁，才能創作出「比最真實的現實更接近真實」的生活。由於沃隆斯基後來被俄共打為托洛茨基一派，視為叛徒，因此他的文藝理論在死前亦

---

[38] 茉莉，〈台灣新文學六月號の作品について〉（〈關於《台灣新文學》六月號的作品〉），《台灣新文學》1.6（1936）：63。

沒有獲得平反。但是，我們卻能從高爾基在 1928 年發表的觀點，發現高爾基與沃隆斯基在文藝理論上的相似點。

高爾基（Maxim Gorky, 1868-1936）被喻為二十世紀初期最偉大的普羅文學家，當 1923 年至 1925 年間沃隆斯基與崗位派論爭正熾之時，高爾基因病在國外修養，沒有參與其中。直到 1928 年高爾基發表〈談談我怎樣學習寫作〉一文，才對文藝理論有了完整的論述。1928 年是拉普在俄國文壇獨領風騷之時，然而關於如何寫作，高爾基卻給了一個截然不同於「唯物辯證法的創作方法」的思考：「無論是科學還是文學，其中起主要作用的是觀察、比較、研究；藝術家也同科學家一樣，必須具有想像和推測——『洞察力』。[39]」高爾基與「唯物辯證法的創作方法」同樣將科學與文學相提並論，然而不同於「唯物辯證法的創作方法」注重的是客觀反映的「觀察力」，高爾基更注重的是看穿表面現象、綜觀全局的「洞察力」，唯有如此，才能創造出「典型」。高爾基如是說：

> 假如一個作家能從二十個到五十個，以至從百個小店鋪老闆、官吏、工人中每個人的身上，把他們最有代表性的階級特點、習慣、嗜好、姿勢、信仰和談吐等等抽取出來，再把它們綜合在一個小店鋪老闆、官吏、工人的身上，那麼這個作家就能用這手法創造出「典型」來——而這才是藝術。觀察的廣博，生活經驗的豐富，時常可以用一種能克服藝術家對於事實的個人態度及主觀主義的力量把他武裝起來[40]。

---

[39] 高爾基，〈談談我怎麼學習寫作〉，戈寶權（1913-2000）譯，《高爾基小說論文集》（北京：北京出版社，1991）159-60。

[40] 高爾基，〈談談我怎麼學習寫作〉 161。

高爾基所謂的「抽取出來」的典型，與沃隆斯基所謂的「精煉」的生活並無二致，都是要求作家發揮洞察力而非僅僅是觀察力，如此才能創作「比最真實的現實更接近真實」的作品。1932 年，時值拉普遭到俄共解散之際，高爾基再度指出：「我們認為有才能的文學家，就是那些具有著優越的觀察力、比較力、和選擇最特徵的階級的特點，並把這些特點包括－想像－在一個人身上的能力的人；這樣就創造出了文學的形象和社會的典型。想像－這是創造形象的文藝技術中最本質的一個手法。[41]」將想像視為最本質的創作方法，可以看出高爾基與拉普劃清界線的再次表述，同時也可以看出高爾基始終如一的論述立場。

回過頭來看看楊逵，可以發現他與沃隆斯基、高爾基在文藝理論上的所見略同。他在 1935 年提倡「真實的寫實主義」時便指出，用科學的方法觀察現實，理論上固然可以讓讀者感受真實、引起共鳴，但是科學不等於創作方法，一旦進入了創作的過程，便暴露了科學判斷能力的薄弱，使得作品裡的人物死氣沉沉，事件與場景給人虛構的感覺。為此，楊逵以為寫實文學並非機械論式的反映論，而是要有自己的一套「虛假的手法」。

> 所謂小說，本來目的是賦予某個主題生命，以幾個事件和各形各色的人物來組成，並不是一成不變按事實來寫。因此寫小說時，需要作者的想像力、關於現實社會的廣泛知識、以及不同個性人物的心理變化的知識。說難聽一點，就是需要

[41] 高爾基，〈論文學的技術〉，戈寶權　217。

說謊的天才[42]。

「說謊的天才」一說在台灣並非楊逵所獨有的想法，在楊逵之前，郭秋生（1904-1980）就已經提出「勿論文藝作品的創造同時假構，可是假構而不終於假構其處，方才有需作者的創作技術」，「一篇作品，有一箇主題，為使主題的活現而迫真的必要上，作者盡可憑他的構想力創造出洽切的表現材料來」[43]這都是對寫實文學的正確認識。然而，要使作品「活現而迫真」，靠的是高爾基所謂的觀察的廣博以及生活經驗的豐富，如此才能使「虛構」塑造出典型，否則，就墮入了「標語口號式」普羅文學那般僅著重於知識份子個人感受與主觀主義的境地。

## （二）對唯物論的反思

想像與虛構的重要性，貫串了沃隆斯基、高爾基、楊逵等人的文藝理論，甚至可視為最本質的創作方法。然而對藏原惟人而言，想像等同於唯心論，他所主張的唯物辯證法所規範的不只是對於外在客觀事實的一成不變的描寫，它同時也排斥了對於主觀感性的心智活動與意識伏流的探索，這一切對於心理描寫的嘗試，都被拉普‧藏原惟人一系視為唯心論而加以摒斥，就連對於革命懷有高度熱情的「革命浪漫主義」亦是。由於將哲學（觀念論）與創作方法

[42] 楊逵，〈文藝批評的標準〉，《楊逵全集》，卷9，168。
[43] 郭秋生，〈解消發生期的觀念、行動的本格化建設化〉，《先發部隊》，1934年7月15日，29。

（寫實主義）混為一談，就使得「無產階級寫實主義」在創作方法上展現了極度貧乏的格局，扼殺了作家的才具。

有鑑於此，楊逵在 1935 年提倡「真實的寫實主義」時，便借用了當時在日本被提出的兩個文藝思潮：行動主義與浪漫主義，試圖撥亂反正。雖然行動主義[44]的積極性遭到了部分左翼知識份子的質疑，楊逵卻是認為「主張行動主義或文學的積極性是好的傾向。（中略）藝術原本應該是主動性的，但是在反映社會現實的時候，顯然失去了它的活力和方向感。[45]」因此行動主義成為楊逵擺脫教條主義的普羅文學的一個手段，「非難所有行動主義的人，就像過去以教條主義的普羅文學去批判所有的普羅文學一樣，自己陷入泥潭而不自覺，只因為有人站在泥潭的附近，就幸災樂禍地認為人家已經掉進泥潭中了。[46]」

除了行動主義之外，另一個讓楊逵注目的是浪漫主義[47]。日本浪漫派的崛起在於表現人對於「近代」的不安與絕望，因此它也提出「一舉打倒馬克思主義，也打倒美國主義」的主張，是故遭到左翼人士的反感也就可想而知。但楊逵卻不做此想。楊逵認為浪漫主

---

[44] 日本三〇年代的行動主義，主要由舟橋聖一（FUNABASHI Seiichi, 1904-76）、阿部知二（ABE Tomoji, 1903-73）創辦的《行動》（1930.10）雜誌所提倡，其目標在於追求精神上的自由主義，主張文學須有能動精神。1934年大森義太郎則針對具有右派傾向的「行動主義」發表一連串的批評。他主張法國行動主義具有反法西斯、而且明確朝向馬克思主義，以及決心與勞動階級共同行動的進步立場。

[45] 楊逵，〈檢討行動主義〉，《楊逵全集》，卷9，147。

[46] 楊逵，〈檢討行動主義〉　149。

[47] 日本三〇年代的浪漫主義，是由保田與重郎（YASUDA Yojūrō, 1910-81）、龜井勝一郎（KAMEI Katsuichirō, 1907-66）等人於1935年創刊的《日本浪漫派》雜誌所提倡，它反對文學只描寫社會的黑暗面，主張文學應該更具描繪人生希望的浪漫精神。

義是帶來希望與光明的力量，「現代多數的作品（普羅、資本皆如此）都沒有理想，沒有希望，缺乏魅力」，「現今許多寫實主義作家，並不是真正的寫實主義者，而只是自然主義的末流。（中略）自然主義只沈溺於人類社會的黑暗面、頹廢面，看不到理想，現今所謂的『寫實主義者』們也沒有脫離這種趨勢[48]」，「真正的寫實主義是把人的夢想和理想都納入考慮的。[49]」楊逵在〈新文學管見〉略述了「理想」與「浪漫」的概念，稍後他又發表了〈台灣文壇近況〉，則是給予這個概念更清楚的闡釋。

> 我們並不要求台灣的文藝像自然主義那樣，從頭到尾都細膩地描寫黑暗面。「追求光明的精神」、「喚起希望的力量」才是最令人關切的，也是廣義的浪漫精神。（中略）「浪漫」還有一些不容忽視的層面：為了追求光明，像飛蛾般猛然撲火的一面；只要看到水，也不管是深是淺，就拱手等待河水退去的「守株待兔」的一面；以及遇到河流就先衡量水流強弱、深淺，如果非過不可，就造船搭橋，準備渡河——這種切實積極的、想要征服大自然的文化層面[50]。

浪漫精神就是具有積極實踐意義的「追求光明的精神」與「喚起希望的力量」，如前所述，將浪漫精神納入考慮的寫實主義才是徹底的寫實主義，不過楊逵也坦承，以當時台灣文學的表現而言，「距離這種境界都還很遙遠」[51]。

---

[48] 楊逵，〈新文學管見〉，《楊逵全集》，卷9，313。
[49] 楊逵，〈新文學管見〉 313。
[50] 楊逵，〈台灣文壇近況〉，《楊逵全集》，卷9，411-12。
[51] 楊逵，〈台灣文壇近況〉 412。

在論述上，楊逵提倡文學中須具備理想與浪漫精神，而在文學表現上他亦謹守此宗旨。以楊逵戰前的小說表現來看，總是在結局預示了人類未來的希望，在其處女作〈自由勞動者的生活剖面〉中，原本飢餓與無助的無產者，因緣際會被灌輸了社會主義的思想，工人們才意識到資本主義邪惡的本質，主人公也終於體會「我彷彿現在才明白一切的詭計，我的眼睛熱了起來，我的心胸燃起熊熊的火」，楊逵用此表現無產階級的覺醒，也預示了工人不再忍氣吞聲、決定爭取公義的行動。在楊逵的成名作〈送報伕〉中，台灣籍的主人公在東京受盡派報所老闆（資本主義的象徵）的剝削，同時卻從日本人同伴獲得了溫暖的友情，才意識到台灣的殖民地現實也是資本家欺壓無產者的模式，因此決定回到台灣，小說的最後一段文字寫道：「我滿懷著確信，從巨船蓬萊丸底甲板上凝視著台灣底春天，那而表面上雖然美麗肥滿，但只要插進一針，就會看到惡臭逼人的血膿底迸出。」由此可見主人公以社會主義啟蒙台灣無產者、改造台灣社會的決心與意志，無產者的覺醒與戰鬥，宣告了資本家／無產者的壓迫結構的崩解，這正是楊逵所揭示的具有希望的未來。至於楊逵的其他小說，如〈死〉、〈模範村〉等，也都有同樣的手法，可謂楊逵小說的一大特色。

嚴格來說，若論就三〇年代台灣文學的風格，在文學中強烈灌注理想與浪漫精神的，恐怕只有楊逵一人。三〇年代台灣極負盛名的寫實主義小說家（甚至可稱為左翼小說家）筆下的作品，不但沒有表現出如楊逵這樣鮮明強烈的風格，反而大相逕庭地呈現出悲觀、絕望、死亡的負面色調，如賴和的〈一桿「稱仔」〉、〈豐作〉、楊守愚〈一群失業的人〉、〈赤土與鮮血〉、吳希聖的（1909-？）〈豚〉、呂赫若的〈牛車〉等作品，都離不開悲觀的敘事或結局。

必須指出，楊逵對於浪漫精神的挪用，源自於「期待未來」的想望，這一點確實有「組織生活」之嫌；然而相較於藏原惟人的「組織生活論」已經不僅僅是在「期待未來」，甚至是以人為之力在「創造未來」、推動歷史前進，楊逵此處對浪漫精神的挪用並無不妥。

之所以並無不妥，則必須再度借助起高爾基的論述。同樣在〈談談我怎樣學習寫作〉一文，高爾基特別強調寫實主義與浪漫主義結合的重要性，他認為文學上主要的潮流有二：一是寫實主義，一是浪漫主義；寫實主義的定義明確，所以較少誤會；而浪漫主義定義繁多，使得浪漫主義文學產生了不同的面向，甚至產生了兩個極端。消極的浪漫主義傾向與現實妥協，墮入自己內心的深淵；積極的浪漫主義則力圖加強人的生活意志，以喚醒人對現實和現實的一切壓迫的反抗，而高爾基所主張的浪漫主義就是積極的浪漫主義。他指出「在偉大的藝術家身上，現實主義和浪漫主義好像永遠是結合在一起的。（中略）這種浪漫主義和現實主義合流的情形是我國優秀的文學突出的特徵，它使得我們的文學具有那種日益明顯而深刻地影響著全世界文學的獨特性和力量。[52]」到了三〇年代，俄國提倡「社會主義寫實主義」時，便特別強調俄國文學傳統中的浪漫主義，當時「社會主義寫實主義」的提倡者吉爾波丁（ValeriĭKirpotin, 1898-1997），就為「社會主義寫實主義」與浪漫主義的關係下了一個經典註解，茲為此節作結。

> 現實主義和浪漫主義，從來是被看成兩個絕對不能相容的要素的。文學史家——甚至進步的文學史家往往把現實主義看成文學上的唯物論，浪漫主義看成文學上的觀念論。但是這

---

[52] 高爾基，〈談談我怎麼學習寫作〉 164-65。

種分法是獨斷的。因為文學上的現實主義和浪漫主義並不是和哲學上的唯物論和觀念論一致的[53]。

## 六、結論：從普羅文學的反思到殖民地文學的提倡

本文旨在說明楊逵對教條主義的普羅文學路線的反思，繼而以更具彈性、開放性的格局來定義台灣普羅文學。楊逵雖然期待馬克思主義能提示未來的道路，具有「文學是對生活的組織」之概念，然而楊逵更強調，主張從表現生活出發、以大眾讀者的反應作為藝術成就的標準，這便是「文學是對生活的認識」。於是就與主張「文學是生活的組織」而將文學視為階級鬥爭之工具的藏原惟人，就普羅文學的看法有了根本上的認知差異。

其一，楊逵反對意識型態至上主義的普羅文學，亦即反對以觀念論所造成了作家個人感受與主觀主義，代替人民實際的生活經驗與情感抒發，因而將馬克思主義哲學與作家的世界觀有所切割。其二，楊逵反對以階級鬥爭為普羅文學的唯一主題，楊逵認為一切社會生活皆是普羅文學的題材，不僅僅限於專事描寫無產階級的生活樣態與情感經驗，重點在於「勞動者的立場與世界觀」來認識世界，以此重申「文學是對生活的組織」。其三，楊逵反對唯物辯證法的創作方法，由於唯物辯證法的創作方法只是一種機械論式的反映論，生硬地將馬克思主義哲學搬入藝術創作過程，將藝術表現手法變得庸俗化、公式化，甚至連一切想像與心理描寫都被視為唯心論而加以摒棄，這使得寫實主義作品也表現的現實也都極為膚淺、表

[53] 周起應（周揚，1908-89），〈關於「社會主義的現實主義與革命的浪漫主義」〉，《周揚文集》（北京：人民文學出版社，1981）112。

面。為此，楊逵主張以想像、虛構作為小說創作的根本，並以浪漫精神作為喚醒希望的力量，才是真正有活力的普羅文學。這些觀點無疑與沃隆斯基與高爾基等文藝理論大家有其相通之處。特別是如今尚無文獻可資證明楊逵受到了此二人的影響，因此楊逵對普羅文學能有如此正確的認識，實屬難能可貴，台灣普羅文學也就在楊逵的努力之下能夠重蹈教條主義的覆轍。

回到本文開頭所言，巫永福雖非左翼知識份子，小說〈昏昏欲睡的春杏〉亦未鼓動階級鬥爭，只是詳實地記錄了下女春杏一整天的辛勤勞動，並用超現實主義的手法將春杏的內心世界加以形象化，讓讀者得以一窺春杏的苦悶與欲望。因此若以楊逵對普羅文學採取寬鬆的、非教條主義式的定義而言，實為普羅文學無疑，更是十足體現「文學是對生活的認識」的作品。

必須指出，1935 年提倡普羅文學繼而主張「真實的寫實主義」的楊逵，只在普羅文學與寫實主義的相互關係上打轉，此時論述的格局尚小。當然，因時值楊逵正與張深切（1904-1965）、張星建等人所主張的民族文學做理論鬥爭，因此固守普羅文學路線的價值並且提倡正確的寫實主義精神（即「真實的寫實主義」），成為當時的首要之務，亦是可以理解。直到 1935 年底楊逵決心離開《台灣文藝》另行創辦《台灣新文學》雜誌，而提倡「殖民地文學」路線之後，可以看出台灣普羅文學路線有了嶄新的格局，亦即一條明確的左翼民族文學路線儼然成形。

在此之前的楊逵，重視階級問題更甚於民族問題，不但文學論述的格局如此，小說創作亦是。然而《台灣新文學》的發刊成為楊逵思考普羅文學格局的一個新契機，殖民地文學路線的提倡，便是對結合民族問題與階級問題的新思考。過去，兩者對楊逵而言是對立的；如今，兩者卻是辯證的。猶記得 1930 年由黃石輝所提倡的鄉土文學，旨在創造一種以台灣話文為語言、以台灣風土為背景、以台灣無產階級為對象的左翼民族文學，這種思維實乃無異於史達林所主張的「內容是無產階級的，形式是民族的」之理論[54]；然因「鄉土文學」以詞害義，反被左翼知識份子目為資產主義文學而遭到諸如廖毓文（1912-80）、朱點人（1903-51）、林克夫（1907-？）、賴明弘（1915-58）等人的群起攻之。而楊逵此次復以「殖民地文學」為名提倡左翼民族文學路線，由於避免了「鄉土文學」以詞害義的干擾，因而受到左翼知識份子的一致支持，就連葉榮鐘等右翼知識份子亦願與楊逵合作，而加入《台灣新文學》的陣列，可見楊逵的文學路線有其開放性，才能吸引不同立場的知識份子共襄盛舉。

殖民地文學路線的提出，不能不歸功於楊逵詮釋普羅文學時的開放性與柔軟性，因而才能逐步探索正確的左翼文學[55]之道。不過，殖民地文學路線的發展也不就此順遂。《台灣新文學》的發刊確實使得台灣文壇熱絡一時，然而大環境不佳迫使文學生產無以為繼，致使《台灣文藝》在 1936 年秋天面臨停刊的命運。這份公認是一九三〇年代台灣文壇最重要的文學刊物的退場，雖然意味著楊逵的《台灣新文學》在兩者互別苗頭下取得了勝利，卻也不能不說

---

[54] 關於史達林「內容是無產階級的，形式民族的」理論與黃石輝「鄉土文學」及楊逵「殖民地文學」之間的相似性，請參見趙勳達，《狂飆時刻——日治時代台灣新文學的高峰期（1930-1937）》 37-50。

[55] 1935年只關心階級問題的楊逵，所提倡的文學主張稱為普羅文學（無產階級文學）殆無疑義。然而當楊逵提倡「殖民地文學」之後，由於同時具備階級與民族的思考，便不宜再以普羅文學稱之，自此改稱「左翼文學」，也較符合楊逵的思考與格局。

是台灣文壇進入嚴冬的徵兆。此後，台灣文壇江河日下、暮氣沉沉，楊逵為了挽救頹勢，同時也體會出台灣作家的生活體驗不夠豐富，無法洞察社會的動向，一時之間恐難以寫出大格局的寫實主義作品，因而提倡報導文學，希望從生活週遭的觀察出發，磨練作家的觀察能力、感受能力與生活經驗。報導文學的提倡，是作為殖民地文學的表現方法，同時也是楊逵試圖激起台灣文壇創作熱情的奮力一博，然而時不我予，《台灣新文學》在盧溝橋事變前夕不得不停刊，迫使楊逵結束了振興文壇的大夢[56]。即便如此，從楊逵提倡普羅文學與「真實的寫實主義」、到提倡殖民地文學，又提倡報導文學，為了台灣左翼民族文學的建構可謂不遺餘力。

---

[56] 關於楊逵對報導文學的提倡，請參見趙勳達，《〈台灣新文學〉(1935-1937)定位及其抵殖民精神研究》 212-24。

# 論楊逵對1930年代日本文藝大眾化論述的吸收與轉化

白春燕

## 作者簡介

白春燕（Chun Yen PAI），女，淡江大學日文系學士，東海大學日本語文學系碩士，研究範圍：1930 年代中國、日本、台灣的文學交流、左翼文藝理論流布、多元文化交流；近年發表的論文或著作：1.〈第一広場の変遷〉（2010）；2.〈社会福祉系移住労働者の公共性——対抗的な公共圏構築に向けた可能性〉（2010）；3.〈1930 年代台灣・日本的普羅文學之越境交流——楊逵對日本普羅文學理論的接收與轉化〉（2011）；4.〈論楊逵對 1930 年代日本行動主義文學的吸收與轉化〉等。

## 論文題要

本論文以 1930 年代日本文學雜誌等相關文獻為基礎來探討楊逵對日本普羅文學理論的吸收與轉化。首先，根據日文文獻整理出 1930 年代日本普羅文壇出現的四次文藝大眾化論爭，藉此了解

1930 年代日本普羅文壇的文藝大眾化論述。接著，將楊逵發表的文藝大眾化論述加以整理，找出楊逵論述裡提及的日文文獻，根據這些文獻裡主張的理論及背景，審視楊逵如何關注日本文壇的動向，並且做出了怎樣的轉化。本論文推演出楊逵關注日本文壇的模式：「吸收」＋「參與」＋「轉化」：楊逵迅速地「吸收」日本文壇動向和理論，並且積極地「參與」日本文壇的討論，將殖民地文壇的意見帶進日本文壇，並且從日本普羅文壇及資產階級文壇的動向和理論當中，「轉化」出各種適合台灣普羅文壇進行文學大眾化的具體作法。楊逵「參與」日本文壇的討論，將殖民地文壇的意見帶進日本文壇，讓以往「台灣殖民地文壇是日本中央文壇的亞流」的舊有觀點得以突破。

關鍵詞：楊逵、1930 年代、文藝大眾化

## 一、引言

1930 年代是世界左翼思潮蓬勃發展的時代，普羅文學運動最初發生於俄國，隨著普羅革命運動的蔓延，迅速波及世界各國。日本在第一次世界大戰後，快速資本主義化，掀起了工人運動，隨著普羅階級意識的普遍化和社會主義運動的發展，展開了長達 10 年以上的普羅文學運動。台灣的作家們經由留日學生與日本文壇產生接觸，吸收到日本普羅文學思潮，並且與日本普羅文學界產生密切的交流，促成了台灣與日本在普羅文學方面的越境交流。楊逵在 1934 年 10 月以〈送報伕〉（原名〈新聞配達夫〉）入選東京《文學評論》[1]第二獎（第一獎從缺），成為第一位成功進軍日本文壇的台灣作家，與日本文壇有密切的交流，並且在台灣、甚至日本的文藝雜誌發表了很多與藝術大眾化相關的理論，成為在 1930 年代台灣文壇極為重要的文學理論家。本論文以日本文藝大眾化論述為出發點，審視楊逵對於日本文壇動向和理論的吸收與轉化。

為了確認楊逵對於日本普羅文學理論的吸收與轉化，必須先以楊逵關注日本文壇動向的視野來觀看 1930 年代的日本文壇。因此，在談論楊逵與文藝大眾化論述之前，應先理解楊逵發表論述的前後時間點，日本文壇出現了哪些文藝大眾化論述。

---

1 《文學評論》1卷1號-3卷8號，渡邊順三（WATANABE Junzō, 1894-1972）編（東京：ナウカ社，1934.3-1936.8）。在普羅作家同盟解散之後成為無產階級文學的實質中心。主要成員有渡邊順三、德永直（TOKUNAGA Sunao, 1899-1958）、窪川鶴次郎（KUBOKAWA Tsurujirō, 1903-1974）、川口浩（KAWAGUCHI Hiroshi，1936-87）、中野重治（NAKANO Shigeharu, 1902-79）等人。

## 二、日本的文藝大眾化論述

普羅文學最重要的課題是如何讓無產文藝作品獲得大眾的理解和喜愛、並且普及，這就是「文藝大眾化」。當「納普」（全日本無產者藝術連盟）[2]及其所屬的日本普羅作家同盟（以下簡稱「作家同盟」）[3]分別在 1928 年 4 月及 1929 年 2 月成立時，便將文藝大眾化視為其運動的中心任務之一。狹義的文藝大眾化論爭意指 1928 年 6 月到 11 月以《戰旗》為舞台、以藏原惟人（KURAHARA Korehito, 1902-91）和中野重治（NAKANO Shigeharu, 1902-79）為中心所展開的論爭。但是依據貴司山治（KISHI Yamaji, 1899-1973）的說法，1930 年代的日本普羅文壇共發生了四次文藝大眾化論爭：

> 最初問題起於藏原（惟人）、中野（重治）、鹿地（亘）等人於一九二八年的論爭。第二次是在一九三〇年，這是我們一

---

2 納普（ナップ）：NAPF（Nippona Artista Proleta Federacio）〔世界語〕全日本無產者藝術連盟及改組後的全日本無產者藝術團體協議會的簡稱。小學館《日本大百科全書》（http://100.yahoo.co.jp），2010.12.21 查閱。〔執筆者：高橋春雄（TAKAHASHI Haruo，1927-）〕

3 日本普羅作家同盟（日本プロレタリア作家同盟）：文學團體。從「納普」文學部獨立出來，成為全日本無產者藝術團體協議會的下級團體，1929年2月創立。簡稱作家同盟，1932年2月加盟國際革命作家同盟之後，稱為NALP（納爾普）。是支持非法日本共產黨的文藝團體中最有組織性、最活躍的團體，透過評論、創作、運動提出「革命與文學統一」的問題，為文學界及思想界帶來衝擊。主要成員有藏原惟人、小林多喜二（KOBAYASHI Takiji, 1903-33）、中野重治、中條（宮本）百合子（MIYAMOTO Yuriko，1899-1951）。在加盟「克普」（日本普羅文化連盟）之後，刊行機關誌《普羅文學》（1932.1-33.10），但由於激烈的鎮壓、盟員的轉向及敗北的潮流，在1934年2月解散。小學館《日本大百科全書》（http://100.yahoo.co.jp），2010.12.21 查閱。〔執筆者：祖父江昭二（SOFUE Shōji，1927-2012）〕

> 些人也參與其中的論爭——在這個時候，〈關於藝術大眾化之決議〉已經誕生。……應可被視為第三次論爭的是從一九三一年開始歷時兩年、以德永君的論文〈無產階級文學的一個方向〉為中心所進行的論爭。……現在則算是第四次。……就時間而言，約有十年之久。……這個問題之所以在這麼長的時間被重複討論，簡而言之，就是問題一直沒有得到解決[4]。

貴司山治在 1929 年 2 月加入「作家同盟」，提倡普羅文學的大眾化，他的作品和理論開始被當成議論的對象，在第二、三、四次論爭當中都成為主要的角色，主要原因在於貴司山治提倡的「普羅大眾文學」（プロレタリア大眾文学）。本節欲審視這四場論爭，以此關注「普羅大眾文學」引發的爭論，釐清 1930 年代日本普羅文壇對於文藝大眾化的論述。

### （一）「文藝大衆化」第一次論爭

這場論爭的開端是共產國際針對日本共產黨的任務所決定的〈二十七年綱領〉中對於福本主義的批判和大眾化的要求。〈二十七年綱領〉全文刊載於《馬克思主義》1928 年 3 月號，由藏原惟人翻譯而成。但在這之前，藏原早將〈二十七年綱領〉概要譯載於

---

4 貴司山治，〈文學大眾化問題的再三提起（一）反駁德永君的兩三個見解〉（〈文学大衆化問題の再三提起（一）徳永君の二三の見解を駁す〉），《文學評論》（1935年8月號），34。貴司山治原文「一九二七年」有誤，應為「一九二八年」；原文「關於文學大眾化之決議」有誤，應為「關於藝術大眾化之決議」。

《文藝戰線》1927 年 10 月號。藏原在 1928 年 1 月號的《前衛》發表的〈無產階級藝術運動的新階段——邁向藝術大眾化與全左翼藝術家的統一戰線〉，便是依據該綱領的路線寫成的[5]，成為日本最早提出大眾化論的文章。該文主張「我們無產階級藝術運動在跨出這個新階段的第一步所面臨到的第一個重要任務，就是毫不留情地對過去的藝術作品進行自我批判，這個口號非得是『接近大眾！』不可」[6]。這個結論直接回應了〈二十七年綱領〉的要求，同時也將黨的大眾化路線轉移到文學運動上。

日本普羅文學運動的組織歷經多次的分裂，終於在 1928 年 4 月由「普羅藝」（日本普羅藝術聯盟）與「前藝」（前衛藝術家同盟）合組為「納普」（全日本無產者藝術連盟）。從「納普」機關誌《戰旗》創刊號開始，〈二十七年綱領〉的指示延伸而來的大眾化問題開始被討論了起來。中野重治以〈論所謂藝術大眾化的錯誤〉《戰旗》（1928 年 6 月號）引發爭端，藏原惟人則以〈藝術運動面臨的緊急問題〉《戰旗》（1928 年 8 月號）予以回應。

中野反對為了大眾化而追求通俗性，認為只要客觀地描寫大眾的生活，就可以馬上獲得大眾化的藝術，強調「大眾追求的是藝術中的藝術，諸王中的王」[7]。藏原則將之視為「不過是純粹的理想

---

5 綾目廣治（AYAME Hiroharu, 1953-），〈中野重治におけるマルクス主義——初期の論争を中心にして——〉，《文教国文学》17（1985）：38。

6 藏原惟人，〈無產階級藝術運動的新階段——邁向藝術大眾化與全左翼藝術家的統一戰線〉（〈無產階級芸術運動の新段階——芸術の大衆化と全左翼芸術家の統一戰線へ〉），新日本出版社編集部編《日本プロレタリア文学評論集》4（東京：新日本，1990.7）：88。原刊《前衛》（1928年1月號）。

7 中野重治，〈論所謂藝術大眾化的錯誤〉（〈いはゆる芸術の大衆化論の誤りについて〉），《日本プロレタリア文学評論集》6，15。原刊《戰旗》（1928年6月號）。

論、觀念論罷了」[8]。再者，針對中野的一元論（沒有區分大眾的藝術和高級的藝術），藏原惟人主張將普羅藝術運動分為「確立普羅藝術的運動」和「利用藝術形式來直接鼓動普羅大眾的運動」，並且為後者提出「創辦大眾化的插畫雜誌」的方案[9]。這場論爭的結果是，中野重治發表〈已解決的問題和新的工作〉《戰旗》（1928年11月號），承認他「過去的論點存在著很多謬誤」[10]，讓這場論爭就此打住。

這場論爭的主角中野重治和藏原惟人各自為「納普」合組之前的「普羅藝」和「前藝」的指導者，「普羅藝」和「前藝」原本在藝術理論上就有所對立，即使在合組「納普」之後，這個對立並沒有因此消除，故這場論爭可以說是中野重治、藏原惟人、「普羅藝」、「前藝」這四個元素糾纏而成。根據栗原幸夫（KURIHARA Yukio, 1927-）的分析，在這場論爭的最後，中野重治突然以承認錯誤的方式來結束論爭的作法，是因為中野的心境是「歷經多次分裂的藝術運動的組織，終於整合成『納普』，而且他們都支持日本共產黨，具有相同的政治理念，不應因藝術觀的差異而產生對立、甚至分裂。[11]」因此中野選擇向代表「納普」綱領的藏原妥協，結束了這

---

[8] 藏原惟人，〈藝術運動面臨的緊急問題〉（〈芸術運動当面の緊急問題〉），《日本プロレタリア文学評論集》4，136。原刊《戰旗》（1928年8月號）。

[9] 藏原惟人，〈藝術運動中的「左翼」清算主義——針對中野及鹿地兩位的無產階級運動主張再次提出看法〉（〈芸術運動における「左翼」清算主義——再びプロレタリア芸術運動に対する中野・鹿地両君の所論について〉），《日本プロレタリア文学評論集》4，147、156。原刊《戦旗》（1928年10月號）。

[10] 中野重治，〈已解決的問題和新的工作〉（〈解決された問題と新しい仕事〉），《日本プロレタリア文学評論集》6，40。原刊《戰旗》（1928年11月號）。

[11] 栗原幸夫，《プロレタリア文学とその時代》（東京：平凡社，1978），62、80。

場論爭。但是即便中野聲稱問題已經解決，如同貴司山治所說的「問題一直沒有得到解決」，之後接二連三地再次出現了文藝大眾化論爭。

## （二）「文藝大衆化」第二次論爭

第二次論爭發生於 1929-30 年之間，一方是提倡普羅大眾文學的貴司山治，另一方是主張文藝運動「布爾什維克化（共產主義化）」[12]的藏原惟人及「作家同盟」委員們。

在四次論爭當中，貴司山治成為論爭主角的次數有三次之多。在第一次論爭發生時，貴司尚未加入普羅文學陣營，而當貴司在「作家同盟」於 1929 年 2 月 10 日創立之際加入之後，其《朝日新聞》記者、大眾文學作家的身分、及其提倡的「普羅大眾文學」不斷受到議論和批評。貴司自述：「如同尾崎秀樹（OZAKI Hotsuki, 1928-99）所寫的『在普羅文學大眾化的問題上，貴司山治不斷地被列於被告席』，我在 1928、29、30 年間，一直都是一個人站在被告席上」[13]。由此可知，在這些論爭裡，貴司的主張無疑是相當受爭議的。

---

[12] 布爾什維克什特徵是要求加入第三國際的各國共產黨服從蘇共中央的指示，另外，配合斯大林當時反托洛斯基（Leon Trotsky, 1879-1940）和季諾維也夫（Grigori Evseevich Zinoviev, 1883-1936）聯盟，把反托派推展到各國共產運動。蘇品端，〈共產國際的布爾什維克化方針初探〉，《政治研究》1（1986）：24-35；梅倩.〈共產國際各國黨在「布爾什維克化〉實施中脫離實際的原因〉，《湖北大學學報（哲學社會科學版）》5（1990）：106-08。

[13] 貴司山治遺稿，〈我的文學史〉（〈私の文学史〉），「貴司山治資料館」（http://www1.parkcity.ne.jp/k-ito/）。2012.04.20查閱。

貴司山治在 1926 年獲選《朝日新聞》的懸賞小說，並於 1927 年 10 月開始擔任朝日新聞記者。一般對於貴司的文學功績評價為「在知識階級主導的日本普羅文學運動之中，果敢地將被揶揄為通俗小說、大眾小說的流行文化的手法加以引進並反映於普羅文學裡」[14]。

根據和田崇的研究，貴司為了與普羅文學運動產生直接的連結而實際從事創作。其創作之一是從 1928 年 8 月到翌年 4 月 26 日在《東京每夕新聞》連載的〈停止、前進〉(〈止まれ、進め〉)。這篇小說後來改題為〈GO・STOP〉(〈ゴー・ストップ〉)，由中央公論社於 1930 年 4 月發行。另一創作是〈舞會事件〉(〈舞踏会事件〉)[15]。〈舞會事件〉在柳瀨正夢（YANASE Masamu, 1900-45）的介紹下，從 1928 年 11 月 15 日到 12 月 20 日於《無産者新聞》連載，這部作品使得貴司開始受到普羅文學陣營的重視。原本一直在講談社等娛樂雜誌或商業雜誌發表大眾小說的貴司山治，突然在日本共產黨合法的機關誌《無産者新聞》發表小說之舉，被當時新進的左翼作家林房雄（HAYASHI Fusao, 1903-75）、及自認為是「左翼贊同者」的新居格（NII Itaru, 1888-1951）視為「腳踏於無產者新聞及講談社之間的大怪物」[16]。在〈GO・STOP〉和〈舞會事件〉等作品的機緣之下，貴司在「作家同盟」於 1929 年 2 月 10 日創立之際加入其中。

---

14 中川成美（NAKAGAWA Shigemi, 1951-），〈文学者・貴司山治とプロレタリア文学〉，《貴司山治研究》〈「貴司山治全日記DVD版」別冊〉，貴司山治研究会編（東京：不二出版，2011）10。

15 和田崇，〈作家生活の始まりと同伴者時代〉，《貴司山治研究》 102-03。

16 貴司山治，〈我的文學史〉，2012.4.20查閱。

貴司加入「作家同盟」之後開始提倡「普羅大眾文學」，陸續發表〈新興文學的大眾化〉(〈新興文学の大衆化〉)《東京朝日新聞》(1929.10.12-14)、〈普羅大眾文學作法〉(〈プロレタリア大衆文学作法〉)《普羅藝術教程　第二輯》(1929 年 11 月號) 等文章，甚至發表小說〈忍術武勇傳〉(〈忍術武勇伝〉)《戰旗》(1930 年 2 月號) 作為其理論實踐。而改題自〈停止、前進〉、1930 年 4 月出版的〈GO・STOP〉，被喻為第一部「普羅大眾小說」作品，初版印了 2 萬本，3 天後被禁止發行時，已經全部售罄[17]，根據小林茂夫 (KOBAYASHI Shigeo, 1926-99) 的研究，「〈GO・STOP〉採用偵探小說的手法，讓讀者能夠輕鬆地理解小市民的知識階級及不良少年對於階級鬥爭的覺醒。可以說，其『普羅大眾小說』的意圖已經成功達成了」[18]。由此可知，〈GO・STOP〉不但受到廣泛大眾的熱烈歡迎，而且是一部成功的普羅大眾小說。但是相對於此，「作家同盟」卻將之視為問題，認為小說裡的事件的偶然性及個人英雄主義，是內容的鄙俗化，不是真正的大眾化，違反了普羅革命意識[19]。

在第二次「作家同盟」大會的準備期間，「作家同盟」委員及貴司山治、德永直、小林多喜二等人，針對文學大眾化的問題召開了小委員會，貴司主張「寫得太困難的話，就沒有人要讀，所以要寫得更簡單才行。必須降到『講談』那種程度才行。有很多勞動者是『講談』的讀者，因此我們應該以這個階層為目標來創作普羅大

17 尾崎秀樹，〈貴司山治論——無產階級大眾文學論〉(〈貴司山治論——プロレタリア大衆文学論〉)，《大衆文学論》(東京：勁草書房，1965) 167。原刊貴司山治〈我的新聞小說〉(〈私の新聞小説〉)，《文学》(1954年6月號)。

18 小林茂夫，〈解説〉，《細田民樹、貴司山治集》「日本プロレタリア文学集」30 (東京：新日本，1987) 492。

19 和田崇，〈作家生活の始まりと同伴者時代〉　107。

眾小說」[20]。接著，在 1930 年 4 月 6 日第二次「作家同盟」大會時，中央委員會決定的「文藝運動的布爾什維克化」及「共產主義文學的推展」方針被提了出來，但貴司卻表達反對意見，提出「文學大眾化的問題」，主張在製作「複雜高級的社會性內容」的作品的同時，也必須為廣泛大眾製作具有「比較單純、比較初步內容的作品」[21]。這使得藝術大眾化的問題又被提出來討論。

在第二次「作家同盟」大會之後，約在 1930 年 4 月左右，貴司提出的「文學大眾化的問題」在「納普」中央常任委員會被提出來討論達四、五次之多。貴司的「普羅大眾文學」被批評為「為了讓形式簡單而降低了意識形態，似乎企圖將社會民主主義的內容放入其中」，而該中央常任委員會最後的決議是「藝術大眾化的作法應該是，盡量採取單純的形式，將高度共產主義思想明白易懂地傳達給大眾」[22]。

普羅文壇內部這場圍繞著貴司的「文學大眾化的問題」的爭議，被資產階級文壇所關注，《東京日日新聞》在 1930 年 4 月 19 日刊載〈納普作家出現分裂之兆〉(〈ナップ系作家に分裂の兆〉) 一文，並於翌日 20 日刊載〈兩派的說法〉(〈兩派の言ひ分〉) 一文，指出藏原派與貴司派的對立是「納普作家分裂之前兆」。此時，中

---

20 尾崎秀樹，〈貴司山治論——無產階級大眾文學論〉，《大衆文学論》 168。原刊笹本寅〈文壇鄉土誌‧普羅文學篇〉(〈文壇鄉土誌‧プロ文学篇〉)，《公人書房，1933》。

21 藏原惟人，〈藝術大眾化的問題〉(〈芸術大衆化の問題〉)，《日本プロレタリア文学評論集》4，307-08。原刊《中央公論》(1930年6月號)。

22 伊藤純（ITŌ Jun, 1932-），〈普羅文學與貴司山治——關於〈我的文學史〉〉〈(プロレタリア文学と貴司山治——「私の文学史」をめぐって〉)，「貴司山治資料館」(http://www1.parkcity.ne.jp/k-ito/)。2012.04.20查閱。原刊貴司‧尾崎秀樹対談，〈私とプロレタリア文学〉《文學》(1965年3月號)。

央公論社希望貴司針對此事發表文章做出回應，貴司詢問當時「作家同盟」書記長立野信之（TATENO Nobuyuki, 1903-71）的意見，立野信之指示貴司的文章內容不可超過前述中央常任委員會關於藝術大眾化問題的決議範圍，但也會請藏原另寫一篇來回應[23]。

於是貴司便依循決議的內容寫出〈來自普羅文學陣營〉(〈プロレタリア文学の陣営から〉) 短文發表於《中央公論》1930 年 6 月號。貴司反駁藏原派與貴司派的對立及納普作家分裂等的傳言，並指出「作家同盟」召開大眾討論研究會，貴司和藏原都是成員之一。在該研究會中，針對前年以來成為普羅文學運動中心問題的文學大眾化問題，做了熱烈的討論，從互相對立、齟齬，然後達到一致。研究會一致認為目前普羅文學陣營存在著兩個重要的缺陷。其一是「意識形態沒有受到強化」，其二是「還未成功創造最具大眾形式的作品」。貴司在文末強調「以上是由作家同盟委員會為中心進行大眾討論所得到的團體的意見，不是我個人的意見。不，應該說我個人的意見已充分包含其中」[24]。從貴司的行文裡可以隱約感受到他屈就於決議的無奈。

另一方面，立野信之委請當時已潛入地下組織的藏原寫的文章〈藝術大眾化的問題〉一文同樣發表於《中央公論》1930 年 6 月號，也同樣反駁藏原派與貴司派的對立及納普作家分裂等的傳言。不同的是，藏原以多於貴司〈來自普羅文學陣營〉四倍的篇幅，細述貴司主張的「大眾藝術」，批評貴司的〈GO・STOP〉及〈忍術武勇傳〉等作品。藏原認為貴司的這些作品從講談社式的大眾文

23 貴司山治，〈我的文學史〉。
24 貴司山治，〈來自普羅文學陣營〉(〈プロレタリア文学の陣営から〉)，《中央公論》6（1930）：151。

學、通俗小說的形式出發，沒有確實掌握真正的馬克思主義觀點而使用了異質的形式，這種作法會無意識地將讀者大眾拉往與該形式結合的世界觀[25]。

貴司認為藏原此文對他的批評已經脫離決議的範圍，變成藏原對他的判刑，讓他立於被告之席[26]。

「作家同盟」對於這次的論爭做出了決議，該決議內容與「納普」文藝理論旗手藏原惟人的主張息息相關。藏原惟人從 1930 年春天開始進入地下生活，以佐藤耕一的化名在 1930 年 4 月號的《戰旗》發表〈「納普」藝術家的新任務——邁向確立共產主義藝術〉一文，主張普羅藝術家必須布爾什維克化，提出政治優位性的主張：「必須將我國的無產階級者與黨在當前面臨的課題作為藝術活動的課題」[27]。自此至「納爾普」[28]於 1934 年 2 月解散為止，這個要求一直是始終不變的至上命令[29]。

「作家同盟」中央委員會在 1930 年 7 月號的《戰旗》發表的〈關於藝術大眾化之決議〉，便是依循藏原惟人的政治優位性的綱領所做的決議，也是依據第二次「作家同盟」大會決定的方針（克服「高級文學」、「大眾文學」的二元對立）所發展而成的結果。〈關於藝術大眾化之決議〉對貴司山治做出了批判：

---

[25] 藏原惟人，〈藝術大眾化的問題〉 4，311。

[26] 貴司山治 〈我的文學史〉。

[27] 藏原惟人，〈「納普」藝術家的新任務——邁向確立共產主義藝術〉（〈「ナップ」芸術家の新しい任務——共産主義芸術の確立へ〉），《日本プロレタリア文学評論集》4，291。原刊《戰旗》（1930年4月號）。

[28] 「作家同盟」於1932年2月加盟國際革命作家同盟，成為國際革命作家同盟日本支部（簡稱「NALP」‧「納爾普」）。

[29] 栗原幸夫 140。

將藝術分為高級的藝術與大眾的藝術，因而產生了特殊的大眾藝術形式好像存在的這種幻想。……以低意識水平的大眾為標準的大眾藝術，導致了允許摻水稀釋而「沖淡意識形態」這種錯誤[30]。

我們的藝術……是以無產階級的革命為目標而前進，以日本革命無產階級者的意識形態為內容。……關於這一點，不得有任何的妥協。藝術大眾化的唯一目的是將這個革命的意識形態滲透到廣泛勞工及農民大眾之中。

我們主張以初步的題材或形式來使高度的意識形態讓大眾理解，但絕對不可能以此來對於任何低級的「通俗文學」予以合理化[31]。

〈關於藝術大眾化之決議〉指出，在第二次「作家同盟」大會確立了「運動的布爾什維克化」方針，而藝術大眾化的議題就是因為與此方針有關聯才被提起的，故絕對不允許意識形態被沖淡稀釋。該決議批判貴司的〈忍術武勇傳〉是「對形式的不慎重」，「輕率地因襲過去形式而扭曲了內容的階級性」[32]，將「普羅大眾文學」的主張判定為明顯的錯誤，結束了第二次藝術大眾化論爭。

中川成美指出，「如同在第一次論爭時，中野屈服於藏原，在第二次論爭時，貴司也同樣屈服於藏原所代表的『納普』中樞部門的政治綱領」[33]。也就是說，第一次和第二次的藝術大眾化論爭都

---

30 日本普羅作家同盟中央委員會，〈關於藝術大眾化之決議〉(〈芸術大衆化に関する決議〉)，《戰旗》7（1930）：167。

31 日本普羅作家同盟中央委員會　168。

32 日本普羅作家同盟中央委員會　168。

33 中川成美（NAKAGAWA Shigemi），〈芸術大衆化論争の行方（上）〉，《昭和文学研究》(1982.6)，24。

達到「納普」的大眾化論，那就是「如何將無法稀釋沖淡的、獨一無二的革命意識『單純』且『清晰』地傳達給大眾」[34]。

根據伊藤純的研究，在第一次論爭的過程中，其實是默認了高級和初級的二元論，並主張應向既有的大眾作家學習大眾化的技法。但是第一次論爭的這個結論卻在第二次論爭時被排除了，使得第二次論爭到達了極端排它、極左的結論[35]。也就是說，〈關於藝術大眾化之決議〉將「納普」的大眾化確立為宣傳教化政治政策的手段，使得第二次論爭退到了比第一次論爭時更左的立場。

## （三）「文藝大衆化」第三次論爭

第三次論爭發生於 1932 年，論爭主角分為兩個陣營，一方是主張普羅大眾文學的貴司山治和德永直，另一方則是奉行藏原惟人理論的小林多喜二、宮本顯治（MIYAMOTO Kenji, 1908-2007）等人。

「納普」重要理論家藏原惟人在 1929 年加入非法的日本共產黨，在 1930 年 7 月接受日本共產黨中央委員會的命令，秘密前往蘇聯參加「國際紅色勞動工會（Profintern）」第五屆大會，1931 年 2 月回國之後，日本普羅文學運動正陷入慘澹的狀態，藏原活用其在蘇聯的經驗[36]，以古川壯一郎的假名在 1931 年 6 月號的《納普》

34 和田崇（WADA Takashi, 1982-），〈「蟹工船」の読めない労働者——貴司山治と徳永直の芸術大衆化論の位相——〉，《立命館文學》614（2009）: 319。

35 伊藤純，〈普羅文學與貴司山治——關於〈我的文學史〉〉。

36 「1931年以後，隨著蘇聯黨派鬥爭的激烈，政治主義思潮逐漸佔據文藝的主流，藏原受其影響，也發生了很大的變化。」王志松〈「藏原理論」與中國左翼文壇〉《中國現代文學研究叢刊》3（2007）：128。

發表〈普羅藝術運動的組織問題——必須以工廠和農村為基礎進行再組織——〉(〈プロレタリア芸術運動の組織問題——工場・農村を基礎としてその再組織の必要——〉)[37]一文，主張以布爾什維克化來解決組織的問題，文化運動的中央組織應結合勞工農民來進行文化運動。1930 年 7 月對於第二次論爭所做的〈關於藝術大眾化之決議〉幾乎拒絕了大眾化的推展，使得藝術大眾化的討論走到了瓶頸。不過，藏原在 1931 年 6 月的〈無產階級藝術運動的組織問題〉提出了再組織論的提案，主張在大眾之中組織藝術運動，以此推展大眾化。然而這種組織領導階層提出的組織論，是否能夠滿足大眾的需求呢？是否能達到藝術大眾化呢？由以下貴司山治的發言，可以看出藏原提出政治優位性綱領、由組織領導階層的組織論，不但為普羅作家帶來寫作上的混亂和困擾，還無法達成藝術大眾化，因此貴司山治才會執著地提倡普羅大眾文學。

貴司山治在 1932 年 3 月號的《普羅文學》發表的〈從現在開始〉是第三次論爭引爆點之一，該文提到他進入「作家同盟」當時的普羅文壇潮流，並真誠地道出他創作〈GO・STOP〉(1930.4)及〈忍術武勇傳〉(1930.2)時的心境：

> 當時的普羅作家寫的作品都不出於自然主義式的現實主義，於是漸漸走到了瓶頸，為了尋求解決之道而產生了藝術大眾化的討論，但是並沒有找出那種「嗯，這樣做就對了」

[37] 該文早已於1931年3月寫成，因遭到窪川鶴次郎等納普指導部門的反對而無法立即刊出。其後黨部對於普羅文化運動的指導方向有所轉換，接受了藏原惟人的普羅文學運動組織論，而在2個月之後刊出。浦西和彥，〈關於《文學新聞》〉(〈《文学新聞》について〉)，《ブックエンド通信》2(1979)：35-36。

的具體解決對策。……其實我覺得小林的〈三・一五〉和〈蟹工船〉有三分的普羅文學和七分的自然主義文學……。……從1929年到30年之間，確實有些好作品產生，但現在看來，那不過是剛萌芽的少年小說罷了。但是這些小說在各方面都得到極高的贊賞……我進入了作家同盟之後，一旁觀看著這樣的潮流，獨自發出了感嘆。我暗地下了極大的決心：「就做吧！」，因此面對著這股「潮流」發明了〈GO・STOP〉和〈忍術武勇傳〉。……之所以說我不是隨隨便便地跳出來的，指的就是這件事。我是以認真的心情來做的，當我不斷遭到批評時，就漸漸了解自己的愚蠢，感到有點困擾。還有，關於大眾化的〈決議〉，基本上是知道了，但其實一點也不了解。不，應該說是被搞得不明白了。……於是我將自己拉回原點，試著寫出了〈波〉和〈記念碑〉，但是在未能完全理解時，我對於問題是相當固執的。這是因為我不是天才，除了固執之外，怎麼也走不出去。我變得沉寂，最近就寫不出東西了。……之所以無法寫小說，是因為自從〈GO・STOP〉以來，我的固執性一直沒有得到滿足。如果我無法得到徹底的理解，文學這種東西是索然無趣的。……對於唯物辨證法的創作方法的問題，我也是不懂[38]。

由前面第二次論爭的介紹可知，貴司以《朝日新聞》記者、大眾文學作家的身分參加了「作家同盟」，這個來自敵對於普羅文壇的大眾文學作家的加入，是一種異質性的存在，引發了相當大的關注。大眾文學寫手出身的貴司，無法滿足於當時普羅作家盛行的純

38 貴司山治，〈從現在開始〉(〈これからだ〉)，《普羅文學》3(1932)：132-33。

文學式的自然主義寫實方法，於是鼓起勇氣提倡採用大眾文學形式的「普羅大眾文學」，並且創作了〈GO・STOP〉及〈忍術武勇傳〉等作品。雖然這些創作獲得了極大的回響，卻不符合「納普」中樞部門的「政治優位性」政治綱領，「作家同盟」中央委員會發表〈關於藝術大眾化之決議〉一文批評貴司的大眾形式使革命意識被稀釋沖淡。貴司受到的批判讓他明白要對抗中樞部門的政治綱領是一件愚蠢的事，並且試著回歸原點進行創作，但因為無法理解〈關於藝術大眾化之決議〉，而無法再寫小說。

再者，貴司在文末提到對於「唯物辨證法的創作方法」[39]感到不了解。「唯物辨證法的創作方法」是藏原惟人在 1931 年 9 月號的《納普》發表〈對於藝術方法的感想〉（〈芸術的方法についての感想〉）中開始提倡的。這是在蘇聯的文學運動裡產生的創作方法，後來也風行至德國等地，成為國際性的潮流。根據佐藤靜夫（SATŌ Shizuo, 1919-2008）的研究可知，「唯物辨證法的創作方法」是無視或輕視藝術特殊性的機械論，以此為依據的批評，機械性地要求作家和作品必須對於社會科學、哲學具備完全的認知，為「納普」的作家和評論家在創作或評論上帶來了種種的困難和混亂[40]。貴司發表「對於唯物辨證法的創作方法的問題，我也是不懂」那樣的感想，真實地反應了當時普羅文學家的心聲。但是這個作為普羅文學

39 「辯證唯物主義創作方法」最初出現於1928年4月全蘇第一次無產階級作家代表大會的決議提出，1932年遭蘇共否定；參赫爾曼・葉爾莫拉耶夫（Herman Ermolaev），〈「拉普」——從興起到解散〉（這是*Soviet Literary Theory, 1917-1934*一書第二至第五章的中譯），張秋華譯，《「拉普」資料匯編》，張秋華編（北京：中國社會科學出版社，1981）376（提出），425（否定）。

40 佐藤靜夫，〈解說〉，《日本プロレタリア文学評論集》7，465。

家真誠的表白，卻遭到了宮本顯治和小林多喜二的批判。且容後交代。

除了貴司山治之外，還有一位普羅作家表達了相近的意見，那就是德永直。德永直在 1932 年 3 月號的《中央公論》發表〈普羅文學的一個方向——前往大眾文學戰線〉，成為第三次論爭引爆點之二。該文指出自從 1931 年滿州事變（九一八事變）爆發以來，所有資產階級的文化機關都開始鼓吹普羅大眾前往戰場，資產階級讀物的讀者大眾受到其鼓吹法西斯文化的影響。德永主張，為了讓普羅大眾從資產階級大眾文學往普羅文學靠近，普羅文學作家應該全力朝向「大眾小說」的戰線，創作符合大眾形式的小說，那就是「普羅大眾長編小說（為普羅大眾而寫的長編小說）」。德永在此表達了對貴司山治的肯定：

> 我在此要提出的問題是，我所隸屬的作家同盟很少施力於「普羅大眾長編小說」方面。……在普羅文學陣營裡，除了正在《文學新聞》連載的貴司山治的〈大塩平八郎〉之外，恐怕都找不到了。
>
> 我們的「普羅小說」是藝術小說，已習於採用少許的文字或暗示的形式來表現，這種形式只有極少數的讀者——也就是已受組織的讀者才能理解[41]。

德永直指出，當時的普羅文學者創作的小說都是藝術小說，只用少許的文字或暗示來表現，只有極少數讀者看得懂，一般讀者大

---

[41] 德永直，〈普羅文學的一個方向〉（〈プロレタリア文学の一方向——大衆文学の戦線へ〉），《日本プロレタリア文学評論集》7，254, 259。原刊《中央公論》（1932年3月號）。

眾無法接受。而真正為普羅大眾需要的普羅大眾長編小說，卻得不到「作家同盟」的重視，以致於在當時極為少見，只有貴司山治的小說〈大塩平八郎〉稱得上。由此可以看出德永認同貴司的普羅大眾小說方向。

值得一提的是「作家同盟」創設的報紙《文學新聞》。「作家同盟」在1931年5月第三次「作家同盟」大會上確立了新方針「勞農通信運動」之後，為了將普羅文學的影響擴展到工廠農村裡的文學同好會、使大眾往普羅階級集結，而於1931年10月10日發行《文學新聞》。最初的主要編輯委員是德永直和貴司山治，這兩人將《文學新聞》作為普羅文學大眾化的延長，企劃了〈懸賞小說◇第一回◇新年特輯〉，並且全頁刊載讀者投稿的文章。不過，自從藏原惟人在1931年6月的〈無產階級藝術運動的組織問題〉倡議再組織論以來，由於《文學新聞》沒有與再組織的議題結合，而被壺井繁治（TSUBOI Shigeji, 1897-1975）批評為內容和編輯方針不正確，視其帶有「難以救贖的機會主義和大眾追隨主義」[42]。筆者從壺井繁治的批評關注到的訊息是，貴司雖然經歷了第二次論爭的批判，但仍舊堅持著「普羅大眾文學」的方向，與相同理念的德永共同在《文學新聞》上耕耘，期待能實現其「普羅大眾文學」的理念。

在貴司的〈從現在開始〉及德永的〈普羅文學的一個方向〉發表之後，「作家同盟」內部引發了很大的討論，其中尤以宮本顯治和小林多喜二做出了嚴厲的批判。宮本顯治在1932年4月號的《普羅文學》發表〈克服普羅文學的遲緩與落後〉，做出了以下的批評：

---

42 壺井繁治，〈對文學新聞的批判〉（〈文学新聞に対する批判〉），《日本プロレタリア文学評論集》6，132。原刊《普羅文學》（1932年2月號）。

> 關於這個主張（筆者注：全力朝向「大眾小說」的戰線），基本上在我們作家同盟裡已經將之批判為錯誤了。「普羅大眾文學論」已經被批判為不可能存在於普羅文學之中，而（德永）現在提出的主張，根本是「普羅大眾文學論」公然的復活[43]。

宮本認為，德永在 1932 年的主張是貴司山治於 1929 年開始提倡的「普羅大眾文學論」的復活，「作家同盟」中央委員會在 1930 年 7 月號《戰旗》發表的〈關於藝術大眾化之決議〉已做過嚴厲批判，不應該又來重提普羅文學裡不可能的藝術理論。宮本指出，在現今階級鬥爭異常激化的情勢下，德永提出的「普羅大眾文學論」，是對於資產階級文化的過度評價、以及對於普羅文學運動的發展階段欠缺理解，是右翼的機會主義。另外，宮本也一併批評貴司在〈從現在開始〉的發言，指出貴司對於文學運動在集團組織裡的發展階段沒有正確的理解，是普羅作家後退的表現。宮本主張，對於具有右翼機會主義傾向的「普羅大眾文學論」，必須毫不慈悲地給予批判。

另一位批判者小林多喜二在 1932 年 4 月號的《新潮》發表〈為了確立「文學的黨派性」（關於德永直的見解）〉指出，在 1930 年 4 月 6 日第二次「作家同盟」大會中，已經明確提出列寧對於普羅文學的明確規定：「文學必須是屬於黨的」，確立文學的「黨派性」的普羅文學不可或缺的條件。貴司山治提倡的「大眾文學論」是最

---

43 宮本顯治，〈克服普羅文學的遲緩與落後〉（〈プロレタリア文学における立遅れと退却の克服へ〉），《日本プロレタリア文学評論集》5，218。原刊《普羅文學》（1932年4月號）。

露骨的右翼偏向，1930 年 7 月的〈關於藝術大眾化之決議〉已將其主張的「普羅大眾文學」判定為明顯的錯誤。普羅文學家必須站在黨的世界觀（辨證法的唯物論）的高度，不得有任何一步的妥協，因此必須從黨的立場、即唯物辨證法的創作方法來批評「普羅大眾文學」。至於德永直在 1932 年 3 月號的《中央公論》發表〈無產階級文學的一個方向〉提倡的大眾文學戰線，小林認為德永顯然是在走回頭路[44]。

在宮本和小林做出批判的同時，「作家同盟」也在 1932 年 4 月號的《普羅文學》發表〈關於與右翼危險的鬥爭之決議〉，公開判定德永和貴司的見解違反「作家同盟」的基本方針，是最嚴重的右翼危險之呈現[45]。

貴司和德永受到「作家同盟」的批判之後，同時做出了自我批判。貴司山治在 1932 年 5 月號的《普羅文學》發表〈自我批判的實踐〉，表示接受〈關於與右翼危險的鬥爭之決議〉對他的批判，從現在起將克服自己的小市民傾向，將創作活動的實踐與普羅階級的必要性充分結合[46]。德永同樣在 1932 年 5 月號的《普羅文學》發表〈提倡「大眾文學形式」之自我批判——兼論貴司山治的論述〉〉，承認他在〈普羅文學的一個方向——邁向大眾文學戰線——〉提倡「大眾文學」的形式，是明顯的錯誤。對於貴司山治的〈大塩

44 小林多喜二，〈為了確立「文學的黨派性」（關於德永直的見解）〉（〈「文学の党派性」確立のために（徳永直の見解について）〉），《新潮》4（1932）：118。

45 日本普羅作家同盟常任中央委員會，〈關於與右翼危險的鬥爭之決議〉（〈右翼的危険との闘争に関する決議〉），《普羅文學》4（1932）：117。

46 貴司山治，〈自我批判的實踐〉（〈自己批判の実践へ〉），《普羅文學》5（1932）：92-93。

平八郎〉，德永原本在 1932 年 3 月的〈普羅文學的一個方向——前往大眾文學戰線——〉將之視為普羅文學裡唯一的普羅大眾長編小說，在此文裡卻將之稱為「講談、讀物小說」，認為其不但無法回應普羅大眾的要求，還會妨礙普羅文學獲得大眾性。德永進一步主張應創作像壁小說和報告文學等新的形式[47]。

就這樣，隨著「作家同盟」對於黨的優位性的日益強調，第三次論爭的結論比第二次更左、更封閉僵化。

## （四）「文藝大衆化」第四次論爭

第四次論爭發生於 1934 年-1935 年，起於貴司山治提倡的「實錄文學」及德永直對此的批判。關於第四次論爭的討論，可見於尾崎秀樹〈貴司山治論——無產階級大眾文學論〉、貴司山治遺稿〈我的文學史〉、伊藤純〈普羅文學與貴司山治——關於〈我的文學史〉〉等文章，但都不曾細述整個論爭的過程。筆者為了窺知第四次論爭的全貌，根據貴司山治及德永直發表於《文藝》及《文學評論》的諸篇文章做了整理，釐清了貴司山治提倡「實錄文學」的理由、「實錄文學」的內涵、以及德永直反對「實錄文學」的理由。

筆者認為，貴司山治之所以提倡「實錄文學」，與當時普羅文學運動受到鎮壓、普羅作家被迫轉向的時空背景有很大的關連。藏原惟人在 1928 年 1 月號的《前衛》發表〈無產階級藝術運動的新

[47] 德永直，〈提倡「大衆文學形式」之自我批判——兼論貴司山治的論述〉（〈「大衆文学形式」の提唱を自己批判する——併せて、貴司山治の所論に触れつつ〉）《日本プロレタリア文学評論集》7，262。原刊《普羅文學》（1932年5月號）。

階段——邁向藝術大眾化與全左翼藝術家的統一戰線〉，促成了「普羅藝」與「前藝」在 1928 年 4 月合組「納普」。但自從 1931 年滿州事變（九一八事變）爆發之後，日本政府對共黨人士施行更進一步的鎮壓，藏原惟人性急地要將文學運動及文化運動結合到工廠農村裡，主張在工廠及農村組織同好會，要將普羅階級文化運動作為共產主義運動的一環來展開活動。在藏原的提議之下，「納普」及普羅科學研究所等文化團體全部解散之後再組織，於 1931 年 11 月成立「克普」（日本普羅文化聯盟）[48]，形成了組織的大團結，並完成了中央集權。但是「克普」在 1932 年 3、4 月間受到集中鎮壓，藏原惟人、中野重治、宮本百合子、山田清三郎（YAMADA Seizaburō, 1896-1987）等多數作家相繼被捕入獄，小林多喜二在 1933 年 2 月在警視廳被拷問致死。日本共產黨幹部佐野學（SANO Manabu, 1892-1953）、鍋山貞親（NABEYAMA Sadatika, 1901-79）於 1933 年 6 月在獄中發表轉向聲明之後，作家們紛紛轉向、出獄。貴司山治也在 1934 年 1 月被警察檢舉而被拘留 90 天。在貴司遭拘留期間，「納爾普」於 1934 年 2 月決議解體，「克普」也同時解散。貴司於 1934 年 5 月 10-13 日在《東京朝日新聞》發表〈維持法的發展與作家的立場〉（〈維持法の発展と作家の立場〉）作為轉向聲明，表明不再從事政治性活動。貴司說這是因為治安維持法的激烈化，使得普羅文學運動的合法活動已經不可能了，今後將以「進步的現實主義」和「支持國際主義的立場」來從事活動[49]。也就是說，自

---

[48] 小學館《日本大百科全書》（*http://100.yahoo.co.jp*），2010.12.21查閱。〔執筆者：伊豆利彥（IZU Toshihiko，1926-）〕

[49] 小林茂夫，〈解說〉，《細田民樹、貴司山治集》，《日本プロレタリア文学集》30，485。

從滿州事變之後，普羅文學作家在創作活動範圍上受到極大的限制，促使貴司避提「普羅大眾文學」、轉而提倡「實錄文學」。

### 1. 貴司山治的「實錄文學」論

貴司山治於 1934 年 11 月 9 日-13 日在《讀賣新聞》連載〈「實錄文學」的提倡〉，這是一篇關於在具組織性的普羅文學運動崩潰之後如何進行文學實踐問題的評論，分成以下四個章節進行闡述。

> 一、問題的所在：今日的大眾文學不具有文學的根本性質（素材的現實性）……問題在於如何將這個壞傾向的、虛假的大眾文學趕出大眾樂於接受的文學範疇[50]。
>
> 二、與藝術文學的區別：為了克服今日具有壞傾向的大眾文學，唯有創造更健全的通俗文學才行。……即使在普羅文學之中，在稍早之前仍存在著相同的想法，有一部分人認為不需要站在普羅階級立場所做的通俗性文學。但這個想法被視為違反高度黨派性的普羅文學目的，被視為邪道而予以排斥。這些排斥起於作家對於現實大眾生活欠缺社會性的考量。……我們無法直接強行要求大眾接受他們還未感覺需要的高度藝術之文學，以此來驅逐（具有壞傾向的大眾文學）。……為了啟蒙而做的通俗文學與原本的藝術文學是範疇各自不同的工作[51]。

---

[50] 貴司山治，〈「實錄文學」的提倡〉（〈「実録文学」の提唱〉），《讀賣新聞》1934.11.9，4。

[51] 貴司山治，〈「實錄文學」的提倡〉《讀賣新聞》1934.11.10，4。

三、「實錄」的意義：關於具有健全傾向的通俗文學與原本的藝術文學之間，其差異在於表現題材的手法上的差異；而在精神層面上，對於「不會無視於現實性」這一點，兩者必須是一致的。……為了要達到含有上述意義的通俗文學，首要的工作是必須要有一個具體的軀體，我將此鎖定在「髷物（時代劇）」大眾小說——歷史小說——的領域。……這是沿著「以淺顯易懂的方式來描寫歷史留下的現實意義」之現實主義文學的一條平行線[52]。

四、工作範圍：被寫得有趣的實錄（筆者注：紀實故事）、實話（筆者注：根據實際事件寫成的讀物）、報告、通訊等都應算是實錄文學的範圍[53]。

貴司將「實錄文學」鎖定為歷史小說，舉出大多數的勞工大眾都愛讀這種大眾讀物，應沿著「以淺顯易懂的方式來描寫歷史留下的現實意義」之現實主義文學來創作「健全的通俗文學」，以此打倒「壞傾向的大眾文學」，發揮大眾教化的職責。

## 2. 德永直對「實錄文學」的批判

德永直在1935年3月號的《文藝》發表〈最近關於文學的感想〉，批判貴司山治的「實錄文學」。德永指出，武田麟太郎在1935年1月10日至13日的《東京日日新聞》與德永直的對談中，主張

---

52 貴司山治，〈「實錄文學」的提倡〉《讀賣新聞》1934.11.11，4。

53 貴司山治，〈「實錄文學」的提倡〉（〈「實錄文學」の提唱〉）《讀賣新聞》1934.11.13，4。

「我們的文學在藝術程度上愈高的話，就會離知識水平低的勞工大眾讀者群愈遠」，而貴司山治在 1934 年 11 月 9 日至 13 日《讀賣新聞》的〈「實錄文學」的提倡〉主張的「今日我們想要獲取更多讀者的話，必須以普羅大眾小說來取代目前擁有眾多讀者的《國王》之類、甚至各種資產階級大眾小說。因為高水平的藝術小說是無法立即做到的」。德永認為，武田和貴司兩者的意見看似不同，但在「藝術性或高水平的小說不具有大眾性」的意義上，兩者的意見是一致的[54]。

### 3. 貴司山治的反駁

對於德永的批評，貴司在 1935 年 5 月號的《文藝》發表〈「實錄文學」的主張（「実録文学」の主張）〉予以反駁。貴司指出，德永之所以無法理解「實錄文學」的主張，是因為德永對於普羅文學運動裡的文學大眾化問題，未曾從 1932 年春天的結論跨出半步。所謂 1932 年春天的結論，是指小林多喜二在 1932 年 3 月發表〈為了確立「文學的黨派性」（關於德永直的見解）〉一文中對德永和貴司的批判。貴司山治的反駁是：

> 小林高調地主張，真正的文學必須立於最高的意識形態，只要文學立於這個至高唯一的觀點，就可以獲得大眾，故不必有所擔心。
>
> 小林甚至說，低水平觀點的文學無法充分去除封建的、鄙俗的大眾文學的殘渣，使得文學無法走入大眾之中。

---

[54] 德永直，〈最近關於文學的感想〉（〈文学に関する最近の感想〉），《文藝》3（1935）：167。

> 德永在1935年3月提出「普羅小說本身既是藝術的，也是大眾的，我相信普羅小說在這個意義上是一致的」這個主張，與小林的差異是，小林只以意識形態的完成度來看待文學。但是這樣的作法並無法使文學或作家實際向上提升，因此在這大約一年之後，才會出現比較充分的方法。那就是從文學形象化的觀點（手法、題材的選擇、描寫方法等），來設法使文學達到意識形態的高峰，也就是，從探求真正藝術的各種條件的觀點，讓我們的世界觀在藝術裡得到完成。
>
> 當然，這是來自於蘇聯文學的社會主義現實主義的影響。德永主張的「既是藝術的，也是大眾的」，是從小林開始、然後經過上述的過程發展了一、二年，到達了現在的立場。所以歸根究底還是與小林的主張相同[55]。

貴司認為德永的論述「普羅文學既是藝術的，也是大眾的」，是從小林多喜二的「真正的文學必須立於最高的意識形態」出發，接著又受到蘇聯社會主義現實主義[56]的影響所發展而成的。貴司也認為文學的藝術性必須是「客觀世界的正確形象化」，作家必須擁有最正確的意識形態才能達成。但是作家的經歷和才能使他們達成正確的意識形態的進程有所差異。現在由於社會主義現實主義的影

---

[55] 貴司山治，〈「實錄文學」的主張〉（〈「実録文学」の主張〉），《文藝》5（1935）：158。

[56] 1934年8月22日第一次蘇聯作家大會公認社會主義現實主義是文學藝術的創作方法之一，其原則被寫入蘇聯作家同盟的章程中，要求作家以真實、歷史的具體性來描寫革命發展歷程中的真實性。世界文学大事典／Janpanknowledge（http://www.japanknowledge.com/），2010.12.28查閱。（執筆者：江川卓〔EGAWA Taku, 1927-2001〕）關鍵字：社会主義リアリズム。

響，日本普羅文壇不再一味地斥責作家，已經採用有效的批評方法來激勵作家們去努力達成正確的意識形態。

關於文學大眾化的具體方法，貴司指出，文學同好會（文学サークル）是唯一能夠保證小林 1932 年的「真正的文學必須立於最高的意識形態」主張和德永 1935 年的「普羅文學既是藝術的，也是大眾的」主張的方法。但很不幸的，這個方法只做到機械的應用，文學同好會的經驗是失敗的。因此貴司提出了「實錄文學」的主張：

> 在 1932 年 3 月之前，我們犯了不少錯誤，（現在提倡的「實錄文學」）不是像我們曾經主張的那樣，要以此來置換普羅文學，也不是要重蹈「降低意識形態的水平來接近大眾」的覆轍。
>
> 簡而言之，實錄文學的意義在於「古今東西的實錄」及「以這種實錄為基礎來創作說書式、通俗式的小說形式之讀物」。
>
> 「實錄」不是「報告」或「筆記小說（Sketch）」，而是「不光是事件的表面現象，是將之連同其原因、影響、結果、變化等進行全面調查的記錄」。因此，這才是能夠成為正確描繪客觀世界的唯物論現實主義（在俄羅斯稱為社會主義現實主義）之基礎[57]。

貴司主張「實錄文學」是對事件做全方面的調查，能夠正確地描繪客觀的世界，是普羅文學實踐社會主義現實主義的創作方法之基礎。「實錄文學」的目的是「提升勞工階級的一般文化、成為其

---

[57] 貴司山治，〈「實錄文學」的主張〉 162。

生活發展的朋友」，為了達到這個目的，才將「實錄文學」與「文學的大眾化」結合起來。貴司指出他們在1932年3月之前犯了不少錯誤，間接承認第二次及第三次論爭時提倡的「普羅大眾文學」是錯誤的，而現在提倡的「實錄文學」不是重蹈以前「降低意識形態的水平來接近大眾」的覆轍。

### 4. 德永直的再次批判

德永直在1935年5月號的《文學評論》發表〈小說學習（二）〉，將貴司的「實錄文學」批評為「鄙俗的大眾化論」，這是因為不相信大眾對於藝術的理解能力而衍生出來的錯誤見解。

德永主張「藝術程度愈高，就愈接近大眾」，並指出武田麟太郎在1935年1月10日至13日的《東京日日新聞》與德永直對談中主張「文學在藝術程度上愈高的話，就會離大眾讀愈遠」見解，乃意指大眾是愚蠢的，所以無法看懂藝術程度高的文學。德永表達不同的見解，那就是「普羅大眾具有理解他們自身的藝術文學的能力」。

德永進一步指出，出席1935年1月號《文學評論》的新人座談會的很多新人們，也發表了像武田那樣的見解，德永將之稱為「大眾化否定論」，認為這是對於文學大眾化極左的見解；另外，還有一個見解，是在這個基礎之上變形而成的極右的主張，那就是貴司提倡的「實錄文學」，是一種「鄙俗的大眾化論」。德永表明，由於他手邊沒有貴司的〈「實錄文學」的提倡〉，所以只憑記憶描述了貴司對於「文學大眾化」的主張，那就是「一開始就將高藝術水平的普羅文學提供給大眾，是很困難的。因此必須降低水平，先給予通俗性的大眾小說，再慢慢地將大眾往上提升」[58]。德永明確地指出採用大眾形式的作法是錯誤的：

> 當我們看到《國王》、《日出》、《主婦之友》等虜獲了大眾的心，就很容易陷入這種敗北的想法。以「摻水稀釋」、「降低水平」（換言之，非普羅文學）的作法來迎合大眾，會使人乍看以為是正確的[59]。

德永認為，這種「摻水稀釋」、「降低水平」的作法，就像是用五成的普羅階級意識和五成的資產階級意識調成的雞尾酒，不算是真正的普羅文學。不管是「大眾化否定論」或「鄙俗的大眾化論」，都是因為不相信大眾對於藝術的理解能力而衍生出來的見解。

最後，德永指出「即使要談文學大眾化，但也不能超越一定的界限」[60]，文學的大眾化沒有捷徑，必須隨時與「主題的積極性」做結合，獲得各式各樣的形式（或樣式），以此來提升技術。雖然路途遙遠，但這是達成文學大眾化的唯一道路。

### 5. 貴司山治的再次反駁

貴司山治在 1935 年 6 月號的《文學評論》發表〈給德永的一封信〉（〈徳永君への手紙〉）指出，德永在 1935 年 3 月號《文藝》的〈最近關於文學的感想〉指出貴司主張「藝術性或高水平的小說不具有大眾性」；再者，德永在 1935 年 5 月號的《文學評論》的〈小

[58] 德永直，〈小說學習（二）〉（〈小説勉強（二）〉），《文學評論》5（1935）：140。
[59] 德永直，〈小說學習（二）〉　140。
[60] 德永直，〈小說學習（二）〉　135。

說學習（二)〉裡，將「摻水稀釋」、「降低水平」括號起來，會讓讀者誤以為此語出自貴司的文章。

貴司澄清道，如同德永自述手邊沒有貴司的〈「實錄文學」的提倡〉，以上兩段話都不曾出現在貴司的文章裡，都是德永自己捏造的。貴司希望德永能夠仔細閱讀貴司在 1935 年 5 月號《文藝》的〈「實錄文學」的主張〉，因為這是為了反駁德永的批判而寫出的。

筆者查閱〈「實錄文學」的提倡〉一文，確實未見德永指出的以上兩段話，而且從字面的內容上，顯然是德永對貴司的見解有所誤會。貴司在〈「實錄文學」的提倡〉曾道：「通俗文學的愛用者的中心階層，是未教養的一般勤勞大眾，還未到達理解藝術文學的程度」，這句話被德永曲解為「藝術性或高水平的小說不具有大眾性」。而「摻水稀釋」、「降低水平」（「水を割り」「調子を下ろして」）這句話，未見於貴司的此文之中，倒是曾經出現於第二次論爭時「作家同盟」中央委員會在 1930 年 7 月號《戰旗》發表的〈關於藝術大眾化之決議〉裡。該決議批評貴司的「普羅大眾文學」是「摻水稀釋而『沖淡意識形態』（「イデオロギーを割合にゆるやかに」水を割ること）」。也就是說，德永是拿 1930 年的決議來批判貴司在 1935 年提倡的「實錄文學」。

再者，如同貴司在 1935 年 5 月號《文藝》的〈「實錄文學」的主張〉表明的，現在提倡的「實錄文學」「不是要重蹈『降低意識形態的水平來接近大眾』的覆轍」；「實錄文學」是對事件做全方面的調查，能夠正確地描繪客觀的世界，是普羅文學實現社會主義現實主義的創作方法之基礎。筆者認為，貴司將「實錄文學」限定在歷史小說，確實是採用了大眾形式的作法，不過貴司將「實錄文學」與當時日本普羅文壇積極認同的社會主義現實主義做連結，使「實錄文學」免於像以往那樣被批判為「輕率地因襲過去形式而扭曲了內容的階級性」，此種作法讓「實錄文學」得以正當化，也使得德永拿1930年的決議來批判貴司，已不成道理了。

## 6. 德永直的第三次批判

德永直在1935年7月號的《文學評論》發表〈小說學習（四）——第三度談論文學大眾化〉，承認自己在〈最近關於文學的感想〉一文中，確實有引用不充分之處，但不認為是「捏造」，因為他並非抱持著攻擊貴司的想法，而是期望貴司的提倡「實錄文學」能使文學大眾化論有所進展。德永指出貴司犯了跟資產階級文學者相同的錯誤，那就是將文學做了二分法：

> 他（貴司）無意識說道：「通俗文學、實錄文學」不過是「大眾讀物」、健康的通俗小說。……我在此要指出的是，貴司跟資產階級作家一樣地，陷入了所謂「大眾文學」和「純文學」這種資產階級式的區分方式。
>
> （武田和貴司）所謂的「高度的藝術」，其實是非常資產階級式的。本質優越的普羅藝術作品才是屬於大眾的、符合大眾生活、易於理解的作品。（看看《被開墾的處女地》吧）[61]

德永認為貴司對於「實錄文學」和「藝術小說」的分類，跟「大眾文學」和「純文學」的分類沒兩樣，都陷入了資產階級式的區分

[61] 德永直，〈小說學習（四）——第三度談論文學大眾化〉（〈小説勉強（四）——三たび文学大衆化について〉），《文學評論》7（1935）：140-41，143。

方式。最後，德永建議貴司應該將「實錄文學」視為真正的「藝術小說」，在歷史小說的領域裡創造新的形式。德永以肖霍洛夫（Mikhail Aleksandrovich Sholokhov, 1905-84）的《被開墾的處女地》（*Virgin Soil Upturned*）[62]為例，指出本質優越的普羅藝術作品應該是屬於大眾的、符合大眾生活、易於理解的作品。

### 7. 貴司山治的第三次反駁

貴司在 1935 年 8 月號的《文學評論》發表〈文學大眾化問題的再三提起（一）反駁德永的兩三個見解〉，重複其在〈「實錄文學」的主張〉裡對德永的反駁，並且明確地主張「實錄文學」不是「普羅通俗小說」，也不是普羅文學的「代替品」。

### 8. 貴司山治的「實錄文學」與「普羅大衆文學」

德永在第三次批判時明確指出他並不是要攻擊貴司，而是期望貴司提倡的「實錄文學」能使文學大眾化論有所進展。在德永此文之後，貴司又做了一次反駁，但德永不再提出批判，第四次論爭算是在沒有具體結論下終止了。

筆者認為，雖然這場論爭沒有具體結論，但不代表它不具意義。或許在這場論爭的刺激之下，貴司在最後一次反駁之後，陸續於《文學評論》發表兩篇關於文學大眾化的討論，分別是 1935 年 9 月號的〈藝術內的藝術大眾化論——文學大眾化論的再三提倡——（2）〉、以及 1935 年 12 月號的〈藝術外的藝術大眾化論

---

[62] 在德永直做為主要編輯的《文學評論》裡，也曾指出《被開墾的處女地》是蘇維埃最好的作品，是社會主義現實主義方法的具體呈現。文學評論編集部，〈關於〈保持這種水準！〉〉（〈「この水準を守れ！」について〉），《文學評論》9（1934）：16。

——文學大眾化論の再三提起——〉，提出了具體的文學大眾化的作法。

貴司在〈藝術內的藝術大眾化論——文學大眾化論的再三提倡（2）〉承認自己以前的「降低意識形態的水平來接近大眾的大眾化論」（普羅大眾文學論）是錯誤的，被小林批評為「反而會妨礙藝術的大眾性」，並沒有什麼不當。但若要克服意識形態摻水稀釋的大眾化論，並不是像小林或德永主張的「意識形態愈高就愈具有大眾性」的意見就可以解決的，因為徒具有高度的意識形態，只會讓藝術本身受到破壞[63]。貴司進一步提出列寧對於托爾斯泰的評論，指出列寧雖然否定托爾斯泰在藝術裡的宗教毒素，但也對於托爾斯泰建構的高度形象予以讚賞。貴司藉由列寧對於托爾斯泰這樣的評論來提出主張：藝術的大眾性或藝術性跟作者的意識形態無關，只要完成形象性就可以實現文學的大眾化。

接著，貴司在〈藝術外的藝術大眾化論——文學大眾化論の再三提起〉再次重申「實錄文學」絕對不是普羅文學，也不是普羅階級的農民文學。貴司主張「實錄文學」的階級性是「優秀的資產階級文學」，也就是「資產階級文學興盛時留下的、比較沒有扭曲的現實主義文學」，與現在完全鄙俗化、頹廢化的資產階級文學有所區別。但是，筆者從貴司以下文章裡發現，貴司想從事的仍然是以普羅大眾文學來進行普羅文學的大眾化：

---

63 貴司山治，〈藝術內的藝術大眾化論——文學大衆化論的再三提倡（2）〉（〈芸術内の芸術大衆化論——文学大衆化論の再三提唱（2）〉），《文學評論》9（1935）：164。

> 現在的我正出動於現階段必要的工作戰線，從事實錄文學的工作，也從事《文學案內》[64]雜誌的工作。除此之外，我也抱持著自己原本的計畫，在我自身能力及社會條件許可範圍內進行普羅文學的工作。
>
> 總而言之，有良心的文學者今後該做的工作必須是兩個戰線，一是要在藝術文學上以最大的野心多加努力，二是要為了培養更多了解藝術的人們而進行更廣泛的啟蒙工作。只要人們動員到這兩個戰線上，那麼，即使是在資本主義之下的新時代文學及普羅文學，也能「有一點兒」大眾化[65]。

雖然貴司極力將「實錄文學」與「普羅大眾文學」撇清關係，但是從「啟蒙工作」、「利用大眾形式」、「降低普羅階級的意識形態」、「高級和低級的二元論」、「普羅文學大眾化的目的」幾個觀點來看，「實錄文學」與「普羅大眾文學」在本質上沒有什麼不同。也就是說，貴司在此主張「藝術文學」和「實錄文學」二元論，跟他在1932年3月之前提出的「高級的普羅文學」和「大眾的普羅文學」二元論，在本質上是一樣的。再者，貴司自述「我也抱持著自己原本的計畫，在我自身能力及社會條件許可範圍內進行普羅文學的工作」，並且主張「藝術文學」和「實錄文學」兩條戰線的目的是為了達成普羅文學大眾化。因此，筆者認為貴司「原本的計畫」就是「普羅大眾文學」，而「實錄文學」則是由「普羅大眾文學」

---

64 《文学案内》1巻1号-3巻4号，丸山義二（MARUYAMA Yoshiji，1903-79）編（東京：文学案内社，1935.7-1937.4）。

65 貴司山治，〈藝術外的藝術大衆化論——文學大衆化論の再三提起〉（〈芸術外の芸術大衆化論——文学大衆化論の再三提起〉），《文學評論》12（1935）：130。

變裝而成。筆者猜測，貴司刻意不從普羅文學出發，將「實錄文學」設定為「優秀的資產階級文學」，這樣一來，可以符合法西斯主義盛行之下的社會條件要求，也可以避免被批判為「普羅階級意識的摻水稀釋」。不過「實錄文學」與「普羅大眾文學」有一個不同之處，那就是貴司將「實錄文學」的範圍縮小在歷史小說，並且規定為「不光是事件的表面現象，是將之連同其原因、影響、結果、變化等進行全面調查的記錄」，使得「實錄文學」提供了比「普羅大眾文學論」時期更具體的作法。

## （五）德永直與貴司山治分道揚鑣

在 1930 年第二次論爭時，貴司山治因 1929 年開始提倡的「普羅大眾文學」而遭到批判。在 1932 年第三次論爭時，德永直因提倡「普羅大眾長編小說」而和貴司同時遭到批判。不過，德永對於「普羅大眾文學」的關注並非從 1932 年開始，德永早在 1929 年就曾經以個人名義提議組成「普羅大眾作家小組」，不過被視為「時期尚早」而沒有結果[66]。在前述第二次「作家同盟」大會準備期間召開的文學大眾化問題小委員會中，貴司提議應降到講談程度來創作普羅大眾小說，受到眾人的反對，但是德永表示贊成之意。尾崎秀樹認為德永的贊成是可以理解的，因為德永的作品「原本就放入很多通俗的、大眾的成分及表現方式，而且他是勞動者出身的

---

[66] 德永直，〈普羅文學的一個方向〉（〈プロレタリア文学の一方向——大衆文学の戦線へ〉），《日本プロレタリア文学評論集》7，255。原刊《中央公論》（1932年3月號）。

作家，是以大眾的、具體的觀點來看問題的。貴司也具有這樣的觀點」[67]。

### 1. 貴司山治的執著

同樣都「以大眾的、具體的觀點來看問題」的德永和貴司，從1929年開始表達了對「普羅大眾文學」的關注，即使「普羅大眾文學」論在1930年被「作家同盟」批判為明顯的錯誤，在兩人成為《文學新聞》(1931年10月10日發行）主要編輯委員之後，仍舊堅持以「普羅大眾文學」的方向在《文學新聞》上辛勤耕耘，直到1932年4月「作家同盟」發表〈關於與右翼危險的鬥爭之決議〉為止。〈關於與右翼危險的鬥爭之決議〉公開判定德永和貴司的見解違反作家同盟的基本方針，貴司和德永才開始在1932年5月做出了自我批判，承認「使用大眾文學形式」是明顯的錯誤，甚至在1935年第四次論爭，貴司和德永都仍然表示〈關於與右翼危險的鬥爭之決議〉對他們的批判是正確的。

貴司承認「使用大眾文學形式」是錯誤的，卻又提倡以歷史小說這種大眾文學形式作為範疇的「實錄文學」，希望藉此達成普羅文學的大眾化。基本上，這是相當矛盾的論述，讓筆者不禁懷疑貴司是否真心承認「使用大眾文學形式」是錯誤的。如同筆者在前一小節指出「實錄文學」是由「普羅大眾文學」變裝而成，由此可以看出，貴司仍舊肯定「使用大眾文學形式」的作法，其實是以「實錄文學」之名行「普羅大眾文學」之實。

---

[67] 尾崎秀樹，〈貴司山治論——無產階級大眾文學論〉 168。

由於「使用大眾文學形式是錯誤的」這個要求只在普羅文學的理論框架裡才能成立，既然「實錄文學」不是普羅文學，便可以堂而皇之地使用大眾文學形式。貴司在面對既提倡「實錄文學」又反對「使用大眾文學形式」的這個矛盾時，以「實錄文學不是普羅文學」這個說法來予以化解。如同村田裕和（MURATA Hirokazu）和指出的，「創作大眾想要閱讀的文學」是貴司一輩子都在努力的主題[68]，貴司將「普羅大眾文學」論帶進普羅文學領域，以他自己的方式不斷地實踐著。

## 2. 德永直為何批判貴司山治

自從 1934 年「納爾普」解散以來，從 1935 年 1 月到 12 月之間，森山啟、久保榮等人針對社會主義現實主義的主張是否適用於日本而展開論爭的同時，在「納爾普」解體之時創刊的《文學評論》及其他普羅文學雜誌已開始摸索社會主義現實主義如何成為新的藝術方法。身為《文學評論》主要編輯的德永直也表現出對社會主義現實主義的肯定，但貴司山治卻表示他無法依照社會主義現實主義的創作方法來進行創作。貴司提到自己對於社會主義現實主義的態度：

> 雖然我已經從普羅文學理論退出（在我自身的實踐上，理論已經是社會性的破滅），但是我一直是想寫普羅小說的，現在也是。德永那種特別的狀況另當別論，我無法厚臉皮

[68] 村田裕和（MURATA Hirokazu），〈翻刻貴司山治「新段階における根本方針と分散的形態への方向転換」（一九三四年・未発表原稿）〉（特集プロレタリア文学），《立命館文學》614（2009）：359。

> 地高舉社會主義現實主義的旗幟來書寫合法範圍的普羅小說[69]。

貴司所謂的「已經從普羅文學理論退出」，應該是他指於 1934 年 5 月 10-13 日在《東京朝日新聞》發表〈維持法的發展與作家的立場〉中表明不再從事政治性活動之行為。中野重治曾經指出，貴司認為德永是一路看著日本勞動階級過去數十年來的成長過程，要將之寫成長篇小說，使用社會主義現實主義的方法來作為其創作方法，是理所當然的[70]。根據林淑美的研究，貴司以「題材的選擇」來看待社會主義現實主義的「方法」，認為必須以勞動階級的本質性作為題材，而自己不具有描寫這個題材的主體條件，因此無法以社會主義現實主義的方法來進行創作[71]。就這樣，德永直迎向了社會主義現實主義，而貴司山治拒絕了，並且從 1934 年 11 月開始提倡「實錄文學」，兩人就此分道揚鑣，並且引發了第四次論爭。關於德永批評貴司的理由，尾崎秀樹曾經做出以下的解讀：

> 德永可能是想要一掃過去「右傾偏向」的印象，或者因為其勞動者出身作家的身分而具有頑固的錯誤理解，他以「回歸到被小林多喜二批判當時的原則」為主軸，將貴司的提倡「實錄文學」批判為假借「文學大眾化」之名的鄙俗大眾化論[72]。

---

69 林淑美（RIN Shukumi, 1949-），《中野重治　連続する転向》（東京：八木書店，1993）264。原刊貴司山治，〈1934年を送る——一作家の私記〉，《文化集團》（1934年12月號）。

70 中野重治，〈對於三個問題的感想〉（〈三つの問題についての感想〉），《文學評論》3（1935）：163。

71 林淑美，《中野重治　連続する転向》　265。

72 尾崎秀樹，〈貴司山治論——無產階級大眾文學論〉　173。

如同筆者前述，從字面的內容上，看起來確實是德永對貴司的見解有所誤會。但是，筆者認為，我們若能進一步看穿貴司其實是以「實錄文學」之名行「普羅大眾文學」之實，就會認同德永拿1930 年的決議來批判貴司在 1935 年提倡的「實錄文學」，其實是極為恰當的。

再者，姑且不談尾崎秀樹「其勞動者出身作家的身分而具有頑固的錯誤理解」這個說法多麼具有詆毀性，筆者認為德永就是因其勞動者出身作家的身分，才能堅持普羅階級的限度，主張「即使要談文學大眾化，但也不能超越一定的界限」。中川成美指出，德永直之所以在〈普羅文學的一個方向——邁向大眾文學戰線〉提倡大眾文學戰線，是因為德永對於日本普羅文壇不重視讀者的意識及嗜好之事感到焦急，才會一舉提倡建立普羅大眾文學[73]。筆者認為，德永經過 1932 年小林多喜二等人的批判，認清了採用大眾文學形式是錯誤的，必須要在一定的限度內談論普羅文學的大眾化，因而才揚棄「普羅大眾文學」論，轉而接受社會主義現實主義。

## 三、普羅大衆文學論的意義

綜觀 1930 年代日本普羅文壇發生的四次關於文藝大眾化論爭，隨著日本普羅文學運動逐漸被政治主義思潮佔據，前三次論爭的結論不斷地往左偏向，直至 1934 年「納爾普」及「克普」解散為止。1934 年以後，普羅文學運動在法西斯主義風暴下受到箝制，

---

[73] 中川成美，〈「大衆」とは誰のことか〉，《国文学解釈と鑑賞》75.4（東京：至文堂，2010）73。

但從另一個面向來看，普羅文學理論因文學運動組織實體的消失而解脫政治性的束縛，可以更自由地探討普羅文學大眾化的具體作法。就像貴司山治，開始思索新的文化運動的形態，進而提出了「實錄文學」論。第四次論爭在德永批判、貴司反駁三次往返之後，在沒有具體結論的情況下終止了。但是筆者認為貴司由於這場論爭的刺激，進一步地提出文學大眾化的作法，使得文學大眾化論得到具體的呈現。另一方面，德永接受了社會主義現實主義，也提出了具體的實踐作法，是文學大眾化論另一面向的呈現。第四次論爭使得文學大眾化論得以具體化、實踐化，比起前三次論爭的理想論來得更具意義。

另外，大眾文學家出身的貴司自始至終提倡的「普羅大眾文學」論，突破了藏原及小林等人以黨的優位性出發的理論框架，提供以大眾文學的方法來讓大眾自發地閱讀普羅文學的可能性。王志松的研究指出，「就世界範圍來看，這場爭論較早地從無產階級文學的立場涉及到了『大眾文學』的理論問題，應該說從一個側面豐富了馬克思主義文藝理論」[74]。由此可知，普羅大眾文學論豐富了馬克思主義文藝理論，並且提供了具體的實踐作法，在日本普羅文學理論裡具有不可抹煞的意義。

### （一）德永直接受社會主義現實主義

德永直於 1933 年 9 月在綜合雜誌《中央公論》發表〈創作方法上的新轉換〉，援用吉爾波丁（Valeriĭ Kirpotin, 1898-1997）的社

[74] 王志松，〈大眾文學的「民眾欲望」表達及其藝術性——「文藝組織生活論」與日本左翼的「文學大眾化」爭論〉，《俄羅斯文藝》2（2006）：70-74。

會主義現實主義論，對於藏原惟人在1931年9月號、10月號的《納普》連載的〈對於藝術方法的感想〉以及承襲於此的「納普」指導部的政治主義做出強烈的反抗。德永指出，自從藏原惟人在〈對於藝術方法的感想〉提倡唯物辯證法的創作方法以來，日本普羅文學家為了理解這個創作方法，做了極大的努力卻不得其門而入：

> 就像兩年前一樣，〈對於藝術方法的感想〉在現在仍然是「金科玉律」。今年藏原在獄中[75]寫信回覆那些痛苦不已的作家所提出的問題，信中的意思大約是……愈來愈寫不出小說，真的很可憐。但這不是唯物辯證法的創作方法的錯，而是你們還未確實理解它……。果然評論家是幸福的！……為了理解「唯物辯證法的創作方法」，我們的作家花費了多大的努力啊？……看看我們達到的是什麼，那就是我們終於了解這個創作方法的提倡是多麼的機械、多麼的觀念[76]。

德永指出，自從提倡唯物辯證法的創作方法以來，日本普羅文學家花了一年半的時間埋首其中，卻只發現「唯物辯證法的創作方法」這句話本身完全沒有任何具體意義。德永援用吉爾波丁的論述來批判藏原，此論述是吉爾波丁1932年10月全蘇作家同盟第一次大會發表的報告演說。德永在文中引用了吉爾波丁對於「唯物辯證法的創作方法」的批判：

---

[75] 藏原惟人在1932年因普羅文學運動受到陣壓而被檢舉，依違反治安維持法而被判7年徒刑。其間沒有表明「轉向」，服刑期滿後出獄。

[76] 德永直，〈創作方法上的新轉換〉（〈創作方法上の新転換〉），《日本プロレタリア文学評論集》7，267。原刊《中央公論》（1933年9月號）。

> 我們贊成藝術裡的「辯證法的唯物論」，但是「辯證法的創作方法」是錯誤的口號。它將事態給單純化，將藝術創作與意識形態上的企圖之間的複雜關係、以及作家與其自身階級的世界觀之間複雜的依存關係，化為抽象地、自動地作用的法則……不論作家自身的世界觀如何，作家總能在藝術上達到正確的結論。……藝術的複雜性不允許被單純化。因為藝術上的形式是屬於本質性的[77]。

吉爾波丁認為唯物辯證法的創作方法無視於藝術的複雜性，以抽象的法則來消除藝術創作與意識形態之間的複雜關係、以及作家與其本身對階級的世界觀之間複雜的依存關係。德永指出，藏原惟人的〈對於藝術方法的感想〉寫於兩年前，受到當時蘇聯最左翼的「拉普」（俄羅斯無產階級作家協會）[78]書記長暨理論指導家奧爾巴赫（Leopoid Aberbakh, 1903-37）提倡的機械論的壞影響，將藝術的複雜性予以單純化，是機械的、觀念的謬誤。如今藏原惟人提倡的唯物辯證法的創作方法已然成為「作家同盟」的理論基礎，因此必須予以批判才行。德永主張驅除機械論及觀念論，要求在創作方法上的新轉換：

> 讓我們消滅主觀的、觀念論的毒蟲吧！讓我們掃滅群聚於稻穗裡的蝗蟲吧！若不如此，普羅文學終將從根部乾涸而死！讓我們驅逐機械論！即便是現今蘇聯提倡的創作方法上的口號「社會主義的現實主義和革命的浪漫主義」，也不

---

[77] 德永直，〈創作方法上的新轉換〉 273。

[78] 「拉普」（ラップ）：俄羅斯無產階級作家協會、ロシア・プロレタリア作家協会、或ロシア・プロレタリア作家同盟的簡稱。

> 可以突然地引進來。因為這些口號是符合蘇聯的社會情勢、也就是符合執行第二次五年計畫之下的社會主義社會裡的大眾現實的口號。我們首先必須照應日本和俄羅斯之間的這個差異、大眾生活在客觀現實上的差異、以及特殊的上層結構之文學藝術被自行規定的界限。
>
> 我認為我們必須從無產階級現實主義(プロレタリアリアリズム)重新出發才行。這絕對不是走回頭路,也不是「重來一次」,而是為了再次踏穩大地。
>
> 在今日我們更要在新的大眾「生活中學習」。只要正確地反映無限豐富的事實,主題的積極性就會由此而生。……讓我們踢開文學批評的官僚式支配,悠然自由地大大創作一番吧[79]。

德永認為即使要轉換新的創作方法,也不應重踏藏原引進唯物辯證法的創作方法時的機械論,必須關照俄羅斯和日本之間社會現實上的差異,因此主張從「無產階級現實主義」重新出發,這樣才能重新踏穩大地。

德永主張的「無產階級現實主義」,是藏原在 1931 年提倡唯物辯證法的創作方法欲取代的對象。藏原在 1928 年 5 月號的《戰旗》發表〈邁向無產階級現實主義之路〉中提倡的「無產階級現實主義」,其定義為:「第一,要以無產階級前衛的『眼光』來觀看世界;第二,要抱持嚴正的現實主義者的態度來描寫。——這就是無產階級現實主義者惟一的道路」[80]。藏原為了克服舊的現實主義(資產

---

79 德永直,〈創作方法上的新轉換〉,《日本プロレタリア文学評論集》7,274。

80 藏原惟人,〈邁向無產階級現實主義之路〉(〈プロレタリア・レアリズムへの道〉),《日本プロレタリア文学評論集》4,124。原刊《戰旗》(1928年5月號)。

階級現實主義），提出了新的現實主義（無產階級現實主義），要站在階級的觀點來客觀地描寫現實。德永想要回歸的，就是這個具有階級意識又能重視作品的真實性與客觀性的起點，要從這個起點開始探求新的創作方法。也就是說，德永關照日本和蘇聯在社會現實上的差異，發現日本還未達到蘇聯那種已經成為社會主義社會的現實，不應完全依循蘇聯當時對社會主義現實主義的所有主張，而應站在無產階級現實主義這個起點來吸收社會主義現實主義。在此可以看出德永並非機械地接收社會主義現實主義，而是試著想從這個理論之中轉化出適合日本普羅文壇適合的創作方法。

## （二）1935 年前後的日本普羅文壇的概況

楊逵從 1934 年 11 月開始至 1937 年下半年為止，陸續發表了關於文藝大眾化的論述，其中以 1935 年發表的論述最多，因此在討論楊逵對於日本文藝大眾化的吸收和轉化之前，應先了解 1935 年（昭和 10 年）前後的日本普羅文壇的概況。

根據新潮社辭典的解說可知，日本昭和初期的文學史的有一個特徵，那就是一種名為「大眾文學」的新小說形式急速地發展開來。這是從谷崎潤一郎（TANIZAKI Jyunichiro, 1886-1965）提倡的小說娛樂說延伸而來，吉川英治（YOSHIKAWA Eiti, 1892-1962）、大佛次郎（OSARAGI Jiro, 1897-1973）、直木三十五（NAOKI Sanjugo, 1891-1934）、三上於菟吉（MIKAMI Otokichi, 1891-1944）等新作家形成了一股有別於純文學的另一個獨立王國，形成了純文學與大眾文學的對立。昭和初期是一個錯綜複雜的時期，有人生派與藝術派的對立、新世代與舊世代的對立、資產階級文學與普羅階級的對立、純文學與大眾文學等等層疊交錯而成。到了 1935 年左右，開始出現整合的意見。例如橫光利一（YOKOMITU Riichi, 1898-1947）的〈純粹小說論〉提出大膽的試論，企圖將純文學與大眾文學統一起來；小林秀雄（KOBAYASHI Hideo, 1902-83）的〈私小說論〉提出社會派（普羅文學）和藝術派（私小說及現代主義文學）的整合論，結果形成了「已社會化的自我」這種個人主義文學的提倡[81]。

昭和文學進入戰爭時期的昭和 10 年代之後，永井荷風（NAGAI Kafu, 1879-1959）、島崎藤村（SHIMAZAKI Tōson, 1872-1943）、志賀直哉（SHIGA Naoya, 1883-1971）等人展現了既成文壇的潛勢力，現代主義文學派方面，也有很多新人從新興藝術派、新心理主義等流派竄出頭來。在文學主張方面，有藝術派提倡的行動主義文學、舍斯托夫（Lev Shestov, 1866-1938）的存在主義等。至於當時日本普羅文壇的狀況，可以從德永以下的描述得到具體的了解：

> 現在整個日本普羅文壇，出現了最明顯的理論對立，那就是森山啟（MORIYAMA Kei, 1904-91）和龜井勝一郎（KAMEI Katsuichiro, 1907-66）的對立，前者主張「確立社會主義現實主義」，後者主張「將普羅文學和資產階級文學的區分予以撤除也無所謂」。這個決定性的對立，可能會從兩個理論的對立發展出更大的決裂[82]。

---

81 新潮社辭典編集部編，《新潮日本文學辭典》，7版（東京：新潮社，1996）658。

82 德永直，〈普羅文壇的人們〉（〈プロレタリア文壇の人々〉），《行動》12（1934）：197。

自從 1934 年「納爾普」解散以來，日本普羅文壇除了社會主義現實主義理論的出現之外，還有浪漫主義思潮的抬頭，龜井勝一郎、林房雄等日本浪漫派提倡浪漫思潮的復活及反進步主義，強調官能的美感，文學活動以藝術至上主義為最高境界，這個主張受到森山啟、德永直等人的批判。有些普羅作家雖然沒有像龜井勝一郎、林房雄等人那樣脫離普羅文壇，卻開始對於過去普羅文學欠缺的文學之多樣性、獨特性、複雜性相當感興趣，並且出現主觀式、內省式的傾向，德永將這些都斥為「藝術至上主義」，主張「對抗藝術至上主義！」[83]。

## （三）楊逵的文藝大衆化主張

在了解 1935 年前後的日本文壇動向之後，再來關注楊逵發表的文藝大眾化論述，可以清楚對照出楊逵與日本文壇之間的異同，也可以看出楊逵提出了不同於日本文壇的論述。綜觀楊逵發表的文藝大眾化論述，大致可以整理成以下九點，但筆者整理這些論述的主要目的，是要透過楊逵在這些論述裡提及的日文文獻，來審視楊逵如何關注日本文壇的動向，並且做出了怎樣的轉化。

### 1. 小說應淺顯易懂

楊逵在 1935 年 6 月號的《新潮》發表〈歪理（屁理屈）〉，批評杉山平助（SUGIYAMA Heisuke, 1895-1946）在 1935 年 5 月號的《新潮》發表的〈冰河的瞌睡〉對純粹文學的見解。杉山平助的〈冰

[83] 森山啓，〈1934年度文學裡的各種問題〉（〈1934年度の文学における諸問題〉），《文學評論》12（1934）：9。

河的瞌睡〉從當時橫光利一提出的純粹小說論開始談起，然後提出自己對於純粹小說的看法：

> 我個人認為，純粹文學與通俗小說的差別在於對於現實性的掌握之濃淡深淺。
>
> 具有高度現實性的小說，如同高濃度的營養食品流進吸收能力薄弱的胃裡，不但是一種浪費，甚至會引起嚴重的消化不良，反而是有害的。……拿高級的數學問題給初學者解題的話，不但解不出來，而且浪費腦力，無聊又有害。……對於登山愛好者，愈難爬的山愈覺得「有趣」。但對於勤勉的學者來說，就算只是一座愛宕山（筆者注：位於千葉縣南房總市的一座山，標高 408.2m），也會有懶得去爬的人[84]。

杉山認為純粹小說是具有高度現實性的小說，讓文學理解素質低的人來閱讀純粹小說，如同初學者計算高級數學問題、吸收能力差的胃流進了高營養的食物，也如同不喜爬山者攀登高山那樣，不但無聊、甚至有害。對於杉山平助的這個見解，楊逵將之斥為歪理：

> 作者既然有意努力、費盡心血地向人表達自己的情感，首先必須把自己想要說的話、也就是自己提出的問題，寫得讓讀者能夠理解，這不是不可能的。「趣味」並不會因為努力寫得淺顯易懂而喪失的。我們之所以覺得通俗小說乏味，不是因為它淺顯易懂，而是因為它「虛假」。

---

84 杉山平助，〈冰河的瞌睡〉（〈氷河のあくび〉），《新潮》5（1935）：139-40。

> 現在很多純小說晦澀、難以理解，比描寫同一主題的論文還要缺乏吸引力。這是文學的變質、墮落。所有試圖為晦澀難懂的小說附上價值的作為都是荒唐的[85]。

楊逵主張小說應淺顯易懂，不應以理解能力高低的差異為理由來為晦澀難懂的純小說附加價值。至於通俗小說的「淺顯易懂」，並不是令人感到乏味的原因，其原因在於通俗小說的「虛假」。另外，楊逵在 1935 年 7 月到 8 月之間於《台灣新聞》發表〈新文學管見〉中，再次重申大眾小說之所以會枯燥無味，不是簡單明瞭的表達方式所致，而是作家無定見地追隨大眾、說謊胡鬧之故[86]。在此可以看出楊逵對於通俗小說的「淺顯易懂」這個特質表示肯定的態度，也就是說，身為普羅文學者的楊逵並不會機械地排斥屬於大眾文學的通俗小說，而是從中汲取通俗小說的優點「淺顯易懂」，以此作為普羅文學小說的創作原則。

《新潮》是日本大正及昭和時期重要的文藝雜誌，主要支持新感覺派及新興藝術派，並且擁護藝術派，是資產階級的雜誌。當杉山平助在 1935 年 5 月號《新潮》的〈冰河的瞌睡〉發表藝術派觀點的現實性之後，楊逵立即在次月 1935 年 6 月號《新潮》發表〈歪理〉，以普羅文學的觀點來明確指出晦澀難懂的小說不具價值。就回應的時間性來看，殖民地作家楊逵對於日本文壇的關注及回應速度，與日本中央文壇文學者無異；就回應的內容性來看，楊逵將殖民地普羅文

---

85 楊逵，〈歪理〉（〈屁理屈〉），彭小妍編《楊逵全集》9（台南：文化保存籌備處，2001），200-201。本論文在引用楊逵的論述時，皆引自日文版本，並將日文翻譯成中文，因此有時會與《楊逵全集》的中文譯文有所出入，特此說明。

86 楊逵，〈新文學管見〉（〈新文学管見〉），《楊逵全集》9，301。

壇的意見帶進日本中央文壇裡，「參與」了日本文壇裡的討論。楊逵此舉推翻了一般既有的觀念：「台灣殖民地文壇是日本中央文壇的亞流」，讓台灣文壇能與日本文壇進行共時性的對話與交流。根據這個發現，筆者將本論文原先設定楊逵「吸收」日本文壇的角度，進一步加上楊逵「參與」日本文壇的觀點。筆者認為，楊逵本身具備的戰鬥性和積極性，讓他勇於進出日本文壇，造就了這樣的不凡之舉。

### 2. 掌握堅定不移的世界觀

「現實（リアリズム）是什麼？」，這是不論藝術派或普羅派的作家都想要解出答案的問題。楊逵在〈新文學管見〉的「作家和世界觀（作家と世界観）」章節中，批評中河與一（NAKAGAWA Yoichi, 1897-1994）的「偶然文學論」曲解了馬克思主義的必然之說，並指出「真實的現實主義」（真実なるリアリズム）必須站在堅定不移的世界觀才行。

中河與一在 1935 年 7 月號的《新潮》發表〈偶然文學論〉，將「現實」（リアリズム）視為「不可思議」的諸相之逆轉：

> 當我們將事物的本質視為偶然時，那麼只有具有該本質的「不可思議」才是「現實」。亦即，今日我們在追究對照時，就會遇到具有事物本質的真實（真実）之「不可思議」，這才是唯一的「現實」。我們必須透過追究真實的方式來到達「不可思議」的境界。唯有透過這樣的解釋，我們才能理解自古以來眾多偉大的作品。他們的藝術所具有的真實，全部都是具有真實的「不可思議」[87]。

[87] 中河與一，〈偶然文學論〉（〈偶然文学論〉），《新潮》7（1935）：116。

對於中河與一在1935年7月號《新潮》的〈偶然文學論〉提出對於「現實」的見解，楊逵在1935.7.29-8.14的《台灣新聞》發表〈新文學管見〉，發表不予認同的看法：

> 雖然中河與一在〈偶然文學論〉(《新潮》7月號)中說了「真實」(真実)就是「追尋偶然迎向不可知的世界」之類的話，但我認為「探究偶然迎向必然之路」才是「真實」。……若是悲憫人類的不幸、欲追求更好的人類生活的話，就必須以堅定不移的世界觀來掌握「真實的現實主義」(真実なるリアリズム)。「真實的現實主義」是邁向無限進步的道路，是與普羅階級共同邁進的道路，也是清算利己主義的道路[88]。

楊逵否定中河與一的偶然論，主張以堅定不移的普羅階級世界觀來掌握「現實」，客觀地描寫社會現實的必然，這才是「真實的現實主義」。由此可以看出楊逵的世界觀是普羅階級的，惟有堅定不移地站在普羅階級的世界觀才能掌握到真正的「現實」，這與藏原惟人1928年5月提倡「無產階級現實主義」、主張站在階級的觀點來客觀地描寫現實，有異曲同工之妙。

如同在前述「(一)小說應淺顯易懂」一節中，楊逵以普羅派的觀點迅速地在日本雜誌《新潮》回應了杉山平助的藝術派觀點，楊逵在此文也以普羅階級的必然論快速地回應了新感覺派作家中河與一的偶然論。不過有一點差異，那就是楊逵此文並非發表於日本雜誌，而是日治時期的台灣官報《台灣新聞》。無論楊逵發表於

[88] 楊逵，〈新文學管見〉，《楊逵全集》9，299。

台灣或日本的報刊雜誌，楊逵迅速地回應日本文壇、以此堅守普羅階級文學立場的姿態，是始終不變的。

### 3. 讓讀者大衆參與文藝評論

楊逵在〈新文學管見〉的「關於文藝評論」(「文芸批評について」) 章節中談論「文藝評論」，主張文藝評論應重視鑑賞大眾，故應設法形象化，讓讀者感動。楊逵提出了一個具體的作法，那就是讓讀者大眾參與文藝評論。楊逵在談論文藝評論時，是放在新文學（新しい文学）、也就是整個普羅文學的框架裡討論，故楊逵對於文藝評論的主張也適用於小說創作的主張：

> 和論述比較起來，藝術是訴諸感情較多，訴諸理智較少。因此，(文藝評論) 光追求理論是不夠的，必須寫出能夠感動讀者的作品，必須形象化才行。……即使是光理論的部分就需要很多基礎知識的問題，若能像這樣呈現於生活中來予以藝術化的話，就能讓讀者的理解超過博物館標本的程度[89]。

楊逵在這裡談的「論述」指的是「文藝評論」，而「藝術」則是指「小說創作」。楊逵認為小說創作訴諸感情較多，而文藝評論訴諸理智較多。由於文藝評論只追求理論，所以較難以打動讀者。楊逵認為文藝評論不應只追求理論，也應該重視鑑賞大眾，故必須使文藝評論形象化、讓讀者感動。楊逵在此章節介紹了小林秀雄在 1935 年 3 月號的《改造》發表〈再論文藝時評〉一文中提及的巴黎沙龍座談，以及權五郎在 1934 年 11 月 28 日《東京日日新聞》

---

[89] 楊逵，〈新文學管見〉，《楊逵全集》9，302。

的「蝸牛的觀點」(「蝸牛の視角」)專欄裡發表〈職業代表的評論（職業代表の批評)〉提及的職業代表的評論。楊逵表示，小林秀雄提倡的巴黎文士座談會、以及權五郎提倡的職業代表評論，若能更進一步讓讀者大眾參與其中的話，他是予以認同的：

> 《改造》三月號中，小林秀雄認為最高層次的文藝批評應求諸座談，他說批評家的任務是在於整理座談。對此看法我有同感。小林氏討論了巴黎的沙龍座談，但是在新文學的評論方面，我們應該更加重視眾多農村及工廠裡的大眾座談。權五郎氏曾經在《東京日日新聞》的「蝸牛的觀點」寫過有關職業代表的評論。在把職業代表擴大到工廠農村大眾的條件下，我也贊同[90]。

小林秀雄在 1935 年 1 月號的《行動》發表〈關於文藝時評〉(〈文芸時評に就いて〉)指出，他曾經對於評論的困難性發表了若干感想，卻被誤解為主張「文藝評論無用論」，因此他又發表〈再論文藝時評〉來做說明，表示自己並非談論「文藝評論」這件事，而是在談自己身為文藝評論家在進行評論工作時體驗到的苦惱。小林進一步提到真正的評論應求之於座談會：

> 聖伯夫（Sainte-Beuve）將其龐大的文藝時評集命名為《週一座談》，這是眾人皆知之事。他說：「在巴黎，真正的評論來自於座談。列席於所有人進行意見投票之場合，以銳利的眼光審視之，編纂出自己最完整、最正確的結論，這就

90 楊逵，〈新文學管見〉，《楊逵全集》9，303-04。

是評論」。

身為評論家的聖伯夫對於評論方法的無秩序一直感到苦惱。不只他無法解決科學方法和創造方法之間的矛盾，任何評論專家都無法在評論方法論當中充分整理出這個矛盾。但是他以「座談」之名來概括這個充滿矛盾的工作，使他具有實踐性的評論精神成為不死之生命，繼續存活於一般文學者的修養之中，他的方法論裡的矛盾得以自行得到調和[91]。

小林指出自己的文學評論方法受教於在巴黎進行座談的文學家們，主張「真正的評論來自於座談」，認為座談可以使評論方法論裡的矛盾得到調和，整理出自己最完整、最正確的結論。楊逵認同小林主張的文藝評論應求諸座談，但若為了發展新文學的評論，除了討論巴黎文士們的座談之外，應該花更多時間來討論進行工廠、農村等大眾的座談。楊逵欲從小林的巴黎文士座談中尋找適合發展新文學的方法，因而發展出工廠、農村的大眾座談。

權五郎在 1934 年 11 月 28 日《東京日日新聞》的「蝸牛的觀點」專欄裡發表〈職業代表的評論〉談及伊集院齊（ISYUIN Hitoshi, 1895-1976）曾經提倡作家應擁有市民職業之事，權五郎認為在這之前，應由一般的市民站在各自職業和經濟的立場來率直地評論文學：

當今文藝作品的評論皆出自評論家或作家之手，自然而然地陷入文壇狹隘的模式中，大多是與一般市民的生活意識沒有

91 小林秀雄，〈再論文藝時評〉（〈再び文芸時評に就いて〉），《改造》3（1935）：327。

關聯的內容。這時若能讓適當的職業代表，譬如銀行家、工廠老闆、軍人、農園主人、食品店老板、計程車司機來評論的話，不但可以突顯文藝的市民價值，更有助於作家自身的反省。現今的「匿名評論」在某個意義上具有類似的功能，但是在效果方面，則遠不及職業代表的評論[92]。

權五郎提出的職業代表有銀行家、工廠老闆、軍人、農園主人、食品店老板、計程車司機等，這是站在資產階級觀點的類別，沒有將一般普羅大眾納入視野。因此楊逵雖然贊成由職業代表來從事文學評論，但必須再加上工廠農村大眾才行。筆者在此進一步地看到楊逵對於普羅階級世界觀的堅持，這使他能夠從資產階級文學者的論述中發展出適合普羅文學大眾化的具體作法。

再者，權五郎此文提到的「匿名評論」是盛行於 1930 年代日本報章雜誌的專欄。由森洋介（MORI Yousuke）的研究可知，「匿名評論」的起源是杉山平助於 1931 年底以假名「冰川烈」在《東京朝日新聞》學藝欄的匿名專欄「豆戰艦」。杉山從新聞界挑出問題來進行辛辣的短評，其大膽的惡語中傷引起世人的注目。「豆戰艦」的成功使得整個報章雜誌界盛行匿名評論欄，例如《東京日日新聞》的文藝版也設置了「蝸牛的觀點」作為匿名專欄[93]。筆者認為，既然「蝸牛的觀點」是匿名專欄，那麼發表於此專欄的權五郎應該是某位作家的假名。權五郎在此匿名專欄提倡比「匿名評論」

---

92 權五郎，〈職業代表的評論〉(〈職業代表の批評〉)，《東京日日新聞》(1934年11月28日)。

93 森洋介，〈ジャーナリズム論の1930年代——杉山平助をインデックスとして〉(東京：日本大学国文学会総会・研究発表，2002.7)，7。

更具效果的「職業代表評論」，其些許辛辣的口吻呼應了匿名評論的毒舌性質。

楊逵在〈新文學管見〉的「關於文藝評論」章節中，對於小林秀雄主張的座談會提出了「工廠、農村的大眾座談」的作法；對於權五郎以市民為主的職業代表評論，提出了「包含工廠農村大眾在內的職業代表評論」的作法。楊逵這兩個主張都是為了透過適當的評論來發展新文學所做的提案。不過，雖然「座談會」與「職業代表評論」都與「評論」有關，才會被楊逵拿來並置討論，但筆者總覺得兩者之間的關連性稍嫌薄弱。直到筆者從大宅壯一（OYA Soichi, 1900-70）的文章裡發現「座談會」與「匿名評論」之間的關連，才恍然大悟地佩服楊逵對於日本文壇現況的掌握程度。

大宅壯一在 1934 年 3 月 27 日至 30 日的《讀賣新聞》發表〈流行性匿名批評家群〉提到「杉山平助擅長將座談活字化」、「比起活字，匿名比較接近座談」、「匿名批評作家們都擅長座談，都是座談的愛好者；但都不擅長演講，因為演講比較接近活字」等見解[94]。接著，大宅壯一又在 1935 年 10 月號的《*LE SERPENT*》發表〈座談會的流行〉指出，座談會的流行與匿名評論的氾濫都是最近報章雜誌界最明顯的傾向。座談會發祥於昭和初年的《文藝春秋》雜誌，而最致力於各種匿名評論的也是《文藝春秋》，兩者的結合並非偶然[95]。

---

[94] 大宅壯一，〈流行性匿名批評家群〉，《讀賣新聞》（1934年3月27日-30日）。

[95] 森洋介，〈1930年代匿名批評の接線——杉山平助とジャーナリズムをめぐる試論——〉森洋介編輯「書庫」（http://www.geocities.co.jp/CollegeLife-Library/1959/）（初出《語文》117（2003））。原刊　大宅壯一，〈座談會的流行〉（〈座談会の流行〉），《セルパン》（《*LE SERPENT*》）（1935年6月號）。

由大宅壯一的論述可知，「座談會」與「匿名評論」兩者在性質上具有相似性，經由報章雜誌的推動，兩者同時盛行於 1930 年代。基於「匿名評論」與「職業代表評論」具有類似的效果，當楊逵將「座談會」和「職業代表評論」並置的作法，可以視為「座談會」與「匿名評論」的並置討論。也就是說，楊逵在討論文藝評論時，擷取了當時日本文壇最盛行的「座談會」與「匿名評論」這兩種評論方式，足見楊逵對於日本文壇現況具有高度的掌握程度。

### 4. 藝術化必須將鑑賞者列入考慮

楊逵在 1935 年 2 月號的《台灣文藝》發表〈藝術是大眾的〉，引用恩斯特・格羅塞（Ernst Grosse, 1862-1927）的文章來主張藝術化必須將鑑賞者列入考慮：

> 本來，藝術就離不開人的鑑賞。從原始的藝術也可以看出「藝術家創作的目標不僅是徹底表現自我，而且是激發他人起而效尤。」（恩斯特・格羅塞，《藝術的起源》（*The Beginnings of Art*）[96]

楊逵認為原始人對於喜悅、悲傷、驚訝而發出的感嘆，並不算是藝術。這個感嘆必須進一步排列組合或說明描寫，透過感情的傳達之後，才能轉化成藝術的形式。也就是說，藝術家的「徹底表現自我」還無法構成藝術，待他能為了「激發他人起而效尤」而創作時，才是算是藝術。筆者在此引用格羅塞《藝術的起源》中譯本來進一步了解格羅塞的見解：

---

[96] 楊逵，〈藝術是大眾的〉（〈芸術は大衆のものである〉），《楊逵全集》9，129。

> 藝術給予觀眾和聽眾的效果，決非偶然或無關緊要的，乃是藝術家所切盼的。藝術家從事創作，不僅為他自己，也是為別人。雖則他不能說美的創作目的完全在感動別人，但是論到他所用的形式和傾向，則實在是取決於公眾的——自然，此地的所謂公眾，並非事實上的公眾，只是藝術家想像出來的公眾，無論哪一條藝術品，公眾和作者所佔的地位是同樣重要的[97]。

格羅塞主張藝術家從事創作，不僅為他自己，也是為別人，所以大眾和作者所佔的地位同樣重要。因此，藝術家在創作時，會採用其想像的大眾所需要的形式和傾向。藝術家在創作時，內心都存在他自己想像的讀者，那麼身為普羅文學家的楊逵想像的讀者是什麼對象呢？

> 從歷史的使命來看，普羅文學本來就應該以勞動者、農民、小市民作為讀者而寫。當然，書寫的重點應是勞動者和農民的生活，但也不必受限於此，應該從勞動者的立場出發，站在勞動者的世界觀，積極地書寫知識分子、小資產階級、資產階級等敵人或同路人的生活。這種世界觀不應是觀念的，而應充分地消化後，具體書寫於作品當中，這才是真正值得留名時代的先驅之作，打動我們的心弦，使我們熱血沸騰，為我們提示正確的道路[98]。

---

97 格羅塞（Ernst Grosse, 1862-1927），《藝術的起源》（*The Beginnings of Art*），蔡慕暉譯（北京：商務印書館，1996）39。

98 楊逵，〈藝術是大眾的〉，《楊逵全集》9，131-32。

楊逵想像的讀者除了勞動者、農民之外，還有小市民，而書寫的題材也不侷限於勞動者和農民，楊逵主張應積極地書寫知識分子、小資產階級、資產階級等敵人或同路人的生活。只要站在普羅階級的立場和世界觀，將世界觀充分消化之後具體寫入作品當中，就可以打動讀者的心弦。楊逵這裡主張的「從勞動者的立場出發，站在勞動者的世界觀」可以呼應到前述楊逵提出的「掌握堅定不移的世界觀」。

5. 重視作品主題的社會性

楊逵在1935年4月號的《台灣文藝》發表〈文藝批評的標準〉，主張評論家是為了作品而存在，文藝評論應以讀者大眾為對象，並且引用島木健作（SHIMAKI Kensaku, 1903-45）在〈雜感〉裡的見解，主張評定作品好壞的標準在於讀者大眾的反響。島木健作的〈雜感〉發表於1935年3月號的《文學評論》，談論優秀的普羅文學應具備的資格：

> 我認為，優秀的普羅文學具備的首要資格是作品搧動讀者的程度，也就是搧動讀者走向正確方向的激烈程度。搧動方法並非只有一種，而是複雜分歧的。……搧動程度最激烈的文學，形象化的程度是最高的，是最優秀的藝術品。
>
> 「第一章」和「×生活者」這兩篇文章有相通之處，我很感興趣地認為，兩者在給予感動上也是相通的。……這些文章是我們應該學習的普羅文學典型之一。……現今的普羅作家可能受到很多外國作家或藝術派作家的影響、或者是為

> 了蘊釀藝術性的氣氛，總是傾向於嚐試拐彎抹角的表現手法。我認為普羅作家應該重新思考。……簡單又能表現複雜的況味、明朗又富有細膩的陰影、輕盈又不浮誇，雖然要寫出這樣的文章相當困難，但這才是普羅文學裡優秀的文章[99]。

島木認為，中野重治的〈第一章〉和小林多喜二的〈黨生活者〉不採用拐彎抹角、迂迴的手法，就能呈現高度的形象化，是搧動程度最為激烈的文學、最優秀的藝術品。當時的普羅作家受了外國作家或日本藝術派影響而喜用拐彎抹角的表現手法，就是德永直斥為「藝術至上主義」的作法。島木希望這些作家能夠學習這兩篇作品所呈現的創作典型來創作出真正的普羅文學。

楊逵引用島木的評論來主張評定作品好壞的標準在於讀者大眾的反響，並且間接認同島木主張的優良的普羅文學。關於評論的具體作法，楊逵的主張是：

> 評論家或作家在評論分析一部作品時，應釐清該作品主題的社會性，並追究主題發揮的程度、讀者的反響或未得到好評的原因，以此作為自己或別人創作時的參考，並且提升讀者的水準。（以上有時講文藝，有時講藝術，但至少就這種泛論而言，我的見解可以通用在所有藝術方面，特此說明）[100]

---

[99] 島木健作，〈雜感〉（〈雑感〉），《文學評論》3（1935）：110-12。

[100] 楊逵，〈文藝批評的標準〉（〈文芸批評の基準〉），《台灣文藝》（1935年4月號），162。

楊逵認為文藝評論的作法應該是先釐清作品主題的社會性，確實掌握普羅階級的世界觀之後，才來追究該作品發揮該主題的程度，並且審視讀者對於該作品的反應程度。這樣的評論作法可以提供作家創作時的參考，也可以提升讀者的水準。楊逵表示，自己在這篇談論文藝評論的文章裡，之所以時而談文藝（即「文藝評論」）、時而談藝術（即「文學創作」），是因為這些見解可以適用於所有藝術。筆者認為，楊逵是站在整體藝術的觀點來談論文藝評論的，才會將文藝評論和文學創作混為一談。換句話說，楊逵對於文藝評論的見解，同時也適用於文學創作。

### 6. 捨棄文壇式的方言

楊逵在〈新文學管見〉中呼籲放棄文壇式的方言。文中提到谷川徹三（TANIKAWA Tetsuzo, 1895-1989）的〈現實的豐富和文學的豐富〉、以及矢崎彈（YAZAKI Dan, 1906-46）的〈純文學的大眾性的極限——阻礙獲取讀者層的原因之省思〉，兩篇文章都論及純文學因文壇式的方言而使大眾遠離。谷川徹三指出日本文壇出現了文壇式方言的現象：

> 這些人之間存在著所謂文壇式的方言，這是他們特殊的經驗、感情和音韻的表現。……由於這些與特殊的生活體驗結合在一起，一般人難以理解[101]。

[101] 谷川徹三，〈現實的豐富和文學的豐富〉（〈現実の豊富と文学の豊富〉），《文學評論》10（1935）：322。

谷川徹三指出日本的文學青年只棲息在日本文壇之中，呼吸著同人雜誌的空氣，即使面對著豐富的現實，也只能以貧乏的文學來表現。這些人經由他們特殊的經驗和感情形成了只有他們自己才能了解的文學表現方式，這就是所謂文壇式的方言。

另外，矢崎彈指出在思考文學的大眾性之前，應該先回溯過去，好好思考純文學之所以喪失讀者的原因。矢崎彈認為，私小說和心境小說或許在藝術上具有某種價值，但不具有大眾性的趣味性。從大正（1912-26）中葉到末期之間，多數的作家都只書寫與讀者毫不相干的文士生活內幕：

> 對於文士們而言，窺探彼此的私小說可以產生閒話式的樂趣，但是對一般讀者而言，這只不過是隔壁國家的童話故事罷了。
>
> 這種以閒話為本位的文學被尊為日本特有的文學或現實主義的極致，並非毫無理由，但是不可否認的，一般作家漸漸習慣這種寫法，將之作為掩飾生活狹隘的手段，免除了尋找題材的勞苦。這股風潮開始蔚為風行，在只要寫出來就賣得出去的文壇景氣高揚的時代，一般作家的意識裡已沒有讀者的存在，不再費心思考理解或傳達等技術上的手法。「純文學是為了娛樂自己的文學」的概念流行於文壇，「這哪是一般俗眾能夠了解」的高踏意識勝出，產生了對讀者極不親切、有頭無尾的方言語調式的小說[102]。

---

[102] 矢崎彈，〈純文學的大眾性的極限——阻礙獲取讀者層的原因之省思〉（〈純文学の大衆性の限界——読者層獲得への障碍を考へつつ〉），《新潮》7（1935）：149。

矢崎彈認為，私小說和心境小說以娛樂自己為目的，創作意識裡沒有讀者的存在，其方言式的小說只有同為文士者才能理解，在一般讀者無法讀懂的情況下，當然會失去大眾性。

楊逵指出這種弊病不只發生在純文學，普羅文學也有不少作品陷入其中。像平田小六（HIRATA Koroku, 1903-76）說的「傑作只要有三人讀懂即可」，武田麟太郎說的「愈是包含高層次思想，讀者愈是遠離」，都是對於自己的文壇式方言的弊病毫無自覺、高高在上的藝術觀，必須予以嚴厲的批判。楊逵呼籲捨棄文壇式的方言，才能獲得讀者大眾，達到文學的大眾化。

接續筆者在前述「（一）小說應淺顯易懂」及「（二）掌握堅定不移的世界觀」裡論述到「楊逵迅速地回應日本文壇、以此堅守普羅階級文學立場的姿態」，在本小節仍然可見。谷川徹三在 1935 年 5 月號的《新潮》發表〈現實的豐富和文學的豐富〉，矢崎彈在 1935 年 7 月號的《新潮》發表〈純文學的大眾性的極限——阻礙獲取讀者層的原因之省思〉之後，楊逵立即於 1935.7.29-8.14 在《台灣新聞》發表〈新文學管見〉，楊逵在面對純文學界的文壇式的方言時，思考的是普羅文學界的問題，因此呼籲普羅文學界應捨棄文壇式的方言。楊逵迅速地回應日本文壇、以此堅守普羅階級文學立場的姿態，在此得到再次的證實。

### 7. 反對藝術至上主義

楊逵在 1935 年 2 月號的《台灣文藝》發表〈藝術是大眾的〉，提到日本普羅派文學家受到純文學的影響而出現「藝術至上主義」的傾向，只有德永直等少數作家努力地維護真正的普羅文學：

> 藝術派主動、積極地活動時，無產階級派創設了自己的雜誌（《文化集團》及《文學評論》），卻差一點變成自己所反對的對象，不從階級的角度來看文學，而變成藝術至上主義的俘虜，這種現象令人感到悲哀；德永直氏等人在這種情況下，為了擁護真正的藝術而苦鬥的情形是悲壯的。（〈新人座談會〉《文學評論》）[103]

宮本百合子曾經指出，在《文學評論》1935 年 1 月號刊載的新人座談會中，文學者對於過去普羅階級文學欠缺文學的多樣性、獨特性、複雜性相當感興趣[104]。筆者翻閱 1935 年 1 月號的《文學評論》裡刊載的〈1934 年的批判和對 1935 年抱負　新人座談會〉（〈三四年度の批判と三五年度への抱負　新人座談会〉）得知，平田小六主張「文學的一般水平必須更加提升才行。因此，是否能立刻讓農民讀懂之事，並非小說之罪，只要三人讀懂即可」、橋本正一（HASHIMOTO Masakatsu, 1907-?）重視「隱藏在文字背後的雰圍」、「像繪畫般的細部描寫」等主張[105]。楊逵指出的「不從階級的角度來看文學，而變成藝術至上主義的俘虜」，就是在指涉普羅文學派的平田及橋本等人主張普羅階級派原本反對的藝術至上主義。這個現象令楊逵感到悲哀。另一方面，在〈1934 年的批判和對 1935 年抱負　新人座談會〉裡，島木健作期待出現「普羅階級

---

[103] 楊逵，〈藝術是大眾的〉，《楊逵全集》9，132。

[104] 中條（宮本）百合子，〈新年號的《文學評論》及其他〉（〈新年号の「文学評論」その他〉），「青空文庫」（http://www.aozora.gr.jp/）。2012.04.20查閱。原刊《文學評論》2（1935）：112。

[105] 〈1934年的批判和對1935年抱負　新人座談會〉（〈三四年度の批判と三五年度への抱負　新人座談会〉），《文學評論》1（1935）：3-4，17。

式的、具有單純明朗性的作品」、「單純、明快的言詞、容易讀懂、而且是藝術的」作品，德永直主張「能夠樸實地表現很多思想的，才是藝術的正道」、「一切崇高的藝術原本就是非常單純樸實的，我相信最簡單明瞭的就是最崇高的」[106]。楊逵提到「德永直氏等人在這種情況下，為了擁護真正的藝術而苦鬥的情形是悲壯的」，指的便是德永和島木等少數人為了擁護普羅文學所做的努力。也就是說，楊逵認為的「真正的藝術」，便是德永和島木的主張：在普羅階級意識之下以單純樸實、簡單明瞭的手法表達高度的思想。

1935 年 1 月號的《文學評論》刊載了〈1934 年的批判和對 1935 年抱負　新人座談會〉之後，楊逵立即在 1935 年 2 月號的《台灣文藝》發表〈藝術是大眾的〉，對於普羅文學派裡的藝術至上傾向做出批判，並且對於德永直等少數派的普羅文學主張做出讚揚，以此表達自己對於普羅文學的理念。在本小節裡，同樣地再度證實筆者在前述「（六）捨棄文壇式的方言」裡論述的「楊逵迅速地回應日本文壇、以此堅守普羅階級文學立場的姿態」。

## 8. 向大衆雜誌學習捉住大衆的表現方法

楊逵在 1936 年 3 月號的《文學評論》發表〈寫給文學評論獎審查委員諸君〉，指出「文學評論獎」的過程公開公正，不像「文藝懇話會[107]獎」那樣受到某種力量的牽制，相當地忠於藝術。

---

106 〈1934年的批判和對1935年抱負　新人座談會〉，《文學評論》1（1935）：9，20。

107 高見順（TAKAMI Jun, 1907-65）指出文藝懇話會的設立是為了將法西斯之手伸進文學之中。海野福寿（UNNO Fukuju, 1931-），〈一九三〇年代の文芸統制——松本学と文芸懇話会〉，《駿台史學》52（1981）：28。

渡邊順三（WATANABE Junzō, 1894-1972）在 1936 年 2 月號的《文學評論》發表〈文學評論獎第一次截稿日期已接近〉，敬告所有讀者、作家、評論家、同人雜誌所有同人應把握時間踴躍投稿，才能從中發掘能夠代表日本文學下一世代的作家。該文列出的文學評論獎的目的及性質有：

★為了創設日本真正具有文學獎性質的文學獎

★為了使本雜誌一直努力的工作：「發掘及培養新作家」能夠更進一步發展

★為了透過評選和評論使作品及評論能有劃時代的進展[108]

楊逵在〈寫給文學評論獎審查委員諸君〉中將普羅文學作品的問題分為「真實性」和「大眾性」兩個問題，並表示只是忠於藝術、表現真實性，是不夠的，若要讓普羅文學受到大眾的歡迎，還必須發展「捉住大眾」的表現方法：

過去我們只是研究「表現真實」這一方面，但是這只是技術問題的片面，還有一個很重要的問題被遺忘了，那就是「捉住大眾」的表現方法。我想今後一定要使之有充分的發展：

現在發行幾十萬的大眾雜誌，我們總是用一句「低俗」就否定了它們。不錯，低俗固然是事實，可是我們只看到低俗的一面，卻忽略它們的大眾性。我相信無論如何這應該是錯誤的見解[109]。

---

[108] 渡邊順三，〈文學評論獎第一次截稿日期已接近〉（〈文学評論賞第一回締切り近づく〉），《文學評論》2（1936）：157。

[109] 楊逵，〈寫給文學評論獎審查委員諸君〉（〈文評賞審查委員諸氏に与ふ〉），《文學評論》3（1936）：168。

楊逵認為大眾雜誌的低俗性來自於其意識形態，但是其撼動幾百萬大眾的魅力，具有相當高度的大眾性。楊逵主張普羅文學應該向大眾文學學習「捉住大眾」的表現方法。

渡邊順三在 1936 年 2 月號的《文學評論》發表〈文學評論獎第一次截稿日期已接近〉之後，楊逵立即在 1936 年 3 月號的《文學評論》發表〈寫給文學評論獎審查委員諸君〉，由此同樣地進一步證實筆者在前述「7、反對藝術至上主義」裡論述的「楊逵迅速地回應日本文壇、以此堅守普羅階級文學立場的姿態」。除此之外，楊逵此文發表於日本普羅雜誌《文學評論》，實際參與了日本文壇的討論，讓台灣文壇能與日本文壇進行共時性的對話與交流，再度證實了筆者在「1、小說應淺顯易懂」裡論述的，那就是楊逵不只是在「吸收」日本文壇，而且還能積極「參與」其中。

### 9. 在資產階級報紙發表普羅文學作品

由貴司山治主持的《文學案內》為了讓朝鮮、中國、台灣感受到同胞的親切感，並且共同參與新時代文學的建設，在 1935 年 10 月號設置了「新的報告」專欄，邀請了朝鮮的張赫宙（JANG Heyok Ju, 1905-98）、中國的雷石榆（1911-96）、台灣的楊逵，分別針對所在地區的文學現況寫了文章，楊逵發表的文章是〈台灣的文學運動〉（〈台湾の文学運動〉）。後來，楊逵在次月、即 1935 年 11 月號的《文學案內》發表〈台灣文學運動的現況〉指出，他看過張赫宙在 1935 年 10 月號「新的報告」這個專欄的報導之後，深刻感受到新文學運動受到資產階級報刊的影響[110]。

---

[110] 楊逵，〈台灣文學運動的現況〉（〈台湾文学運動の現状〉），《文學案內》11（1935）：96。

張赫宙在這個專欄發表的是〈朝鮮文壇的現狀報告〉，該文指出新聞小說是朝鮮作家大顯身手的舞台：

> 若想要在朝鮮文壇成為大家的話，就非得在報紙上連載小說不可。之所以會變成如此，是因為像李光洙、金東仁、廉想涉等都是從朝鮮文學創始時代開始的大家都是靠報紙活躍於文壇的，還有，我們缺乏經常性的發表機構，而且「刊載於報紙之後就能得到大眾的歡迎」這種觀念已經深植人心。在風格上與日本的報紙小說有些差異，純粹的報紙小說較少，趣味與藝術的混合物居多[111]。

楊逵讀到張赫宙介紹朝鮮文壇較少有純粹的報紙小說，趣味與藝術的混合物居多，擔心普羅文學刊登在資產階級報紙上可能會使新文學運動有所扭曲；但是又看到張赫宙介紹李光洙的長篇刊載於《東亞日報》及《朝鮮日報》、金東仁、廉想涉的短篇刊載於《每日申報》等的訊息，也感受到資產階級報紙有助於推展新文學運動，不可忽視其力量。於是楊逵〈台灣文學運動的現況〉中主張，為了讓台灣的報紙多關心普羅文學，必須加強新文學運動，投稿於資產階級報紙的文藝版是有效的作法之一。

張赫宙在 1935 年 10 月號《文學案內》發表〈朝鮮文壇的現狀報告〉之後，楊逵立即在 1935 年 11 月號《文學案內》發表〈台灣文學運動的現況〉，楊逵面對著張赫宙介紹朝鮮文壇的現況，心裡思考的是台灣普羅文壇的現況，並且提出投稿於資產階級報紙文藝

---

[111] 張赫宙，〈朝鮮文壇的現狀報告〉（〈朝鮮文壇の現状報告〉），《文學案内》10（1935）：63。

版的具體作法。在本小節裡，同樣地再度證實筆者在前述「(八)向大眾雜誌學習捉住大眾的表現方法」裡論述的「楊逵迅速地回應日本文壇、以此堅守普羅階級文學立場的姿態」，而且楊逵此文發表於日本普羅雜誌《文學案內》，實際參與了日本文壇的討論，讓台灣文壇能與日本文壇進行共時性的對話與交流。除此之外，楊逵之所以能夠提出上述有助於台灣普羅文學大眾化的具體作法，乃是其經由「吸收」、「參與」的過程中獲得的「轉化」成果。

## 四、結論：楊逵對文藝大眾化論述的接收與轉化

綜觀楊逵關於普羅文學大眾化的主張，主要是站在普羅階級的立場，掌握堅定的普羅階級世界觀來正確地描寫現實。楊逵從普羅階級意識展開的普羅文學論述有兩個主軸，一是目的：「把真實傳達給大眾」，二是手段：「用可以讓大眾信服的表達方式」[112]。當楊逵確立了普羅文學的目的之後，接下來要做的是思考以大眾信服的表達方式來創造大眾性，以此達到普羅文學的大眾化。楊逵為了讓勞動者、農民、小市民等讀者喜於閱讀普羅文學作品，主張將鑑賞者列入考慮。楊逵從當時資產階級文學吸收到了一些作法，進一步轉化為適合推展普羅文學大眾化的具體作法。在大眾文學方面，楊逵從通俗小說汲取到「淺顯易懂」的優點，以此作為普羅文學小說的創作原則，並且主張應該向大眾文學學習「捉住大眾」的表現方法；從純文學界發現「文壇式的方言」和「藝術至上主義」的缺點，現在普羅文壇裡也有了這些不良的傾向，故楊逵大聲疾呼「捨棄文

---

[112] 楊逵，〈新文學管見〉(〈新文学管見〉)，《楊逵全集》9，303。

壇式的方言」，並且贊成德永直的「對抗藝術至上主義！」的主張；重視資產階級報紙的力量，倡議投稿於資產階級報紙的文藝版，以加速普羅文學的大眾化。

筆者在「3.楊逵的文藝大眾化主張」開頭提到，筆者整理這些論述的主要目的，是要透過楊逵在這些論述裡提及的日文文獻，來審視楊逵如何關注日本文壇的動向，並且做出了怎樣的轉化。筆者經由上述楊逵的文藝大眾化主張 1～9 的論證，推演出楊逵關注日本文壇的模式：「吸收」＋「參與」＋「轉化」。也就是說，楊逵迅速地「吸收」日本文壇動向和理論，並且積極地「參與」日本文壇的討論，將殖民地文壇的意見帶進日本文壇，並且從日本普羅文壇及資產階級文壇的動向和理論當中，「轉化」出各種適合台灣普羅文壇進行文學大眾化的具體作法。其中最令人感佩的是，楊逵以其戰鬥性和積極性「參與」日本文壇的討論，將殖民地文壇的意見帶進日本文壇，讓以往「台灣殖民地文壇是日本中央文壇的亞流」的舊有觀點得以突破。

## 附錄

# 「實錄文學」的主張

貴司山治　著
白春燕　譯

一

德永直在〈最近關於文學的感想〉（本雜誌三月號）指出我曾說過「藝術性或（所謂的）高水平的小說不具有大眾性」，以此來指責我，但我並不曾說過那樣的話，因此感到很奇怪。

右述德永這篇的感想文已然到達思惟粗糙的程度，在右述短短一行中提出了「藝術性」的小說及「（所謂的）高水平的小說」這兩個概念。很明顯地，他的腦海裡存在著「藝術性的小說」及「欠缺藝術性、只是水平高的小說」這兩種實體不明之物。不過本文的目的並非為了做出這樣的指正，故不多述。德永似乎完全不了解我提倡「實錄文學」、並且實際付諸努力的意義，我必須加以釐清才行。

德永之所以無法理解我的〈「實錄文學」的提倡〉一文的主張，不是因為我是錯誤的，而是因為他對於普羅文學運動裡的文學大眾化問題，未曾從 1932 年春天到達的結論跨出半步。

只從〈最近關於文學的感想〉一文來看德永對於文學大眾化問題的看法，可以看出他仍停留在 1932 年 3 月發表於《新潮》的〈為了確立「文學的黨派性」〉對德永和我進行「批判」當時由小林多喜二所代表的階段。

小林在該文中高調地主張，真正的文學必須立於高度意識形態的頂峰，只要能創造出這種立於唯一最高觀點的文學，就能必然地抓緊大眾往前進，故不必擔心。

他甚至指出，無法篩除或充分提升低度觀點的文學、即封建鄙俗的大眾文學殘渣，是造成文學難以走入大眾的原因。

德永來到了 1935 年 3 月也說出了相同意思的話：「我相信普羅小說本身在既具有藝術性、又具有大眾性之事上是一致的」，不同的是，小林那時候只是從意識形態完成度的觀點來看待文學的問題。當時那樣的方法無法讓作家有實際的提升，但在之後大約一年的期間裡，我們已經轉變出充分的作法，能夠從達成形象化（手法、題材的選擇、描寫的方法等）的觀點來將文學提升至意識形態的高峰。也就是，從探求真正具有藝術性的諸條件這樣的觀點來完成我們在藝術裡的世界觀。

當然，這是來自於蘇聯文學的社會主義現實主義的影響。我認為，德永之所以說「既具有藝術性、又具有大眾性」，是立於從小林那時發展至第三年的今日的立場，而其主張終究與小林的是一樣的。

小林以當時一般抽象的思考方式將「已完成的藝術」規定為「立於高度意識形態頂點的藝術」，而所謂優秀的藝術，雖然我不知道是高或低，但必須要以正確的意識形態來貫徹才行。藝術的藝術性最應該是「客觀世界的正確形象化」，而且，作家若不具備正確的意識形態的話，是不可能達成的。

作家在藝術上的才能有時可以超越其自身鬆懈的意識形態來發揮更好的力量（例如，巴爾札克），但是對大多數的作家而言，其自身鬆懈的意識形態會投影在其藝術上，並且或多或少地妨礙作品裡客觀世界的正確形象化，這在我國所有作家的作品裡，幾乎都可以一一來拿做批評。

那麼，為了藝術，該如何才能讓正確的意識形象讓作家所擁有呢？除了需要思想上的勤學苦練及實踐，最重要的是讓作家直接在其創作活動中與之戰鬥。作家在其他方面的勤學苦練及實踐，將成為他在面對創作時所需的正確描繪方法的根基，以及其在創作中進行戰鬥時所需的基礎。

不論作家多麼辛苦拚命，也不可能馬上就能創造優秀的藝術。唯有不間斷地進行包含實踐上的藝術追求，作家的意識形態才能不斷地發展下去。

因此，努力為了讓客觀世界得以正確重現所呈現出的作品，會因作家的經歷及才能而各自不同。只要是做了這樣努力的作品，即使還不夠充分，但仍然具有價值。我們不應像以前那樣，只因其意識形態的完成度不夠就加以指責或排斥，我們必須請評論家揭示更有效的努力方法，讓作家付出的正確的努力及才能得以受到擁護及激勵。

在社會主義現實主義的影響之下，我們已經到達擁有現在這種評論方法的階段了。在小林寫出那篇論文的當時，完全忽視作家在發展階段上的各別差異，若不是擁有已完成的意識形態的人，就無法成為作家，而且會被視為意識形態上的「罪犯」。達不到的人只能沉淪，完成文學的工作只委託給少數被選上的作家。現在，這種宗派主義的偏向已然被揚棄，因為文學已經向作家們開啟了自己獨特的大眾化道路了。這些種種的緣故造就了大家辛苦走過來的時代，我相信德永也是相當了解的。

## 二

接下要談的是與讀者之間的關係。關於這個領域，很可悲地，我們以前什麼都沒做。在小林的時代，我們跪拜於只要創作出「立於唯一最高的世界觀的文學」的話、「雖然不是馬上，但將能夠獲得百萬讀者」這種無法令人明瞭的「信念」之前，甚至可以說，我們完全不理會當時真實的社會。

而且在當時，要將對於活在文學團體之外更為真實的世界裡的「讀者」的認識，與我們的文學加以結合（因為文學的大眾化除此之外別無其他），是相當困難的一件事。

在那時，我們進行文學大眾化的具體方法、以及作家能夠學習如何描繪真實世界的方法，也就是說，已被明確地保證能夠創造1932 年小林的「立於唯一最高的世界觀的文學」、以及 1935 年德永的「既具有藝術性、又具有大眾性的文學」的唯一方法，不就是「文學同好會」這個方法嗎？

很不幸地，我們這個唯一的文學方法並沒有被好好地當做文學方法來運用，只做到了機械性的運用。關於這一點，肯定是我們的……意識低落、而且藝術家過於幼稚所致。基於這些緣故，我們在文學同好會的經驗上是失敗的，而至於如何用文學將讀者往上提升，以及如何藉由文學的作用來啟發大眾的生活，我想我們並未十分明瞭。

在德永和武田麟太郎兩人於《東京日日新聞》正月號報紙進行的兩人論爭中，武田提出了「文學在藝術程度上愈高的話，就愈會遠離知識水平低的勞工階級的讀者群」這種意思的主張，這跟德永和武田也加入其中、在 1933 年底在明治製菓的房間裡討論時的情況一樣。兩人各以自己的看法論述文學同好會的「弊害」時，武田的主張，以一句話來形容的話，就是不斷重複地主張「只要將之取消就好了」這樣的看法。這是因為他抱著消極的態度，並不了解應該將藝術大眾化積極地與「啟發讀者」加以結合。武田的藝術還未從這種消極的傾向走出來，他兩次的主張都是基於這個相同的理由。

武田的說法是，藝術不得不以「遠離水平低的大眾」為條件來進行高度化（藝術化）。為何說主張這種想法的態度是很消極的呢？因為這樣是藝術家把大眾當作笨蛋來看待著。不過，比持有這種態度的藝術家更為惡劣的是布爾喬亞大眾作家。主張像武田那種說法的藝術家無法向水平低的大眾展現誠意，這是對大眾（武田在《東京日日新聞》與德永進行問答時的用詞是，勞工階級）的輕視，而大多數的布爾喬亞大眾作家寫出了讓低水平大眾更為降低的文學，是更直接地侮辱了大眾。

## 三

但是，我們從實際現象看到的事實是，藝術的完成度愈高的話，就更難被低水平大眾接受。

武田那種說法的直接動機應該是對於這個實際現象直接地做了消極的解釋，才會有「在藝術程度上愈高的話，就愈會遠離知識水平低的勞工階級的讀者群」這種想法。

再者，在對武田做出責難的德永這一邊，這件事以多量的、明確的解釋而被呈現出來，是令人感到驚訝的。

德永批評了武田、也對我做出錯誤的批評之後，舉出《蟹工船》、《生活在海上的人們》、《綿》、《沒有太陽的街道》、《被開發的處女地》、《被囚禁的大地》、《炭坑》、《山谷裡的村落》等普羅文學代表作品，指出這些作品是兼具藝術性及大眾性的藝術作品，其證據是它們受到廣泛的閱讀、為大眾所愛、所接受。確實是如此。

但是德永接著說，想要將普羅文學普及到全國各個角落、做到足以對抗《國王》的程度……是沒辦法的，在那裡存在著大眾化在社會上的限度。不過這個限度多多少少是可以移動到任何地方的。

那麼，該用哪種「方法」才能移動這個「限度」呢？德永沒有將這個移動限度的工作作為作家大部分的工作來予以考量，這一點與嘴巴說著「遠離」但卻擺出若無其事表情的武田麟太郎是一樣的。小林多喜二在承擔著提升普羅文學意識形態時必要不可缺的當時歷史情況下，抱持著只要創作出「立於唯一最高的世界觀的文學」就能「必然地抓緊大眾往前進」這樣的信仰，不採取除此之外的其他手段或方法。德永也回到了昔日小林多喜二的這篇論文所到達的境地。

為了創作優秀的藝術所做的努力、以及創造出能夠教育及啟發大眾來了解藝術的手段或方法，是前往同一個目的的兩條道路。

列寧曾經在關於藝術的意見中提到與右述完全相同的見解。不論是誰，只要認真地關注現實時，就會這麼想：之所以會講出「遠離」、「有限度」或「必然地抓緊大眾」這樣的話，是因為沒有抱持著熱情來對待低水平的讀者、即廣泛的勞工大眾。而且，到 1932 年春天為止的文學大眾化問題發展到了這裡，由於我們對於廣泛的勞工階層熱情不足而停滯不前，於是造成了到了今日的狀況。

特別是現在，只要是有良心的作家，就必須親自將低水平的讀者往上拉至正確的文化水平，讓他們成為優秀的藝術、也就是普羅文學的愛好者和支持者。這與作家為了創作優秀的藝術所做的努力是一樣的，都必須更進一步地擴大發展下去。

作為一個作家來理解並提出這樣的文學上的新任務、並且付諸實踐，是作家接下來必須面臨的階段。

關於為了此事應做的工作，我想到了「文學同好會」、「巡迴圖書館運動」或「發行啟蒙雜誌」等相當確實的計畫，不過我要以「實錄文學」的提倡作為應首先提出的工作內容。在 1932 年 3 月之前，我們犯了不少錯誤，不是像我們曾經主張的那樣，要以此來置換普羅文學，也不是要重蹈降低意識形態的水平來接近大眾的覆轍。

簡而言之，實錄文學的意義在於「古今東西的實錄」及「以這種實錄為基礎來創作說書式、通俗式的小說形式之讀物」。

關於前者，在普羅文學裡一直以來都被提倡著的報告文學、以及現在德永提倡的筆記小說（Sketch）文學，都對於實錄有很明確的規定性，因此也包含於其中。但我認為現在的實錄不應侷限於此，應比報告文學或筆記小說文學更寬廣百倍。不管是過去或未來，都是可以溯及的。至於它的範圍，如同「古今東西的實錄」一詞，應是橫亙全世界的。

因此，「實錄」不是「報告」或「筆記小說」，而是「不光是事件的表面現象，是將之連同其原因、影響、結果、變化等進行全面調查的記錄」。因此，這才是能夠成為正確描繪客觀世界的唯物論現實主義（在俄羅斯稱為社會主義現實主義）之基礎。

實錄文學之所以能夠涉及作者環境之外的世界、不管是過去的世界或未來的世界都能加以記述，是因為它不同於報告文學或筆記小說，不單只記述現象的表面，還對於原因、影響、結果、變化等加以「調查」。

在好幾個記錄人員的互相協助之下堅定不移地進行「調查」的話，即使他本身有著多麼扭曲、多麼後退的世界觀，都可以保證他可以掌握到正確的客觀世界。這個工作不必大作家來做，可以說任何人都能做好。即使是初出茅廬的新聞記者也可以輕鬆做到。只要忠實地以實錄文學的統一規定及方法來進行練習，互助互補地做下去即可……。

比起任何誇大不實、謊言四溢的任何文學形式，這個的實錄更能掌握心中已有錯誤萌芽的「低水平讀者」。

實錄能夠對抗所有偽裝不實的新聞或欺瞞的讀物，提升低水平的讀者，使其對事物具有客觀的看法。

接著，關於「以實錄為基礎的說書式、通俗式的小說形式」的創作，是用來對抗布爾喬亞大眾文學的謊言、使之衰亡的方法。當然，這種實錄小說並不是用來置換真正的小說或普羅文學，它被創作來作為啟蒙讀物，屬於不同的範疇。此事我已在《讀賣新聞》發表的〈「實錄文學」的提倡〉中特別提過，如同我已將實錄小說規定為「說書式、通俗式的小說形式之讀物」，在此希望這個文學範疇能夠受到仔細的觀察。

為了這些的工作，我與很多人一起設立了「實錄文學研究會」，並一同地進行著工作。我們的同人木村毅最近寫的〈賴山陽〉，就是這裡所說的、經由堅定不移地進行「調查」所寫出的通俗小說形式的讀物，從其根基完全不同於布爾喬亞大眾文學這一點來看，就應該稱它為實錄小說的作品。（順便一提，本雜誌〈五行言〉記載著：前兩號的這個〈賴山陽〉「在歷史文獻上有虛假之處」。但這其實是五行言子的謊言，相反地，〈賴山陽〉在文獻上沒有任何一處是虛假的。）

## 四

實錄文學的主張大致如右所述，但是為了藝術的大眾化，我們的目的不只是要將低水平的讀者變成藝術的愛好者和支持者，我們最根本的目的是要成為勞工階級在一般文化的提升上及其生活發展上的朋友。這個根本的目的才是正確的藝術的目的，所以我們在貫徹這個目的時，就會與「文學大眾化」結合起來。

我們一定要知道，有良心的作家率先實踐「低水平讀者」的提升工作，這個喜悅會成為創作更好的藝術的衝動，這個好的藝術會「必然地抓緊大眾」，……社會裡的藝術大眾化的「限度」就能夠多少有所移動，而這些事是作家和藝術家自己不做的話就無法冀望得到的。也就是說，只有加上人們的實踐，才會變成「必然」，「限度」才能移動。

註：本文承蒙作者貴司山治後人伊藤純提供翻譯授權，特此感謝。

# 作品敘事分析

# 論楊逵小說的敘事倫理

## ——以〈送報伕〉為例

呂周聚

### 作者簡介

呂周聚（Zhouju LU），南京大學文學博士，哈佛大學訪問學者，現為山東師範大學文學院教授、博士生導師，享受國務院特殊津貼專家、山東省重點學科首席專家。主要從事中國現當代文學及現代文化現象研究，在《文學評論》等國內外刊物上發表論文 100 餘篇，出版《中國現代主義詩學》《中國當代先鋒詩歌研究》《現代中國文學沉思錄》《中國現代文學思潮研究十六講》《中國現代詩歌文體多維透視》等著作，主編《簡明巴金詞典》《現代中國文學史》等著作多部。榮獲山東省社會科學優秀成果一、二、三等獎及劉勰文藝評論獎等獎勵多項。兼任山東省中國現代文學研究會副會長、中國現代文學研究會理事、中國魯迅研究會理事等職。

## 論文題要

楊逵在〈送報伕〉中通過第一人稱敘述、時空交叉、對比手法等敘事形式來組織事件、塑造人物，傳達自己的倫理思想，敘事成為作者向讀者傳達知識、情感、價值和信仰的一種獨特而有力的工具。作品所秉持的並非純粹的自由敘事倫理學，而是自由敘事倫理與人民倫理的融合。

關鍵字：楊逵，小說，送報伕，敘事倫理

楊逵是台灣文壇上具有強烈反抗意識的著名作家，他具有強烈的社會使命感，表現出積極的社會參與意識，他從事小說創作不是為了藝術而藝術，而是為社會現實人生而藝術，被譽為台灣的普羅文學作家。儘管如此，其作品又與一般的政治小說有所不同，它不是為政治而政治，不是政治的簡單圖解演繹，而是具有獨特的藝術性，成功地將複雜的社會意識與獨特的藝術形式融合為一體，其獨特的藝術形式呈現出豐富的意味。換言之，其小說的獨特的敘事形式具有獨特的倫理內涵，這在其成名作〈送報伕〉中有著鮮明而具體的表現。通過分析這一作品，也可窺探其小說創作的全貌。

小說是一種敘事文體，作者通過敘事來表達自己的思想情感和道德倫理，這樣，敘事形式與作者的主觀思想、作品中的思想內涵之間就具有了密不可分的關係。儘管人們對敘事形式與思想內涵之間的關係持不同的觀點，有人主張思想內涵決定敘事形式，有人主張敘事形式決定思想內涵，但都不能否認二者之間的複雜關係。通過考察作品獨特的敘事形式，可以發現敘事形式本身所具有的倫理內涵，可以說明作者為何選擇運用這一獨特的敘事形式的深層原因。「敘事不只是講述曾經發生過的生活，也講述尚未經歷過的想像的生活。一種敘事，也是一種生活的可能性、一種實踐性的倫理構想。[1]」敘事不僅僅是一種藝術形式，它本身具有豐富的倫理內涵。每一種不同的敘事形式，就會呈現出各自不同的倫理內涵，誠如劉小楓所言，「敘事技巧的繁複和多樣，正好表達個人道德生活的繁複和多樣。[2]」〈送報伕〉具有獨特的敘事形式，這與作者獨

---

[1] 劉小楓，《沉重的肉身——現代性倫理的敘事緯語》（北京：上海人民出版社，2000）3。

[2] 劉小楓　162。

特的個人道德生活之間相互契合，二者互相作用，產生一種藝術張力。

小說創作是一種頗具創造性的藝術活動，而這種創造性主要表現在小說的敘事形式上。作者通過精心構思營造不同的敘事形式，將自己的生命歷程融進小說的藝術形式之中，賦予每部小說以獨特的藝術形式，進而形成自己的藝術個性，建立自己的小說王國。正是在這一層面上，敘事形式與倫理學之間發生了關聯：

> 敘事倫理學不探究生命感覺的一般法則和人的生活應遵循的基本道德觀念，也不製造關於生命感覺的理則，而是講述個人經歷的生命故事，通過個人經歷的敘事提出關於生命感覺的問題，營構具體的道德意識和倫理訴求。……敘事倫理學通過敘述某一個人的生命經歷觸摸生命感覺的個體法則和人的生活應遵循的道德原則的例外情形，某種價值觀念的生命感覺在敘事中呈現為獨特的個人命運[3]。

通過敘述個人的生命經歷、個體命運來呈現生命存在的個體法則和人的生活應該遵循的道德原則，體現某種價值觀念，這是敘事倫理學的核心。〈送報伕〉是一部帶有自敘傳性質的作品，它通過講述「我」個人在現實生活中所遭遇到的種種不公與不幸，對壓抑人的社會進行尖銳批判，呼籲公平、正義、抗爭，表現出作者朦朧的階級倫理思想，對當時的讀者產生了巨大的影響。

---

[3] 劉小楓 4。

## 一、第一人稱的敘事倫理

小說敘述作者個人的生命經歷或虛構曲折離奇的故事，但無論是作者個人的生命經歷還是故事本身都不能自動進入作品，不能自己呈現自己，它必須通過一定的敘事形式才能呈現出來，作者必須選擇一個角度來敘述個人的生命歷程或講述一個虛構的故事，這就是小說中的視點（point of view）、人稱問題。

> 構成故事環境的各種事實從來不是「以它們自身」出現，而總是根據某種眼光、某處觀察點呈現在我們面前。……視點問題具有頭等重要性確是事實，在文學方面，我們所要研究的從來不是原始的事實或事件，而是以某種方式被描寫出來的事實或事件[4]。

這樣，視點、人稱就具有了特殊的倫理內涵，選擇什麼樣的視點、人稱來進行敘述不僅決定了作品所要表現的故事內容，而且也決定了作者的情感倫理。

眾所周知，〈送報伕〉是一部具有自敘傳特點的作品[5]，作者選擇第一人稱「我」來進行敘述，通過對「我」的個體生命經歷的敘

---

[4] 茲維坦·托多羅夫（Tzvetan Todorov, 1939-），〈文學作品分析〉（“Analysis of the Literary Text”），黃曉敏譯，《敘述學研究》，張德寅編譯，（北京：中國社會科學出版社，1989）64-65。

[5] 關於〈送報伕〉，有以下的基本參考資料：王鈺琇，〈楊逵文學作品之研究——以「送報伕」、「泥娃娃」、「鵝媽媽出嫁」為中心〉，碩士論文，中國文化大學，2007；塚本照和（TSUKAMOTO Terukazu），〈楊逵作品《新聞配

述，來對社會、現實、人生進行拷問與反思，表現「我」的情感倫理，「敘事倫理學從個體的獨特命運的例外情形去探問生活感覺的意義，緊緊摟抱著個人的命運，關注個人生活的深淵。[6]」相比之下，第一人稱「我」的敘述形式更能突出表現個體命運的獨特性。第一人稱敘述大多屬於回顧性的敘述，「在這一類型中潛存兩種不同的敘事眼光：一是敘述者『我』從現在的角度追憶往事的眼光，二是被追憶的『我』過去正在經歷事件時的眼光。敘述學家們一般都根據這兩個『我』的不同觀察位置將其分為兩種視角類型，具體來說，就是將前者視為『外視角』或『外聚焦』（因為現在的『我』處於被追憶的往事之外），而將後者視為『內視角』或『內聚焦』（因為被追憶的『我』處於往事之中）。[7]」這兩種情況在〈送報伕〉中都有所存在，不同的敘述視角所呈現出來的倫理內涵是不一樣的。

〈送報伕〉中「我」的生命經歷是獨特的，其生命歷程可以分為三個不同的層次，即身體、情感與思想，這三個不同的層次所呈現出來的倫理內涵也是不同的。

---

達夫》、《送報伕》的版本之謎〉，向陽（林淇瀁，1955-），本名譯，《楊逵》，黃惠禎編（台南：台灣文學館，2011）195-234；河原功（KAWAHARA Isao, 1948-），〈不見天日十二年的《送報伕》——力搏台灣總督府言論統制之楊逵〉，張文薰譯，《台灣文學學報》7（2005）：129-47；張惠琪.〈在底層的覺醒——淺析楊逵〈送報伕〉及高爾基《母親》之典型人物〉，《台灣文學評論》7.2（2007）：33-45；陳培豐。〈大眾的爭奪：《送報伕》•「國王」•《水滸傳》〉，邱若山譯，《楊逵文學國際學術研討會論文集》，台中：靜宜大學台灣文學系，2004.6.19-20，1-26；金尚浩，〈楊逵與張赫宙普羅小說之比較研究——以〈送報伕〉與〈餓鬼道〉為例〉，邱若山譯，靜宜大學台灣文學系　1-15。

6　劉小楓　4。

7　申丹：《敘述學與小說文體學研究》，2版（北京：北京大學出版社，2005）201。

## （一）身體敘事倫理

身體是生命的原始存在形式，它需要最基本的物質條件才能存活，通過身體敘事，能夠表現出作者對生存倫理的深層思考。小說中的「我」是一個來自台灣的窮學生，到東京快一個月了，帶來的二十元錢只剩下六元二十錢，雖然每天從早到晚地到處找工作，但仍然沒有著落，溫飽都成了大問題。身體成了作品敘事的重要構成部分，而這也正是作者倫理思想的基本出發點。在絕望之中，「我」發現了派報所「募集送報伕」的廣告，「我感到了像背著很重很重的東西，快要被壓扁了時候，終於卸了下來似的那種輕快。[8]」這是小說的開頭。接下來，「我」終於獲得了送報伕的工作，但送報伕的生活環境和工作環境異常惡劣，他們住在低矮的閣樓上，「席子底面皮都脫光了，只有草。要睡在草上面，而且是髒得漆黑的。」這裡是一個跳蚤窩，跳蚤從腳上、腰上、大腿上、肚子上、胸口上一齊襲來，癢得忍耐不住，二十九個人擠在狹窄的閣樓上，房子裡共鋪 12 張席子，平均每張席子上要睡兩個半人，如同罐頭裡的沙丁魚。「我」和其他送報伕在凌晨兩點就要起來送報，十二月的天氣非常寒冷：

> 冷風颯颯地刺著臉。雖然穿了一件夾衣，三件單衣，一件衛生衣（這是我全部的衣服）出來，但我卻冷得牙齒閣閣地作響。尤其苦的是，雪正在融化，雪下面都是冰水，因為一個

[8] 楊逵，〈送報伕〉，《楊逵全集》，彭小妍主編，卷4（台南：國立文化資產保存研究中心籌備處，1998。

> 月以來不停地繼續走路，我底足袋底子差不多滿是窟窿，這比赤腳走在冰上還要苦。還沒有走幾步我底腳就凍僵了[9]。

好不容易送完了報，「我」急急地往家趕，「肚子空空地，覺得隱隱作痛。昨晚上，六元二十錢完全被老闆拿去作了保證金，晚飯都沒有吃；昨天底早上，中午——不……這幾天以來，望著漸漸少下去的錢，覺得惴惴不安，終於沒有吃過一次飽肚子。[10]」「我」處於饑寒交迫的困境之中，如此惡劣的居住條件和工作條件不僅是對生命的殘酷折磨，而且是對生命平等倫理的嚴峻挑戰：

> 所謂倫理其實是以某種價值觀念為經脈的生命感覺，反過來說，一種生命感覺就是一種倫理；有多少種生命感覺，就有多少種倫理。倫理學是關於生命感覺的知識，考究各種生命感覺的真實意義[11]。

「我」處於社會的最底層，生存條件極為惡劣，生命倍受壓抑，正是這種身體敘事蘊含著平等、正義的倫理訴求，這既是作品的基本主題，也是作者的倫理意識的基礎。

---

[9] 楊逵，〈送報伕〉 71。
[10] 楊逵，〈送報伕〉 72。
[11] 劉小楓 3。

## （二）情感敘事倫理

如果說小說中對身體的敘述構成了一條明線，那麼對情感的敘述則形成了一條暗線。作者不僅要表現「我」身體所忍受的各種極端痛苦，而且要表現「我」精神所經歷的種種折磨，而第一人稱經驗視角能夠直接呈現「我」經歷事件時的內心世界：

> 它具有直接生動、主觀片面、較易激發同情心和造成懸念等特點。這種模式一般能讓讀者直接接觸人物的想法。……由於沒有「我當時心想」這一類引導句，敘述語與人物想法之間不存在任何過渡，因此讀者可直接進入人物的內心。人物想法中體現情感因素的各種主觀性成分（如重複、疑問句式等）均能在自由間接引語中得到保留（在間接引語中則不然）[12]。

小說中的「我」的情感處於悲喜交加的變化之中：「我」在遍尋工作沒著落時心情惴惴不安，在發現了「募集送報伕」的紙條後高興得差不多要跳起來了，幾乎像是從地獄升上天國的樣子；當見到老闆、看到規定需要交十元保證金時「我」陡然瞠目地驚住了，眼睛發暈，而當交了口袋裡僅剩的六元二十錢作為保證金被老闆收留後，「我」又從心底裡歡喜著；當看到閣樓惡劣的居住環境時「我」感到失望，但一想到好容易才找到了工作，對如此差的生存環境也

---

[12] 申丹　245。

就滿不在乎了，甚至在晚上興奮的睡不著覺；在忍饑挨餓送完報之後想到能有免費的早飯便忘記了寒冷與饑餓，心情非常爽快，但當田中把「我」帶到一個小飯館時，我悲哀了；「我」與搭檔田中相處融洽，為得到這樣的好朋友而高興，為自己工作順利而自豪，但好景不長，老闆讓「我」單獨出去推銷定戶，心中覺得有些寂寞；「我」早出晚歸、非常賣力地推銷定戶，但數額遠達不到老闆的要求，為此受到老闆的謾罵責難，有一天推銷了十一份報紙，以為這一次會受到老闆的誇獎，但仍然遭到老闆的故意刁難，「我」感到膽怯；「我」忍受老闆的百般刁難更加賣力地工作，但到第二十天時仍被老闆無情地解雇，只拿到了四元二十五錢的工資，連原來交的保證金都拿不回來，「我覺得心臟破裂了，血液和怒濤一樣地漲滿了全身」[13]。「我」的感情在悲與喜的兩極之間回復往返，最終是悲戰勝了喜，這樣的結局充滿了悲劇的意味，產生了憤懣的力量，不僅是對吃人不吐骨頭的資本家的血淚控訴，而且是對不公的社會的強烈譴責。

## （三）思想敘事倫理

作品中的「我」是一個知識分子，他不僅尋求身體的溫飽、情感的溝通，而且要探索社會人生，第一人稱的使用能夠極大地滿足作者、「我」的這一需求。

---

[13] 楊逵，〈送報伕〉 80。

> 使用「第一人稱」，換句話說，敘述者和主人公同為一人，這絲毫不意味著敘事聚焦於主人公身上。恰恰相反，「自傳」的敘述者，不論自傳是真實的還是杜撰的，比「第三人稱」敘事的敘述者更「天經地義地」有權以自己的名義講話，原因正在於他就是主人公[14]。

作品中的「我」經常站出來直接發表議論，表明自己對人物、事件的理性判斷：在初次見到田中君後，「看來似乎不怎樣壞」[15]；在「我」被老闆解雇、田中告訴「我」老闆用廣告誘騙失業者上鉤之後，「我對田中底人格懷著異常感激的心情，和他告別了。我毫無遮蓋地看到了這兩個極端的人，現在更是吃了一驚。[16]」在準備離開日本回台灣要向田中告別時又戀戀不捨，「那種非常親切的、理智的、討厭虛偽的樸實性格……這是我心目中理想人物底典型。」這些語言既表明了「我」對田中人格的肯定認同，又表明了「我」評價人的標準，表明了「我」的人倫道德觀念。在看到母親決定自殺的遺書後，「我」對母親有一個理性的評價：

> 母親是決斷力很強的女子。她並不是遇事嘩啦嘩啦的人，但對於自己相信的，下了決心的，卻總是斷然要做到。……可以說母親並沒有一般所說的女人底心，但我卻很懂得母親底心境。我還喜歡母親底志氣，而且尊敬[17]。

---

[14] 〔法〕熱拉爾・熱奈特（Gérard Genette, 1930-），《敘事話語・新敘事話語》（*Narrative Discourse, Narrative Discourse Revisited*），王文融譯（北京：中國社會科學出版社，1990）136。

[15] 楊逵，〈送報伕〉 67。

[16] 楊逵，〈送報伕〉 81。

[17] 楊逵，〈送報伕〉 93-94。

在見到伊藤並聽到其關於有錢的人要掠奪窮人底勞力的議論後，「他底話一個字一個字在我底腦子裡面響，我真正懂了。故鄉底村長雖然是台灣人，但顯然地和他們勾結在一起，使村子大眾吃苦……[18]」這段議論可以說是全篇的主題核心，「我」以階層（勞動者與非勞動者、無產者與有產者）來劃分人的好壞，而不是以民族、政治來處理中國台灣與日本的關係，因此，這部作品具備了基本的階級觀念，而缺少鮮明的民族意識。

> 楊逵的階級意識高於民族意識的原因，除了根源於社會主義的思想基礎，也源自於楊逵曾經擁有美好的日本經驗：例如在公學校的日本啟蒙老師沼川定雄（NUMAKAWA Sadao, 1898-1994），對楊逵一生的影響甚大。其後，楊逵留日期間，生活困頓，也有不少文學界、社會運動組織的朋友資助他。在他染肺結核病倒，欠米債被告到法院時，日本員警入田春彥（NYŪTA Haruhiko, 1909-38）出資幫助他租下首陽農園，這些溫暖楊逵生命的日本人，使他跨越族群的藩籬，將社會主義的理想提升到追求社會各民族皆平等的大同世界[19]。

跨越族群的藩籬來處理「我」與派報所老闆的關係、台灣人與日本人的關係，表現出基本的人道主義情懷，這是這部作品的優

[18] 楊逵，〈送報伕〉 100。

[19] 吳素芬，《楊逵及其小說作品研究》（台南：台南縣政府，2005）101；張季琳，〈楊逵和入田春彥——台灣作家和總督府日本警察〉，《中國文哲研究集刊》22（2003）：1-33；張季琳，〈楊逵和沼川定雄——台灣作家和公學校日本教師〉，《中國文哲研究集刊》24（2004）：155-182。

點，但同時也是它的缺點，因為它遮蔽了中國與日本兩個民族之間的民族矛盾。而這一缺點本身又是由第一人稱的敘述形式造成的，「可以說充當敘述視角的人物的眼光具有雙重性質：它既是故事內容的一部分也是敘述技巧的一部分。[20]」由於「我」與田中、伊藤等日本人的友好交往而對此類日本人產生好感，這種獨特的經歷致使「我」對日本人的評價、判斷是基於個人的情感經歷而非基於民族的衝突。劉小楓將現代敘事倫理分為兩種，即人民倫理的大敘事和自由倫理的個體敘事：

> 在人民倫理的大敘事中，歷史的沉重腳步夾帶個人生命，敘事呢喃看起來圍繞個人命運，實際讓民族、國家、歷史目的變得比個人命運更為重要。自由倫理的個體敘事只是個體生命的歎息或想像，某一個人活過的生命痕印或經歷的人生變故。自由倫理不是某些歷史聖哲設立的戒律或某個國家化的道德憲法設定的生存規範構成的，而是由一個個具體的偶在個體的生活事件構成的[21]。

人民倫理與自由倫理之間是有差異，但它們之間是否是互相對立、互相排斥的？至少在〈送報伕〉中不是這樣。楊逵在〈送報伕〉中秉持的不是人民（民族、國家）倫理的大敘事，也不是純粹的自由倫理的個體敘事，他雖從個人命運的遭際來建構自己的倫理判斷，但這種個體敘事倫理又與勞動者的群體倫理密切相關，在一定

---

[20] 申丹　226-27。
[21] 劉小楓　7。

程度上具有人民倫理的宏大敘事的特徵，具有自由倫理的個體敘事與人民倫理的宏大敘事的共同特徵。劉小楓認為：

> 理性倫理學關心道德的普遍狀況，敘事倫理學關心道德的特殊狀況，而真實的倫理問題從來就只是在道德的特殊情況中出現的。敘事倫理學總是出於在某一個人身上遭遇的普遍倫理的例外情形，不可能編織出具有規範性的倫理理則[22]。

這看起來很有道理，但如果一個人遭遇的普遍倫理的例外情形非常特殊，具有一定的代表性與普遍性，那麼這一例外情形是否也會具有規範性、普遍性？〈送報伕〉中的「我」是一個處於社會底層的無產者，在他身上體現出無產階級所具有的某些共同特點，因此，通過第一人稱的敘述形式所表現出來的倫理思想就具有了一定的普遍性，在一定程度上代表了無產階級的倫理訴求。

## 二、時空敘事倫理

〈送報伕〉中的「我」從台灣來到日本求學，經歷了兩個不同的生活空間（台灣和東京）和兩段不同的生活時間（過去和現在），這不僅形成兩條不同的故事線索，而且蘊含著深刻的倫理意味，「敘事倫理學的道德實踐力量就在於，一個人進入過某種敘事的時間和空間，他（她）的生活可能就發生了根本的變化。[23]」台灣（過去）、

---

[22] 劉小楓　4。
[23] 劉小楓　5。

東京（現在）兩個不同的時空互相對照、互為依存，呈現出「我」獨特的生命曲線。

## （一）「東京－現在」敘事倫理

〈送報伕〉敘述「我」到日本東京後的生活經歷，這是小說的主線，也是作品的主要內容。東京是世界化的大都市，這兒是有錢人的天堂，對於無錢無勢的「我」來說，東京卻無疑於人間地獄。「我」在東京舉目無親，生活沒有著落，急於找到一份工作來養活自己，最後終於在一家派報所發現了「募集送報伕」的廣告，「我」像饑不擇食的魚兒在沒有看清招募規定時就答應了老闆的要求，在將自己僅有的六元二十錢交了保證金後得到了這份工作，希望通過自己的努力工作來掙錢改變自己的命運，爭取上學的機會。在派報所的住宿條件異常惡劣，且不管飯，但「我」仍咬牙堅持了下來，我忍饑挨餓、早出晚歸、加倍努力地工作，仍達不到老闆的苛刻要求，最後被老闆無情解雇，辛苦工作二十天，僅僅得到四元二十五錢，因工作未滿四個月，連保證金都得不到。「我」在東京處於社會的最底層，是真正的無產階級。「我」的貧困的生存環境與派報所老闆的生存環境、「我」的謙卑的、甚至低三下四的態度與老闆的高傲兇惡的態度形成鮮明對照，突出了無產階級與資產階級之間的巨大鴻溝。「我」的屈辱的生活經歷使我對老闆充滿了仇恨，同一階層中的田中也對剝削階級充滿了敵意，他們要想對抗的法子來整治兇惡的老闆，伊藤的到來給了他們以報仇的希望。在伊藤的帶領下，派報所的工人發動了罷工，派報所老闆在團結的送報伕面前低下了蒼白的臉，被迫答應了工人們提出的工作條件，工人最終取得了勝利。作品著意表現兩個階級之間的對立、衝突，賦予作品以基本的階級意識，這也是這部作品被譽為普羅文學、楊逵被稱為普羅作家的重要原因。可以說，東京這一發達的資本主義世界改變了「我」的命運，給予「我」以基本的階級倫理意識。

## （二）「台灣－過去」敘事倫理

〈送報伕〉雖然著力表現「我」在東京窮苦潦倒的生活經歷，但「我」始終沒有忘記故鄉台灣、母親。台灣是「我」的故鄉，作為與東京相對的空間，它始終出現在「我」的腦海中，成為「我」魂牽夢繞的思念，對故鄉的思念、敘述構成了作品的另一條線索。小說一開頭在交待「我」在東京陷入生活困境時有這樣一句：「而且，帶來的二十元只剩有六元二十錢了，留給帶著三個弟妹的母親的十元，已經過了一個月，也是快要用完了的時候。」在工作沒有著落時聯想到遠在台灣的母親、弟妹，而且台灣、母親一出現就與貧窮密切地聯繫在一起，很自然地為後面展開對台灣的敘述埋下了伏筆。當「我」看到居住的閣樓裡的惡劣的住宿條件時，「我」自然地想到了在故鄉的生存環境，「在鄉間，我是在寬地方睡慣了的，鄉間底家雖然壞，但我底癖氣總是要掃得乾乾淨淨的。[24]」當在嚴寒的凌晨穿著單薄的衣服外出送報時，想到帶著三個弟妹走投無路的母親，就滿不在乎了。故鄉、母親存在於「我」的心裡，成為「我」活下去、努力工作的不盡動力。當「我」被老闆解雇之後，靠掙錢維持生活、上學的希望破滅了，「我」來到上野公園一個人獨自痛

---

24 楊逵，〈送報伕〉 69。

苦，「昏昏地這樣想來想去，終於想起了留在故鄉的、帶著三個弟妹的、大概已經正在被饑餓圍攻的母親，又感到了心臟和被絞一樣的難過。[25]」由此展開對過去台灣生活經歷的回憶。「我」家到父親一代是自耕家，有兩甲的水田和五甲的園地，過著衣食無憂的生活。數年前製糖公司在當地開辦農場，強徵老百姓的土地，身為保正的父親因帶頭拒絕出賣自己的土地而被日本人關押到派出所，遭受毒打，氣病交加，最終離開人世。母親在經歷這一家庭變故後精神受到極大打擊，一病不起。結果被迫賣地得到的六百元錢因為父親底病、母親底病以及父親底葬式等差不多用光了，到母親稍好些的時候，就只好出賣耕牛和農具餬口，這樣家庭就從原來的自耕農變成了一無所有的貧農。在日本人的統治下，村裡和「我」家情況差不多的還大有人在。故鄉台灣的老百姓在日本人的掠奪下變得貧窮不堪，民不聊生，這與東京有相同之處，「我」從回憶中回過神來深發感慨：

> 我好像第一次發見了故鄉也沒有什麼不同，顫抖了。那同樣是和派報所老闆似地逼到面前，吸我們底血，剮我們底肉，想擠幹我們底骨髓，把我們打進了這樣的地獄裡[26]。

台灣與東京雖是兩個不同的空間，但它們都處於日本有錢人的統治之下，對於生活於其中社會底層的老百姓來說都是地獄。「我」從上野公園回到原來居住的木賃宿，收到母親前些日子的來信，這又與台灣聯繫起來，母親在信中夾帶了賣房子所得的一百二十元，

---

[25] 楊逵，〈送報伕〉 82。
[26] 楊逵，〈送報伕〉 82。

說阿蘭、阿鐵死了，僅剩的弟弟寄託在叔父家裡，母親叮囑「我」要好好地用功，成功了以後再回到故鄉。這封信好像母親的遺囑，令我產生了不詳的預感。「我」決定回去探望母親，便去與田中告別，在那兒又得到了叔父的來信，來信中夾著一封母親的信，母親在信中訴說活著的痛苦，訴說村子裡人們的悲慘生活，把拯救村子裡的人們的希望寄託在「我」身上。叔父在信中說母親是上吊自殺，並依母親的遺囑在半個月後才告訴「我」母親的死訊。母親的死增強了「我」的復仇的力量，「我」下決心不能夠設法為悲慘的村子出力就不回去。「我」在台灣的生活經歷及到東京後台灣的兩封來信傳達出一種強烈的倫理控訴，台灣對「我」而言成了一個傷心地，造成「我」家破人亡的原因在於日本人慘無人道的統治與剝削，而這也正是「我」復仇的內在動力。

## （三）新時空敘事倫理

小說結尾寫「我」離開日本乘船返回台灣，這時的「我」處於日本與台灣、過去與未來之間，這一新的時空賦予「我」以新的倫理視野：

> 我滿懷著確信，從巨船蓬萊丸底甲板上凝視著台灣底春天，那兒表面上雖然美麗肥滿，但只要插進一針，就會看到惡臭逼人的血膿底迸出[27]。

[27] 楊逵，〈送報伕〉 101。

「我」已從伊藤那兒學到了拯救村裡人們的法寶，並要用這一法寶回台灣拯救生活於水火之中的村裡人，「我」對台灣的未來充滿了希望。台灣雖然表面上美麗肥滿，但其深層卻是惡臭的膿血，「我」的責任就是用針刺破其美麗的表皮，放出裡面惡臭的膿血，讓台灣回到真正的春天。

> 敘事改變了人的存在時間和空間的感覺。當人們感覺自己的生命若有若無時，當一個人覺得自己的生活變得破碎不堪時，當我們的生活想像遭到挫傷時，敘事讓人重新找回自己的生命感覺，重返自己的生活想像的空間，甚至重新拾回被生活中的無常抹去的自我[28]。

春天的台灣是「我」想像的空間，而這個充滿確信的「我」也是一個新生的、未來的自我，這個新生的「我」必將會對未來的台灣產生巨大的影響。

## 三、對比敘事倫理

除了人稱、視點等因素外，小說中的敘事還包括敘事技巧、結構等因素，而敘事技巧、結構等敘事因素也具有豐富的倫理內涵。「『作為修辭的敘事』這個說法不僅僅意味著敘事使用修辭，或具有一個修辭維度。相反，它意味著敘事不僅僅是故事，而且也是行

---

[28] 劉小楓　3。

動，某人在某個場合出於某種目的對某人講一個故事。[29]」作者出於某種目的、採用某種技巧來對某人講一個故事，這樣技巧與目的之間就發生了密切的關聯，技巧就具有了倫理的意味。

〈送報伕〉沒有運用象徵、反諷等現代主義表現手法，而是大量運用對比這一傳統的敘事技巧，這與作者的創作目的之間有著密切的關係。換言之，對比這一敘事技巧更能表現出作者的思想主旨，也就具有了特殊的倫理內涵。作者聲稱，「至於描寫台灣人民的辛酸血淚生活，而對殖民殘酷統治型態抗議，自然就成為我所最關心的主題。[30]」考察楊逵的小說創作可以發現，對殖民者的「抗議」是其多數作品的主題，而要恰到好處地表現這一主題，對比無疑是一種非常實用的敘事手法。

## （一）今昔之「我」對比敘事倫理

〈送報伕〉以「我」的口吻來進行敘述，在第一人稱敘述中通常有兩種眼光在交替作用：

> 一為敘述者「我」目前追憶往事的眼光，另一為被追憶的「我」正在經歷事件時的眼光。這兩種眼光可體現出「我」在不同時期對事件的不同看法或對事件的不同認識程度，它們之間

[29] 〔美〕詹姆斯・費倫（James Phelan, 1951-），〈前言〉（"Introduction"）《作為修辭的敘事——技巧、讀者、倫理、意識形態》（*Narrative as Rhetoric: Technique, Audiences, Ethics, Ideology*），陳永國譯（北京：北京大學出版社，2003）14。

[30] 楊逵，〈「日據時代的台灣文學與抗日運動」座談會書面意見〉，《楊逵全集》，彭小妍主編，卷10（台南：國立文化資產保存研究中心籌備處，1998）389。

的對比常常是成熟與幼稚、瞭解事情的真相與被蒙在鼓裡之間的對比[31]。

小說中有兩個不同的「我」，一個是在台灣的、過去的「我」，一個是在東京的、現在的「我」。在台灣的、過去的「我」年幼，對社會人生的認識有一定局限，在東京的、現在的「我」在經歷了社會的磨難後漸漸成熟起來，對社會人生的看法也發生了變化：

在故鄉的時候，我以為一切日本人都是壞人，恨著他們。但到這裡以後，覺得好像並不是一切的日本人都是壞人。木賃宿底老闆很親切，至於田中，比親兄弟還……不，想到我現在的哥哥——巡查——什麼親兄弟，根本不能相比。拿他來比較都覺得對田中不起[32]。

「我」的前後的對比一方面體現出主人公的成長歷程，另一方面表現出「我」的倫理思想的變遷：過去是從民族的角度來認識日本人，認為一切日本人都是壞人，現在則是從人品、階層的角度來分辨人的好壞，具備了初步的階級倫理意識。

## （二）田中與老闆之對比敘事倫理

〈送報伕〉涉及到眾多的人物，但這些人物大致可以分為兩類，即好人與壞人、受壓迫者與壓迫者，田中與派報所老闆是其中

---

[31] 申丹　187。
[32] 楊逵，〈送報伕〉　99。

的代表。這些人之間形成一種對比，通過對比，既表現出人物的性格特點，也表現出作者的倫理意識。田中是一個靠打工來掙學費、生活費的窮學生，但他沒有種族歧視，給「我」提供熱心的幫助，帶著「我」熟悉送報業務，在「我」沒有錢吃飯時將自己微薄的錢借給「我」，在「我」被老闆解雇時安慰「我」，「我」與田中之間結下了深厚的友誼。而派報所的老闆則是一個唯利是圖的畜生，他制定苛刻的規定來誘惑失業者上鉤騙取他們的保證金，給送報伕提供異常惡劣的居住環境，從送報伕的工作中榨取最大的利潤，表面上對「我」仁慈，本質上對「我」兇狠，這兩個人形成了鮮明的對比：「一面是田中，甚至節省自己底伙食，借錢給我付飯錢、買足袋，聽到我被趕出來了，連連說『不要緊！不要緊！』把要還給他的錢，推還給我；一面是人面獸心的派報所老闆，從原來是就因為失業困苦得沒有辦法的我這裡把錢搶去了以後，就把我趕了出來，為了肥他自己，把別人殺掉都可以。」通過對比，「我」發現了派報所老闆的吃人面目。小說結尾部分通過伊藤的語言進一步對田中和派報所老闆進行對比：日本底勞動者大都是和田中君一樣的好人，日本的勞動者反對壓迫、糟蹋台灣人，使台灣人吃苦的是那些像派報所老闆一樣的畜生，這種畜生們不僅對於台灣人，對於日本的窮人也是一樣的，最終得出一個結論：有錢的要掠奪窮人底勞力，為了要掠奪得順手，所以要壓住他們。伊藤將田中和派報所老闆看作兩個不同階級的代表，通過對比發出對以派報所老闆為代表的有錢階級的正義的憤怒：

> 「正義的憤怒」即一種對一切不公正的侵略和一切粗暴地侵犯他人權利的行為給予有力的、有節制的回擊的能力，而這

種能力是培養出來的[33]。

可以說，「我」對以派報所老闆為代表的有錢階級的正義憤怒是被培養出來的，是這些壓迫者給予了「我」反抗的力量。壓迫者與被壓迫者之間的對立、衝突蘊含著左翼文學的階級倫理思想，這也是〈送報伕〉所具有的深層的思想主題。

綜上所述，楊逵在〈送報伕〉中通過第一人稱敘述、時空交叉、對比手法等敘事形式來組織事件、塑造人物，傳達自己的倫理思想，敘事成為作者向讀者傳達知識、情感、價值和信仰的一種獨特而有力的工具，「實際上，認為敘事的目的是傳達知識、情感、價值和信仰，就是把敘事看做修辭。[34]」作者對現實中存在的不合理的道德觀念、行為通過文學敘事加以解構，指出其種種不合理的存在，從而產生一種倫理的功能作用，「倫理學都有教化的作用，自由的敘事倫理學僅讓人們面對生存的疑難，搞清楚生存悖論的各種要素，展現生命中各種價值之間不可避免的矛盾和衝突，讓人自己從中摸索倫理選擇的根據，通過敘事教人成為自己，而不是說教，發出應該怎樣的道德指引。[35]」從這一角度來看，楊逵在〈送報伕〉中所堅持的並非純粹的自由敘事倫理學，而是自由敘事倫理與人民倫理的融合。作品中「我」的個體命運、生活經歷的敘述體現出來的是一種自由敘事倫理，而「我」的抒情議論則具有說教的功能作用，具有人民倫理的因素。

---

[33] 〔英〕R. R. 馬雷特（R. R. Marett, 1866-1943），《心理學與民俗學》（*Psychology and Folk-lore*），張穎凡、汪寧紅譯（山東人民出版社，1988）40。

[34] 費倫　23。

[35] 劉小楓　7。

# 文學地理景觀與社會空間創造

## ——以楊逵的小說為例

劉寧

## 作者簡介

劉寧（Ning LIU），女，陝西省社會科學院文學藝術研究所副研究員，陝西師範大學西北歷史環境與經濟社會發展研究院副教授，主要從事中國現當代文學以及文學地理學研究。

## 論文題要

楊逵是台灣本土的左翼作家，其小說中林林總總的地理景觀和社會空間提供給我們認識社會的一種新的視角。作家借助對自然風景、土地、屋舍等田園景觀的呈現表達台灣人民在殖民化統治，階級壓迫下，家園淪喪的命運，並試圖以花園農場的空間再造人類精神家園。而在對城鎮街巷、勞工生存、生活空間等破碎景觀的展現中，滲透著作者強烈的階級意識和底層關懷。面對種種不平等景象，楊逵以文學為鬥爭武器，在其所描繪的地理景觀和社會空間裡揭示出地理空間的文化意義、社會結構和關係，從而促使我們愈加清晰地直面慘澹社會圖景，開啟心靈，並萌生出一種新的生活希冀。

關鍵字：楊逵小說、地理景觀、社會空間、景觀創造長久以來，文學研究是在一個歷史背景之下展開，探尋作品對社會生活的本質反映。而事實上，對文學研究完全可以採取新的研究視域和方法，或許能夠打開過去我們從未涉獵的領域，在一些司空見慣的場景中，發現令我們耳目一新的觀點。楊逵是台灣本土的左翼作家，其小說從描寫自然景觀、村舍農場，到街巷、閣樓、道路等，林林總總的地理景觀和社會空間提供給我們重新考察作品和作家創造力的一種新思路。

## 一、田園景觀與家園淪喪

每一位作家小說裡呈現的景觀、場所等自然抑或社會的空間都與個人生活閱歷有密切的關係。楊逵出生在台灣南部大目降街（今新化）[1]，十九歲留學於日本，熱衷於社會運動，終身奮鬥於無產階級事業[2]，複雜的人生經歷註定其小說必然擁有廣闊的寫作視

---

[1] 胡筑珺，〈在大目降‧遇見楊逵文學紀念館〉，《台灣文學館通訊》19（2008）：52-57；李欣如，〈楊逵文學紀念館　散發社會關懷的溫暖〉，《書香遠傳》54（2007）：36-39；林佩蓉，〈在文學與博物館之間——走一條互相扶持的路〉，《台灣文學館通訊》25（2009.11）：64-67。

[2] 王曉波（1943-）、周合源、戴國煇（1931-2001）、巫永福（1913-2008）、葉石濤（1925-2008）、尹章義、鍾逸人、陳永興、陳映真（1937-）、胡秋原（胡曾佑，1910-2004）、楊翠（1962-），〈楊逵先生逝世紀念會演講錄〉，《中華雜誌》262（1985）：28-45；葉石濤、楊建、楊素娟、蕭素梅，〈楊逵紀念輯　楊逵遺作〉，《聯合文學》1.8（1985.6）：8-39；謝崇耀，〈新論楊逵作品中的關懷思想與表現風格〉，《台灣文學略論》，謝崇耀編（台南：台南縣文化局，2002）214-38；阮桃園，〈楊逵的作品評析〉，《東海中文學報》11（1994）：91-105；黃文成，〈楊逵論〉，《關不住的繆思：台灣監獄文學縱橫論》（台北：秀威資訊科技股份有限公司，2008）129-57；陳芳明（1947-），〈放膽文章拼命酒——論楊逵作品中的反殖民精神〉，《楊逵》，黃惠禎編（台南：台灣文學館，2011）203-219。

域，從鄉村到城鎮，從自然景觀到社會空間，組成了一幅幅別有蘊意的畫面，寄予著作家的普羅情懷。

縱觀楊逵小說基本上存在三種景觀：一是田園；二是城鎮（包括東京）；三是文本裡的繪畫作品。自然景觀提供給作家最豐富的寫作素材，因此自古就是文學吟詠的對象。「長河大漠，孤煙落日，春花秋月，這一切在文學之中如此自然，以至於如同生活本身。[3]」故此，自然景觀不言而喻成為楊逵小說的重要內容。台灣島嶼位於北回歸線，與東亞最高山脈構成豐富的生態系統，可謂擁有獨特的自然風光。如作家所寫：

> 那裡聳立著一棵巨大的榕樹，枝葉舒展，茂密的氣根垂延而下，它穩如泰山的形象，宛如無所懼怕的巨人。……這棵榕樹的樹圍有好幾尋，據說有千年以上的樹齡，他心想，在這千年之間，它應該遭逢過無數的暴風雨與乾旱，但仍堅忍卓絕勇敢地存活了下來，讓他覺得這榕樹象徵著大陸[4]。

榕樹是熱帶平原地區最常見的林木，作者以此作為大陸的象徵物，寄託對祖國的眷念，飽含對民族歷經坎坷，但仍然具有堅韌頑強精神的讚歎。如果再放眼望去：

---

[3] 南帆，《後革命的轉移》（北京：北京大學出版社，2005）172。

[4] 楊逵，〈紅鼻子〉，《楊逵全集》，彭小妍主編，卷8（台南：國立文化資產保存研究中心籌備處，1998）276。後引《楊逵文集》依這一版本，只另注卷頁。崔末順，〈日據末期小說的「發展型」敘事與人物「新生」的意義〉（《台灣文學學報》18（2011）：27-51）對楊逵與同時代作品有一定比較分析，可以參照。黃惠禎《楊逵及其作品研究》（台北：麥田出版有限公司，1994）對楊逵小說的改寫情況，有比較全面的交代。

> 走過了紅毛土會社，我就看見展開在大路邊的一面青青綠綠的田圃，受這幾日雨洗得真清淨，總發了新芽，呈出活氣，照著三月的陽光，一葉一葉所含的露水總發出像寶石的光輝，路上也受大雨洗淨了無一點的塵芥，沒有一些的飛砂[5]。

《剁柴囡仔》中描寫的鄉村景致清新雅致，真有「三分風土能入木，七種人情語不驚」[6]的意境。但凡衷情於鄉土寫作的作家必注重風土、人情、性格和氛圍，其中風土和氛圍都和地理環境、景觀有莫大關係。所謂風土即是地方誌，所以作家要展示風土，就要勾勒出一個地方獨有的地形地貌、植被環境。氛圍則是一件事物的磁場，是一件事物在人類心理上的投影。鑒於這些需求，文學作品中就必然離不開寫景狀物的文筆。〈死〉裡楊逵兩次描寫寬意走過莊北神社，第二次是：

> 蒼蒼的天、青綠綠的樹木、清靜的境裡、鳥蟲們的奏樂、花的香……總是布置得很快適[7]。

由此不禁回想第一次到阿達叔家催租時的情景，也是「三月的天空很清、沒有一點的雲霧、路旁的樹木盡發出新芽顯出更生的意氣、除了幾區收穫了未久的甘蔗園、一面都是清綠的光景。從這中

---

5 楊逵，〈剁柴囝仔〉，《楊逵全集》，卷13，60。

6 端木蕻良（曹漢文，1912-96），〈我的創作經驗〉，《中國現當代鄉土文學研究》，王光東主編（北京：東方出版中心，2011）174。

7 楊逵，〈死〉，《楊逵全集》，卷4，314。

間傳出的蟲聲唧唧、加以鳥聲叫得、好像在讚美春天的快活。[8]」雖然前後兩次景觀基本上相似，但是寬意的心情卻不同，空間因社會生活因素的加入，而具有了時間上的流變性。楊逵處於「日據時期台灣社會的本質矛盾是日本殖民統治與台灣民眾抗爭間的矛盾，在經濟矛盾和階級對立的背後，主導衝突仍是殖民與非／反殖民的民族矛盾。這種社會現實中，台灣的民族運動與階級反抗運動呈現出二而為一的形態。作為民族運動積極參加者和左翼作家的楊逵，對台灣社會的矛盾實質有著敏銳認知，他作品中的反殖意識與社會階級分析視閾緊密相關。[9]」因而，無論是上述〈死〉、〈水牛〉等作品，還是他的成名作〈送報夫〉裡都在表述這種殖民壓迫和民眾的反抗情緒，呈現這一思想的重要方式之一就是對田園景觀的狀寫。〈水牛〉表現最為明顯，文章開篇描畫了一幅恬靜、悠然的田園景觀。

> 距離鎮上的約莫五百多公尺的東邊山腳下，有口大池塘。朝裡去是一座長滿了相思樹的小山，這一邊的堤岸上，則爬滿了綠油油的青草。堤岸稍稍寬一點的地方，四株高大的芒果樹，給四周造出一片寬闊而涼快的蔭涼地。草原上，有幾隻水牛和黃牛，啃著草慢吞吞的走動著，不時有烏秋停歇到水牛頭上來，山上的樹林裡則棲息著數百隻白鷺，遠遠的望過去，彷彿開滿了一樹樹的白花。那是一片靜謐而悠然自得的景色[10]。

---

[8] 楊逵，〈死〉　261。

[9] 朱立立、劉登翰（1937-　），〈論楊逵日據時期的文學書寫〉，《中國現代文學研究叢刊》3（2005）：52。

[10] 楊逵，〈水牛〉，《楊逵全集》，卷4，385。

小山、大池塘、堤岸、相思樹、芒果樹、草原，還點綴著水牛、黃牛和幾隻烏秋、白鷺，這熱帶風情景致帶有原始的味道。可是，隨著客運公司的公共汽車進入小村莊，這代表著日本殖民侵略的現代化交通工具打破了鄉村的寧靜生活，阿玉父親為了能繼續租種地主的土地，被迫賣掉家中的水牛，阿玉則面臨著不久將來為富人做妾的命運。這時無限的大自然可稱為人物活動的背景，也是農人生產、勞動的場所，於此，不僅可見農人生活之一斑，也可反映社會變遷和農民命運。

鄉村社會最大的變遷，中國農民最沉重的命運就是遭遇離地的苦難。土地權的集中和農民的死亡或離散成為楊逵小說集中描寫的兩類狀況。〈送報夫〉裡描述了楊君的家鄉因為某糖業公司要開辦農場，便強行收購（實際是侵佔）農民的土地，楊君父親因反抗被打傷，悲憤交加而死去。按照台灣的自然地理條件來講，平原地區皆能種植甘蔗，從 16 世紀開始，先民們就開始在島上制糖，及至日本人佔據台灣後，更加在意糖業的經營，1896 年大日本制糖公司成為台灣最大制糖廠，至 1908 年經營台灣糖業，先後合併東洋、新高、昭和、帝國等制糖公司[11]。伴隨這種現狀的持續發展：

> 數年前，我們村裡的××製糖公司說要開辦農場，為了收購土地而大大活動起來[12]。

[11] 周馥儀，〈開展公共領域‧擊向糖業帝國主義——論台灣知識分子的糖業書寫（1920-1930年代）〉，碩士論文，成功大學，2007，10，楊逵是〈送報伕〉是重要的記錄；許芳瑜，〈台灣鄉鎮之空間現代性後果——大林糖廠日常生活之建構與批判〉，碩士論文，南華大學，2002。

[12] 楊逵，〈送報伕〉，《楊逵全集》，卷4，82。

土地對於台灣人民乃文化認同的基礎，而對日本侵略者而言，卻只是資本，一種投資的形式而已。不斷進行殖民擴張，佔有土地，以及征服在這片土地上生活的人們是侵略者的妄想。

在這片土地上，為了逃避自然的侵害和野獸的侵襲，先民們修築了房屋。宅院家園和中國人的生活息息相關，在中國人的宇宙概念裡，「『宇』是屋宇，『宙』是由『宇』中出入往來。中國古代農人的農舍就是他的世界。[13]」但是看那些「本來就很狹窄的農家房舍，便被這些鋤頭犁耙，破爛東西和稻草甘蔗等等占滿，至於床底下也沒有一點空隙。[14]」內部空間的擁擠、狹窄是貧窮、苦難的象徵。而：

> 整幢屋子就像要依靠到竹叢上去一般的傾斜著。茅草屋頂上殘留著這次的颶風肆虐過的痕跡。想是抽空修整修的吧，屋頂的三分之一覆蓋著甘蔗葉，上面用竹劈子鎮壓著[15]。

這樣的家園隨時都有坍塌的可能，身處在這樣危機四伏的空間裡談何擁有快樂，享受幸福。尤其是，當望著「隔著區田，孤立在田中的阿達叔的破厝，像是棄掉在荒野中的鳥巢一般，完全看不見有點生氣像，使人覺得寂寞。」[16]農民屋舍的殘破不堪，處於荒野

---

[13] 宗白華（1897-86），《意境》，2版（北京：北京大學出版社，1989）209。

[14] 楊逵，〈模範村〉（附錄一：《台灣文學叢刊》版），《楊逵全集》，卷5，185。

[15] 楊逵，〈水牛〉，《楊逵全集》，卷4，387。黃淑琜，〈台灣日治時期成長小說研究〉（博士論文，高雄師範大學，2009）第3章提及楊逵〈種地瓜〉、〈水牛〉、〈送報伕〉、〈頑童伐鬼記〉等作品，52-55。

[16] 楊逵，〈死〉，《楊逵全集》，卷4，273-74。

中的孤寒暗示了農民的家園淪喪，抑或說是田園生活的徹底衰敗。每一處倒塌的房屋都在述說著農民的悲傷，每一處長草的屋簷都意味著家園的淪喪。楊逵曾用如詩的筆描畫了台灣土地上田園牧歌式的美麗，但也揭示了詩意家園被殖民化後的蕭條和孤寂。在這一榮一衰的書寫中展現出田園景觀的巨大變遷。尤其是伴隨著殖民壓迫帶給台灣人民深重的經濟壓榨，島內原本尊崇的民族文化和信仰也受到巨大的衝擊和壓制。〈模範村〉裡：

> 陳文治的房子還是他祖父陳秀才的遺產，住宅之外還有一所書房，占地倒也相當寬闊，只是年深日久，牆壁已經倒塌了多處，柱子也朽了，屋瓦殘破不全[17]。

年久失修，牆壁傾斜，陳文治的屋舍隱含著台灣漢文化在日本殖民化文化的打擊下已經失去核心地位的趨勢，與此同時，民眾的宗教信仰也遭到被侵蝕的境遇。

> 朝夕焚香叩拜的媽祖和觀音的佛像，也被當局強迫搬家，換為日本式的神牌，和寫著「君之代」的掛幅，那些神像便不得不委屈地藏在骯髒的破傢具堆裡[18]。

按照台灣風俗傳統，老百姓敬拜媽祖，即是東南沿海地區被稱作天后的守護神。據說西元 10 世紀，天后出生在福建一個沿海村落的官宦之家。還是小姑娘的時候，就具有神異，她死後不久，經

---

[17] 楊逵，〈附錄；送報伕〉，《楊逵全集》，卷5，131。
[18] 楊逵，〈模範村〉(《台灣文學叢刊》版） 139。

常有在遠海遇難的漁民說在與風浪搏鬥時看到她的幻影，後來就逢凶化吉了。故此，直到現代，在中國沿海各地，媽祖的神奇傳說在海員、漁民中廣為流傳。媽祖娘娘在台灣人心目中佔據著非常重要的位置，可以島上的廟宇數位為證。據統計，至 1930 年末，台灣媽祖廟有 335 座；1954 年增至 384 座[19]。然而，在日本人侵佔台灣後，媽祖信仰被剝奪了，祭拜媽祖之地成為統治者強奪豪取農民的地方：

> 從歷史的角度看，藝術一直承擔著將生活從憂鬱中解脫出來的責任，在它的引導和刺激下，那些趨於平淡的事物或事件呈現出全新的面貌[20]。

面臨家園的喪失，文學家以文學為武器為人們創造新的精神家園。創造家或故鄉的感覺是寫作中一個純地理的構建，花園農場是楊逵小說創建的另一道田園景觀。

> 園圃中每一株花卉和菜蔬，似乎在一夜之間都各自抽長了一寸，冒出柔軟的嫩芽。翠綠的葉子上殘存的露珠映著朝陽，煞是美麗。大理花種得比較早，已經長得比孩子們還高，五彩繽紛的花朵點點綻放著。菊花的花蕾長得像小指頭一般

---

19 張珣，〈台灣的媽祖信仰——研究回顧〉，《新史學》6.4（1995）：89-126；林瑤棋，〈媽祖林默娘的傳說與文化〉，《台灣源流》43（2008）：96-104；林培雅，〈閨女變媽祖——台中市萬和宮老二媽由來傳說探討〉，《興大人文學報》44（2010）：91-110。

20 〔美〕段義孚（Tuan Yi-fu, 1930-），《逃避主義》（*Escapism*），周尚意、張春梅譯（石家莊：河北教育出版社，2005）249。

> 大，不久就要開花了[21]。

花園原是人們建造起來用於靜思和觀賞的地方，在楊逵文中則轉化為一種精神象徵。這段從《萌芽》裡所摘錄出來的描寫花卉的文字，隱喻著曾經做過酒女的妻子對美好生活的希冀。花草滴著晶瑩的露珠，搖曳著無限的生機，如果再在園中蓋一間書齋，那麼文化的氣息便彌漫其間。楊逵一生曾經兩次開闢花園農場。首次是在台中市五權路附近，租了大約一千坪的一塊土地種花，借伯夷、叔齊典故，為其命名為「首陽農園」[22]。後一次是在六十年代東海大學旁邊開闢出東海花園，用鐵鍬在大地上寫下美麗的詩篇。因為擁有這樣的人生閱歷，就不難理解楊逵筆下出現《鵝媽媽的出嫁》、《小夥計的笑》、《春光關不住》等以花卉為線索的作品，它們代表著作家心中所設想的一種精神家園。

> 從人類生存的角度說，家園的建立和鄉土的墾闢，是人類走出巢居、穴居的原始狀態的標誌，家園和鄉土，是人類躲避風雨霜雪、酷暑嚴寒等自然力量侵襲的地方，是人類勞作耕植、繁衍生息的場所[23]。

---

[21] 楊逵，〈紳士軼話〉，《楊逵全集》，卷5，517。

[22] 張季琳，〈楊逵和入田春彥——台灣作家和總督府日本警察〉，《中國文哲研究集刊》22（2003）：3；黃惠禎，《左翼批判精神的鍛擂：四十年代楊逵文學與思想的歷史研究》（台北：秀威資訊科技股份有限公司，2009）112-16。

[23] 楊景龍，〈中國鄉愁詩歌的傳統主題與現代寫作〉，《文學評論》5（2012）：35。

在殖民侵略，階級壓迫下，台灣底層人民掙扎在生活貧苦線上，楊逵小說展示的花園景觀正是島上人民在黑暗中看到的擋不住「春光」。至此，楊逵描寫的空間早已超越了地理屬性，一塊土地、一間屋舍，一片花園農場，不僅代表著地標，還可指向身分、權力和希冀。楊逵因為參加農民組合，幾乎踏遍南台灣，自然飽覽農村景色[24]。

如果說土地、屋舍、農場這些地理景觀是構成楊逵鄉村小說重要空間元素，那麼我們就必須提及其小說中描寫的道路及其空間文化意義。因為道路是聯繫一個地域與另一個地域，一個區域與另一個區域非常重要的空間形式之一。在楊逵小說中道路不僅是現代化的表徵，也是階級劃分的分水嶺，作家寫到：

> 這店鋪的東西兩面，都是田圃，南面正對著公路。……這裡只有遮蔭的大樹，卻沒有什麼阻擋涼風吹來的障礙，所以不論天氣如何炎熱，這地方總是涼爽的，許多的村民，在工作完了之時，都來納涼。……本村的青年都勤於工作，很少有悠閒的功夫來享這份清福，至於地主們家裡的少爺們，他們的房子本來就軒敞涼快，而且都備有電扇等消暑的設備，無需，也不屑到這裡來和這些下田佬湊在一起[25]。

空間如隱性的藩籬，圈圍著不同的人群和聚落，似乎窮人都聚集在鄉野小店邊，地主家的少爺們絕不會在這個空間徘徊。再看：

---

[24] 柯虹岑，《楊逵小說中的社會圖像》（高雄：春暉出版社，2012）102-06。

[25] 楊逵，〈模範村〉（《台灣文學叢刊》版）， 152-53。

> 這鄉村漸漸熱鬧起來了，公路上，從早到晚，絡繹不絕地汽車在馳駛著，和以前是完全不同了。滿身都是污泥的孩子們，每天看著這些漂亮的車子，在公路上如飛的馳走，都高興地呼喊著：「摩托車，摩托車！」「鹿咯馬！鹿咯馬！」雖然他們也知道，自己是不會有那種福分坐這種漂亮的車的，但是眼睛能看看，也就心滿意足了[26]。

道路本是交通樞紐，但是這條公路不僅是現代化、殖民化的產物，也是區分不同階級的分界線。《台灣地理》裡記載：「台灣公路實以清代開鑿之道路為嚆矢，不過當時因陋就簡，未足語近代化之公路而已。日人占台時，利用兵工開築道路，計一八九六年三月，彰化嘉義間、台南鳳山間，台中埔里間以及台南旗山間之軍用大道者完成，長達四百三十餘公里。……一九〇〇年以後又改築及開鑿，……設置亦形簡陋。直至一九〇五年以後，始制定道路標準，並將各重要道路加以改善者，凡二千七百八十公里。……一九一九開始修築縱貫公路。以後公路年有增加。截至一九三七年為止，台灣計有公路一六・九六三公里。[27]」由此可見，台灣公路的修築既是近代化的結果，也是殖民侵入的悲劇。絡繹不絕的汽車和氣勢洶洶地向村莊進軍的日本兵。空間及其隱含的意義在不斷的變化和重組中，從而誕生出一幅幅嶄新的田園景觀。這田園曾經是拒絕權利的空間，陶淵明（陶潛，369?-427）在〈桃花源記〉[28]裡營造出一

---

[26] 楊逵，〈模範村〉（《台灣文學叢刊》版） 152。
[27] 宋家泰編，《台灣地理》（台北：正中書局，1946）99-100。
[28] 陶淵明，〈桃花源記〉，《陶淵明集校箋》，龔斌校箋（上海：古籍出版社，1996）402。

幅「土地平曠，屋舍儼然，有良田、美池、桑竹之屬。阡陌交通，雞犬之聲相聞。」的田園景觀圖，但是侵略者的侵略下，田園詩、山水畫皆消失了。城鎮的背影浮現在人們的視野裡。

## 二、城鎮空間景觀與底層的生存困境

鄉村的衰敗是伴隨著城市的發展而出現的。在都市這一更複雜的空間背景下，人們的生活有了日益區隔化的發展趨勢。對文學而言，城市也是小說故事發生地。楊逵小說記錄了人類最大的一次空間遷移，那就是由鄉而入城的變化。引起這種空間轉移的核心因素是日本殖民統治下，農民生活的日常艱難。他們有的在土地的欺壓、剝削下像阿達叔那樣自殺，有的則如〈送報夫〉裡描寫的楊君一樣逃離鄉村到城市謀生。這座城市也許是東京，也許是一些無名的小城鎮。文學似乎總是鍾情於描寫那些燈紅酒綠城市裡低矮的閣樓和齷齪的巷路。就如同二十世紀三十年代中國左翼作家筆下的「亭子間」，散發著貧窮知識階層的寒酸，但也彌漫著小資產階級的浪漫情調。在楊逵的紙裡行間，東京一座最底層的小閣樓，那些工人們的集體宿舍裡，楊君「昨晚上想著故鄉，安不下心來，但現在是，想會見母親和弟弟底面影，被窮乏和離散的村子底慘狀遮掩了，陡然覺得不敢回去。」[29]陷入極度生活困境的楊君眼中交替著

[29] 楊逵，〈送報伕〉，《楊逵全集》，卷4，90。塚本照和（TSUKAMOTO Terukazu），〈第一屆台灣文學與語言國際學術研討會文學組補遺——簡介日本的台灣文學研究：並論楊逵著「新聞配達夫（送報伕）」的版本〉，《台灣文學評論》4.4（2004）：28-46；張惠琪，〈在底層的覺醒——淺析楊逵〈送報伕〉及高爾基《母親》之典型人物〉，《台灣文學評論》7.2（2007）：33-45；

城市與鄉村兩幅畫面。窮乏、離散的鄉村，不敢前往，那裡有想起苦難親人錐心徹骨的痛，然而：

> 因為，我來到東京以後，一混就快一個月了，在這將近一個月的中間，我每天由絕早到深夜，到東京市底一個一個職業介紹所去，還把市內和郊外劃成幾個區域，走遍各處尋找職業，但直到現在還沒有找到一個讓我作工的地方[30]。

城市的生活又生出無限悲涼。低矮的房屋、狹長的巷道構成一幅黑暗、不確定的地理景觀圖，那原本應該具有大都市氣象的東京在小說裡浮現出小城鎮的景象。毋庸置疑，城市是一個建築形態，更是一個空間形態，劃分出不同的區域來供人們享用。落魄文人似乎只配在那些小巷道蹀躞，然後「爬上車後，我從電車窗口伸出頭去，讓早晨的冷風吹著，被睡眠不足和興奮弄得昏沉沉的腦袋，這才鬆了一些。[31]」可見，城市與鄉村幾乎是一樣的。「那同樣是和派報所老闆似地逼到面前，吸我們底血，剮我們底肉，想擠乾我們底骨髓。[32]」在作家的揭示下，原本應該分屬於不同特質的城鎮與鄉村，現在卻擁有了異質同構性。儘管在楊逵小說描寫中一些小城鎮也曾擁有平靜、安逸的生活，那「來往於廈門之間的小船，在近海捕魚的漁船，都安穩地滑行在平靜的海面上。山河、田地、房屋和樹木等，天下萬物都沐浴著溫暖的陽光，波光粼粼閃爍著，煞是

---

雷麗欽，〈楊逵小說中的成長主題——以〈送報伕〉與〈鵝媽媽出嫁〉為例〉，《中國語文》100.6（2007.6）：104-07，以成長小說角度分析〈送報伕〉。

[30] 楊逵，〈送報伕〉 65。

[31] 楊逵，〈附錄：送報伕〉，《楊逵全集》，卷4，140。

[32] 楊逵，〈送報伕〉 82。

美麗。[33]」但是伴隨著侵略者來了，拉走了農民耕地的牛，搶佔了他們的生存空間，從此天堂淪落為地獄。

如果說〈紅鼻子〉描述的是異族侵入致使百姓淪入地獄，那麼〈頑童伐鬼記〉強調的是深重的階級壓迫。作品以「鬼屋」為一座有錢階層的宅院命名，充滿底層人民對上流社會的恐懼心態，而他們居住的泥沼中的小鎮、孩子們玩耍的垃圾場又是另一番天地。小說以空間構建故事，主人公健作未到小鎮之前，曾經通過看到的碼頭景色、從火車視窗眺望的自然風光和街上堂皇的建築物等，心中幻想出了一個美好的小城鎮畫面。然而，到達小鎮後，在兄長家的窗前向外眺望時，只見一個深陷泥沼的小鎮。「……這時走來一個十七、八歲模樣的女工，她一面用右手把褲管提到膝蓋上，一面用左手拎著木屐，不知要到哪兒去上班；接著，又有個做生意模樣的六十多歲的老太太，揹著大包袱，把衣服撩到臀部上，腳步蹣跚地經過。過了一會，有個大概十歲左右的小孩，手裡拿著蕃薯從對面的房子跑出來，接著又有一個約八歲左右的小孩子，哇哇地哭著在他身後追出來，……[34]」

以階級劃分居民住宅區的小鎮，不分朝鮮人、台灣人、還是從大陸來的移民，都居住在潮濕、低矮的棚戶區，鎮中一條泥濘的道路可謂小鎮窮人的公共空間。對於惡劣的環境，人類總是採取逃避的態度，然而未必人人都可實現。底層老百姓缺乏改善自己生存空間的能力，他們的孩子則更是無能為力，不過，孩子總是容易忘記，尋找快樂的，做遊戲更是他們的天職。因而，儘管他們住宅邊的垃圾場上危險遍佈，工廠的鐵屑、破瓶子、釘子等都丟棄在那裡，但

---

33 楊逵，〈紅鼻子〉　275。
34 楊逵，〈頑童伐鬼記〉，《楊逵全集》，卷5，269。

是孩子們寧願冒著受傷的危險，在這裡玩耍，也不願待在潮濕、陰冷的屋舍裡。然而，麻煩出現，次郎的腳紮傷了，健作這個外來闖入者自告奮勇承擔了尋找新遊樂場的任務，從而引出另一空間。「直到走出小巷口，健作以為今天也是陰天，但是巷口的這條柏油路大街，卻有耀眼的陽光照耀著，路面根本看不出是下過雨的樣子，既乾燥又清潔，街道兩旁也種了樹。[35]」無疑，這裡陽光普照，道路寬敞，即就是下雨也是衛生乾淨，還有「約經過三百尺後，可看到一個很大的庭院，圍牆內種植了不少青翠繁茂的珍奇樹木。[36]」與前面泥濘不堪的小鎮做比較，優越的宅院在孩子們的眼中卻是「鬼屋」。因為庭院的主人常放出惡狗來咬噬偷入其中的孩子們。對空間的封禁意味著階級的特權，侵入其中便是破壞這種階級秩序。

當我們一覽城鎮的外景，目睹那些蹀躞街頭的類似於流浪漢的文人，便想到了本雅明（Walter Benjamin, 1892-1940）筆下《發達資本主義抒情詩人》（*Charles Baudelaire: A Lyric Poet in the Era of High Capitalism*）裡的文人形象，衣衫襤褸，精神恍惚，幽靈一般走街串巷[37]。跟隨楊逵小說中半工半讀的知識分子來到他們的棲身之地，便會看到一幅令人髮指的室內景觀：「這是閣樓的八疊房間，裡面有十二個同事，仰臥的、俯臥的、或側臥的，如此這般的睡著。八個人橫排躺著，腳尖還有四個人就寢。[38]」優秀的作家善於內景

[35] 楊逵，〈頑童伐鬼記〉　275。
[36] 楊逵，〈頑童伐鬼記〉　276。
[37] 本雅明（Walter Benjamin, 1892-1940），《發達資本主義時代的抒情詩人：論波特萊爾》（*Charles Baudelaire: A Lyric Poet in the Era of High Capitalism*），張旭東, 魏文生譯（北京：三聯書店，1989）53-55。.
[38] 楊逵，〈自由勞動者的生活剖面——怎麼辦才不會餓死呢？〉，《楊逵全集》，卷4，11。

的刻畫，因為屋舍內的環境最容易揭示人物命運和精神。這段從居住者的內在視角描畫的空間格局雜亂無章，且人員密度很大，揭示出工人階層惡劣的生存狀態。當然時空並非簡單的填充，時間的流轉使它具有多種感性。「北邊的窗戶雖說是窗戶，一點用處也沒有。早晨七點左右天空一度放晴，卻又惹人厭地陰沉起來，因此悶熱極了。一站起來就會碰到頭的白皮屋頂，把七月的陽光全部吸收起來，貯存在通風不良的箱籠似的房間裡。人體的熱氣，從破衣服、被褥和榻榻米散發出來的臭氣，混和著悶熱得氣溫，令人窒息，嗆極了。[39]」單純表現空間不過是一個抽象的符號，而放置在時間維度裡觀照就有了味道和溫度。〈自由勞動者的生活剖面——怎麼辦才不會餓死呢？〉勾勒出 1930 年代東京底層「社會圖」，與此前提及的濱海小城鎮那靜美、柔和的景觀相比，如果不考慮〈死〉中阿達叔橫臥軌道，肢體分離的慘像，城市的階級壓迫要比農村更猛烈，生存的空間更齷齪，於其中人沒有應有的尊嚴和人格，像動物般苟延殘喘著。

## 三、作家之於景觀創造

景觀是地理學上的概念，而一旦進入文學視域就開始擺脫了純粹的地理特性，不僅能夠營造氛圍、塑造人物，而且還可以蘊含著豐富的社會元素，展現社會畫卷，上升到審美層面，轉化為美學概念。就像韋勒克、沃倫（René Wellek, 1903-95）在《文學理論》（*Theory of Literature*）裡所講：「這個小說家的世界或宇宙，這一包含有情

[39] 楊逵，〈自由勞動者的生活剖面〉 12。

節、人物、背景、世界觀和『語調』的模式、結構或有機組織，就是當我們試圖把一本小說和生活作比較時，或從道德意義和社會意義上去評判一個小說家的作品時所必須加以考察的對象。[40]」評論家在表述作家寫作時，專門使用了「世界」這一空間術語，自然，小說與空間、景觀總是擺脫不了密切聯繫。因為「文學作品不只是簡單地對地理景觀進行深情描寫，也提供了認識世界的不同方法，揭示了一個包含地理意義、地理經歷和地理知識的廣泛領域。[41]」

通過解讀楊逵小說中的地理景觀和社會空間，最終我們可以概括為以下三種作家的景觀創造情形。第一，景觀是風景。楊逵小說展現的田園景觀是風景畫，田園詩。中國古典文學裡不僅有「景語即情語」的說法，也有純粹描寫風景的田園詩，中國繪畫更推崇山水畫。就發生學而言，山水畫源於人們描繪地理圖經的需要。不把山水作人物畫的背景，而作為獨立的作品，始於吳時孫權的趙夫人。因孫權感歎蜀國未平，想尋人畫山川地形，他的夫人就進獻了江湖山嶽之勢圖。雖然所進獻之圖冊仍脫不了圖經的痕跡，但這時人們已經開始注意人對山水的審美情趣。故此，也只有當這些圖冊圖卷擺脫了實際功利目的，有了人吟詠性情的精神需求之後，才能真正轉變為中國藝術中的山水畫。中國藝術作品裡的山水之幽、田園之秀，包括在勞動中孕育的生產勞動美是中國文化最具有魅力所在。而從文學角度講，將地形山貌，水文叢林轉化為審美對象之後，

---

[40] 〔美〕勒內・韋勒克（René Wellek, 1903-95）、奧斯丁・沃倫（Austin Warren, 1899-1986），《文學理論》（*Theory of Literature*），劉象愚、邢培明、陳聖生、李哲明譯（南京：江蘇教育出版社，2005）250。

[41] 〔英〕邁克・克朗（Mike Crang），《文化地理學》（*Cultural Geography*），楊淑華，宋慧敏譯（南京：南京大學出版社，2003）72。

自然景觀就脫離了呆板、無生命的物的命運，而具有了人文性，從而獲得靈性。楊逵曾經有一段描寫離開城市之後的田園景觀描寫：

> 遠離鎮上後，就是一片金黃色的稻田。時值第一期的稻作，可以看到有些地方已經開始收割。背曬著太陽，多麼快樂地一面唱著歌，一面左手握著稻梗，右手砂砂砂砂的割了過去，看似一幅悠暇的圖畫[42]。

這段文字和王維的「竹喧歸浣女，蓮動下漁舟。[43]」相比較，以及陶淵明的「帶月荷鋤歸」[44]聯繫起來，自然景觀和勞動場景孕育著詩意和美。可見，楊逵小說中描寫的自然田園景觀繼承了中國古典文學田園詩的意蘊了，有了山水畫的味道。中國古代社會早熟的農業文明形態，決定了先民們定居田土的農耕生活方式，培養了中國文人對自然地理景觀、風俗民情、躬耕田園的摯愛之情。而對農民的疾苦、生計又有深切的關懷之心，楊逵小說裡的那些傾斜的茅舍，隨時會被風刮走屋頂的甘蔗葉，可和杜甫〈茅屋為秋風所破歌〉[45]相比。顯然，楊逵傳承了中國古典文學寫實主義的基本特性，然而，一旦進入城市書寫，作家筆下的圖景就不同了。

第二，景觀即社會結構。「長久以來，城市多是小說故事的發生地。因而，小說可能包含了對城市更深刻的理解。我們不能僅把它當作描述城市生活的資料而忽略它的啟發性，城市不僅是故事發

42 楊逵，〈收穫〉，《楊逵全集》，卷13，54。
43 王維，〈山居秋暝〉，《全唐詩》彭定求（1645-1719）等編，卷126，冊4（北京：中華書局，1979）1276。
44 陶淵明，〈歸田園居〉，龔斌 79。
45 杜甫〈茅屋為秋風所破歌〉，彭定求 2310。

生的場地，對城市地理景觀的描述同樣表達了對社會和生活的認識。我們已經看到描寫鄉村景觀的作品如何廣泛運用了關於社會衰退和社會變化的思想，它們表現在人們如何談論地理景觀，鄉村生活如何被看作是象徵一種理想社會秩序的田園詩，以及寫作如何揭示了社會生活和行為舉止的道德標準。因此，問題不是如實描述城市或城市生活，而是描寫城市和城市景觀的意義。[46]」楊逵小說勾勒出的城市街巷、工人集體宿舍、鎮中泥濘道路、垃圾場涵蓋了底層生活的重要場景。它們顯現或隱現著許多歧視、壓抑、排斥、不公正的情景，尤其是城市空間的內部分割顯示出極強的社會階層分化，其本質是社會結構的外在呈現。所謂社會結構內部包含著社會要素，這些要素按照特定的方式結合起來，形成具有一定功能的整體。作為社會必然分層，有了分層便會產生不同階級，對於各個階級，分屬不同社會空間，在正常情況下不可僭越。楊逵小說非常重要的表現階級分化的手段是對城市不同區域的不同景觀進行比照描寫。「這完全是另外一種世界啦。前面是這麼漂亮的高樓大廈，後面竟有這麼骯髒的聚落，這是我從來所未曾察覺到的。燈籠的微光所照出來的屋內，完全和小說上描寫的洞窟一樣，黑沉沉，陰氣森森的，地上鋪著木板，那上面躺著一個人動都不動一下。[47]」顯然，楊逵小說中的空間告別了場所空間的傳統意義，轉而指涉事物自身的屬性空間、社會的空間結構關係，以及空間與時間的交合。

---

[46] 克朗　63。

[47] 楊逵，〈無醫村〉，《楊逵全集》，卷5，296。林燕珠.〈「導讀」冰山底下綻放的玫瑰——楊逵的抵抗精神與「無醫村」〉，《聯合文學》15.12（1999）；90-95；謝柳枝，〈日治時期殖民醫學書寫之研究〉，碩士論文，台北教育大學，2007。賴和（1894-1943）是醫生，另外，論文內提及賴和和楊逵作品中的醫療書寫，177。

第三，景觀即象徵，楊逵小說最終指向思想「啟蒙」。前面我們已經分析了楊逵小說〈頑童伐鬼記〉中的部分內容，在此仍需以此文為例深入剖析「景觀即象徵」這一觀點。〈頑童伐鬼記〉是通篇以空間連綴故事，每一個空間都蘊含著作家深層寓意的作品。因而，闡述楊逵小說社會空間就不可脫離這篇作品。作者有意將敘事人的身分定位為一位美院畢業的學生，這為後文他創作一幅具有啟蒙性質的繪畫作品埋下了伏筆。繪畫和建築、雕塑一樣，皆屬於造型藝術，重在表現空間。當我們聚焦健作的「伐鬼」這幅繪畫作品時，眼前展現的是一幅具有創造性的空間，抑或是幻想性的內空間。「……站在最上面的就是太郎，他手中拿著從下面遞上來的煤渣、石塊等，正做勢對著牆內的工廠老闆和狗做投擲狀。在這幅圖裡，即使牆外的底部是陰暗的泥濘街道，當孩子們疊了四層五層，高據上頭的小孩就全身都沐浴在陽光下，很像是宗教畫的『背光』的筆法，燦爛光輝中的少年和下層陰鬱氣氛中的孩子們形成對比。[48]」從繪畫本身來看，中國的山水畫和西洋的宗教畫注重感情，顯然這幅畫不是山水畫，而是帶有濃郁情感的象徵圖。陰暗與光明比照，增加了想像的成分，是作家想像的產物。對於想像，徐復觀（徐秉常，1904-82）曾講：

> 康德以想像力是意識的綜合能力，是藝術創造的能力。想像力可以區分為三種：一是創造之力；二是人格化之力；三是產生純粹感覺形象之力。而所謂創造之力，當即是把現時雖不存在的東西，創造出來的能力[49]。

[48] 楊逵，〈頑童伐鬼記〉 280。

[49] 徐復觀（徐秉常，1904-82），《中國藝術精神》（上海：華東師範大學出版社，2001）56。

作家創造出現實生活不具有的景觀，本身就是虛幻性的，但是這種虛構的景觀卻具有精神的昭示作用。一般而論，藝術作品可分為沉潛、擴張等兩類，沉潛性的作品具有情感內斂的特徵，而擴張性意象的作品會使人產生強烈的感情衝動，因而更能看到人的靈魂最激烈的運動。藝術作品的這種作用致使「偉大的戲劇家則向我們顯示內部生活的各種形式。戲劇藝術從一種新的廣度和深度上解釋了生活；它傳達了對人類的事業和人類的命運、人類的偉大和人類的痛苦的一種認識，與之相比我們日常的存在顯得極為無聊和瑣碎。我們所有的人都模糊而朦朧地感到生活具有的無限的潛在的可能，它們默默地等待著被蟄伏狀態中喚起而進入意識的明亮而強烈的光照之中，不是感染力的程度而是強化和照亮的程度才是藝術之優劣的尺度。[50]」至此，「很顯然，我們不能把地理景觀僅僅看作物質地貌，而應該把它當作可解讀的『文本』，它們能告訴居民及讀者有關某個民族的故事，他們的觀念信仰和民族特徵。它們不是永恆不變的，也並非不可言喻，其中某些部分是無可爭議的日常生活的一部分，而有些則含有政治意義。[51]」

楊逵小說創作模式總是以光明的結局帶給生活在陰霾、黑暗中的人們以巨大的精神啟迪，〈送報夫〉、〈自由勞動者的生活剖面——怎麼辦才不會餓死呢？〉、〈田園小景〉、〈頑童伐鬼記〉等都是

---

[50] 〔德〕卡西爾（Ernst Cassirer, 1874-1945），《人論》（*An Essay on Man: An Introduction to a Philosophy of Human Culture*），甘陽譯（上海：上海世紀出版集團，上海譯文出版社，2003）232-33。

[51] 克朗　51。

這種以這樣的方式煞尾的[52]。「圖畫是經過選擇，有目的地按照特定順序排列的，使後面出現的結果成為意料之中的事（這就是所謂的目的主義哲學）。[53]」在「伐鬼圖」中所呈現出來的景觀是一種象徵，隱含著知識分子的啟蒙作用。在長期思想禁錮的制度下，每個人都需要而且可以自我啟蒙，相互啟蒙。打破階級壓迫，將人從枷鎖之中解放出來，先知先覺的進步知識分子首先起來進行啟蒙教育，因此，在任何一個社會裡，我們都可以看到一些象徵性的活動形式，如戲劇、歌劇、藝術、文學及詩歌等，所有這些，通常被看成是某個社會文化的產物或表現形式。楊逵在其創造出來的景觀裡指向一種精神的向度，以明確的政治意圖為出發點來構思情節，昭示人們起來反抗，掙脫殖民枷鎖。就像作家所言：

> 我滿懷著信心，從巨船篷萊號的甲板凝視著台灣的春天——這寶島，在日本帝國主義的統治之下，表面雖然裝的富麗肥滿，但只要插進一針，就會看到惡臭逼人的血膿的迸流[54]！

光明與黑暗都是很好的描寫主題，它們會告訴我們各種的規劃文化。不論文學描繪出的地圖和現實景觀或重疊，或大相徑庭，它都或多或少揭示了地理空間的結構，以及其中的關係如何規範社會行為。這樣的關係不僅體現在某一地區或某一地域的層面上，也體

---

[52] 林載爵，〈台灣文學的兩種精神——楊逵與鐘理和之比較〉，《鐘理和論述1960-2000》，應鳳凰編（高雄：春暉出版社，2004）176；楊馥菱、徐國能、陳正芳，〈楊逵的文學理念及作品〉，《台灣小說》，楊馥菱、徐國能、陳正芳編（台北：空中大學，2003）75，特別指出楊逵的樂觀精神。

[53] 克朗　48。

[54] 楊逵，〈送報伕〉　154。

現在家庭內外之間。楊逵對鄉村景觀的建構較為完整，但是面臨不斷殖民化、階級壓迫，傳統鄉村完整的畫面已趨破裂。而到了城市空間的建構上幾近是碎片的，似乎它從一開始出現在作家的文本時就沒有完整過。但是，人類總是渴望美好的生活，人類精神的創造、文化的繁榮正是擺脫精神桎梏的原動力。因此，楊逵文本建構出來的嶄新圖景傳達著作家的一種希冀，代表著人類精神的飛翔和自由。

# 苦難敘述與形象建構

## ——楊逵的底層敘述探析

宋穎慧

### 作者簡介

宋穎慧（Yinghui SONG），女，1982 生，山東省棗莊市人，陝西師範大學碩士，碩士畢業后在陝西省商洛市商洛學院工作三年，2010 年獲講師專業技術職稱，現為陝西師範大學博士研究生。先后在《陝西師範大學學報》、《文藝報》等刊物上發表一定數量的論文，其中包括：〈20 世紀中國 30 年代小說中的女傭形象初探〉（2009）、〈失戀癥候與治愈童話——電影《失戀 33 天》的主題意蘊解析〉（2012）、〈「雅文化」視域中的趙樹理〉（2012）、〈「中國自由主義文學」的歷史誤讀及其方法論批評〉（2011）、〈《圍城》中的兩性關系探析〉（2010）。

## 論文題要

楊逵一生跨越不同的社會歷史時期，創作道路斷斷續續，創作風格也有差異，但底層民眾一直是他關注的對象和敘述的重點。以1942 年楊逵復出後發表小說為界，他在小說中建構的底層民眾形象承續中又有變化，其中苦難是底層民眾形象不變的生活底色，而且楊逵借由生活細節和限知視角逼真地呈現了底層民眾物質資料匱乏的日常生活苦難。1942 年之前楊逵建構的底層民眾形象是被苦難摧殘或吞噬，有待於啟蒙和拯救的無知、無助者，他們折射出楊逵早期作為左翼知識分子的政治精英意識；而 1942 年及其以後他們普遍成為作者仰贊的勤勞、勇毅者，他們是楊逵表達庶民價值認同的載體，這種理想化的形象本質上依然是楊逵的「鏡像」，他們投射了作者的自我理想和願望，也體現出楊逵 1942 年後愈發鮮明的民粹傾向。

關鍵字：楊逵、底層、苦難敘述、底層民眾形象、知識分子從 2004 年以來，「底層」[1]問題成為當代文學最大的主題，「底層敘述」成為作家的「熱門敘述」[2]，引發讀者的注意和批評界人士的廣泛討論[3]。而「底層敘述」或者「底層寫作」與左翼文學傳統有著千絲萬縷的聯繫[4]，剖析、探討左翼代表作家楊逵的「底層敘述」的主要內容和創作得失，有助於深入認識其思想和創作特點，也能給當代作家的底層寫作提供借鑒意義。本文主要以楊逵小說為研究對象[5]，從苦難敘述和底層民眾形象兩大方面來分析探討楊逵底層敘述的特點及價值、局限[6]。

---

1 關於「底層」的概念，學者們的定義有一定差異，本文的「底層」主要採用劉旭在《底層敘述：現代性話語的裂隙》中給予的定義：「所謂底層，就是處於社會最下層的人群。這是個不需要思索的概念，處於「最下層」就是劃分的標準，這個標準的內容如果再詳細一些，可能包括政治地位低下、經濟上困窘、文化上教育程度低等，被稱為底層的，可能是三個條件全部滿足，也可能只滿足其中的一個條件。」見劉旭，《底層敘述：現代性話語的裂隙》（上海：上海古籍出版社，2006）3。

2 溫常青，《尋覓與探究：新時期小說論稿》（北京：大眾文藝出版社，2007）14。

3 2004年發表了〈底層能否擺脫被表述的命運〉、〈底層問題與知識分子的使命〉、〈「主奴結構」與「底層發聲」〉等文章，之後南帆等人進行了深度對話和深入探討。到了2008年兩個刊物還分別發表有〈「底層文學」在新世紀的崛起〉、〈底層寫作與苦難焦慮症〉、〈關於「底層寫作」的若干質疑〉等論文。在這期間，《上海文學》、《文學評論》、《文藝研究與批評》、《北京文學》、《小說選刊》、《文藝報》、《文藝爭鳴》、《東南學術》、《福建論壇》、《華中師範大學學報》、《江漢大學學報》，甚至相對比較邊遠的《大連民族學院學報》、《淮北職業技術學院學報》、《和田師範專科學校學報》等等刊物，都相繼發表了有關這一話題的文章。范家進（1963-），〈底層敘事：文學界的一場話語自救運動，海南師範大學學報（社會科學版）〉22.6（2009）：47。

4 劉勇，〈左翼文學運動及其精神遺產〉，《現代文學講演錄》（桂林：廣西師範大學出版社，2009）242。

5 本文引用的楊逵作品以彭小妍主編的《楊逵全集》（台南：文化保存籌備處，1998-2001）為依據，鑒於楊逵的部分小說存在版本修改問題以及筆者側重

## 一、苦難的逼真呈現：底層民眾的日常生活之苦

「人們為了能夠『創造歷史』，必須能夠生活。但是為了生活，首先就需要衣、食、住以及其他東西，因此第一個歷史活動就是生產滿足這些需要的資料，即生產物質生活本身。」[7]物質生活資料是生存之本，是人的需要得以滿足的前提，衣食住行這些和日常生活密切關係的物質條件的不足，構成了日常生活苦難的一種現象性起源。楊逵擅於通過日常生活的細節敘寫來突顯底層民眾由於物質生活資料匱乏而導致的日常生活苦難。

楊逵極為重視對底層民眾居住空間的再現和描摹，他著力渲染底層民眾居住空間的逼仄和環境條件的惡劣，並以此表徵底層民眾在所處社會關係格局中被侮辱、被損害的邊緣性地位和被剝削、被壓迫的苦難命運。〈自由勞動者的生活剖面〉中白天在烈日下賣苦力的建築工人，夜間擁擠在低矮的「人的垃圾箱」一樣的閣樓裡。小說從採用第一人稱「我」的親歷性限知視角，調動「我」的視覺、觸覺、嗅覺等感官，再現勞工的非人境遇；相似的畫面也在〈送報夫〉[8]中出現：起早貪黑的送報夫們夜宿在派報所上面「站起來

---

於對楊逵小說的歷時性研究，所以在引用小說〈送報夫〉、〈萌芽〉、〈模範村〉、〈死〉時依照的是《楊逵全集》裡收錄的小說初版本。

6 本文中的「民眾」是一個複合性概念，主要指勞工、農民以及勞動女性等。

7 馬克思（Karl Marx, 1818-83）、恩格斯（Friedrich Engels, 1820-95），〈德意志意識形態〉（“The German Ideology”），《馬克思恩格斯全集》，卷3（北京：人民出版社，中共中央馬克思恩格斯列寧史達林著作編譯局編譯，1960）31。

8 楊逵，〈送報夫〉，《楊逵全集》，卷4，65-155。

就要碰著屋頂」[9]的閣樓中，29 個人在窄小的房間裡擠得像「一動都不能動的沙丁魚罐頭」[10]。小說同樣運用第一人稱「我」的親歷性限知視角，「掌握細節來繪寫跳蚤窩狹窄擁擠的空間，又敘述上廁所的動作來突顯空間的寸步難行，具體醞釀非人的生活氛圍。[11]」恩格斯（Friedrich Engels, 1820-95）曾言：「如何滿足住屋的需要，是可以當做一個尺度來衡量工人其餘的一切需要是如何滿足的。[12]」勤苦如牛馬的勞工，居住環境卻惡劣若此，其他需要滿足的情況便不言而喻，這充分表明底層勞工基本生存權利的被漠視以及社會分配的不公。除了勞工的臨時宿舍，城鎮貧民的常住家宅，環境條件和居住狀況也同樣惡劣艱困。〈無醫村〉[13]中區隔於「漂亮的高樓大廈」，對敘述者「我」產生強烈視覺衝擊的「骯髒的聚落」裡「半傾的草屋」，不僅是患者家境貧窮的空間標識，而且屋內「洞窟一樣」幽暗陰潮且充滿臭氣的惡劣衛生環境也是患者致病的重要因素，側面反映出貧民苦難命運的在劫難逃。〈頑童伐鬼記〉中通過日本畫家「我」的視角和體驗敘寫了台灣工業小鎮中多民族、多地區的底層貧民面臨著相同的居住困境：「住有日本人、朝鮮人、中國人和台灣人」的「狹長的大雜院」[14]，低矮的住屋陰暗潮濕，跳蚤和蚊子恣肆，附近工業垃圾成堆，下過雨後的小巷泥濘不堪……表明「全世界的勞動階級都在資本主義摧殘之下苟延殘

---

[9] 楊逵，〈送報夫〉 68。

[10] 楊逵，〈送報夫〉 69。

[11] 郭勝宗，〈楊逵小說作品研究〉，碩士論文，彰化師範大學，2008，38。

[12] 恩格斯，〈英國工人階級狀況〉（“The Condition of the Working-Class in England in 1844”），《馬克思恩格斯全集》，卷2（北京：人民出版社，1962）348-49。

[13] 楊逵，〈無醫村〉，《楊逵全集》，卷5，296

[14] 楊逵，〈頑童伐鬼記〉，《楊逵全集》，卷5，272。

喘，不管他們走到哪裡，被壓迫的命運也不至於有所不同。[15]」另外，〈貧農的變死〉中透過敘述者寬意之眼摹寫了佃農阿達叔所居的「破厝」:「從壁土落下所開的穴，冷風吹破糊在其穴上的新聞無時停地吹到『卑裡拍拍』。是建在無遮無阻的田中央的孤軒厝，襲擊她的風更是厲害的。[16]」原本擁有些許土地尚可「安居樂業」且終年辛勞的阿達叔一家，漸至田地、厝地盡失，淪落到棲住「田中央的孤軒」。屋厝的殘破和簡陋昭示了農民淒慘、窮迫的境況，也印證了地主富豪對農民壓榨和剝削的罪惡。

梅洛・龐蒂（Maurice Merleau-Ponty, 1908-1961）說過「世界的問題，可以從身體的問題開始。[17]」除了居住空間的難以「安身」外，對於底層民眾的饑餓、疾病、死亡等一系列身體現象和問題的繪呈、暴露，是楊逵進行社會批判的出發點和有力武器。〈模範村〉中精描細刻了勤苦佃農戇金福饑餓的窘相：他把在馬路上灑水賺得的三條香蕉「一點一點地送到口中，像牛一樣在嘴裡反芻。[18]」當因燙傷而意外得到眼巴巴盤念的幾條香蕉後，他瞬間忘卻疼痛和憤怒，若無其事地慢慢吃起來，對食物的珍吝以及「食為上」的滑稽窮相令人備感心酸，而他最後被逼至死的悲劇命運更讓人深感「模範村」中剝削和壓迫的深重。〈種地瓜〉裡以少年林清輝的人物視點，敘寫了他放學路上對「吃飯」的強烈渴望以及跑進廚房後發現空鍋子感到「冰涼」的再度失望和肚子的「咕咕叫」來凸現其饑餓

15 黃惠禎，〈楊逵小說中的土地與生活〉，《台灣的文學與環境》，江寶釵、施懿琳、曾珍珍編（高雄：麗文文化事業股份有限公司，1996）178。
16 楊逵，〈貧農的變死〉，《楊逵全集》，卷4，318。
17 謝有順，〈文學身體學〉，《身體的文化政治學》，汪民安主編（開封：河南大學出版社，2003）192。
18 楊逵，〈模範村〉，《楊逵全集》，卷5，104。

感，暴露了戰時體制下物質資料的匱乏。另外，楊逵在小說〈剁柴囝仔〉、〈靈讖〉、〈無醫村〉中反復運用了第一人稱「我」的限知視角，敘寫了窮民之子身受傷病，但卻因家境貧窮無法就醫而死亡的悲苦命運。像〈無醫村〉裡患有傷寒的貧婦之子、〈剁柴囝仔〉中意外摔傷的山民幼子、〈靈讖〉中罹患肺炎的農婦効嫂幼子，他們的結局莫不淒慘如此。少年兒童是生活中的弱勢群體，是家庭和未來的希望，他們承受病苦但家人卻無力拯救，更能突顯底層民眾生活的困苦無助，產生震撼人心的藝術效果，同時有力揭示出殖民社會醫療資源配置的不公，政府醫療救助的無力和現代醫學倫理的虛妄等問題[19]。

「生活苦難是一種最基本、最具有包容性和最直觀的一種苦難經驗形式，沒有什麼苦難能夠不通過人的生活得以獨立地表現，也沒有什麼苦難比人的生活苦難更具有個人體驗的基礎和可證實的真實性。[20]」而且，在上述小說中，楊逵還頻繁地使用了第一人稱或第三人稱的限知視角[21]，楊逵讓敘述者以眼耳，更以道義和良心去親歷、去感知底層民眾的日常生活苦難，從而釀造出真切感人的情感力量，有利於從心靈深處打動讀者。

總之，將底層民眾的日常生活苦難化，同時借助生活細節和限知視角對其逼真呈現，形成了楊逵底層苦難敘述的鮮明特點，這是參加

---

[19] 楊翠，〈楊逵的疾病論述——以「綠島家書」為論述場域〉，邱若山譯，《楊逵文學國際學術研討會論文集》，靜宜大學台灣文學系編（台中：靜宜大學台灣文學系，2004.6.19-20）1。

[20] 周保欣，《沉默的風景：後當代中國小說苦難敘述》（合肥：安徽教育出版社，2004）44。

[21] 熱奈特（Gérard Genette, 1930-），《敘事話語‧新敘事話語》（*Narrative Discourse, Narrative Discourse Revisited*），王文融譯（北京：中國社會科學出版社，1990）129-33。

過工農運動、飽嚐過饑餓、遭受過病苦、目睹過死亡的楊逵自我身體／生命經驗的投射，也是他情感介入和表達現實批判的重要方式。

## 二、從精英意識到民粹傾向：底層民眾形象的變遷

日常生活苦難是楊逵底層敘述的重要著力點，也是他小說中底層民眾的生活底色，但歷時地審視楊逵 1927 至 1958 年的所有小說作品，不難發現，以楊逵復出文壇後 1942 年再度發表小說為界，他筆下的底層民眾形象面對苦難的姿態漸趨不同，而他書寫底層民眾的情感態度也有較大變化，底層民眾形象在他的小說中出現了嬗變。

### （一）被啓蒙與被拯救的無知、無助者（1927-1937）。

隨著日本在台灣實施的殖民資本主義的急速成長和台灣被動殖民化程度的加深，台灣的社會運動逐漸潮向無產階級解放運動發展；到了 1931 年前後，歷經 10 多年發動與組織而形成的文化政治運動高潮陡然低落，台灣的左翼政治運動急速萎縮，但卻反而導致本土無產階級文藝運動更加快速發展起來[22]。「自 30 年代開始至 1937 年抗日戰爭爆發前夕，台灣新文學運動進入了一個以推行文藝大眾化為主體的發展時期」[23]，在「文藝大眾化」推進的過程中，台灣文壇上的左、右翼知識分子及新傳統主義者通過各種路徑「爭

[22] 崔末順，〈日據時期台灣左翼文學運動的形成與發展〉，《台灣文學學報》7（2005）：149-63。

[23] 劉登翰（1937-）、莊明萱（1932-）、黃重添（1941-）、林承璜（1931-2007）主編，《台灣文學史（上卷）》（福建：海峽文藝出版社，1991）434。

取『大眾』作為自己的讀者，企圖透過文學來教育『大眾』，使之服膺於自己的意識形態，以便擴展自身立場與路線之影響力，成為台灣文化生產場域的主導力量。[24]」其中左翼知識分子的代表人物楊逵，從1905年出生至1937年歸農之前，已歷經從「庶民」到「知識青年」－「社會運動家」－「左翼作家」的身分轉換。其中，「社會運動家」的身分在楊逵多重身分中具有不容忽視的重要性[25]。他早年留日期間便接受馬克思主義啟蒙，參加日本的勞工運動、政治運動，1927年回台後又積極投入農民組合運動並擔任領導要職[26]，從他晚年接受採訪時的言辭可以窺見楊逵當年對自己社會精英身分的潛在認同：

> 一九二七年九月。當年我才二十二歲，……幾乎跑過三分之一的南台灣鄉村，參加演講有十多次。這個時候，豪氣十足，好像此鞭一揮便可以把整個江山易色，十分可笑。那時是患了英雄主義的毛病[27]。

後來楊逵在社會運動受挫後精心致力於「以筆代伐」，冀望以文學「啟蒙大眾、教化大眾、喚起大眾反動的潛能」[28]，「以便讓

---

[24] 趙勳達，〈「文藝大眾化」的三線糾葛：一九三〇年代台灣左、右翼知識分子與新傳統主義者的文化思維及其角力〉，博士論文，成功大學，2009，8。

[25] 朱立立、劉登翰，〈論楊逵日據時期的文學書寫〉，《中國現代文學研究叢刊》3（2005）：51。

[26] 楊逵在農民組合運動中擔任領導要職，於1928年2月任台灣農民組合中央委員會政治、組織、教育三個部長。見河原功（KAWAHARA Isao,1948-）、黃惠禎，〈年表〉，《楊逵全集》卷14，373。

[27] 李怡（李秉堯，1936-），〈訪台灣老作家楊逵〉，《楊逵全集》卷14，227。

[28] 陳培豐，〈大眾的爭奪：《送報夫》•「國王」•《水滸傳》〉，邱若山譯，靜宜大學台灣文學系　22。

其覺醒、團結，繼而去對抗」「資本主義的世界壓迫」[29]。所以，在 1927-1937 年間，作為當時社會的精英知識分子並對這一身分有著潛在認同的楊逵，在無產階級意識形態的「詢喚」下，對底層民眾進行了想像和建構，底層民眾形象成為他文學話語表述中建構自我主體身分的「他者」。

在 1927-1937 間年的小說中，楊逵關注了底層民眾內部的分層現象和其階層身分的流動，他側重於通過底層民眾的身分下移來揭示失土、失業的嚴峻社會經濟問題，不過他建構的底層民眾形象卻大都是無知、無助，有待於啟蒙、拯救的刻板化形象。

農民是底層民眾的重要組成部分，楊逵注重從農民內部經濟地位的不同來建構不同階層的農民形象。當時農民的經濟地位因土地所有權的狀況來分：有自耕農、佃農、長工、短工等[30]。他在 1927-1937 年間的小說中敘述的重點是佃農，而且對農民從自耕農向佃農的階層流動著墨較多，但這種流動並非自然進行，而是帶有極大的強迫性，自耕農的土地所有權和佃農租賃土地的權利頻頻被政府和地主剝奪，這也是農民日常生活苦難的根源所在。那些「失土」的自耕農和被壓榨、盤剝的佃農境遇極為慘烈悲淒，甚至墮入死亡的深淵。土地是日治時期台灣農民賴以生存的根本，而日本殖民者為了自身利益，在台灣大規模收購土地，用以投資設廠發展資本經濟，台灣「政府對於資本家收購土地，給予援助；援助的方法，是靠員警的權力勸誘或強迫出賣。[31]」〈送報夫〉中以名為楊君的

---

29 陳培豐 11。

30 吳素芬（1969-），《楊逵及其小說作品研究》（台南：台南縣文化局，2005）129。

31 陳小沖，《日本殖民統治台灣五十年史》（北京：社會科學文獻出版社，2005）94。

知識者「我」的視角敘寫了村民面對官方的土地強購通知，驚恐憂慮卻無計可施，自耕農家庭出身的「我有三次發現了父親躲著流淚」[32]，後來「我」的父親勇於公開拒售土地，但因勢單力薄，慘遭蠻橫員警的毆打、關押，最終無語離逝；而「我」的母親則在得知父親被巡查拖走的消息後「即刻急得人事不知了」，且在父親回來期間「差不多沒有止過眼淚，昏倒了三次，瘦得連人都不認得了。[33]」後來母親拒絕「叛徒」哥哥的照顧，但因苦於病痛和家計而絕決自戕。雖然作者借敘述者「我」的聲音肯定了楊母的志氣和決斷，但依然遺憾於楊母的寡聞少知和之前的被動軟弱：

> 現在想起來，如果有機會讓母親讀……的話，也許能夠做柴特金女史那樣的工作罷，當父親因為拒絕賣田而被捉起來了的時候，她不會暈倒而會採取什麼行動罷[34]。

敘述者「我」的假設和想像流露出作者「俯視」底層民眾時的尚知傾向。身處社會底層的農民不僅要面對殖民政府和資本家的土地掠奪，還要遭受地主的壓榨、剝削。由於「本地的封建勢力是藉著日益鞏固的外來政權以維持其尊榮」，[35]所以在日本政治勢力的庇護下，本土封建地主就更加放縱恣肆，他們的貪婪、跋扈與殘酷迫使農民陷入走投無路的悲慘境地。〈貧農的變死〉中佃農阿達叔臥軌自殺、江龍伯被毆致死、羅漢叔上吊自盡……此外，〈水牛〉

---

[32] 楊逵，〈送報夫〉，卷4，83。
[33] 楊逵，〈送報夫〉　85。
[34] 楊逵，〈送報夫〉　94。
[35] 黃惠禎，〈楊逵小說中的土地與生活〉　175。

和〈模範村〉兩部小說也觸及了農民的土地問題。〈水牛〉裡的佃農阿玉之父，為繳佃租續承租地而不得不讓女兒輟學，之後又賣掉賴以為生的水牛，最後無路可走，只能將親生女兒賣給地主做丫環。〈模範村〉中的佃農憨金福，費盡心血開墾的土地被勾結殖民者的地主阮固收回，他乞求阮固續租土地，不僅被拒更遭其無情虐打，對此他心生憤怨卻無可奈何，只能靠打短工饑餓度日，最終死在了溪邊岩洞裡。總之，這些命運淒慘且喑啞無力的底層農民，是楊逵悲憫同情的對象，也是他暴露封建地主和殖民者醜惡嘴臉的鮮活明證，其階級和殖民批判的社會功能鮮明而卓著。

農民的命運悲苦如此，城市、村鎮裡雇傭工人的境況也同樣堪憂。在社會經濟蕭條的大背景之下，資本家對勞工的剝削變本加厲，冷酷無情的面目也暴露無遺，勞工失業的現象普遍發生，導致他們的物質生活更加窮窘困苦。楊逵小說反覆摹寫了失業傭工在生活苦難面前的茫然無措、痛楚無助。〈自由勞動者的生活剖面〉中的失業勞工們，因下雨而無工可做，生活饑貧交迫，只能強忍轆轆饑腸苦盼老天放晴。〈送報夫〉中工讀留學生「我」眼中的那個懵懂無知、被欺騙被辭工卻只能無語飲泣的失業少年，是底層勞工命運悲苦無告的普遍寫照。〈毒〉裡因被老闆強暴而感染性病、此後又多次被騙的無知女工和免費娶到女工但卻身染病苦、憂怯來「我」處就診的失業勞工，他們如無良醫「我」的義診恐怕只能坐等死神的到來。〈新神符〉[36]中失土繼而又失業的鄰村老翁，因無力籌措保險金續保而在血本無歸的苦痛無助中發狂。另外〈收穫〉裡卻避罷工之勸、渴望歸農之樂的失業老工人「我」，面對艱辛務農卻收

[36] 黃惠禎根據刊登〈新神符〉簡報資料上的台灣二字，推測作品時間大約在1935至37年間。見黃惠禎，〈楊逵小說中的土地與生活〉 170。

穫無果的慘酷現實，不得不幻滅了以從農安度晚年的希望。這些因失業而致生活無著、未來無望的底層勞工，面對苦難時薄力寡言、懵懂無措、被動無助，他們是擔當社會批判功能的物證，是懷有人道熱腸的左翼知識精英楊逵指控資本主義剝削和壓迫的非人性的有力證據。

農民、勞工等苦難寡語、無智無助的底層民眾形象，是楊逵在1927-37 年間將關切的目光投向社會底層時獲得的最初、也是最為震驚的印象，也是他確證自我主體，抨擊醜陋社會現實的工具和籌碼。相比於底層民眾在苦難面前的無力、軟弱，生活於這些民眾之間的知識分子則是堅決的、剛毅的、具有理想的[37]，他們扮演著底層苦難民眾的拯救者的角色，「由於知識分子目睹、經歷了這種醜陋的社會，因而導致他的覺醒以及行動的決心。[38]」不僅如此，「若觀察楊逵慣用的敘事結構，可以發現楊逵小說的進行除了暴露工人／農人被剝削而造成生活的困境外，結局往往會安排一名『啟蒙者』的出現，用來啟蒙、指導工人／農人的反抗意識。[39]」典型的如〈自由勞動者的生活剖面〉中的金子君、〈送報夫〉中的伊藤、〈貧農的變死〉中的王鐵等。這些力圖通過政治思想的啟蒙來拯救底層民眾脫離苦難泥淖的啟蒙者，是黑暗社會光明和希望的引導者，也是楊逵接受傳統馬克思主義的「先鋒主義」和階級意識灌輸論思想的體現，而且他通過可靠的敘述者的聲音在小說中表達了對啟蒙者

[37] 林載爵，〈台灣文學的兩種精神——楊逵與鐘理和之比較〉，《鐘理和論述1960-2000》，應鳳凰編（高雄：春暉出版社，2004）176。

[38] 林載爵　176。

[39] 趙勳達，《狂飆時刻——日治時代台灣新文學的高峰期（1930-1937）》，（台南：國立台灣文學館，2011）143。

的仰望與崇拜，這些都折射出楊逵早期作為左翼知識分子的政治精英意識。

## （二）被認同與被仰贊的勤勞、勇毅者（1942-1958）。

1937 年後的台灣社會，由於日本帝國主義發動侵華戰爭而進入戰時狀態，總督府為配合日本侵略戰爭對台灣人民進行嚴密控制，不僅支持在台的日本右翼團體打壓、恫嚇台灣民眾，更廣泛實行皇民化運動，採取廢止報紙漢文欄、強力推行日語、實施皇民奉公運動等多種「同化」措施，妄圖培養台灣民眾成為日本統治下的「皇民」。在這一背景之下，台灣知識分子在戰前社會的文化中心位置消失遠去，他們原有的對於爭取台灣殖民地人民權益的熱情開始消退和轉變；日據末期的知識分子一部分被收編進入殖民地的行政體系，一部分知識分子在高壓政策之下，選擇逃亡他鄉，來到大陸祖國[40]。另外，由於戰時強制性的政治文化背景，「台灣的左翼文學發展至此也逐漸失去了鮮明的批判形象，關注傳統封建與殖民現代化問題的台灣左翼精神此時成為伏流，左翼作家無法直接對社會現實提出不滿與批評，而必須在所謂『皇民文學』的招牌之下潛伏穩藏。[41]」面對總督府的同化政策與思想鉗制，楊逵深感無奈與焦慮，他從 1937 年創辦首陽農園後便逐漸淡出喧囂的政治中心，開始了養花種菜的農夫生活，創作之筆日輟，同時也陷入了「貧病

---

[40] 胡海鳳，〈日據末期台灣政治與文化生態視野下的知識分子研究（1937-1945）〉，碩士論文，福建師範大學，2008，23-24。

[41] 陳有財，〈日治時期台灣文學左翼系譜之考察〉，碩士論文，中正大學，2008，69。

交迫」的苦境，他歷經染病吐血、欠錢挨告、好友入田春彥自殺、父母相繼病亡等一系列災厄和磨難，不僅飽嘗身體病苦，而且深受憂鬱的精神病痛所苦[42]，直至 1941 年 10 月才正式復出文壇[43]。他在復出後的文學發言中強調文學應「和民眾、民族打成一片，和他們共同歡笑、共同悲傷。[44]」復出後創作的小說也以底層民眾為重要表現對象，但由於戰時體制影響，作品風格轉為內斂含蓄，自傳體色彩濃厚，同時也帶有一定的皇民化傾向。不過他在小說中建構的底層民眾形象以及他書寫底層民眾的情感態度卻與 1927-1937 年間大有不同。

「每一個時代和社會都重新創造自己的『他者』。因此自我身分或者『他者』身分絕非靜止的東西」[45]。受戰時總督府皇民化運動的衝擊，台灣知識分子尤其是左翼知識分子從當時社會文化場域的中心位置撤離，他們與啟蒙、救贖的民眾在社會權力秩序中同樣處在了弱者和邊緣的位置。而且庶民家庭出身的楊逵在頻繁接觸底層的前期基礎上，自埋首農園後擁有了更加真切、豐富和深刻的底層經歷和經驗，這也增強了他對底層庶民身分的認同感。他在復出後發表的散文中屢次以「園丁」自居，自己也曾說：

---

[42] 楊翠　4。

[43] 黃惠禎，〈評（王美薇）〈普羅的知音——試論楊逵戰爭期（1942-1945）社會主義色彩作品中本土意識的偷渡〉，《第一屆全國台灣文學研究生論文研討會論文集》，國立清華大學台灣文學研究所編（台南：國家台灣文學館籌備處，2004.5.1-2）149。

[44] 楊逵，〈寫於大東亞文學者會議之際〉，《楊逵全集》，卷10，54。

[45] 〔美〕薩義德（Edward Waefie Said, 1935-2003），《東方學》（*Orientalism*），王宇根譯（北京：三聯書店，2007）426。

> 在東京，我送過報，做過土木零工；台灣的運動瓦解後，我又幹過各種活，最後進入園丁生活。我寫文章，但不把自己說成是作家，而自稱為「園丁」[46]。

因此，甚至被譽為「日治以後台灣無產階級的代言人」[47]的楊逵，通過對底層農民經驗的描述和展示，部分地傳達了屬下作為勞動主體，有著自我愿望和人生追求的聲音。1942 年後楊逵在小說中建構的底層民眾形象，以農人居多，而且他們大都不是 1927-37 年間無力因應苦難，被苦難摧殘和吞噬的「弱者」形象，而是能以堅忍豁達的人生態度應對苦難，擁有著強健體魄和強韌靈魂的理想化底層勞動者形象，他們是作者寄寓庶民價值認同的重要依託對象，本質上是作者轉移焦慮和壓抑，投射自我理想和人生願望的「鏡像」。

楊逵 1942 年後（包括綠島時期）建構的底層民眾形象，不論是底層勞動女性（如〈萌芽〉中作者仿擬的女性「我」（從信末署名可見其名為素香）、〈增產之背後〉中的女礦工金蘭、〈犬猴鄰居〉中的林堅之母、〈種地瓜〉裡的林清輝之母、〈才八十五歲的女人〉裡的八十五歲老太太和林秋生的妻子等），還是底層男性勞動者（如

---

[46] 戴國煇（1931-2001）、若林正丈（WAKABAYASHI Masahiro, 1949-），〈台灣老社會運動家的回憶與展望——楊逵關於日本、台灣、中國大陸的談話記錄〉，《楊逵全集》，卷14，288。

[47] 「從〈送報夫〉以降，楊逵以他深厚的社會主義思想為基礎，通過社會實踐挫敗的經驗，轉化為書寫的能量，無論在寫作內容或表現精神上，都建立了台灣文學反帝反封建、為工農階級及弱小民族代言的典範，這使他形如日治以後台灣無產階級的代言人。」林淇瀁，〈一個自主的人：論楊逵日治年代的社會實踐與文學書寫〉，《20世紀台灣歷史與人物——第六居中華民國史專題論文集》，胡健國編（台北：國史館，2002）476。

〈螞蟻蓋房子〉中的短工金池爺爺、〈增產之背後〉中的傭工老張、〈寶貴的種籽〉裡的勤兒等），他們作為生產勞動的主體，共有的行為特點便是勤勞。勞動是他們的基本生存方式，也是他們創造價值的重要途徑。但楊逵對底層民眾勞動意涵的書寫明顯和戰前不同，他戰前諸多敘寫底層生活的小說，如〈自由勞動者的生活剖面〉、〈送報夫〉、〈靈讖〉、〈死〉、〈模範村〉等，都注重表現勞動的社會學意涵，通過塑造一系列勤勉勞動卻依舊不得溫飽甚至日益貧困的底層勞動者形象，揭示出勞動者自身價值的被壓榨、被剝奪，控訴社會的黑暗不公。但他 1942 年後創作的小說，則通過建構勤勞堅忍且能自食其力的底層民眾形象，肯定勞動及勞動者的價值，寄寓身體勞動的美學想像。

馬克思認為，勞動不僅創造了人，而且人通過自己的勞動使自己的生活更美好[48]。接受馬克思主義思想影響，親身經歷勞動並獲得切身體驗的楊逵也特別強調勞動的重要性，認為「勞動（楊逵原作日語的「働」）是創造一切的源泉」[49]。〈萌芽〉中的「我」在丈夫生病療養時獨撐家計，當她從酒家女變為農家女後「第一次體會到勞動的愉快」[50]，對於密集的體力勞動不僅不覺辛苦反而感到「從早到晚充滿活力」「心情真有說不出來的清爽」[51]。小說「表面上以『國語運動』、『增產報國』、『滅私奉公』呼應皇民化運動及戰時體制，若再深一層看，素香透過勞動重獲新生一事歌頌了勞動的神

48 孫雲英，〈馬克思主義「勞動美學」探討〉，《馬克思主義中國化研究》1（2009）：180。

49 楊逵，〈綠島時期家書〉，卷12，18。

50 楊逵，〈萌芽〉，《楊逵全集》，卷5，445。

51 楊逵，〈萌芽〉，445。

聖」[52]。應總督府情報課要求而創作的〈增產之背後〉雖有鼓吹日台融合、增產報國以及頌揚大和精神的皇民化意味，但結合楊逵當時抒發考察心得的散文——〈勞動禮贊〉中寫到的：「他們藉著勞動接受千錘百煉，就像被雨水澆淋的煤炭一樣，散發出暗沉的光輝。[53]」聯繫小說中那個身姿矯健、堅毅果敢、充滿勞動的活力和熱情，不畏惡劣的工作環境，且在同伴危難時挺身而出的女礦工形象以及敘述者「我」的聲音，「我……就像一般的勞動者那樣……我也努力地去吸取他們那種強韌與不畏縮的精神。」不難看出作者對勞動的歌贊及對底層勞動者的稱揚。小說遺稿〈螞蟻蓋房子〉中妻死子亡且曾負債一百元的農人金池爺爺，面對人生苦難堅韌豁達，腳踏實地重啟人生，正如辛勤的螞蟻一樣，用一點一滴存下的錢買地，還親手蓋起了新房子，儲存了豐富的糧食。「這篇創作表面上是以增產報國為題旨，卻也和〈增產之背後〉一樣有歌頌勞動的作用」[54]，而且讚揚了無知識的農民才是最偉大的勞動人民。〈犬猴鄰居〉中的林堅之母在瞎眼、喪夫後晝夜勞作、強韌自立，含辛茹苦撫育獨子長大成人。勞動是她生存的方式，也是她葆有個體尊嚴，體現自身價值的有效途徑，作者在字裡行間滲透了對這位底層勞動女性的譽贊。〈歸農之日〉裡作者借作品人物李清亮及妻子之口讚賞了匪賊一樣的農人「健全的身體」和捨身救人之勇。另外，綠島時期楊逵的小說創作雖然是「以個人的生活體驗為範圍，缺少對時代和社會脈動敏銳的反應」[55]，但他肯定勞動及書寫勞動者強

---

[52] 黃惠禎，《左翼批判精神的鍛擅：四十年代楊逵文學與思想的歷史研究》（台北：秀威資訊科技股份有限公司，2009）201。

[53] 楊逵，〈勞動禮贊〉，卷10，164。

[54] 黃惠禎，《四十年代楊逵文學與思想的歷史研究》　223。

[55] 黃惠禎，《楊逵及其作品研究》（台北：麥田出版有限公司，1994）83。

韌精神的創作傾向依舊。〈才八十五歲的女人〉中的老太太，堅守勤勞度日、自食其力的人生信仰，不僅身板硬朗、精神矍鑠而且樂觀堅強，作者借敘述者「我」及小說中的人物林秋生之口，對其表示了由衷的佩服。

經由上述楊逵給予了諸多肯定甚至是充滿溫熱仰贊之情的底層民眾形象，我們可以看出他寄寓其中的勞動美學觀——勞動能鍛造強健的身體，磨礪勤懇務實、堅忍頑韌的精神品格，通過勞動還能充實自我心靈，滿足生存需要，抵抗物質生活苦難，彰表自身價值和尊嚴。而且勞動內蘊的吃苦耐勞、自強不息、堅韌不屈等精神品格也是中華民族儒家傳統文化精神品格的重要體現。而民族文化和民族品格是被殖民國家對抗殖民化、他者化、實行民族重建的有效手段[56]。因而，對於庶民身體勞動的美學想像是飽有疾病經驗的楊逵，在戰時殖民體制和國民政府統治壓力下，投射自我療救理想，轉移內心壓抑和焦慮，抗擊苦難現實，抗議殖民壓迫，表達庶民價值認同和民族認同的重要依託力量，也是他躲避政治高壓檢閱，曲折表達自我心聲的書寫策略。

另外，與 1942 年後建構的底層民眾形象不同，1942 年後楊逵小說中建構的知識分子形象則暴露出較多的身體和精神弱點。〈萌芽〉中一再延緩歸期的戲劇創作者「亮」，身患肺病且病情加重；〈鵝媽媽出嫁〉中學藝術的「我」在歸農前也罹患肺病；〈螞蟻蓋房子〉中的讀書人「我」有著讀書人的優越感、虛浮、體弱；〈增產之背後〉中的小說家「我」膽小而怯懦。楊逵還在〈螞蟻蓋房子〉和〈增產之背後〉中通過雇農金池爺爺和傭工老張之口，批評了知識分子

[56] 劉傳霞，《被建構的女性：中國現代文學社會性別研究》（濟南：齊魯書社，2007）94。

的精神弱點和性格缺陷。〈螞蟻蓋房子〉中「無知」的金池爺爺絲毫不懼讀書人「我」，單刀直入地對知識分子發出批評之聲，責罵讀書人優越感強、虛浮、挑剔、虛榮；〈增產之背後〉中歸農的小說家「我」眼中的傭工老張，雖大字不識但在「我」面前不卑不亢，他敏銳感性、經驗豐富、豪爽直言，「不光是我的小說的上好鑒賞家，還是我為人處事的痛切批評家。」他直指我膽怯的性格弱點，並告訴我農民式的質樸生活哲理，「不折不扣地是我的良師。」而且 1942 年後楊逵小說中還普遍存在著知識分子歸農的敘事模式，敘述勞動對於知識分子身體和心靈的改造與重塑。總之，楊逵立足於底層庶民經驗之上的對理想庶民的想像，是楊逵作為知識分子自我批判的「借鏡」，也是歸農後處於社會權力秩序邊緣的楊逵民粹傾向愈發鮮明的表徵。

## 三、知識分子如何表述底層？

現實中的「屬下不能說話」[57]，而再現行為本身就是文化內部權力關係的一種體現，那些能夠再現自身和他人的人握有權力，而那些不能再現自身和他人的人則處於無權的地位，只能聽憑他人來再現自己。文學敘述便是這樣一種包含著權力關係的再現，在歷史、現實中處於「失語」狀態的底層民眾，沒有再現自我和他人的權力與能力，他們在文學敘事中的形象和身分都是被他人敘述、再現出來的，人們在文學文本中所聽到、看到的他們的聲音、形象都

[57] 〔美〕斯皮瓦克（Gayatri Chakravorty Spivak, 1942-），〈屬下能說話嗎？〉（"Can Subaltern Speak?"），《後殖民主義文化理論》，賽義德等著、陳永國譯（北京：中國社會科學出版社，1999）157。

是已經被修飾、加工過的，而具體的底層是非常複雜、豐富的。雖然作家劉繼明說：「也許每個人都有他自己所理解的底層，只不過各自選取的認識路徑不同而已，永遠不可能有一個絕對真實的『底層』向我們現形。[58]」但是，如何盡可能地靠近底層真實，從而提升作家底層敘述的思想深度和美學力量是一個值得思考的問題。

對於底層民眾，楊逵因日益瞭解而生同情，他說：「我回台後積極參與當時已有的農民團體、工人團體、以及文化團體的種種實際行動，而在實際參與的過程裡，更使我得以深入到一般大眾，尤其是工農大眾的現實生活裡頭，得以理解在殖民統治者高壓和剝削底下求生存的勞苦民眾的掙扎與悲苦，加深了我的抗日的決心，也加深了我體恤底層低階層民眾的情感。[59]」帶著這種與底層民眾感同身受的人道情懷和「世界上只有兩種人，一種是壓迫階級，一種是被壓迫階級」[60]的階級體悟，楊逵在小說中借助限知視角和日常生活的細節展現了底層民眾的苦辛與不幸，使其小說產生了真切感人的共鳴力量。與此同時，關注強權勢力對底層民眾的壓迫與戕害，主要從社會制度、殖民壓迫的角度尋找底層苦難的根源，也讓其小說也具有了立場鮮明的社會批判價值。此外，楊逵復出後對底層民眾植根於勞動基礎上的強韌精神的反復書寫，是其現實抗爭精神的曲折表達，增添了他小說的理想色彩和勵志味道，給苦難中的人們以希望和溫暖的慰藉。這是楊逵小說的底層敘事所具有的社會意義和美學價值。

---

[58] 劉繼明，〈我們怎樣敘述底層？〉，《天涯》5（2005）：40。

[59] 楊逵，〈台灣新文學的精神所在〉，卷14，35。

[60] 楊逵，〈台灣新文學的精神所在〉　33-34。

雖然楊逵的底層敘述價值意蘊豐富，但是他的敘述姿態以及他小說中的底層形象塑造還存在著一定的局限。「知識分子在底層的表述中，身分的定位極其重要。失卻了一種正確的姿態，底層寫作也就失去了賴以生存的基礎。[61]」不論是帶有偏袒意味的同情，還是頗具崇拜色彩的仰贊，都很難看到真實的底層。當底層民眾被楊逵當作反映社會病苦的載體和階級、殖民批判的砝碼時，他或多或少地有意忽略了底層民眾的諸多缺陷，更對底層民眾的無知、迷信、軟弱、怯懦等都抱有很大程度的理解和包容，他對於底層民眾生存苦難的同情壓倒了對他們「國民性劣根性」的批判。復出文壇後的楊逵更是對底層民眾缺乏全面的表達，甚至有很多脫離實際的美化與拔高，而對其醜惡卻避而不談。即使像〈不笑的小夥計〉裡對底層傭工的偷盜行為有所描寫，但也鋪墊了「為子治病」的情非得已的理由，為其「惡」尋找一定的合理性，因而楊逵雖受魯迅影響，但是卻失落了以魯迅為代表的「五四」作家所發掘的人性深度。過分的包容、一味地同情底層會使底層寫作簡單化，極力展現底層民眾的悲苦突顯了某種道德化的情感立場，使底層民眾的不幸僅僅停留在被同情的價值層面上，這無論如何都是一種遺憾。

「底層」在楊逵的小說創作中基本成了一個「正面」的概念，而底層民眾形象不僅是他「以文糾史」先驗觀念的重要承載對象，也是他演繹社會運動理想的主要依靠力量。對於楊逵筆下的底層民眾形象，學者黃惠禎曾作此評價：「也由於楊逵的創作是理念先行的結果，在人物的塑造上呈現出極端類型化的傾向。……被壓迫的工農群眾則是困苦而善良的。……楊逵是將自己社會運動家的特質

---

[61] 唐虹（1981-），〈論底層書寫的視角〉，《長春理工大學學報（社會科學版）》24.1（2011）：81。

融入其中，將文學創作當成社會運動的另一種方式去經營，藉此引導民眾走向一個富足安康的新世界。[62]」此外，由於楊逵小說大都採用知識分子的敘述視角，因而對於底層民眾更多地流於外部（物質層面）的觀照，而對其內部的透視顯然不夠，特別是對廣大底層民眾豐富的精神層面的體察與把捉更是薄弱。筆者對於有著豐贍的底層生活經驗，切身深入過底層民眾生活，本有可能再為現代小說底層人物形象畫廊再添精彩一筆的楊逵，在底層民眾形象塑造上的藝術局限深感遺憾。但是他的「只要我們不把自己關閉在象牙塔裡，與廣大群眾保持著經常的接觸，我們就不愁沒有寫作的材料。[63]」的創作經驗卻是非常值得汲取的！尤其對於當代作家和批評家而言，「只有與底層人物和社會有著動態的甚至是日常的正面接觸，對底層人物的真實生活現狀與生命狀態有著感同身受的體驗，作家和批評家才有可能避免陷入都市中產階級的僵硬窠臼而難以自拔。[64]」

「知識分子如何表述底層？」是我們通過爬梳、描述、剖析、反思楊逵的底層敘述想要進一步探究的問題。思考楊逵敘述了怎樣的底層、如何表現底層人物、在人性開掘和美學創造上取得了怎樣的經驗與教訓，無疑都對當今的底層文學實踐者具有重要的啟示意義。

---

[62] 黃惠禎，〈楊逵小說中的土地與生活〉 179。
[63] 楊逵，〈文章的味道〉，《楊逵全集》，卷10，360。
[64] 范家進 51。

# 互文閱讀

# 楊逵的〈鵝媽媽出嫁〉與兩首《鵝媽媽童謠》、卡夫卡以及卡夫卡的《地洞》的對話

葉瑞蓮

## 作者簡介

葉瑞蓮（Sui-Lin IP），香港教育學院中國語言學系助理教授。

## 論文題要

眾所周知，楊逵的〈鵝媽媽出嫁〉反映著日據時代台灣的社會面貌，諷刺虛偽的殖民政府和特權階級。然而，透過互文閱讀，這篇有著濃烈現實主義色彩的文本，竟出奇地與卡夫卡本人，以及他那刻畫現代人生存困局的荒謬小說《地洞》和西方傳統兒歌《鵝媽媽童謠》跨時空對話，互相指涉。

關鍵詞：互文性、卡夫卡、《地洞》、《鵝媽媽童謠》、〈鵝媽媽出嫁〉

## 一、引言

被譽為「台灣文學的脊骨」[1]的楊逵（1905-85），作品無不表現出「不妥協，不屈服」的精神[2]，流露著他對台灣土地的溫暖關懷和對弱者的愛與同情[3]。他筆下的知識分子，形象或多或少有著楊逵自己的影子：不屈於黑暗，以追求光明的激進姿態前進，像「脊骨」般堅韌，默然承托一切[4]。由於楊逵小說的現實主義色彩十分濃厚，無論在動機、手法、情感等方面，均經常被認為與魯迅（周樹人，1981-36）的鄉土小說不謀而合[5]。然而，重讀他在1942 年 10 月在《台灣時報》274 號發表的〈鵝媽媽出嫁〉[6]時，卻又出奇的發現這篇本為「針對日本壓迫的事實，予以嘲諷、揶

---

1 古繼堂（1936-），《台灣小說發展史》（台北：文史哲出版社，1989）201。

2 宋冬陽（陳芳明，1947-），〈放膽文章拚命酒——論楊逵作品的反殖民精神〉，《放膽文章拚命酒》（台北：林白出版社，1988）36。

3 陳芳明，《楊逵的文學生涯：先驅先覺的台灣良心》（台北：前衛出版社，1988）323。

4 李銀（1980-）、倪金華,〈現實認知與文化沉思——文化視野中的楊逵及其作品〉，《新疆大學學報》（哲學・人文社會科學版）35.2（2007）：137。

5 汪海生（1987-）、陳潔，〈論楊逵的「魯迅情結」〉，《阜陽師範學院學報》（社會科學版）4（2001）：64-65。

6 原作為日文，中譯文於1974年刊載於《中外文學》1月號，後刊行於三省堂出版的《鵝媽媽出嫁》小說集，現輯於《楊逵全集》（彭小妍主編，台南：國立文化資產保存研究中心籌備處，1998）第5卷。據《楊逵全集》第14卷「資料卷」，〈後記〉，319：1941年4月「民奉公會」成立，在各地組織「藝能奉公會」，全力動員文學界為日本政府工作。台灣總督府官方雜誌《台灣時報》總編輯向楊逵邀稿，〈泥形人〉（〈泥娃娃〉）與〈鵝鳥の出嫁〉（鵝媽媽出嫁）因而相繼發表。然而刊登後，卻因內容諷刺日本政府假慈悲，令殖民政府大為不悅。當這兩篇作品與其他作品結集成冊時，即遭當局查禁，未能出版。

揄」[7]的作品，竟跟在西方家傳戶曉的兒童文學《鵝媽媽童謠》（*Mother Goose*）[8]，以及道盡現代人生存困局，流露出「荒謬」與「絕望」之情的弗蘭茨・卡夫卡（Franz Kafka, 1883-1924）[9]著名短篇小說——《地洞》（*Der Bau*，英譯 *The Burrow*）[10]跨時空對話，互相指涉。

## 二、互文性（intertextuality）

法國後結構主義文學批評學者茱莉亞・克利斯蒂娃（Julia Kristeva, 1941-）在 1967 年在《巴黎雜誌》（Paris）發表的〈巴赫金：話語、對話和小說〉（"Word, Dialogue and Novel"）一文中，率先使用了一個她自創的新詞——「互文性」（intertextuality）。她認為任何一個文本都是對另一個文本的吸收（absorption）和轉化（transformation）[11]，即任何一個文本都是在跟或熟悉的，或從不認識的，或現在的，或先前的一眾文本的對話中形成。她的丈夫，先鋒派作家一一「原樣派」（又譯「如是派」，即 Tel Quel）[12]領袖

---

[7] 宋冬陽　52。

[8] 據稱《鵝媽媽童謠》在14世紀（某些歌詞要用14世紀的發音才有押韻的效果）已開始在西方各國流傳，最早結集的《鵝媽媽童謠》為John Newbery於1765年所出版的。

[9] 卡夫卡出生於奧匈帝國統治下的布拉格的一個說德語的猶太家庭，曾目睹人類歷史上第一次普世性的大屠殺。

[10] 卡夫卡，〈地洞〉，《卡夫卡短篇小說集》，葉廷芳選譯（銀川：寧夏人民出版社，1996）191-229。

[11] Julia Kristeva, "Word, Dialogue and Novel", in *The Kristeva Reader*, ed. Toril moi (New York: Columbia UP, 1986) 37.

[12] 在20世紀60年代，法家一批作家及批評學者，如常在瑟依（Seuil）出版於1960年創辦的先鋒派雜誌《原樣》（*Tel Quel*，或譯作《如是》）發表作品，批評固有的文學形式、美學原厘、社會觀點，別樹一幟。1968年，《原樣》

索賴爾斯（Philippe Sollers, 1936-）更認為任何文本其實都是處在若干文本的交匯處，是對其他先前文本的重讀、更新、濃縮、移位和深化；換句話說，即是對這些前文本的整合和摧毀[13]。由是觀之，文學是一個生生不息的合成有機體，任何一個文本的意義都可以在與其他文本（包括歷時與共時）的交互指涉中不斷萌發。

王瑾認為，在文本中出現的互文性，絕不能給理解為蓄意摘抄、粘貼或仿效的編輯手段，它一方面在文本中通過戲擬、引用、拼貼等寫作手法給確立起來，另一方面也在互文閱讀的過程中，透過發揮讀者的主觀能動性或研究者的實證分析來浮現[14]。這正是另一位法國學者羅蘭·巴特（Roland Barthes, 1915-80）所強調的閱讀的樂趣與功能：文本有多重聲音與無限意義，不同文本的文化，在讀者「多重傾聽」時能在互文空間不絕迴響[15]。無論是對作者，或是對讀者而言，傳統都是一個共時共存的秩序；英國學者艾略特（Thomas Stearns Eliot, 1888-1965）認為，在這一秩序中，先前的經典文本一律為今人所共用。每一篇新作品的誕生，均無可避免地受到以前所出現的全部經典的影響；一個文本的意義可以依據它與整個現存秩序的關係加以評斷[16]。

---

雜誌編委會發表了名為《整體理論》（*Theorie d ensemble*）的論文集，收入了福柯（Michel Foucault, 1926-84）、德里達（Jacques Derrida, 1930-2004）、克利斯蒂娃、索賴爾斯等作品，全面闡述該派主張，被認為是該派的宣言，自是他們便被視為一個文學的創作及批評的流派，稱為「原樣派」（「如是派」）。

13 引自王瑾，《互文性》（桂林：廣州師範大學出版社，2005）34。

14 王瑾　2。

15 羅蘭·巴特，〈作者的死亡〉（“The Death of the Author”），《羅蘭·巴特隨筆選》，懷宇譯（天津：百花文藝出版社，2005）301。

16 Thomas Stearns Eliot, “Tradition and Individual Talent”, in *The Waste Land and Other Writings,* ed. Mary Karr（New York: Random House, 2001）100-01.

本論文會透過互文閱讀，重新尋出〈鵝媽媽出嫁〉、《地洞》及《鵝媽媽童謠》的多元意義，從它們彼此間的對話中，尋出你中有我，我中有你的「更新、濃縮、移位和深化」的痕跡。

## 三、〈鵝媽媽出嫁〉

〈鵝媽媽出嫁〉這個短篇小說共分九節，分別介紹兩個台灣青年人的故事。這兩名青年，一為主張「共榮經濟理念」的林文欽君，一為靠種賣花苗維生的「我」，他們在日本留學期間已是好朋友，回國後卻各有不同的經歷。把這兩個平行發展的故事串連在一起的，是「共存共榮」經濟理念的藍圖與實踐。

林文欽君是個堅執理想，家擁千石美田的知識分子。在一般年青人都著迷於馬克思經濟學說，嚮往宣揚階級鬥爭和實踐運動的年代，他卻能以全體利益為目標，考察出一個共榮經濟的理想來，企圖以此改變「一人巨富萬人饑」的現象，令人人安居樂業。這個藍圖設計周密，不用通過暴力鬥爭，只訴諸和平協調[17]。他和身為地主的父親，身體力行，樂善好施，視金錢為身外物，然而最後卻換得一貧如洗，遭人冷落的慘澹收場，不單父親死於悲憤，他也在貧病中鬱鬱而終，只留下一疊厚厚的手稿——尚未寫完的《共榮經濟理念》。

至於那靠辛苦培育奇花異草來養家的「我」，滿以為在賣給醫院院長兩百株龍柏後，便能賺取「二十多圓的純利」。豈料，院長卻多方刁難，以諸般藉口壓低價格，還藉故拖延付帳。最後「我」

---

[17] 楊逵，〈鵝媽媽出嫁〉，《楊逵集》（台北：前衛出版社，1990）121。

在聰明的種苗園老闆的指點下，終於明白關鍵所在：只因為不識趣的「我」沒把院長看中的母鵝送他。為了要付清種苗園老闆的賬，「我」最後還是顧不得孩子的感受，狠下心腸拆散鵝夫婦，把「鵝媽媽」嫁往院長家裡去，這才如數得回被一直拖欠的花錢。種苗園老闆告訴「我」，那就是「共存共榮」的實踐模式。一樁費時良久的尷尬交易雖告了結，但「我」愧疚不已，遂決心完成林文欽君未竟之文為代贖。

楊逵於〈鵝媽媽出嫁〉的中譯「後記」中表示，太平洋戰爭延伸到東南亞後，日本軍方這隻狼為收買人心，便穿上羊皮，假慈悲起來，高唱「東亞共榮圈」、「打倒英美帝國主義」，向文化界提倡「共存共榮」。或出於投機，或出於無知，好些人受騙了，也跟著大唱起「共存共榮」的高調來。為了「剝掉日本軍閥的羊皮，表現牠真實的狼面目」，他寫了〈泥娃娃〉與〈鵝媽媽出嫁〉兩個故事[18]。〈鵝媽媽出嫁〉故事的結尾：「不求任何人的犧牲而互相幫助，大家繁榮，這才真正是……[19]」，明白地譴責「大東亞共榮圈」所高唱的「共存共榮」。

## 四、《鵝媽媽童謠》

第一版的《鵝媽媽童謠》於 18 世紀發行，共收錄了 51 首童謠，既是英國第一本的民間童謠集，也是世界上最早的兒歌集。《鵝媽媽童謠》最初所收集的童謠琅琅上口，內容除了有情節俏皮的，如：

---

[18] 楊逵，〈後記〉，〈鵝媽媽出嫁〉，《中外文學》2.8（1974）：49。
[19] 楊逵，〈鵝媽媽出嫁〉 147。

〈瑪莉有只小綿羊〉（"Mary Had a Little Lamb"）[20]外，也有話題血腥殘忍，觸及死亡的，如令人不寒而慄的〈莉茲波頓拿起斧頭〉（"Lizzie Borden Took an Axe"）[21]、〈一個扭曲的男人〉（"There was a Crooked Man"）[22]等。這些童謠反映出 18 世紀英國的社會實況。那時，隨工業革命而來的資本主義，給社會造成貧富嚴重不均的情況；大多數人民成為了資產主義下的犧牲品，生活窘迫。也許荒誕不經，也許誇張渲染，《鵝媽媽童謠》中的歌詞多少反映出那個時代的某些側面，記錄了歷史悲哀的一頁；奴隸、瘋子、殺人犯、賣掉小孩的父母，並不是歌詞中虛構的人物，而是窮困現實中的角色。

## 五、〈鵝媽媽出嫁〉與《鵝媽媽童謠》

傳說中的「鵝媽媽」是個會給孩子說精靈故事，唱傳統童謠的能手。在當時的世代，她常給繪成一位紡紗的老婦人。1697 年在

---

[20] 歌詞見Iona & Peter Opie ed., *The Oxford Dictionary of Nursery Rhymes*（Oxford: Oxford UP, 1997）353-54: Mary had a little lamb, / Its fleece was white as snow; / And everywhere that Mary went / The lamb was sure to go. /……（瑪莉有隻小綿羊／牠的毛白如雪／瑪莉要往哪裏去／小綿羊定追隨／……）。

[21] 歌詞見Immy Humes, *Lizzie Borden Hash & Rehash*（New York, NY: Filmakers Library, 1996）: Lizzie Borden took an axe, / and gave her mother forty whacks. / When she saw what she had done,/she gave her father forty-one.（莉琪波登拿起斧頭，／劈了媽媽四十下；／當她意識到自己的行為時，／又砍了爸爸四十一下。）

[22] 歌詞見*The Oxford Dictionary of Nursery Rhymes*, 340: There was a crooked man, and he walked a crooked mile, / He found a crooked sixpence against a crooked stile; / He bought a crooked cat, which caught a crooked mouse, / And they all lived together in a little crooked house.（一個扭曲的男人，走了一扭曲的路。／手拿扭曲的六便士，踏上扭曲的台階，／買一隻歪歪扭扭的貓兒，貓兒抓著歪歪扭扭的老鼠。／他們一起住在歪歪扭扭的小屋內。）

法國出版的第一本童話集——《寓有道德教訓的往日的故事》（*Stories or Fairy Tales from Past Times with Morals*），副題便是《鵝媽媽故事》（*Mother Goose Tales*）[23]。自 18 世紀的傳統童謠集《鵝媽媽童謠》出版後，「鵝媽媽」遂成為了西方世界傳統童謠的象徵，兒歌童謠（nursery rhymes）的代詞。

初看文本題目——〈鵝媽媽出嫁〉已覺童趣瀉滿；沒想往下讀去，竟發現故事很沉重，與題目構成強烈的對比。文本展現的，並不是溫馨的田園式童話故事，而是日據時期台灣上層社會欺壓百姓的實況。在日本高壓政治下，陰霾四合的文化語境令知識分子無法直抒胸臆，曲筆隱喻成為了當時重要的書寫策略。這種折迭的言說空間除是一種反抗武器外，更是一面鏡子，能從不同的視角還原當時的台灣歷史場景，揭示台灣知識分子真實的精神面貌[24]。隱喻是在不同事物或不同觀念的互動下產生出來的；它那種更新的，開放式的語義，能同時容許文本跟讀者自由互動，讓讀者透過經驗、想像，從新的視角觀察、領悟。如此看來，楊逵把文本取名為〈鵝媽媽出嫁〉，該是有意讓讀者辨識出跟《鵝媽媽童謠》的指涉標誌，並提示讀者互文關係對理解這個文本的意義。

---

[23] 作者為貝洛（Charles Perrault, 1628-1703），法國人。全書共收錄了八個童話故事，包括著名的〈小紅帽〉、〈灰姑娘〉、〈睡美人〉、〈拇指姑娘〉等。

[24] 張暢（1986-）、陳穎（1962-），〈言說空間的折疊：日據時期台灣小說中的隱喻——以賴和、楊逵、吳濁流為例〉，《泉州師範學院學報》29.3（2011）：29。

### （一）〈鵝媽媽出嫁〉與〈年紀一大把的鵝媽媽〉

一談到「鵝媽媽」，人們便想起了那個愛騎坐在公鵝背上，到天空散步的老太婆。她是《鵝媽媽童謠》中的著名童謠〈年紀一大把的鵝媽媽〉（"Old Mother Goose"）的角色。這首童謠有一隻跟公鵝相親相愛，會下金蛋，深受孩子鍾愛的母鵝。全詩的內容如下：

| | |
|---|---|
| Old Mother Goose, | 年紀一大把的鵝媽媽， |
| When she wanted to wander, | 每當想出門遊逛， |
| Would ride through the air | 就坐在大胖鵝上， |
| On a very fine gander. | 在天空翩翩飛翔。 |
| Mother Goose had a house, | 鵝媽媽的小屋 |
| 'Twas built in a wood, | 就在綠色的森林裡， |
| Where an owl at the door | 門口站著一頭貓頭鷹， |
| As sentinel stood. | 負責幫她看家。 |

| | |
|---|---|
| She had a son Jack, | 鵝媽媽有個兒子叫傑克， |
| A plain-looking lad, | 長很普普通通， |
| He was not very good, | 不是很帥， |
| Nor yet very bad. | 但也不是很醜。 |

| | |
|---|---|
| She sent him to market, | 有天鵝媽媽叫兒子上市場， |
| A live goose he brought; | 結果他買了只活母鵝回來， |
| "Here, mother," says he. | 「瞧！媽媽， |
| "it will not go for nought." | 這隻母鵝會對我們有幫助。」 |
| | |
| Jack's goose and her gander | 傑克的母鵝和鵝媽媽的公鵝， |
| Soon grew very fond, | 很快成了好朋友， |
| They'd both eat together | 牠們一起吃飯， |
| And swim in one pond. | 結伴到水塘游泳。 |
| | |
| Jack found one morning, | 有天早晨， |
| As I have been told, | 正如別人對我說的， |
| His goose had laid him | 傑克發現他的母鵝留給他， |
| An egg of pure gold. | 一顆純金的蛋。 |
| | |
| Jack ran to his mother, | 傑克馬上跑去找媽媽， |
| The news for to tell; | 告訴她這個好消息， |
| She called him a good boy, | 媽媽稱讚他是個乖孩子， |
| And said it was well. | 說這真是太好了[25]。 |

羅蘭·巴特認為任何文本都是互文本，每一個文本都以多少能給辨認出來的形式，存在於其他文本中[26]，這包括先前的、往後的，

[25] 鷲津名都江（WASHIZU Natsue, 1948-），《鵝媽媽童謠：漫步英國童謠的世界》，婁美蓮譯（台北：台灣麥克股份有限公司，2002）72。

不同文化場域的。透過楊逵的〈鵝媽媽出嫁〉和《鵝媽媽童謠》中的〈年紀一大把的鵝媽媽〉互文閱讀，重迭與移位的影子，互相補足與彼此摧毀的痕跡，均清晰可見。

不論在〈年紀一大把的鵝媽媽〉或〈鵝媽媽出嫁〉中，孩子和母鵝的關係均非常密切。在〈年紀一大把的鵝媽媽〉中，母鵝是傑克從市場買回來的，為傑克的寶貝；而在〈鵝媽媽出嫁〉中，「我」的孩子聽見院長想要他們的母鵝便擔心起來，拉著爸爸的衣裾偷偷的說「不要」，且急忙把母鵝趕進鵝舍去[27]。

「我」家的兩頭鵝相親相愛，「在草地上，公鵝走了一步，母鵝也跟著走一步。有時候碰著屁股並排走著，就像要好的新婚夫妻的散步一樣，甜蜜蜜的[28]。」從這對如膠似漆的鵝夫婦身影中，傑克家的兩頭鵝的身影歷歷在目：牠們「一起吃飯，結伴到水塘游泳」，同樣恩愛。

楊逵並沒有依樣畫葫蘆，〈鵝媽媽出嫁〉和〈年紀一大把的鵝媽媽〉絕對不是複讀的互文關係。傑克家的兩頭鵝白頭到老，「我」家的卻硬給拆散鴛鴦：母鵝給種苗園老闆拖著長脖子，綁著雙足，被帶去院長的院子裡去，寂寞地蹲在陌生的角落裡，打著翅膀叫著。

「瞧！媽媽，這隻母鵝會對我們有幫助。」傑克這句話對兩個文本來說，都是可圈可點的。在童謠文本中，牠給傑克家下了一顆金蛋，改善他們的生活，給全家帶來希望，鄰里皆知。「我」家也由於母鵝的出嫁，能如數得回一直被拖欠的花錢，清償了向種苗園老闆賒借的債項。然而，面對這救命恩鵝，「我」卻沒法像傑克的

---

[26] Roland Barthes, "Theory of the Text," in *Untying the Text: A Post-structuralist Reader* , ed. Robert S. C. Young (London: Routledge, 1981) 39.

[27] 楊逵，〈鵝媽媽出嫁〉 133。

[28] 楊逵，〈鵝媽媽出嫁〉 130。

媽媽所說般：「這真是太好了。」「我」全家都籠罩在一片愁雲慘霧下，失了老伴的公鵝與失了媽媽的小鵝左找右覓，不絕悲鳴；孩子們弄鵝為樂的天真笑語也消失得無影無蹤，而「我」更日夜受著「良心的苛責」。

〈年紀一大把的鵝媽媽〉和〈鵝媽媽出嫁〉的寫作時地雖相距甚遠，但卻同樣產生自階級極端對立的環境。然而，前者洋溢著童趣與希望，具相類似的故事元素的後者卻流露出悲哀與絕望。

〈鵝媽媽出嫁〉就是這樣，在跟〈年紀一大把的鵝媽媽〉進行認同和反駁、肯定和否定，保留和發揮的對話間，展現出日治時代台灣人民的無奈，殖民政府「共存共榮」面具背後的虛偽面貌。

### （二）〈鵝媽媽出嫁〉與〈誰殺了知更鳥？〉

《鵝媽媽童謠》中有不少作品描寫弱肉強食的生存狀態，充滿血腥與荒誕，如：〈媽媽殺了我〉（“My Mother Has Killed Me”）[29]，〈寶寶和我〉（“Baby and I”）[30]；然而最能跟〈鵝媽媽出嫁〉中的霸凌情狀相呼應的文本，卻是荒誕的〈誰殺了知更鳥？〉（“Who

---

[29] 歌詞見《鵝媽媽童謠：漫步英國童謠的世界》，97：My mother has killed me. / My father is eating me, / My brothers and sisters sit under the table, / Picking up my bones, / And they bury them under the cold marble stones.（媽媽殺了我，／爸爸吃著我，／兄弟姐妹坐在餐桌底下，／拾起我的骨頭，／埋在冰冷的石墓裡。）

[30] 歌詞見《鵝媽媽童謠：漫步英國童謠的世界》，96：Baby and I / Were baked in a pie, / The gravy was wonderful hot. / We had nothing to pay/ To the baker that day / And so we crept out of the pot.（寶寶和我，／放在派裡面／讓爐火烤得哀叫連連／那一天我們沒錢／付給麵包店／於是罰我們從鍋裡搬遷。）

Killed Cock Robin?")。〈誰殺了知更鳥？〉原來的內容如下，後來的版本多把最後五行刪掉[31]：

| Who killed Cock Robin? | 誰殺了知更鳥？ |
|---|---|
| I, said the Sparrow, | 是我，麻雀說。 |
| With my bow and arrow, | 我殺了知更鳥， |
| I killed Cock Robin. | 用我的弓和箭。 |
| | |
| Who saw him die? | 誰看到牠死？ |
| I, said the Fly. | 是我，蒼蠅說。 |
| With my little eye, | 我看到牠死， |
| I saw him die. | 用我的小眼睛。 |
| | |
| Who caught his blood? | 誰取走牠的血！ |
| I, said the Fish, | 是我，魚說。 |
| With my little dish, | 我取走牠的血, |
| I caught his blood. | 用我的小碟子。 |
| | |
| …… | （中略） |
| | |
| Who'll toll the bell? | 誰來敲喪鐘？ |
| I, said the Bull, | 是我，牛說。 |
| Because I can pull, | 因為我可以拉鐘， |

[31] *The Oxford Dictionary of Nursery Rhymes*, 151-52.

| | |
|---|---|
| So Cock Robin, farewell. | 噢，再會了，知更鳥。 |
| | |
| All the birds of the air | 當喪鐘， |
| Fell a-sighing and a-sobbing, | 為那可憐的知更鳥響起， |
| When they heard the bell toll | 空中所有的鳥， |
| For poor Cock Robin | 都悲歎哭泣。 |
| | |
| NOTICE | 公告 |
| | |
| To all it concerns, | 各有關人士 |
| This notice apprises, | 務請注意 |
| The Sparrow's for trial, | 下回雀鳥聆訊 |
| At next bird assizes. | 被審者為麻雀。 |

〈鵝媽媽出嫁〉的最後部份，曾接連兩次提及「串角」和「串演」[32]，由此看來，楊逵刻意告訴讀者，他把「鵝媽媽出嫁」的整件事情看成為一齣活劇：沉默的鵝媽媽處於被動的位置，其他人等則各自串演著不同的角色，玉成其事；又或者楊逵是把整回事看成為一宗案件，各有關人士均須承擔起不同的責任。這樣的腔調跟著名的〈誰殺了知更鳥？〉有著異曲同工之妙；就像蘇聯學者巴赫金（Mikhail M. Bakhtin, 1895-1975）所云的「對話性」般，每一個表述都是對已存在的表述的回應，或反駁，或肯定，或補充，或依靠，

---

[32] 楊逵，〈鵝媽媽出嫁〉　146。

或以其為前提，或以其為關照點[33]，〈鵝媽媽出嫁〉就是這樣充滿著〈誰殺了知更鳥？〉的回聲和餘音。

在西方的動物世界裡，知更鳥從不破壞莊稼，也不做任何壞事，只日夜用心地為大家唱歌，但竟給謀殺了，原因不詳。在日據時期的台灣場景中，活潑可人的鵝媽媽，硬給拆散了大好家庭，以荒謬的名義——「出嫁」，被送往陌生的地方去再當新婦。這種以強凌弱的蹂躪，不論對鵝媽媽、鵝爸爸、小鵝，或是「我」的孩子來說，同樣是一宗不折不扣，令人齒冷的心靈謀殺案。

這兩宗案件同時出現了三個重要的角色，他們是兇手、目擊者和受益者。在知更鳥被殺一案中，麻雀說：「是我」，直言不諱自己是兇手，用弓和箭來行兇，一點也不含糊。給視為與臭腐共鄰的蒼蠅，也如實招供，說自己就是謀殺案的目擊者，用小眼睛看著一切，袖手旁觀，甚麼也沒管。一直置身度外，生活在水中的魚，這時也走出來承認自己是受益者，用小碟子取走知更鳥的血，分嘗一杯鮮美的羹。在動物世界內，雖是弱肉強死，荒誕無稽，卻也並非天理蕩然無存；因為法庭外張貼了公告，宣示下次的受審者為麻雀，謀殺知更鳥的兇手。

在〈鵝媽媽出嫁〉中，所有人莫不曉得院長是主兇，然而他卻不用出手，也不必出口，只一直在暗示：「你這隻母鵝，是不是可以讓……[34]」，以「拖延樹苗款項」、「嫌東嫌西」等手段，至終令不諳世故的「我」也頑石點頭，乖乖地把鵝媽媽主動奉送去。鵝媽

[33] 巴赫金，〈語言的體裁問題〉（“The Problem of Speech Genres”），《巴赫金全集》，白春仁等譯、錢中文主編，卷4（石家莊：河北教育出版社，1998）177。

[34] 楊逵，〈鵝媽媽出嫁〉 133。

媽到手後，本來嚴肅得叫人見了也開不了口的兇手，頓時變為好好先生，喜容滿面的言謝：「那太謝謝你啦[35]！」。既滴血不沾，又何須招供認罪！

種苗園老闆和「我」甚於冷血的旁觀者，他們更是案件的串謀人。看穿院長的心意，逕自走到鵝舍擒鵝，負責監視押運，然後向院長有聲有色地報告，說「甚麼新郎新娘都很和睦相親[36]」的是深明世故的是種苗園老闆。默許債主的做法，看著鵝媽媽向自己求救，仍狠下心腸，親手拿牠去送院長的劊子手是「我」。種苗園老闆和「我」串演著奸角，因為他們跟院長一樣，同樣是霸凌案的受益者：「我」如數得回苗款後，便能清還種苗園老闆的殘賬。

荒誕的動物世界，較人類世界磊落公道，因為那兒還有因果報應之律，殺人者逃不掉公開審訊。在鵝媽媽這宗案件中，鵝媽媽卻始終沉冤沒雪，因為主兇給「共榮共存」的美麗謊言包庇著，逍遙法外。只有串角「我」一次又一次，默默地獨自受著良心的制裁，沒完沒了，林文欽君的最後一句話：「不求任何人的犧牲而互相幫助，大家繁榮，這才真正是……[37]」像一隻巨手在不停地搖撼著「我」的心。

楊逵的〈鵝媽媽出嫁〉既有著《鵝媽媽童謠》中的〈誰殺了知更鳥？〉的身影，也同時牢牢地跟那更大更複雜悲涼的社會文本聯繫，呈現出日據時代的社會痕跡。羅蘭・巴特曾云，任何一個文本呈現的都是先前的文本和周圍文化文本的痕跡[38]，信然。

---

[35] 楊逵，〈鵝媽媽出嫁〉 144。
[36] 楊逵，〈鵝媽媽出嫁〉 144。
[37] 楊逵，〈鵝媽媽出嫁〉 147。
[38] Barthes 39.

## 六、《地洞》

出生於布拉格的猶太裔人卡夫卡，名字殊非尋常。「卡夫卡」是希伯來語，意思是「穴鳥」，一隻棄絕天際，選擇穴居的鳥兒。卡夫卡的性格和生活，也正如宿命般，跟穴鳥無異。卡夫卡曾把自己比喻為過著離群索居生活的洞鼠。在 1913 年 1 月 14 至 15 日的晚上，卡夫卡給第一位未婚妻菲莉斯・鮑威爾（Felice Bauer[39]）的信中，曾這樣表白，他最理想的生活方式是帶著紙筆和一盞燈住在一個寬敞的、閉門杜戶的地窖最裡面的一房間裡；飯由人送來，放在離他這間最遠的，地窖的第一道門後。穿著睡衣，穿過地窖所有的房間去取飯將是他唯一的散步；然後他又回到桌旁，深思著細嚼慢嚥，緊接著馬上又開始寫作[40]。

卡夫卡在離世前的冬天寫了一個從一隻鼠科動物的敘述角度出發的故事——《地洞》，據稱整個故事只用了一個夜晚便寫成[41]。《地洞》被認為「是他所有短篇小說中最富有人性味的一篇小說」[42]。在這個短篇中出現了卡夫卡小說中常見的出三個元素，那就是：動物、追尋、未完成。

39 菲莉斯・鮑威爾是卡夫卡第一位未婚妻。卡夫卡曾兩次跟她訂婚，又兩次解除婚約。

40 卡夫卡，〈致菲莉斯情書I〉，《卡夫卡全集》，盧永華等譯，卷9（河北：教育出版社，1996）213。

41 瓦爾特・比梅爾（Walter Biemel, 1918?），《當代藝術的哲學分析》（*Philosophical Analysis of Contemporary Art*），孫周興、李媛譯（北京：商務印書館,1999）84。

42 比梅爾　頁84。

《地洞》寫一隻洞鼠為了躲避可能發生的敵害，日以繼夜地在修築一個由大的城郭儲室和許多如迷宮似的地道、壕溝組成的地洞。然而，這個精心設計的奇巧工程卻永遠無法令蝸居其中的洞鼠獲得安全感，些微的動靜或夢中的驚醒都會立時令他疲於奔命地逃命，再挖掘，再修整……。通篇就是這樣充滿著「敘事人的自憂自擾、擔驚受怕的思緒」[43]。儘管這樣，這只小動物還是不願意走出地面過生活。

## 七、〈鵝媽媽出嫁〉與卡夫卡、《地洞》

把卡夫卡、《地洞》、〈鵝媽媽出嫁〉並置審視，讀者不能不同意克利斯蒂娃所指出的，任何文本都是由引語鑲嵌構成的，都是對另一文本的吸收和轉化[44]。

卡夫卡曾想過當「守夜人」，「揭示生活的意義，說真話，成為真理。」然而，他最後還是改變了原來的意願，他說：「目的雖有，卻無路可循，我們稱做路的東西，不過是彷徨而已[45]。」雖然這樣，他仍是日以繼夜地創作，因為寫作本身是一種與現實世界互相抗衡的想像性生活模式，既是為了存在，也是為了逃遁存在。卡夫卡從不公開發表作品，他放棄了知識分子的社會角色：代表窮人、下層

---

[43] 胡志明，〈「地下人」與他的後代——《地洞》與《地下室手記》的比較研究〉，《山東大學學報》（哲學社會科學版），2008年第2期，頁57。

[44] Kristeva 37.

[45] 羅傑・加洛蒂（Goger Garaudy，1913-2012），《論無邊的現代主義》（*D'un Reaalisme Sans Rivages*）吳嶽添譯（上海：上海文藝出版社，1986）118，144。

社會、沒有聲音的人、沒有代表的人、無權無勢的人發聲[46]。他死前甚至曾強烈要求把自己一生的作品完全銷毀[47]。

地洞裡的小動物一直全力以赴，刻意經營的，也是一種與外界完全隔絕的生活。那個洞內四通八達，縱橫交錯，洞外入口隱蔽的地洞，不單是他個人棲身之所，也是他理想的私人王國。

在〈鵝媽媽出嫁〉的林文欽君身上，卡夫卡和《地洞》小動物自絕於外，努力不懈的身影清晰可見。林文欽同樣是一個堅執理想的「理念人」，他一直在探索著一種「滅私奉公」的共榮方案。即或無情的現實再三打擊他全家，令他們破產，連妹妹也差點兒被迫淪為資本家的小老婆，他還是執迷不醒，在大東亞戰爭的炮聲與市面上震天的價響下，埋頭寫作；即或身體衰殘，被死神一直苦逼著，他還是在咯血中孜孜不倦地寫。可是，跟卡夫卡和小動物截然不同的，就是他這樣賣命純是為了人類的福祉，要全人類恢復原始人的樸實與純真，而非單求一己的安樂。不過，他的做法也委實像掩耳盜鈴般，「再天真也沒有的了[48]」。

卡夫卡、小動物、林文欽君，就是這樣，寧可永遠待在地洞裡，過著一種屬於自己的生活，哪怕死在洞裡，也不願意走出地面來。這種地洞式的生活，象徵著一種與世俗化的外部世界和生活相對

---

[46] 艾德華・薩依德（Edward Said，1935-2003），《知識分子論》（*Representations of the Intellectual*），單德興譯，（台北：麥田出版社，2004）152中曾這樣定義知識分子的社會角色：「知識分子應該是社會正在進行的經驗中的有機部份：代表窮人、下層社會、沒有聲音的人、沒有代表的人、無權無勢的人。」

[47] 卡夫卡在41歲去世前，生前只發表過一些短篇小說，他最重要的三部長篇小說《美國》（*America*）、《審判》（*The Trial*）、《城堡》（*The Castle*）和好些其他短篇，都是在他死後由他人出版的。

[48] 楊逵，〈鵝媽媽出嫁〉　127。

抗的內在生活方式，一種孤寂的內心的生活[49]。這與王白淵（1902-65）那「既無地上的虛偽／亦無生活的倦怠／細巧的眼睛為了看向無上的光明／漫漫的暗路為了到達希望的花園」的「專心一意撥土的地鼠」[50]，完全不可同日而語的。雖然林文欽君也像王白淵的「地鼠」般「堅信神的國度」，但他不像後者般幸福，既沒有烏黑的衣裳足夠取暖，也沒有情侶和小孩，至終只能鬱鬱而終。

無獨有偶，卡夫卡、小動物、林文欽君終其一生，也是無法完成他們的理想。卡夫卡許多作品都是片斷的，即或《地洞》也不無例外，他的主要作品《城堡》和《審判》更是明顯地並未寫完。面對頑強的現實，卡夫卡只能瑟縮在靠著紙筆所營造的虛擬世界裡，然而他卻連把這個世界造得令自己滿意的力量都沒有；在他看來，一切都只是絕望，價值不大，沒甚作為。《地洞》的開篇云：「我造好了一個地洞，似乎還滿不錯。[51]」結束卻是「——但是一切終毫無改變。[52]」小動物的所有工作，無論是裝置苔蘚，或是構築迷宮與儲藏室、挖掘壕溝，結果還是跟卡夫卡的命運一樣，不是半途而廢，便是尚未竣工。在另一邊廂，林文欽君雖跟卡夫卡和小動物不同，懷著不屈的壯志；然而默默耕耘了經年，接近二十萬字的巨著也同樣是未竟之作。

---

[49] 吳曉東，《從卡夫卡到昆德拉：20世紀的小說和小說家》（北京：三聯書店，2003）15。

[50] 〈地鼠〉成於1923年2月18日，最初輯於王白淵以日本創作的《荊棘の道》詩集內；戰後初期，王白淵親自翻譯，發表於1945年12月的《政經報》上。王對像「地鼠」般「抱著地上的光明／在黑暗裡摸索著」的藝文工作者，深表景仰。

[51] 卡夫卡，《卡夫卡短篇小說集》 191。

[52] 卡夫卡，《卡夫卡短篇小說集》 229。

卡夫卡、小動物、林文欽君不但無法完成理想，最堪憐的是他們無一能救贖自己。小動物本是為了尋求安全而修建地洞，卻無時無刻不感覺到自己處身於危險的境地，情況更甚於暴露於野外，因此他不能不一直在修繕，在疲累與恐懼中過日子。同樣，因為「時代已不再納容納如此書呆子[53]」，林文欽這個剛過三十的年青人，至終在貧困與淒清中撒手人寰，「為求通徹於共榮經濟理念而夭逝[54]」，是台灣日據時代的破滅型左翼知識分子的典型。

卡夫卡所選擇的生存唯一方式——創作，也始終沒法令他適然地生活。他在 1912 年 12 月初寫給好友馬克斯·勃羅德（Max Brod, 1884-1968）[55]的信件中曾坦承，當看到房間裡竄來竄去的老鼠時，會不自覺地聯想到自己骨子裡的焦慮與恐懼，他感覺這份驚惶就跟他那害怕蟲子的恐懼無異：總是在意料之外、不請自來、無可避免、有幾分沉默、持續不斷、鬼鬼祟祟。卡夫卡不時地感覺到，老鼠已在牆的周圍挖掘了幾百次，並在那裡伺機等待那屬於牠們的黑夜的來臨。這個怕人的念頭一直纏繞他不放[56]。從他在世上所留下的最後一則日記（1923 年 6 月 12 日）中，我們可以清楚看出寫作並不能幫助他把自己的靈魂贖回來，他說：「在寫下東西的時候，感到越來越恐懼。這是可以理解的。每一個字，在精靈的手裡翻轉——這種手的翻轉是它獨特的運動——，變成了矛，反過來又刺向說話的人。[57]」

---

[53] 楊逵，〈鵝媽媽出嫁〉 127。

[54] 楊逵，〈鵝媽媽出嫁〉 146。

[55] 勃羅德是德語猶太作家，是卡夫卡大學時代的好朋友。他並沒有執行卡夫卡兩次給他所留下的囑付：把全部作品付之一炬；反把卡夫卡的作品一一整理出版，並替其作序及寫評傳。

[56] 卡夫卡，〈書信（1902-1924）〉，《卡夫卡全集》，葉廷芳等譯，卷7，258。

[57] 卡夫卡，〈日記（1910-1923）〉，《卡夫卡全集》，孫龍生譯，卷6，468。

卡夫卡和小動物的悲劇，是由主體自身所造成的，因為不斷的自我否定，他們無法安居在自己親手所構築的家園內，擺脫那同樣由自己一手造成的矛盾與迷茫。林文欽君的悲劇部份也源自個體理想與整個社會間的衝突，因為他雖目標清晰，鬥志旺盛，卻無法在「貪心無饜的自私者們正你爭我奪的這個年代」單打獨鬥，抗衡債權人王專務[58]。

## 八、結論

羅蘭‧巴特認為文本不光只有一個單一起源，組成文本的也不光是一行行的字；文本是由多維空間組成的。在這個空間內，來自不同文化與場域的各種文本在互相對話、結合、戲仿、衝突。這些「來自文化的成千上萬個源點」，由各種引證組成，如編織物般的文本，其多重性是由讀者給它們匯聚拼合而成的[59]。互文閱讀給讀者多賦予一重身分，讓他們既是文本的讀者，又是作者，讀者遂能擁有遼闊的視野審視文學，可自由進入龐大的文本網路，甚至在這些文本所代表的社會歷史層面中穿插往來，多重傾聽，解構原來文本的語言，發掘多元意義，享受閱讀的樂趣。互文性這種閱讀的組構模式，既沒有局限或否定從文本「內部」所被假設的固有意義，也沒有抗拒從文本「外在」尋覓意義，它甚至可以跟精神分析、女性主義、馬克思主義或後殖民取向等不同的詮釋方式融匯在一起，發掘文本寫作的「多重性」[60]。

---

[58] 楊逵，〈鵝媽媽出嫁〉 122。

[59] 巴特 299，301。

[60] 布魯克（Peter Brooker），《文化理論詞彙》（*A Glossary of Cultural Theory*），王志宏等譯（台北：巨流圖書有限公司，2003）221。

在互文閱讀所形成的意指過程中，本來風馬牛不相干的幾個文本，就在暗地裡既互相牽著手，又彼此撞擊，一切直如朱立元所說般，所有不朽的作品會不自覺地組合起來，形成一個完美的體系；而新的作品在加進去時，整個體系間的關係、比例、價值便又重新調適過來，這個體系由是生生不息[61]。楊逵的〈鵝媽媽出嫁〉、卡夫卡的《地洞》、《鵝媽媽童謠》的〈年紀一大把的鵝媽媽〉和〈誰殺了知更鳥？〉就是這樣在多維的空間中彼此對話，絮絮不休。

---

[61] 朱立元，《當代西方文藝理論》（上海：華東師範大學出版社，1997）100-01。

文學視界 27　PG0944

# 閱讀楊逵

編　　者 / 黎活仁、林金龍、楊宗翰
責任編輯 / 林泰宏
圖文排版 / 張慧雯
封面設計 / 秦禎翊

發 行 人 / 宋政坤
法律顧問 / 毛國樑　律師
出版發行 / 秀威資訊科技股份有限公司
114 台北市內湖區瑞光路 76 巷 65 號 1 樓
電話：+886-2-2796-3638　傳真：+886-2-2796-1377
http://www.showwe.com.tw
劃撥帳號 / 19563868　戶名：秀威資訊科技股份有限公司
讀者服務信箱：service@showwe.com.tw
展售門市 / 國家書店（松江門市）
104 台北市中山區松江路 209 號 1 樓
電話：+886-2-2518-0207　傳真：+886-2-2518-0778
網路訂購 / 秀威網路書店：http://www.bodbooks.com.tw
國家網路書店：http://www.govbooks.com.tw

2013 年 3 月 BOD 一版
定價：470 元

贊助
出版

國家圖書館出版品預行編目

閱讀楊逵 / 黎活仁, 林金龍, 楊宗翰編. -- 一版. -- 臺北
市 : 秀威資訊科技, 2013.03
面 ; 公分. -- (文學視界 ; 27)
BOD 版
ISBN 978-986-326-084-4(平裝)

1. 楊逵 2. 臺灣小說 3. 文學評論

863.57 102003364

# 讀者回函卡

感謝您購買本書，為提升服務品質，請填妥以下資料，將讀者回函卡直接寄回或傳真本公司，收到您的寶貴意見後，我們會收藏記錄及檢討，謝謝！如您需要了解本公司最新出版書目、購書優惠或企劃活動，歡迎您上網查詢或下載相關資料：http:// www.showwe.com.tw

您購買的書名：______________________________

出生日期：________年________月________日

學歷：□高中（含）以下　□大專　□研究所（含）以上

職業：□製造業　□金融業　□資訊業　□軍警　□傳播業　□自由業
　　　□服務業　□公務員　□教職　□學生　□家管　□其它____

購書地點：□網路書店　□實體書店　□書展　□郵購　□贈閱　□其他

您從何得知本書的消息？

□網路書店　□實體書店　□網路搜尋　□電子報　□書訊　□雜誌
□傳播媒體　□親友推薦　□網站推薦　□部落格　□其他________

您對本書的評價：（請填代號　1.非常滿意　2.滿意　3.尚可　4.再改進）

封面設計____　版面編排____　內容____　文／譯筆____　價格____

讀完書後您覺得：

□很有收穫　□有收穫　□收穫不多　□沒收穫

對我們的建議：______________________________

______________________________

______________________________

______________________________

請貼
郵票

11466
台北市內湖區瑞光路 76 巷 65 號 1 樓
**秀威資訊科技股份有限公司** 收
BOD 數位出版事業部

（請沿線對折寄回，謝謝！）

姓　名：＿＿＿＿＿＿＿＿　年齡：＿＿＿＿　性別：□女　□男

郵遞區號：□□□□□

地　址：＿＿＿＿＿＿＿＿＿＿＿＿＿＿＿＿

聯絡電話：(日) ＿＿＿＿＿＿＿＿　(夜) ＿＿＿＿＿＿＿＿

E-mail：＿＿＿＿＿＿＿＿＿＿＿＿＿＿＿＿